보람찬 복수

보람찬 복수

지은이	고은상
펴낸이	박대일
펴낸곳	파란미디어
편집	임수진
교정	박준용
디자인	office d.e.n
주소	서울시 마포구 합정동 387-18 현화빌딩 B1층
전화	3141-5589 (FAX) 3141-5590
출판등록	2004년 9월 14일 제 313-2004-00214호
초판인쇄	2007년 9월 1일
초판발행	2007년 9월 5일
ISBN	978-89-91396-74-6(03810)
E-mail	paranbook@korea.com
Blog	paranbook.egloos.com

잘못된 책은 바꿔드립니다.
이 책의 무단 전재와 복제를 금합니다.
copyright ⓒ2007, 고은상

보람찬 복수

고은상 장편소설

목차

1. 복수의 지존을 만나다
2. 복수의 태초에 무지개가 있으니
3. 복수 제자, 글 선생 되다
4. 복수 지존, 제자에게 혹하다
5. 무지개 타고 온 복수 지존, 시푸르딩딩하게 위장하다
6. 복수 no.1 : 타이어 죽이기
7. 흔들리는 복수
8. 복수 no.2 : 외로울 땐 날 불러 주세요
9. 복수, 핑크빛으로 물들다
10. 복수 no.3 : 출장 복수
11. 복수도 식후경
12. 복수, 길을 잃다
13. 복수 no.4 : 입맞춤, 복수는 이제 그만
14. 안녕, 복수
15. 당신의 빤스는 영원히 나의 것
16. 그래도 영원한 복수, 세상의 모든 적과 싸우며

에필로그

1. 복수의 지존을 만나다

인생은 마음대로 되지 않는다. 그리고 계획대로 되지도 않는다. 알고는 있었지만, 이렇게 번번이 인생에게 배신당할 줄은 몰랐다.

아주 어릴 적엔 부모님이, 지금은 애인이 그랬다. 다섯 살 때, 장난감 때문에 잠시 투정을 부렸을 뿐인데, 부모님은 사고로 돌아가셨다. 이번엔 딱 5분만 원망했을 뿐인데, 애인이 떠났다. 착하게 살고 열심히 살아도, 인생은 가장 필요한 사람을 한순간에 가져가 버린다.

재은은 생각을 바꾸기로 했다. 아니, 생각을 버리기로 했다. 이제부터는 마음대로 살 것이다. 계획 없이, 착하지 않게, 그리고 열심히 하지 않기로 마음먹은 것이다. 이제는 자신에게서 더 가져갈 것도 없으니까.

그래서 가장 먼저, 재은은 헤어진 영준의 집을 털기로 했다. 실은 헤어진 게 아니라 차인 거다. 터는 것도 아니다. 준 걸 되돌려 받으러 가는 것이고. 단, 집주인의 허락을 구하지 않아서 그렇지.

재은은 자신의 집인 것처럼 당당하게 빌라 입구를 통과했다. 1층을 지나 2층을 향하면서부터 그 당당했던 발걸음이 조금은 느려졌다. 그럴 만도 하다. 남의 집을 터는 건, 아니, 주인 부재 시 그 집에 들어가는 건 굉장히 어려운 일이다. 자주 하는 게 아닌 걸 다행으로 여겨야 했다.

하지만 지금도 늦지 않았다. 방향만 틀어 집으로 돌아가면 된다. 그럼 자주 하는 일이 아닌, 전혀 하지 않는 일이 될 수 있다. 대신 여기까지 온 건, 추운 겨울밤의 조금은 긴 산책이라고 치면 된다. 아니, 차까지 끌고 왔으니 드라이브라고 해야 하나.

하지만 재은은 가장 중요한 문제를 잊고 있었다. 비밀 번호. 현관문의 비밀 번호를 바꿨다면, 아무리 털고 싶어도 그냥 돌아갈 수밖에 없다. 정말 털고 싶었는데, 몽땅 털고 싶었는데, 그래서 친구인 지용의 다마스까지 빌려 왔는데도 말이다. 만약 비밀 번호가 바뀌었다면, 꼼짝없이 눈물을 머금고 돌아가야 한다.

고무장갑을 낀 손가락이 살짝 떨리자 재은은 얼굴을 찌푸렸다. 이제 와서 마음이 약해지다니, 안 될 일이다. 어떻게 여기까지 왔는데. 끝까지 가는 거다.

재은은 호흡을 조절했다. 할 수 있다. 할 수 있다고! 단, 틀린 번호라면 재빨리 튀는 거다. 아니, 튈 필요도 없다. 주인도 없는데, 뭐. 느긋하게 걸어가도 괜찮다. 영준은 해외로 장기 출장을 간 상태니까.

띠~리~릭.

재은이 자신의 생일인 숫자를 누르자마자 잠금장치가 해제됐다. 바보 같은 영준은 여전히 그 비밀 번호를 사용 중인 것이다. 영준 바보, 재은 천재. 재은은 웃음이 새 나갈까 봐 고무장갑을 낀 두 손으로 입을 막았다.

현관문 손잡이를 잡으려는 순간, 재은의 손이 잠시 멈칫했다. 혹시라도 그가 그녀를 잊지 못해서 이 번호를 사용 중인 건 아닐까 싶었던 것이다. 그렇다고 이제 와서 돌아가겠다는 건 아니다. 조금은 옛 생각을 해도 되지 않나 싶어서일 뿐. 헛생각이다. 재은은 스키 모자를 쓴 머리를 흔들었다.

재은은 과감히 문을 열고 현관으로 들어섰다. 정적이 그녀를 맞이했다. 손전등을 들어 올려, 익히 아는 구조를 눈으로 더듬어 가며 거실로 향했다. 가죽은 차가워서 싫다며 고른 패브릭 소파가 눈에 들어왔다. 도톰한 자카드 천을 손으로 쓰다듬다가, 재은은 테이블 위에 놓여 있는 담뱃갑을 발견했다. 머릿속에서 뭔가 툭하고 꺼졌다. 새로운 여자가 담배를 피우나 보다. 담배 냄새라면 질색하던 사람이, 더구나 여자가 담배 피우는 것에 대해 절대 반대를 외치던 사람이 이젠 담배까지 사 주나 보다. 정말 새로운 사랑이구나.

뭔가 울컥 치밀어 올랐지만, 재은은 모른 척하기로 했다. 철저히 무시하기로 했다. 약해진 마음 따위는 집어던지고, 숟가락까지 쓸어 가겠다고 다짐했다. 하지만 그러기엔 오늘의 회수 대상이 너무 많았다. 지용이 도와주겠다고 할 때 함께 올걸 그랬다. 이 많은 걸 가져간다는 건 재은 혼자서는 불가능한 일이다. '알리바바와 도둑'이 아니라 '알리바바와 40인의 도둑'인 이유를 재은은 이제야 알 것 같았다. 아무래도 부피가 큰 건 내일이나 모레 다시 와서 가지고 가야 할 판이다. 결국 오늘은 혼자 가져갈 수 있는 작은 것들만 가져가기로 하고, 주방으로 향했다.

손전등으로 주방을 비추던 재은은 깜짝 놀랐다. 항상 깔끔했던 주방은 폭격이라도 맞은 것처럼 보였다. 음식물이며, 그릇이며, 병과 봉투들이 나뒹굴고 있었다. 깔끔하기로 유명한 영준이었는데, 이게 무슨 일인가 싶었다. 그 여자가 너무 좋아서 청소할 시간도 없단 말인가? 재은을 버린 것 때문에 괴로워서 그런 건 절대 아닐 것이다.

결혼하면 쓰자던 삼색 찻잔 세트의 접시는 벌써 이가 빠져 있었고, 크리스털 술잔은 정체불명의 이물질이 묻어 더러웠다. 은수저도 싱크대 여기저기에 던져져 있었고. 그나마 다행인 건 주방용 가전제품은 찬장에 상자째 그대로 있다는 것 정도.

그때 갑자기 불이 켜졌다. 너무 환해 눈이 아플 정도였다. 재은은 비틀거리다 테이블에 다리를 부딪쳤다.

"야, 너!"

영준인가? 아니지, 그는 저런 낮은 목소리는 아니다. 목소리라니. 여기에선 지금 목소리 따윈 들리지 않아야 하는데. 그럼 대체 누굴까? 설마, 지금 범행 현장에서 잡힌다는 그런 상황이 펼쳐지고 있는…….

"뭐냐니까!"

재은은 몸이 덜덜 떨리기 시작했다. 침착해야 돼. 그렇게 놀랄 일은 아니야. 이미 조금 놀랐지만, 차근차근하게 설명만 하면 앞으로 더 놀랄 일은 없을 거야. 경찰서에 가고, 결국 감옥에 가야 하는, 그런 놀라운 일 따위는 생기지 않을 거야.

"누구야?"

스삭스삭, 옷감이 부딪치는 소리가 가까이서 들렸다. 재은이 힘겹게 눈을 뜨자, 눈앞엔 구김이 심한 흰색 천이 보였다. 재은은 한 발짝 뒤로 물러섰다. 그제야 사람의 얼굴이 눈에 들어왔다. 남자다. 그것도 아주 잘생긴 남자. 한 번도 본 적 없는 남자. 영준의 친구도 아니다.

"손은 벌벌 떨면서, 말도 없고 말이야."

가까이 다가온 남자에게선 술 냄새가 풍겼다. 무언가 느낌이 좋지 않았다. 머리카락은 길어서 사방으로 뻗어 있었고, 옷차림은 불량했다. 특히 바지가 시선을 끌었는데, 민망스럽게도 바지 단추가 풀어져 있었다. 성폭행, 성추행이란 무서운 단어가 떠올랐다. 경찰에 끌려가는 게 아니라, 재은이 경찰에 신고를 해야 할지도 모른다.

"더구나 여자? 뻔하고만. 아직도 이런 애들이 있다니, 짜증나는군."

'여자'란 단어를 내뱉으며 기분 나쁘게 웃는 그 남자가 무서웠다. 너무 무서워서 재은은 울음이 터질 것 같았다. 벌을 받나 보다. 물건 좀 살짝 가져가려고 했는데, 재수 없게도 경찰서와 감옥보다 더한 일이 생길지도 모른다. 어쩌면 이 남자가 그녀에게 나쁜 짓을 할 수도 있다. 왠지 그럴 것만 같다. 바지 단추가 풀어져 있지 않은가!

평생 성폭행과는 무관한 삶을 살 거라고 생각했다. 지용의 말로는 '얼굴이 무기'라 걱정할 필요 없다고 했는데, 그 말이 틀렸다고 말해 주고 싶다. 살아서 나가야 말할 수 있는데……. 그래, 찬찬히 생각하면 나갈 방법이 떠오를 거다.

재은은 떨리는 팔다리를 추슬러 도망치기로 했다. 손전등도 내던진 채, 현관을 향해 미친 듯이 달렸다. 들어올 때 벗어 두었던 신발도 무시했다. 전력을 다해 뛰었지만 현관문 손잡이에 손이 닿기도 전에 그 남자에게 붙들렸다. 벗어나려고 있는 힘껏 몸부림을 쳤지만 아무런 소용이 없었다. 남자의 손은 점점 더 죄어 오기만 했다.

재은의 몸을 돌려 똑바로 세운 남자는 웃고 있었다. 재은의 눈에 웃고 있는 그 남자의 입이 크게 확대되어 보였다. 남자가 재은이 쓰고 있던 모자에 손을 대자, 캄캄하고 어두운 세상이 재은을 덮쳤다.

"야, 일어나!"
어두운 세상이 재은을 내보내려고 했다.
"좋은 말 할 때 일어나라."
아직 나갈 준비가 되지 않았는데. 나가고 싶지 않은데. 나가면 죽을지도 모르는데.
"누군지 모르겠지만 뭐 하잔 거냐? 여기가 모텔인 줄 알아? 언제까지 잘 거야? 가택침입죄로 고발……."
정말 나갈 때가 됐다. 재은은 벌떡 일어났다. 그 무서운 남자는 인상을 잔뜩 찌푸린 채, 재은의 어깨를 흔들고 있었다.
"이제야 일어나는군. 모자 좀 벗겼다고 기절하다니, 그렇게 소심한 주제에 남의 집엔 어떻게 들어왔는지 모르겠네."
남자는 혀를 차더니, 바지 주머니를 뒤지기 시작했다. 아까 봤을 때 풀어헤쳐져 있던 그 바지였다. 여전히 단추는 대롱대롱 매달려 있었다. 재은은 얼른 고개를 돌렸다.
"이놈의 담배가 어딜 갔나?"
"저, 저기요."
"뭐?"
"담배, 저기 있다고요."
재은은 테이블 위를 가리켰다. 그 여자 것이 아니구나. 그런데 이 남자는 누굴까? 재은을 내버려둔 걸 보니, 나쁜 사람은 아닌 것 같다. 하지만 저 바지는 정말 참아 줄 수가 없다. 조만간 속옷이 보일지도 모르는데, 왜 바지를 올리지 않는 건지 모르겠다.

"그 고무장갑 좀 벗어라."

"아……, 네."

재은은 자신의 손을 내려다보고 고무장갑을 벗기 시작했다. 땀이 차 있던 장갑을 벗으니 손가락이 시원했다.

"좋아, 그럼 이제 얘기 좀 해 볼까?"

남자는 씩 웃으며 재은이 앉아 있는 소파 옆으로 왔다. 이 남자는 왜 자꾸만 웃을까? 무서워 죽겠는데. 재은은 남자가 눈치 채지 않게 살짝 옆으로 비켜 앉았다.

"너, 이상하다?"

"네?"

이 남자야말로 이상했다. 사실 재은은 도둑이지 않은가. 빨리 경찰에 신고를 해야 할 텐데, 태연하게 대화를 하자니. 더구나 도둑한테 말하는 게 마치 애를 타이르는 것처럼 보였다. 일단 안심시키고 환심을 산 다음, 어떻게 해 보려는 게 아닐까? 그래서 기절한 그녀를 깨운 게 분명하다. 의식을 잃으면 원하는 걸 시킬 수 없을 테니까. 이상한 옷을 입힌다든지, 이상한 도구를 써서…….

"너, 그런 종류 아니냐?"

"아니에요!"

재은은 벌떡 일어났다. 조금 흥분했는지 고무장갑 한 짝이 테이블 위로 날아갔다.

"심하게 부정하는 거 보니, 그 종류 맞네."

남자는 담배 연기를 길게 내뿜었다. 담배 연기 때문에 콜록거리며 재은이 물었다.

"무, 무슨 종류요?"

"거 왜 있잖아. 스토커."

스토커라니. 그녀는 스토커가 아니다. 도둑이지. 아니, 도둑이라기보다……. 에잇, 모르겠다!

"연예인 빤스 같은 거 훔쳐 달아나서, 그거 품거나 냄새 맡고 자는 애들 말이야."

"뭐라고요?"

설마 바지 사이로 보이는, 저 새까만 속옷을 품고 냄새를 맡는다고? 재은은 생각만 해도 어지러웠다.

"내가 원래 그런 사람은 아닌데, 오늘 참 맘이 약해지네."

"네?"

대체 무슨 말을 하는 걸까? 재은은 남자의 말을 이해하지 못했다.

"네가 너무 불쌍해서 하나 줄까 하는데. 여기까지 왔는데 기절이나 하고, 내가 다 안타깝네. 그리고 그 고무장갑은 또 뭐냐? 진짜 어이없다. 그런 애들 많이 봤지만, 네가 최고야. 인심 한번 써 주지. 어떤 색으로 가질래?"

"그런 거 필요 없어요! 저, 그리고 그런 애 아니거든요."

재은은 기가 막히고 억울했다. 얼마나 힘들게 숨어 들어왔는데, 죽음을 각오하고 들어왔는데 겨우 그, 그 '빤스' 때문이라니. 그 빤스랑은 비교도 안 되는 걸 훔치러, 아니, 가지러 왔단 말이다.

"하긴 그런 애들치곤 나이가 들어 보이네. 몇 살이냐?"

"저기요, 제 나이가 지금 무슨 상관인지……."

"상관있거든! 몇 살이야?"

갑자기 남자가 목소리를 무섭게 높였다. 조부의 영향 때문인지, 재은은 크게 소리 지르는 남자들 앞에선 항상 주눅이 든다.

"스, 스물다섯이요."

"에? 그렇게 많아? 보기보다 나이 많네."

"여자 나이 스물다섯이면 그거 꽃띤데요."

"그런 애들치곤 많네. 스토커 하기엔 올드해. 하긴 내가 서른다섯이니까, 내 팬들도 나이가 들었……."

"잠깐만요. 당신, 아니, 아저씨가 지금 연예인이라는 거예요?"

스토커에 빤스 얘기가 왜 나오나 했더니만, 그래서 지금 자신이 연예인이란 말인가? 재은은 다시 한 번 남자를 꼼꼼하게 쳐다봤다.

"넌 그것도 모르고 여기 왔어?"

"여기가 아저씨네 집이라고요?"

"당연하지. 여기 내 집이야."

이게 무슨 말이란 말인가. 영준의 집은 여기가 맞는데. 비밀 번호도 똑같은데.

"여기 창원빌라 301호 아니에요?"

"맞아. 너, 진짜 나 몰라?"

"몰라요!"

잘생기긴 했다만 정말 모르는 사람이다. 이 남자를 알아야 하니? 텔레비전을 즐겨 보진 않지만 그래도 알 만한 연예인은 다 안다고 생각했다. 하지만 이 남자는 본 적이 없다.

"뭐야, 그럼 설마 도둑이야?"

남자가 소파에서 잽싸게 일어나 테이블 위를 넘어갔다.

"아, 아니에요! 도, 도둑이 무슨 기절을 하고 그래요? 빨리 다 훔쳐 가야지."

"그건 그렇지만, 내가 누군지도 모르면서 여긴 왜 왔어?"

남자가 다리를 벌리고 서서 재은을 머리부터 발끝까지 훑어봤다.

"그러니까……."

사실대로 말하면 재은은 도둑이 맞다. 하지만 사연이 있다. 정말 중요한 이유가.

"그러니까 뭐?"

"……제 친구 집인 줄 알았거든요."

"친구, 누구?"

"여, 영준이네요."

망할! 장영준의 집이 아니라니, 이게 말이 돼! 재은은 집 안을 둘러보았다. 분명 영준과 함께 산 살림살이들이다.

"영준이? 아니야! 여긴 승현이네 집이야."

남자가 소리를 질렀다.

"승현이가 누군데요?"

"나! 내가 한승현이라고. 한승현이라고 알아?"

남자가 손을 번쩍 들어 올렸다 자신의 가슴을 팍팍 두들겼다.

"몰라요."

"나, 한때 유명했는데."

그러고 보니, 그 잘생긴 얼굴이 이해가 된다. 연예인 맞구나.

"뭐로 유명했는데요?"

"가수."

그래서 목소리가 좋은가 보군. 영준의 가는 목소리보단 훨씬 좋았다.

"노래 잘 불러요?"

한승현이란 이름을 가진 연예인이란 남자가 픽 웃었다. 정말 잘 웃는다. 툭하면 웃는구나. 다행히 아까 웃음보단 덜 무섭다.

"아직도 오빠부대로 활동하는 내 팬들이 있긴 한데, 너는 아닌 모양이다. 나, 댄스 가수였거든."

"댄스 가수도 노래 불러요. 랩도 하고."

"노랜 그저 그랬어. 좋아, 일단은 날 모른다 치자. 그런데 이상하지 않아? 친구네 집 왔다면서 고무장갑은 뭐고, 저기 현관에 있는 커다란 소쿠리 같은 건 뭐고, 그리고 네 복장은 또 그게 뭐냐?"

헉, 그렇구나! 듣고 보니 진짜 도둑 같구나.

"이 복장이 어때서요? 올 블랙, 멋쟁이들만 하는 패션이라구요. 그리고 저 소쿠리는 짐을 좀 나르려고 가지고 온 거고, 고무장갑은……, 실장갑이 없어서 그냥 이거 끼고 온 거예요."

모르는 사람에게 사실대로 얘길 할 수도 없는 노릇이다. 그런데 왜 여기가 영준의 집이 아닌지 모르겠다.

"저, 근데 정말 여기 영준이네 집 아니에요?"

"아니라니까! 일주일 전부터 내가 여기 살고 있다고."

"네? 일주일이요?"

"그래, 귀찮아서 그냥 여기 있는 세간까지 다 사 버렸어. 어차피 나도 사야 되잖아. 근데 안 그래도 집주인이 처분하기 곤란하다고 하면서 제

안을 하……. 어라, 너 왜 그래? 갑자기 왜 울고 그래?"

느닷없이 울음이 터져 나왔다. 그동안 잘 참고 버텼는데, 결국 한계가 왔나 보다. 억울하고, 분하고, 그리고 울고 있는 자신이 너무나 미웠다.

"친구라면서 그놈이 너한테 얘기도 안 해 줬어? 야, 그만 울어."

평소라면 남 앞에서 운다는 건 상상도 할 수 없는 일이지만, 그저 울 수밖에 없다. 울음이 멈추질 않는다.

"그놈 참 나쁜 놈이네. 어떻게 친구한테 연락도 안 하고 이사를 가냐?"

승현이 몇 마디 건넸지만, 재은은 대꾸도 하지 않고 계속 울었다.

"다 울었어?"

대답할 기운조차 없어, 재은은 고개만 끄덕였다.

"내가 남은 담배 다 없애고 컵 찾으러 다닐 동안이니까, 거의 한 시간 가까이 됐네. 이젠 팽겨서 울고 싶어도 못 울걸?"

"이제 안 울어요."

간신히 목소리를 쥐어짠 재은은 안고 있던 쿠션을 내려놓았다. 소파에 엎드려서 울었더니 고개와 등이 뻣뻣했다.

"이거나 마셔라."

승현은 보험회사 이름이 박힌 촌스러운 분홍색 컵을 내밀었다.

"감사합니다."

한 모금 마시던 재은은 깜짝 놀랐다. 물이 아니라 술이다.

"우리 집엔 액체라곤 술뿐이라 어쩔 수가 없다. 그래도 비싼 발렌타인이니까 꾹 참고 먹어."

"⋯⋯네."

평소라면 쓰고 맛도 없는 술이라며 거들떠보지도 않았을 테지만, 지금은 그냥 마시기로 했다.

"어이, 천천히 마셔. 이게 보리차 줄 알아?"

"뭐, 이것도 계속 마시니까 괜찮네요."

재은은 다 마신 플라스틱 컵을 내려다보며 중얼거렸다.

"네가 오늘 술이 받는 모양이다?"

"네."

날이 날이니만큼 술이 달게 느껴진다. 재은은 촌스러운 분홍 컵을 잠시 바라봤다.

"더 줄까? 아, 잠깐. 오해하지 마라. 널 어떻게 해 보려고 술 먹이고 이런 거 아니니까."

술병을 손에 쥔 승현이 정색을 하며 말했다.

"그런 생각 안 했어요."

'울기 전까지는 좀 했지만요.' 라고 덧붙이려다가, 재은은 고개만 저었다.

"안돼 보이고 짠해서, 위로 차원에서 주는 거라고. 어쨌거나 손님은 손님이니까, 대접은 제대로 해야 될 것 같아서."

"감사합니다."

밤손님도 손님은 손님이니까. 재은은 고개를 꾸벅 숙였다.

"그런데 그 영 어쩌고 하는 놈이 애인이지?"

"애인⋯⋯이었어요."

재은은 잠시 망설이다가 단호하게 말했다.

"알았어, 전 애인. 근데 왜 무섭게 눈을 부릅뜨고 그래? 그러니까 그 놈이 아무 말 없이 널 찬 거지? 아직도 그런 애들이 있네. 촌스럽게."

"아니에요. 말은 했어요. 그런데 너무 갑작스럽게라······."

또 눈물이 차올랐다. 재은은 울지 않기 위해 눈에 잔뜩 힘을 줬다.

"또 울어? 눈물이 아깝다. 그만 울고 이거나 더 마셔."

승현이 재은에게 아예 술병을 건네줬다.

"납득할 만한 설명을 해 주고 그랬으면 억울하지도 않은데, 그냥 그만 만나자고 하더니······."

"그리고 딴 여자한테 갔다고?"

"네. 내년에 결혼까지 하려고 했는데······."

재은은 소매로 눈물을 훔쳤다. 말하고 나니 더 슬프고 비참하다.

"완전 사기 아니야! 정말 촌스러운 놈이네."

"촌스럽지 않아요. 아주 반듯하게 생겼단 말이에요. 보여 줄까요?"

재은은 주머니에서 지갑을 꺼내, 한쪽에 들어 있던 영준의 사진을 승현에게 보여 줬다. 승현은 테이블 너머로 사진을 받아 들고는 한동안 들여다봤다. 재은은 지금의 상황에 헛웃음이 나왔다. 성범죄의 피해자가 될 뻔한 처지에서 벗어난 지가 얼마나 됐다고, 재은은 낯선 사람을 이웃 사촌인 양 대했다. 승현도 도둑이 될 뻔한 재은을 스토커로 오해했다가, 지금은 다시 선배라도 되는 양, 재은의 실연 얘기를 들어 주고 있었다.

"생긴 거 봐라. 아주 샌님처럼 생겼네."

재은은 혀를 차며 사진을 흔들고 있는 승현에게서 사진을 잡아채, 다시 지갑에 넣었다.

"무슨 말을 그렇게 해요? 아주 바른 사람인데. 지적으로 보이고."

재은은 영준의 안경 쓴 모습에 처음 반했던 때가 생각났다.

"바른 애가 딴 여자한테 가려고 애인을 차? 바른 애들은 한길만 가지. 이런 애들이 직업은 꼭 의사나 변호사더라."

"우와, 어떻게 알았어요? 변호산데."

재은은 승현의 짐작이 맞자 너무 신기해했다.

"사진 보니까 딱 나오네. 그런데 아직도 그놈 사진을 갖고 다녀? 버려. 당장 버려! 그런 놈들은 절대 안 돌아와. 와도 널 이용해 먹으려고 다시 오는 거지."

"아저씨가 어떻게 알아요?"

입에 담배를 물고 삐딱하게 말하는 승현이 미워, 재은은 따지듯이 물었다.

"너, 내가 춤췄다고 무시하는 거지?"

"에? 아니요! 그거랑 무슨 상관이에요?"

재은은 승현의 뚱딴지같은 질문이 이해가 되지 않아 얼굴을 찡그렸다.

"아, 미안. 댄스 가스 출신이라고 무시당해서 말이야. 하여튼 나이 먹으면 다 알게 돼. 너도 나이 들어 봐라."

"나이 안 들어도 미리 알면 좋겠어요."

미리 알았더라면 조금은 덜 슬펐을까? 재은은 술을 한 모금 마셨다.

"그럴 순 없더라고. 후회하고, 미쳐 죽고, 그래도 소용없어. 시간이 지나야 되는 기지."

도 닦는 선인처럼, 승현은 위를 올려다보며 한숨을 쉬었다.

"얼마나 많이요?"

"모르지, 그건. 사람마다 다 다르고. 그런데 그놈이 아무리 설명을 잘해도, 너는 그랬을 거야."

"뭘요?"

"힘들었을 거라고. 그놈에 대한 감정이 여전히 있는데, 그만 하자고 해서 끝내질 것 같아?"

절대 끝낼 수 없겠지. 아무리 합당한 이유를 댄다 해도, 결국 재은에겐 들으나 마나, 물으나 마나 한 얘기였을 것이다.

"서로에 대한 믿음이 있는데 어떻게 그럴 수 있냐고요."

"물론 또 다른 사랑에 빠지면 어쩔 수 없는 거지. 그 새로운 사랑이 진실하다면."

승현은 재은이 들고 있던 술병을 가져가서 자신의 잔에 따랐다.

"그건 진짜 알고 싶지 않아요."

영준이 그 여자를 진짜 사랑하는지 따위는 알고 싶지 않았다.

"알면 열라 짱나니까?"

"무슨 아저씨 말투가 그래요?"

재은은 승현이 쓰는 단어를 듣고 킥킥 웃었다.

"아저씨 말투는 이래야 한다고, 그런 거 있어? 하여튼 잊어라, 그놈."

재은은 승현의 말하는 품새가 낯설지 않은 게, 혹시 그녀 자신과 같은 실연의 길을 걸었던 게 아닐까 싶었다.

"아저씨는 이런 경험, 조금 있으신가 봐요?"

"전혀! 어딜 봐서 그렇게 보이냐? 차면 찼지."

물고 있던 담배를 뱉어 낸 승현은 주먹을 허공에 쥐며 발끈했다.

"그럼 아저씨도 그런 '당장 버려야 되는 부류'라고요?"

동지 의식을 느꼈던 재은은 갑작스런 배신감에 술병을 쥐고 일어섰다.

"난……, 아니야! 지금 그걸 던지려고?"

"아, 아뇨. 그러니까 아저씨가 제대로 얘기를……."

험악한 눈빛의 승현을 보고, 재은은 조심스럽게 자리에 앉았다.

"어린애들이 알면 다치는 얘긴데, 해 줘야 하나 말아야 하나?"

승현은 소파에 몸을 누이며 기지개를 켰다.

"저, 성인인데요."

심각한 상황에서 거들먹거리는 승현을 보며, 재은은 커다란 한숨을 삼켰다. 생각이 깊은 것처럼 보이다가도 또 얕은 사람처럼 보이니, 정말 알 수 없는 사람이다.

"내 얘기가 중요한 건 아니잖아. 연예인 출신이다 보니, 사생활을 함부로 공개할 수가 없어서 말이야. 네가 이해해라. 그런데 뭐 하려고 그놈 집엔 다시 온 거야?"

"물건 챙기려고요."

재은은 아무렇지 않게 말했다. 이 집에 들어서기 전엔 아주 나쁜 짓을 한다고 생각했는데, 지금은 그다지 나쁜 것 같지 않았다. 이보다 더 나쁜 짓을 하고 싶었다.

"그거 업계 용언데, 직업이 그런 건 아니지?"

"아니에요. 전 가업을 잇고 있어요."

재은은 자세를 가다듬더니 무릎을 꿇고 앉았다. 가업 얘기만 나오면 이상하게 경건해지곤 한다.

"전통 수호자?"

"그건 아니고요, 출판사 직원이에요."

"뭐라고? 출판사?"

소파에 반쯤 누워 있던 승현이 출판사란 말에 반색을 하며 일어났다.

"네. 조부님이 하시는 출판사요."

재은의 조부인 유형근 사장이 경영하는 50년 전통을 자랑하는 출판사다.

"넌 무슨 담당인데?"

"저는 편집……."

"혹시 소설?"

재은의 말이 끝나기도 전에 승현이 눈을 빛내며 물었다.

"주로 학술 서적을 하고요, 소설은 가끔요."

"흠……. 알았어, 좋아."

승현은 알 수 없는 말을 중얼거리며 좋아했다. 그 모습을 보던 재은은 아무래도 승현이 어딘가 조금은 이상하단 결론을 내렸다. 물론 재은을 위로해 주는 좋은 아저씨의 모습도 있긴 했지만 말이다.

담배에, 술에, 행색은 초라하기만 한데, 저 안 입은 듯한 바지 좀 보라지. 재은은 연예인들의 세계에 대해선 아는 게 없었지만, 보이는 것만큼 멋진 직업은 아닐 거라고 생각했다. 그래도 그녀는 자신의 조부처럼은 생각하지 않았다. 재은의 조부는 '딴따라'라 부르며 연예인에 대해 매우 부정적이었다. 재은이 드라마나 가요 프로그램이라도 볼라치면, 호통을 치기 일쑤다.

"아저씨?"

재은은 자신만의 세계에 빠져 있는 승현을 불렀다.

"응? 아……, 무슨 얘기 하다 말았지?"

"제가 여기 온 이유요."

"맞아, 그랬지. 그놈을 죽이러?"

"아니요! 제가 산 거 다시 가져가려고요. 갑자기 돈이 아깝단 생각이 들잖아요. 내년에 결혼한다고 혼수 장만하는 것처럼 샀는데, 괜히 샀어요! 이제껏 사 준 선물도 죄다 돌려받고 싶은데……, 이거 너무한 거죠?"

"아니, 아니, 절대 아니야! 젓가락 한 짝까지 몽땅 돌려받아야지. 그런데 돈이 궁해?"

재은의 편을 열렬하게 들던 승현이 슬쩍 물었다.

"아니요. 왜요? 궁하게 보여요?"

재은은 자신의 옷차림을 내려다봤다. 오늘은 좀 궁하게 보인다. 반짝이는 검정 옷을 입었어야 했다. 그리고 장갑도 가죽장갑을 끼고 왔으면 달라 보였을 텐데.

"그래도 '드~으럽고 치사하니까 먹고 떨어져라.' 그런 말은 안 하게 생겼어."

승현이 조금은 건방진 말투로 말했다.

"그거 빈티 난다는 뜻이죠?"

말하고 보니 빈티가 왕창 흐르는 것 같다. 재은은 한숨을 내쉬었다.

"럭셔리는 아니라는 거지."

"저, 오리지널 럭셔린데."

"푸하하하! 뭐라고? 취한 거 아니야?"

재은은 팔을 치켜들고 술병을 흔들어 보았다. 아직도 많은 양이 남아 있어서, 술이 묵직하게 출렁거렸다.

"아니요. 이런 얘긴 안 하려고 했는데요, 아저씨가 너무 무시하니까 어쩔 수 없이 한마디 해야겠어요."

재은의 조부께서는 겸손과 겸양을 알아야 한다고 누누이 강조했지만, 오늘은 힘든 날이니까 모른 척하기로 했다.

"뭔데?"

소파에서 엎어져 웃던 승현이 고개를 들었다.

"저희 외할머니가 현금 부자시거든요. 돈이 장난 아니게 많다고요. 아, 실수했네. 어디 가서 돈 있다고 티 내지 말라고 했는데."

재은의 외할머니인 송 여사는 사채로 돈을 번 부자였다. 하지만 유 사장은 '돈으로 일어난 자는 돈으로 망한다.'며 송 여사를 싫어했다. 송 여사한테서 용돈을 받거나 선물을 받아도 유 사장은 재은을 책망했다. 재은은 자신을 진심으로 사랑하는 송 여사를 매우 좋아했으며, 그녀의 과한 애정 방식도 나름대로 이해했다. 재은은 거의 매일 송 여사 집에 들러서 안부를 확인했고, 틈날 때마다 문자를 주고받았다.

"그러니까 너희 외할머닌 큰손이시고, 너희 할아버진 출판사 사장님?"

"네. 돈 있는 티는 졸부나 내는 거라고, 외할머니가 항상 겸손하고 있는 척하지 말라고 하셨어요. 그런 건 가만히 있어도 은은하게, 은근하게 풍기는 거라고요."

재은이 차분하게 사실을 말하는데도 승현은 계속 웃기만 했다. 그녀의 말이 믿기지 않나 보다.

"하여튼 돈 있게는 안 생겼어."

"그거 좀 나쁜 건데."

지용이 재은에게 빈티 난다는 소릴 자주 했었는데, 그땐 무시하고 지나쳤다. 그런데 다시 생각해 봐야겠다. 최소한 보통은 되어야 하는데, 빈티라니.

"아니지, 그건 절대 나쁜 게 아니야. 누가 돈 때문에 널 속이고 그럴 일은 없잖아."

"그렇죠."

맞는 말이다. 재은은 고개를 끄덕였다.

"누가 네 돈 때문에 사랑한다고 거짓말할 일도 없을 테고, 또한 돈 때문에 너한테 매달릴 일도 없을 테고……. 근데 내가 지금 무슨 소릴 하고 있는 거냐? 에잇, 그만 하자."

기분 상했다는 듯이 승현은 옆에 있던 쿠션을 던졌다.

"돈 때문에 누가 아저씨 배신했어요?"

보기와는 다르게, 승현도 어수룩한 시절이 있었나 보다. 아니면 꽃뱀한테 걸린 적이 있거나.

"아니! 그럼 나한테 죽지. 이 직업이 겉으로 보기에만 화려하지, 돈도 별로 못 벌어. 나야 부모님 잘 만나서 이렇게 놀고먹지. 이런 시답잖은 얘기 말고, 그 흉악범 얘기나 계속해 봐."

펄펄 뛰며 심한 부정을 하는 승현을 보며, 재은은 승현에게도 감추고 싶은 과거사가 있는 게 아닐까 짐작했다.

"어디까지 했더라? 아, 맞다. 그래서 저는 물건을 돌려받으려고 왔어요. 다 제 돈 주고 산 거니까요."

"그렇게 도둑질하는 걸로 말고, 제대로 된 걸로 그놈한테 불을 질러야지. 내가 알려 줄까?"

"뭘요?"

재은은 무릎걸음으로 소파까지 걸어갔다.

"그놈한테 복수하는 방법. 네 가슴이 후련해져서, 두고두고 절대 그놈 생각 안 하는 방법. 오히려 그 생각만 하면 기분 좋아 죽겠는, 그런 거."

누워 있던 승현이 가부좌를 틀고 앉아 고개를 끄덕였다.

"그런 게 있어요?"

말만 들어도 기분이 좋다. 재은은 풀어진 단추를 무시하고 승현을 바라봤다.

"그럼. 내가 춤만 춘 게 아니라고."

또 춤 얘기를 하는 승현이지만 재은은 신경 쓰지 않기로 했다. 대롱대롱 달린 단추도 무시했는데, 춤은 진짜 아무것도 아니다.

"알려 줘요!"

재은은 극복하고 싶었다. 모든 걸 잊고 새롭게 출발하고 싶었다. 더 이상 울고 싶지 않았다. 바보 같은 자신을 동정하고 싶지도 않았다.

"흠……. 그런데 술도 부족하고, 또 안주도 없고……."

"주방 싱크대 문짝에 24시간 식당 전화번호 붙어 있어요."

그런 거라면 얼마든지 해결할 수 있다. 요리에 그다지 소질이 없는 재은은 배달 음식점 스티커를 싱크대 안쪽에 여러 개 붙여 놨었다.

"그런데 말이다. 이 아저씨가 지금 돈이 한 푼도 없으니, 은은하고 은근하게 돈 있는 전통의 수호자님께서 쏘시는 건 어때? 내가 기술 전수해 주마."

승현이 고개를 쑥 내밀고 부탁했다.

"좋아요."

재은은 몇 달 만에 처음으로 기분이 좋았다. 그런 훌륭한 기술을 배우는데, 술이나 안주가 없으면 안 되지. 제대로 배워서 천년만년 기분이 좋아질 테다.

"좋아, 가자!"

"아저씨."

주방으로 향하던 승현을 재은이 불러 세웠다.

"왜?"

"그 전에 부탁이 있어요."

꼭 말해 주고 싶다. 더구나 저런 좋은 기술을 가르쳐 준다니, 재은도 도움이 될 한마디를 해 줘야지 싶다.

"뭔데?"

"그 바지, 잘 입어 주실 순 없어요?"

2. 복수의 태초에 무지개가 있으니

"유재은!"

"고지용!"

아침, 회사로 출근한 재은은 조부의 출근 여부를 확인하기 위해 사장실을 기웃거리고 있었다. 그러다 친구이자 직장 동료인 지용을 만났다.

"그래, 고지용이다! 어젯밤 어떻게 된 거야? 핸드폰은 꺼져 있고. 사장님한테 걸릴까 봐 집으로 전화도 못 하고 걱정했잖아."

화가 난 지용은 짧은 머리를 연방 쓸어 올렸다.

"어젯밤은……. 얘기하려면 엄청 긴데, 시간은 충분한가요, 고 팀장님?"

어젯밤의 거사에 대해 운을 뗀 재은은 장소와 시간을 고려해 설명은 조금 후로 미루기로 했다.

"그러지요, 유재은 씨. 그런데 너 옷차림이 그대로다. 집에도 못 들를 정도로 큰 작업이었어?"

재은은 지용의 물음에, 간밤의 일이 생각나 씨익 웃었다. 정말 많은 일이 있었던 밤이었다. 그런데 그게 전혀 이상하지 않았다. 처음 만난 사람에게 자신의 창피스러운 모습을 보였는데도 불구하고 말이다. 어쩌면 승현이 완벽한 타인이기 때문인지도 모른다.

"응. 그보다 더 큰일을 시작하기 위한 밤이었다고나 할까?"

어젯밤 이후, 재은의 머릿속엔 '복수'란 글자가 가득 차 있다.

"무슨 말이야? 하나도 못 알아듣겠네. 설마 그놈이 거기 있었던 건 아니지?"

"대신 딴 분이 계시더라고."

"뭐!"

지용이 빽 소리를 지르자, 재은이 지용의 등을 있는 힘껏 쳤다.

"조용히 해. 자세한 설명은 나중에 해 줄 테니까. 그런데 할아버지, 아침에 나 안 찾으셨어?"

"찾으셨지. 아침 일찍 출근해서 인쇄소 들렀다가 오느라 바쁘다고 말씀 드렸어."

"잘했어. 그럼 일단 자리에 가서 앉아 있다가 할아버지랑 눈 마주치고 빠져나올게. 뒤뜰에서 보자고."

재은은 지용에게 손을 흔들고 자신의 자리로 향했다.

출판사는 일세 강점기에 지어진 3층짜리 건물이다. 건물 뒤엔 작은 정원과 재은의 조부가 애지중지하는 온실이 있다. 지용은 조부의 허락 아래, 정원에서 자신의 허브와 나무 등의 화초를 키우고 있었다. 그래서 회사에서 지용의 별명은 '가드너 고'로 통한다. 옷차림도 장화에 작업복일 때가 더 많았다.

"그런 위험한 상황이 발생했는데, 날 안 불렀다고?"

지용이 모자를 거칠게 벗었다가 다시 썼다.

"그럴 정신도 없었고, 어쨌든 잘 해결됐잖아. 덕분에 좋은 아저씨 만나서 많은 걸 배웠다고."

재은은 흙을 두 손으로 탁탁 두드리며 덮었다.

"큰일 났으면 어쩌려고!"

머리에 반쯤 걸쳐진 지용의 모자가 재은 앞으로 휙 날아왔다.

"안 났잖아. 그러니까 좋은 아저씨라고."

재은은 모자에 묻은 흙을 털고, 다시 지용의 머리에 씌워 주었다.

"좋은 아저씨란 말이 나와?"

"응, 좋은 분 만났지. 비록 살림살이는 회수하지 못했지만."

재은은 코가 간질거려 손등으로 콧등을 문질렀다.

"퍽도 좋다! 사람한테 해코지하는 걸 알려 줬는데도? 더구나 술도 권했다며? 담배는 안 권하디?"

지용은 꽃삽을 팽개치며 소리를 질렀다.

"응, 담배는 안 권했는데? 하지만 아저씨가 피처럼 중요하게 여기는 발렌타인을 통째로 주더라."

색깔은 참 오묘하고 예쁘지만 맛은 별로 없는 술이다. 그래도 어쩐지 재은의 입맛에 달달하게 느껴졌다.

"뭐, 병째? 당장 만나 봐야겠어."

지용은 괜한 화풀이로, 여분의 삽을 있는 힘껏 땅에 꽂았다. 그리고 몇 개 더 꽂을 기세로 주위를 두리번거렸다.

"응, 곧 만나게 될 거야. 아저씨가 친구도 데리고 오라고 했거든. 네가 몰라서 그러는데, 아저씨가 은근히 외로운 것 같아. 미국에서 왔는데, 친구도 없고 항상 혼자 논대. 원래 연예인들이 겉으론 화려해도 친구가 별로 없잖아."

"흥! 알 게 뭐야?"

지용은 빈정거리며 내던진 꽃삽을 다시 주워 왔다.

"그래도 고마운 사람이야. 어제 엄청 추하게 한 시간 동안 울었는데, 아저씨가 기다려 줬거든. 그리고 위로도 해 주고, 복수할 수 있는 방법도 알려 주고. 사실, 할아버지 때문에 친구도 못 사귀고, 선배라든지 후배라든지 그런 사람들과 대화도 별로 못 해 봤거든. 어제 실컷 한 거지. 특수한 상황이라서 그랬는지, 말이 술술 나오더라. 아저씬 나보다 열 살이나 많아서 그런지 모르는 것도 없고, 특히 연애 문제로는 논문 써도 될 정도로 아는 게 많아."

"하룻밤 새, 그 아저씨랑 친해진 거야?"

지용은 새우 눈을 하고, 지난밤의 회상에 빠진 재은을 바라봤다.

"믿을 수 없겠지만 아저씨랑 얘기하면서 답답한 게 많이 풀렸어. 한 달 만에 처음으로 재밌게 웃기도 했고. 물론 처음엔 무서워서 죽을 뻔했지만 말이야. 약간 오락가락하긴 하지만 나쁜 사람 같지는 않아. 나쁜 사람이었으면 지금 난 이 자리에 없겠지."

바지 단추가 풀렸다 해도 승헌은 좋은 사람이다. 그리고 재은이 단추에 대해 언급한 후엔 미안해하며 단추를 잘 잠그기도 했다.

"그런 생각은 하지도 마. 장영준이 그놈, 아주 웃기는군. 다 팔고 도망을 가? 애들 풀어서 어디 있는지 알아 낼 거야."

저런 말을 하는 걸 보면, 작업복 차림의 지용이 한때는 어둠의 세계를 오가던 학교 짱이었다는 사실이 조금은 믿겨졌다.

"아저씨도 알아봐 주신다고 했어."

"그래서 그 아저씨를 계속 만나겠다고?"

"응. 이번 달부터 외근이 많아서 다행이야. 그럼 아저씨 만나면서 장영준이한테 복수할 수 있다고. 다 갚아 줄 거야."

재은은 이미 다이어리에 자신만의 복수 방법을 몇 가지 적어 놓았다. 그 생각을 하니, 추운 날씨도 따뜻한 봄날처럼 느껴졌다.

"물론 그놈은 벌을 받아야지. 그런데 꼭 그 아저씨랑 그럴 거야? 내가 해 줄 수도 있어."

물론 그럴 수도 있다. 하지만 다시금 지용이 그 어둠의 세계로 돌아가는 일은 없어야 했다. 지용은 작업복 차림이 제일 잘 어울리니까.

"가드너 고는 그 열정을 이 식물들에게 나눠 주도록 해. 너처럼 순수한 자연인이 그런 험한 일을 하겠다니, 말도 안 된다고."

"순수한? 고맙다. 그렇게 생각해 주니."

지용은 흙이 잔뜩 묻은 장갑을 낀 것도 잊고 얼굴을 문지르기 시작했다. 그러다 자신의 흙 묻은 손을 내려다보더니 인상을 썼다. 지용은 꽃삽을 험하게 땅에 꽂았다.

"하지만 말이야, 난 정말 맘에 안 든다."

"뭐가?"

재은이 지용이 꽂은 꽃삽을 빼서는 땅을 파기 시작했다.

"모두 다! 복수란 게 쉬운 게 아니야. 나만 해도……."

"너만 해도, 뭐?"

재은이 조그만 구덩이를 파며, 지용의 말을 기다렸다. 하지만 지용은 대충 얼버무리고 다른 얘기를 꺼냈다.

"아, 아니, 그게 아니라……. 내 말은 너처럼 소심한 애는 복수 못 한다는 거야. 하다가 다쳐. 몸도 다치고 맘도 다치고."

"그러니까 아저씨가 도와주는 거지."

"그래, 네가 그 사람한테 의지하는 거 이해할 수 있어. 특수한 상황에서 만났으니까. 그날 하루 감정이 격한 상태에서 의기투합했다지만, 솔직히 그 아저씨가 뭔데 널 도와준대? 네 오빠야, 아님 아빠야? 그게 아니면 네가 돈을 준다고 했어?"

재은은 지용의 얘기에 살짝 의심이 가기 시작했지만, 승현의 사심 없는 원조를 떠올렸다. 어제 승현과 재은은 정말이지 뭔가가 통했다. 생전 처음 보는 남남인데도, 말이 통해서 희희낙락했다. 단추 풀린 바지에 겁이 나기도 했지만, 재은의 부탁에 승현은 흔쾌히 단추도 잠가 주고, 원한다면 벨트까지 해 준다고 했다. 나중엔 조심해서 들어가라며, 콜택시까지 불러 줬다.

"유재은, 이쯤에서 우리는 의심을 해 봐야 돼. 수상하지 않아? 네가 끝내 주는 미인도 아닌데, 대체 그 아저씨가 왜 널 도와준다고 하는 걸까? 설마 널……."

"에비! 고지용, 넌 이 아름다운 생명을 상대하면서 그런 시커먼 생각을 할 수 있는 거야?"

지용의 께름칙한 눈빛에 재은은 꽃삽으로 흙을 떠 지용의 발에 뿌렸다.

"이 세상 모든 생명은 그런 흑심을 통해서 번창하게 될 거라고. 남자는 말이지, 절대 그냥은……."

"고지용, 너한테 실망했어. 이 세상엔 아무런 대가 없이 좋은 일을 하는 사람이 있어. 아저씨도 그런 사람인 거고. 어제 일만 봐도 그렇잖아."

재은은 꽃삽을 들고 일어섰다. 색안경을 낀 지용이 안타까웠다.

"이거 봐. 벌써 빠졌어!"

지용이 재은을 손가락으로 가리키며 흥분했다. 지용은 재은이 아무리 설명해도 그녀의 말을 믿지 않는 눈치다.

"아니라니까! 난 아저씨의 순수한 인간애를 존경하는 거야."

"혹시 그 아저씨 무슨 사교 집단의 우두머리 아니야? 애를 완전히 홀렸잖아."

"전혀 아니거든. 가서 만나 보면 너도 알게 될 거야."

"흥!"

지용이 코웃음을 치며 재은이 판 구덩이를 메웠다.

"좋은 사람인 거 확인하러 가는 거야. 우리, 시간 내서 꼭 아저씨 만나러 가자. 네가 갈 이유가 꼭 있어."

"뭔데?"

"아저씨가 카드 게임을 너무 하고 싶은데, 할 사람이 없어서 혼자서 일인이역은 기본이고, 어쩔 땐 혼자서 네 사람 몫까지 한대. 난 게임이라면 아무리 설명해 줘도 못 알아듣잖아. 근데 생각해 보니까 네가 카드 게임 왕이잖아. 그 얘길 했더니 아저씨가 꼭 데리고 오래. 왕림해 주시면 술 창고 개방하겠대."

"안 가."

지용은 들은 체도 하지 않고 땅만 팠다.

"이런 얘기까진 안 하려고 했는데, 아저씨는 럭셔리 원단이라 위스키만 상대하더라고. 술은 잘 모르지만 흘끗 보니까 발렌타인, 조니워커, 스카치블루, 로얄사……."

"로얄살루트. 그 아저씨가 장영준이 집에 산다 이거지?"

지용이 술 이름을 더듬는 재은의 말을 자르며 답했다.

"응."

역시 승현의 말이 맞았다. 처음엔 거절하겠지만, 얘들 이름을 말하면 올 거라고 했다. 승현은 술을 '얘들'이라고 불렀다.

"그런데 럭셔리 원단은 뭐야?"

"몰라. 아저씨가 툭하면 자긴 럭셔리 원단이래. 오리지널, 뭐 이런 뜻 아닐까?"

"술 때문에 가는 건 아니야."

"응."

"네가 어떤 사람이랑 노는지 알아봐야지."

"응."

"위험한 사람이면 악의 소굴에서 널 구출해야지."

"응."

"변태 오리지널일 수도 있으니까."

"응."

재은은 지용의 말에 무조건 고개를 끄덕이며 흙 파기를 도왔다.

"유재은, 내 말 알아들어?"

"응!"

재은은 크게 대답했다. 변태 오리지널이란 말이 조금 걸리긴 했지만. 특히 바지 단추를 잘 잠그지 않는단 말은 하지 않기로 했다. 괜한 걱정을 사서, 승현의 카드놀이 상대를 잃을 순 없다.

그때였다. 벤치에 걸어 둔 재은의 핸드폰이 울렸다. 핸드폰 액정엔 '송 여사님'이란 단어가 떴다.

"여보세요."

— 할미다. 문자 봤어?

"아직요."

— 지금 바쁜 거야?

"아니요. 뒤뜰에서 놀아요."

— 할아비가 없는 모양이구나?

"네, 출타 중이세요."

— 지난주에 꿨던 꿈 말이다. 그게 네가 귀인을 만나는 꿈이라더라. 내가 허 선생한테 물어보니까 그래.

"귀인이요? 말도 안 돼요. 사실 꿈도 좀 우스운 거 같고……."

그 꿈이라는 것이 황당했다. 송 여사의 꿈에서 재은이 샤워 중이었는데, 샤워기에서 흐르는 물이 무지갯빛이었단다. 그리고 그 무지개를 타고 재은이 높은 곳으로 향하더란다.

— 할미 꿈이 우습다는 게야?

"아뇨, 그건 아니고요. 꿈은 꿈이니까요."

— 걱정 마라. 이 할미가 귀인 만나게 해 줄 테니.

"저, 당분간 남자 안 만나요."

— 장영준이 그놈 때문에 우리 손녀 처녀 귀신 되겠네. 강 사장한테

38

말해서, 그놈 손 좀 봐주라고 할까?

"아니에요. 그럴 가치도 없는 사람인데요."

─ 잘 생각했어. 그놈 잊고, 딴사람 만나면 돼. 출중한 인물 만나면 그놈도 금세 잊을 수 있을 게야. 이 할미가 듬직한 신랑감 구해 놓을 테니…….

"괜찮아요. 걱정 마세요."

─ 오늘 저녁에 밥 먹으러 올 거지? 네가 좋아하는 옥돔구이 해 놓고 기다릴 테니, 꼭 와야 해. 네 할아비는 신경 쓰지 말고. 내 전화 한 통이면 꼼짝 못하니까.

"하하하! 꼭 갈게요."

─ 참, 우리 고 팀장도 데리고 와. 마당에 있는 나무에 대해서 얘기할 게 있으니까.

"네. 이따 뵐게요."

─ 그래, 우리 강아지.

재은은 폴더를 닫고 핸드폰을 작업복 주머니에 넣었다.

"할머니?"

"응. 오늘 저녁 때 같이 오래. 상담하시고 싶대."

"좋아. 그런데 할머니가 선보래?"

"아니, 장영준이 혼내 주겠다고 하셔서 괜찮다고 했어."

"네 할머니는 정말 멋진 분이셔. 저번에 사장님이랑 말다툼할 때 보니까 카리스마가 줄줄 흐르시더라. 사장님은 몇 마디 못 하고 분해하시던데."

재은은 유 사장과 송 여사가 만날 때마다 벌이는 신경전을 떠올렸다.

재은은 두 분 모두에게 유일한 손녀였다. 부모님이 돌아가시고 난 후에는 두 분 모두 한동안 서로 키우겠다고 고집했고, 그때 마침 송 여사가 병원에 입원하는 바람에, 재은은 유 사장의 집에서 살게 됐다. 하지만 거의 매일 송 여사의 집에 가다시피 해서 할머니를 안심시켜 드려야 했다. 그런 재은을 유 사장은 매우 못마땅해했다.

"어쨌든 지용이 너, 약속한 거다. 아저씨한테 가기로."

"알았어."

재은과 지용은 손을 닦고 건물 안으로 들어갔다. 지용의 약속을 받은 재은은 흐뭇했다. 또한 자신이 생각해 놓은 복수 방법을 승현에게 보여 줄 생각을 하니 신이 났다.

"그런데 지용아."

"왜?"

지용이 장갑을 벗으며 물었다.

"나, 정말 빈티 많이 나?"

"확실히 부티는 안 나."

지용이 재은을 위아래로 훑어보며 말했다.

"그래?"

재은은 다시 잘 보라는 눈짓을 해 보였다.

"응. 안 난다니까."

부티니 빈티니 하는 것에 별 관심 없던 재은이지만, 어젯밤 이후로 신경이 쓰이기 시작했다.

"요새 유행한다는 실버나 골드 펄 같은 옷을 입어 보면……."

"됐어, 그냥 지금처럼 입어. 대신 딴 색 입어. 왜 만날 장례식장이야?"

재은의 옷장엔 검은색 옷이 꽉 들어차 있다. 세탁이란 실용적인 면을 고려하다 보니, 그렇게 됐다.

"때 안 타고 좋아. 그리고 멋쟁이 언니들은 다 올 블랙이야."

패션 잡지만 봐도 검정색으로 쭉 빼입은 모델들이 즐비했다.

"넌 아니거든요? 머리부터 발끝까지 멋져야 그렇게 되는 거지. 이번 기회에 컬러풀하게 입어 봐. 어쩌면 검정색만 입어서 가난하게 보이는 걸 수도 있어."

"그래?"

재은은 조만간 새 옷을 사 입기로 했다. 옷 따위에 별로 욕심도 없지만, 쇼핑을 하게 되면 언제나 검정색이다. 그나마 변화를 주겠다고 하면 회색이고. 이제 실용보다는 미(美)를 생각해야지.

"그래도 난 누구처럼 가드너 느낌은 안 난다고."

재은은 지용에게 혀를 쏙 내밀고 사무실 안으로 달아났다.

3. 복수 제자, 글 선생 되다

　재은은 과일이 든 봉지를 현관문 손잡이에 걸고는 문 앞에 쪼그려 앉았다. 한참이나 벨을 눌렀는데 답이 없다. 오기 전에 승현과 통화도 했으니, 어디 갔을 리 없을 텐데. 통화하던 승현의 목소리는 기운이 펄펄 넘치는 건 아니었지만, 재은의 물음에 꼬박꼬박 답은 했다.
　"아저씨!"
　다시 한 번 불러 봤지만 현관문은 굳게 닫혀만 있다.
　"대체 어딜 간 거야?"
　그때 재은의 머릿속에 무서운 장면이 스치고 지나갔다. 대학교 봉사 동아리 활동 시절, 재은은 약물중독 환자들이 있는 요양 센터에서 한 달간 일을 했었다. 그 당시, 어떤 할머니 한 분이 문을 잠그고 몰래 술을 마시다 쓰러진 사건이 있었다. 술을 좋아하는 승현이니, 그럴 가능성도 있다. 댄스 가스 출신이라고 무시당한 게 스트레스로 작용해서 결국은······.

"아저씨, 아저씨!"

재은은 다급하게 벨을 눌렀다. 핸드폰을 꺼내 다시 전화했지만 계속해서 음성 사서함으로 넘어갔다. 어떻게든 들어가야 하는데, 방법이 없다. 현관문 비밀 번호를 알면 들어갈 수 있는데······. 재은은 혹시나 하면서 자신의 생일인 예전 비밀 번호를 눌렀다. 그러자 잠금장치가 해제됐다.

"어라, 아직도 이 번호야?"

자신이 들어왔었는데도 바꾸지 않았다니. 승현에게 꼭 재설정하라고 말해야겠단 생각을 하면서 재은은 재빨리 집 안으로 들어갔다. 승현을 부르며 주방과 화장실을 거쳐 서재로 들어갔다가, 마지막으로 침실로 향했다.

"아저씨?"

맘이 급해진 재은은 문을 두드림과 동시에 열었다. 영준이 있을 때와는 달리, 침실엔 침대만 덜렁 있다. 침대 언저리만 주시하던 재은은 그제야 승현을 발견했다. 침대 아래, 이불에 싸인 승현의 상반신이 보였다. 재은의 짐작이 맞는지도 모른다.

"아저씨, 아저씨!"

재은은 승현의 어깨를 거칠게 흔들었다.

"정신 차리세요. 얼른 일어나 봐요!"

승현의 말을 잡아당기던 재은은 갑작스런 힘 때문에 침대 옆으로 휙 고꾸라졌다. 승현이 잠결에 재은을 민 것이다. 그 결과, 재은은 침대 모서리에 머리를 박았다.

"으악!"

"뭐냐? 아침부터."

재은은 부딪친 머리를 문지르며 일어났다. 그제야 승현이 부스럭거리며 일어나 앉았다. 승현의 얼굴은 여전히 칙칙했지만, 심각한 상황은 아닌 듯했다. 승현은 그 할머니와는 달리 중독은 아닌 거다. 재은의 입에서 안도의 한숨이 터져 나왔다.

"아, 다행이다. 술 때문에 아저씨 쓰러진 줄 알고 뛰어왔어요."

"술 때문에 쓰러지다니, 그건 말도 안 되지. 먹고 힘이 나면 몰라도."

승현은 머리를 헤집으며 침대에 등을 기댔다. 그리고 담배를 찾기 위해 두리번거렸다. 재은은 다시 한 번 다행이란 말을 중얼거리며 승현 옆에 앉았다.

"말도 안 돼. 난 술 먹으면 해롱해롱해지는데."

"뽀빠이에겐 시금치, 한승현에겐 술! 알았어?"

재은은 승현이 조만간 알코올중독이 되지 않을까 걱정이 됐다. 하지만 가까운 사이도 아닌데, 함부로 충고했다가 좋은 관계를 망칠지도 모른다. 좋은 관계라……. 재은은 괜히 기분이 좋아졌다.

"그런데 아직도 번호 안 바꿨어요?"

"무슨 번호?"

"현관문 비밀 번호요."

"아, 그거! 안 바꿨어. 귀찮아서."

승현은 담배를 입에 물고 라이터를 찾기 시작했다.

"도둑 들면 어쩌려고요?"

"너 찾으면 되지."

"전 도둑 아니에요."

"며칠 전에 챙기러 들어왔었잖아."

헐레벌떡 뛰어서인지 땀이 난 재은은 두꺼운 코트를 벗으며 머리를 긁적였다. '도둑'이란 말에 가슴이 뜨끔했다. 그 밤에 하려던 일은 결국 범법 행위였으니 도둑이 맞다. 소심한 에이플러스형인 재은으로선 평소엔 상상조차 할 수 없는 일인 걸 보면, 그만큼 상처가 깊었단 거다. 복수하면 되지, 복수를!

"그런데 너 웬일이야?"

"헉! 아까 전화했었잖아요. 온다고요."

"그랬어? 그런데 왜 왔는데?"

재은은 승현의 물음에 혀를 찼다. 알코올중독은 아니지만, 그래도 술 때문에 생긴 그 비슷한 증상이지 싶다. 저 정도의 기억력이라면 말이다. 언제 한번 기회가 된다면 자신이 일했던 요양원 프로그램을 소개해 줘야겠다고 생각했다.

"아저씨, 진짜 기억 안 나요? 아무래도 알코올중독이 의심돼요."

"뭐?"

승현은 입에 물고 있던 담배를 떨어뜨렸다.

"기억력이 현저히 떨어지잖아요."

"그건 술 때문에 그런 게 아니야."

"그럼 뭔데요?"

"원래 머리가 나빠. 오죽하면 공부 안 하고 춤췄겠냐?"

"으, 으, 으……."

또 나왔다, 그 춤 이야기. 재은은 앓는 소리를 냈다.

"더구나 나이까지 들었으니 깜빡깜빡하는 거지. 네가 이해해라. 그래, 너 왜 왔다고?"

"아저씨랑 복수하는 방법 의논하려고요. 아저씨가 자신만의 계획을 대충 짜서 가지고 오라면서요."

"내가 그랬어?"

승현이 손가락으로 자신을 가리키며 물었다.

"네."

"아, 그랬지. 나는 또 뭐라고."

잠에서 덜 깬 부스스한 모습으로 승현이 픽 웃었다. 얼마나 중요한 문젠데, 승현은 별것 아니라는 표정으로 웃기만 했다.

"그럼 또 왜 왔겠어요?"

"혹시나 내 빤스에 미련이 남아서 온 줄 알았지."

"아저씨!"

재은은 기가 막혀 벌떡 일어났다. 정말 그 '빤스'는 생각하고 싶지 않았다. 재은이 얼굴을 붉히며 한마디 하려고 입을 열자, 승현이 이불을 잡고 천천히 일어섰다.

"거기까지. 한마디만 더 하면 그 빤스 보여 준다!"

"으악!"

허리춤에서 이불을 쥔 손을 까딱하던 승현을 보고 겁을 먹은 재은은 소리를 지르며 거실로 뛰어나갔다.

"그러게 곱게 나갈 것이지. 이불은 왜 끌고 나가?"

"그게, 그러니까 일부러 그런 거 아니에요. 벗어 놓은 코트인 줄 알고 가져갔는데, 하필 이불을……."

재은은 미안한 표정으로 고개를 숙였다. 자신의 코트인 줄 알고 가지고 나간다는 것이, 승현의 이불자락을 들고 뛰어나갔으니 할 말이 없다.

"이러니까 의심할 수밖에. 그러지 말고 준다고 할 때 가져가."

승현이 짐짓 마음 써 주는 것처럼 말했다.

"아저씨!"

"왜? 하나 가져간다고?"

귤을 까던 승현이 재은을 다시 놀렸다. 눈을 가늘게 뜨고 씨익 웃는 승현이 미워, 재은은 선물로 들고 온 귤 봉지를 뺏고 싶었다. 엄청 단 귤이라 그동안 아껴 먹던 건데, 특별히 생각해서 가져왔더니 놀리기만 하고.

"계속 놀리니까 하나도 안 미안해지려고 해요."

재은은 씩씩거리며 귤껍질을 봉지에 던졌다.

"그럼 당당하게 하나 가져가. 하나면 속 좁아 보이니, 인심 써서 두 개 줄까?"

승현은 손가락 두 개를 펴며 재은의 얼굴 앞에 흔들었다.

"하……, 그런다고 가져갈 줄 아세요? 그런 거 필요 없어요."

재은이 귤 봉지를 집어 들고 일어났다.

"알았어, 알았다고. 그렇다고 화를 내고 그러냐? 늙은 아저씨가 무료하고 해서 재밌자고 한 얘기지. 어이, 이 귤 참 맛있네. 자, 먹어 봐."

승현은 미안하다는 손짓을 하며 자신이 깐 귤을 재은에게 주었다.

"그죠? 아저씨 집 냉장고엔 먹을 게 없는 것 같아서 가져왔어요."

재은은 그 귤을 볼이 미어져라 넣고 우물거렸다.

"그런데 그 옷에 뭘 그렇게 붙이고 있냐?"

"아, 귤에 붙어 있는 그 하얀 거요. 그거 싫어서 떼어 냈는데, 옷에 붙었나 봐요."

재은은 옷에 붙은 껍질들을 떼어 봉지에 담았다. 귤은 다 좋은데, 실처럼 붙어 있는 이것들을 떼어 내는 게 성가신 일이다.

"낭상근도 먹어야지."

"뭐요?"

재은은 처음 들어 본 이름에 고개를 갸웃거렸다.

"그 껍질 이름이야. 아니, 넌 오늘도 검정색 옷이야?"

"입다 보니까 또 그러네요."

복수에 집중하다 보니, 옷 사러 갈 시간도 없다. 재은은 내일은 반드시 쇼핑을 가기로 했다.

"너 검정색 옷만 있지? 옷 못 입는 애들이 꼭 한 가지 색만 입더라."

"에헤? 아니에요. 워낙 검정색 옷을 좋아하다 보니까. 아, 귤이 참 맛있네. 더 드세요."

재은은 '옷 못 입는 애'와 '빈티 나는 애'가 같은 뜻인 것처럼 들렸다. 영준은 재은의 옷에 관해 별다른 말을 하지 않았다. 몇 번 다른 색 옷도 입어 보라고 했을 뿐이고. 조부는 단정하다고 좋아했고, 외할머니는 젊은 애들치고 칙칙하다고 했다. 연예인 출신이어서 그런지, 승현은 패션에 관심이 많은 듯 보였다.

"너, 귤 좋아하냐?"

귤을 계속해서 우적우적 씹고 있는 재은을 보며 승현이 물었다.

"네. 과일 중에서 귤이 제일 좋아요. 귤, 오렌지, 한라봉, 자몽."

재은은 감귤류라면 사족을 못 썼다. 1년 내내 달고 살 정도니까.

"후후후. 이런 우연이 다 있나."

승현은 재은이 해석할 수 없는 이상한 웃음을 흘렸다.

"네?"

"아니야. 신경 쓰지 말고, 어서 먹어."

"네. 여기 한라봉도 드세요."

혼자만 계속 먹는 게 미안했는지 재은은 봉투에서 한라봉을 꺼내 승현에게 내밀었다. 재은은 손가락이 승현의 따뜻한 손바닥에 스치자 재빨리 손을 거뒀다. 이상하게 손이 가려웠다.

"고맙다. 그런데 진짜 복수 계획 짜 왔어?"

승현은 갑작스레 손을 빼낸 재은을 찬찬히 바라보다 물었다. 그리고 자신의 손을 물끄러미 들여다봤다.

"그럼요. 잠시만요."

재은은 가방을 뒤져 조그만 노트를 꺼냈다.

"복수도 자신만의 스타일을 완성해야 한다면서요. 그래서 제목도 붙였어요."

"뭔데?"

"보람찬 복수요."

재은은 두 손으로 노트를 잡고 당당하게 말했다.

"뭐? 보람찬 복수?"

"네."

"푸하하하!"

승현은 크게 웃으며 소파 뒤로 무너졌다. 승현의 손에 있던 한라봉이 재은의 발치로 굴러 왔다.

"왜 웃어요? 이거 웃기는 거 아닌데."

공들여서 만들어 온 계획을 비웃는 것 같아, 재은은 의기소침해졌다. 재은은 승현이 아까부터 자신을 놀리는 것 같아 속이 상했다. 원래 그런 성격인 듯했지만 이렇게 자꾸 놀리면…….

"아니, 비웃는 거 아니야. 너무 비장하게 들려서."

"당연히 비장해요. 엄청나게 진지하고요. 그간의 고통을 생각하면 이건 아무것도 아닌 거죠."

"물론 그렇지. 웃어서 미안하다. 그런데 말이지……."

승현은 미안하단 표정으로 두 손을 꽉 쥐고 머리를 숙였다.

"……어디 가서 내가 복수 도와준다고 하면 안 된다."

소파에서 미끄러져 내려온 승현이 재은 앞에 앉았다. 너무나 가까워진 거리에, 재은은 뒤로 살짝 물러났다.

"절대 말 안 할게요."

"그래야지. 나 같은 사람이, 실연당해서 복수에나 연연해한다고 소문나 봐라. 추하지, 추해."

재은이 생각하기에 승현은 남의 시선을 상당히 의식했다. 하긴 연예인이니까.

"비밀 지킬게요. 아저씨 만났다는 거, 지용이 빼곤 아무도 몰라요. 지용이한테도 아저씨 진짜 이름은 말 안 했거든요. 참, 그리고 인터넷에서 아저씨 이름 검색도 안 했어요."

"흠, 검색은 해도 돼."

승현은 허락의 의미로 손을 흔들었다.

"네."

"맘껏 해도 돼."

승현은 선심 쓰듯, 이제 두 팔을 흔들었다.

"알았어요. 집에 가서 해 볼게요."

"좋아. 그럼 보람찬 복수 계획을 듣기에 앞서, 아저씨의 아아아~주 작은 소망이 하나 있는데 말이야."

승현은 한라봉의 껍질을 벗겨 통째로 재은의 손바닥에 얹어 주었다. 재은은 고맙다는 뜻으로 꾸벅 고개를 숙이고 한라봉을 입에 넣었다.

"또 뭐 드시게요?"

재은이 가방 안에서 지갑을 찾기 시작하자, 승현이 재은의 가방을 등 뒤로 던져 버렸다.

"허허, 내가 어린애의 지갑을 상습적으로 갈취하는 그런 사람인 줄 아는 거냐? 그땐 돈이 없어서 그런 것이고, 오늘은 돈 많아."

"그럼 뭔데요?"

"출판사에서 일한다고 했지?"

"네."

"그래서 말인데, 너한텐 엄청 간단한 일일 거야. 글 좀 봐줘라."

"출간을 해 달라고요?"

회사에서 재은의 위치는 글을 추천할 순 있어도, 출판 결정권은 없는 수준이다.

"아니. 글 읽고 비평해 달라 이거지."

"무슨 글인데요?"

"소설이야."

"누구 건데요?"

"음, 그건……. 꼭 알아야겠냐?"

승현이 턱을 문지르며 조금 난처해했다.

"네, 알면 좋겠어요."

"내 거."

"에? 아저씨, 글 써요?"

재은의 입이 저절로 벌어졌다.

"야, 귤 떨어진다."

"아, 네."

재은은 입을 꾹 다물고 꼭꼭 씹었다.

"내가 춤만 춘 줄 알았어?"

"아, 또 춤."

재은은 이제 웃음이 터져 나왔다. 승현은 진짜 춤만 췄나 보다.

"이거 왜 이래. 일기도 쓰고, 편지도 쓰고, 또 그 뭐냐, 반성문은 무지 썼다."

"으……, 반성문은 뭐야."

재은은 반성문이란 말에 킬킬대며 웃었다.

"얘 좀 봐라? 반성문도 문학의 한 장르야. '이 녀석이 뭘 좀 뉘우치고 있구나.' 이런 느낌이 강렬하게 와 줘야 선생님이 감동받아서 죄를 사해 주는 거지. 선생님의 동정심을 얼마나 끌어낼 수 있냐에 따라 반성문의 수준이 달라지는 거라고."

"알았어요, 아저씨."

재은은 승현의 과거를 약간은 추측할 수 있었다. 분명 모범과는 거리가 먼 생활이었을 테지.

"어쨌든 내 꿈은 추리소설 작가야."

"우와!"

재은은 손바닥을 치며 감탄했다.

"그래, '우와!' 지. 내 주위엔 무식한 애들만 있거든. 얘들이 문학적 감수성이 없어. 써서 보여 줘도 뭘 알아야 말이지. 그래서 네가 가끔씩 봐주면 좋겠다 싶어서. 어때? 네 복수는 퍼펙트하게 도와주마. 애프터서비스까지."

"좋아요. 읽고 평하면 되는 거죠?"

재은은 승현의 제안이 맘에 들었다. 자신이 해 오던 일 중의 하나니까.

"응. 그런데 네 전공은 뭐냐?"

"비평문학을 공부했어요."

"뭐? 그럼 부탁드리겠습니다, 유 선생님."

승현은 재은에게 꾸벅 머리를 숙였다.

"네, 그럼 저도 부탁드리겠습니다."

재은도 일어서서 허리를 90도로 굽혔다.

"정말이에요, 아저씨?"

어제 복수에 대한 의논을 하러 왔다가, 사무실로 호출을 받고 들어간 재은은 오늘 다시 승현의 집에 왔다. 승현이 부동산 소개소로부터 영준의 소재지를 알아냈다며, 전화가 온 것이다. 사무실 일은 지용에게 맡기고 재은은 부리나케 달려왔다.

"그럼. 춤췄……."

"무슨 말 하려는지 다 알아요! 절대 아저씨 무시 안 해요. 그리고 춤추는 사람들도. 아저씨 때문에 춤추는 사람들에 대한 편견을 버렸어요. 아저씨 말 믿는다니까요."

재은은 승현의 말을 막으며 '춤' 얘기에 곧바로 대응했다. 자신이 생각해도 대단한 순발력이다.

"좋아, 훌륭해. 댄서에 대한 새로운 시각을 불어넣은 내가 더 훌륭하지만 말이야."

승현의 칭찬에 재은의 입이 헤벌쭉 벌어졌다. 하지만 영준을 생각하니 다시 기분이 급속도로 나빠졌다.

"장 씨가 이렇게 가까운 곳에서 살고 있었다니······."

"무섭게 왜 이래?"

승현이 재은의 팔을 건드렸다.

"뭐가요?"

"표정 장난 아니다. 처키 같아."

"에? 아니에요."

재은은 처키란 말에 손사래를 쳤다. 그리고 활짝 웃어 보이려고 노력했다. 점점 더 이상한 얼굴이 되어 갈지도 모르지만, 처키는 싫다.

"동그란 얼굴에, 머리는 산발이고······. 표정 봐라. 더 이상해."

"사람 얼굴이 다 동그랗죠, 뭐. 그리고 너무 빨리 달려오느라 머리가 이런 거고요. 표정은 원래 이래요."

재은은 조금 더 웃어 보였다.

"얼굴 펴. 처키라니까 또 표정 바꾸는 것 봐라. 네 의상도 처키야. 처키가 멜빵 달린 거 입었지?"

청 멜빵바지에, 빨간색과 흰색의 줄무늬 티. 그게 처키의 의상이다.

"그 애는 멜빵바지고, 저는 멜빵치마예요. 옷 색깔도 다르고요."

재은은 한 바퀴 빙 돌았다. 쳐키는 절대 아니다.

"돌지 마, 어지러워. 아니, 나이가 몇인데, 멜빵치마가 뭐냐? 하긴 그 얼굴에 어울리긴 하네."

승현은 재은을 딱하다는 표정으로 바라봤다.

"왜요? 이거 즐겨 입는 건데. 아주 편하고 좋아요."

승현의 얼굴이 점점 더 구겨지자, 재은은 가슴에 달린 주머니에 손을 집어넣고 어깨를 으쓱거렸다.

"그런데 요새 그런 옷 파는 곳이 있긴 해? 하긴 입는 애들이 있으니까 팔 테지."

재은의 옷에 특별한 관심을 두는 사람은 거의 없었다. 친구인 지용만 해도 한번 흘끗 보고 혀를 찰 뿐인데, 유독 승현만 과한 관심을 두고 있다. 패션 잡지에 나올 스타일은 아니어도, 어디 가서 쫓겨나지는 않을 옷차림이라고 생각해 왔는데.

"솔직히 말하면 아저씨 옷도 그다지……."

"뭐 눈엔 뭐만 보이니까. 난 그냥 프리 스타일이야. 그래도 너만큼 후지진 않아."

승현이 재은의 옷을 가리키며 인상을 썼다.

"후, 후지다뇨!"

빈티에 이은 또 다른 충격적인 말이라, 재은은 말을 더듬었다.

"그래, 후져! 네 친구들은 그런 얘기도 안 해 주디?"

"네. 그런 말 한 애들 한 명도 없어요."

재은이 씩씩거리며 덧붙였다.

"너, 인생 헛살았어. 진실한 친구가 하나 없구먼."

승현은 혀까지 차며 재은을 딱한 눈빛으로 쳐다봤다.

"아니에요!"

생각해 보니, 친구가 없긴 없다. 돌고래를 찾아 떠난 수지와 가드너 지용만 떠오른다.

"나나 되니까 이런 얘기도 해 주는 거야. 인생에서 진짜 은인 만난 거라고. 누가 도둑질하러 왔는데 그냥 보내 주고, 복수를 도와주냐? 그리고 패션 제안도 해 주고. 안 그래?"

"그게 또 그렇죠."

그건 그렇다. 영준을 잃긴 했지만, 그래도 좋은 사람 만나서 살 힘이 생기긴 했으니까. 재은은 승현의 말에 고개를 끄덕였다.

"하여튼 복수하기 전에 옷부터 바꿔야지, 원. 그런 옷 입고 복수가 되겠어?"

"복수랑 옷이랑 무슨 상관인데요?"

"얘가 또 뭘 모르네. 패션이란 건 그 사람의 영혼을 반영하는 거야. 그런 멜빵치마로는 복수의 복도 안 되는 거지."

재은은 이해가 가지 않았다. 그럼 복수를 위한 패션이 따로 있단 말인가? 그렇다면 승현의 그 속옷이 보이는 패션은 뭐란 말인가. 속옷을 보여 주고자 하는 영혼은······. 아니지, 설마 승현이 변태는 아닐 것이다.

"알았어요. 다음부터 신경 써서 입을게요."

"그런데 말이지, 혹시 그놈하고 말이야······."

승현은 재은 쪽으로 몸을 기울이더니 중요한 질문이라도 하듯, 낮은 목소리로 물었다.

"장 씨요?"

"응. 네 옷 때문에 헤어진 거 아니야?"

"말도 안 돼! 절대 아니거든요! 장 씨는 제 검소하고 소박한 옷차림을 좋아하기만 했다고요."

승현의 말도 안 되는 생각에 재은이 발끈하자, 승현은 두 손을 들어 미안하단 몸짓을 해 보였다.

"그래, 너희들은 역시 천생연분이었던 거야. 나라면 이런 옷 입은 애는 쳐다보지도 않아. 나 같으면 당장……. 아니, 오늘도 또?"

승현이 어이없다는 표정을 지으며 무릎을 쳤다.

"네?"

"아놔, 오늘도 검정색이야."

"아니에요. 티는 흰 거란 말이에요."

"뭐야, 검정치마에 흰 티. 진짜 '아놔.' 다."

승현은 두 손으로 머리를 못살게 굴며 웃기 시작했다. 이 옷차림이 어디가 이상하다고 놀리는 건지. 생각 같아서는 승현의 속옷이 보이는 패션에 대해 한마디 하고 싶었지만 꾹 참았다. 그는 은인이니까.

"왜요? 저희 할아버지가 제일 좋아하는 차림인데."

그랬다. 재은의 조부는 이런 스타일을 굉장히 좋아했다.

"훗! 네가 유관순이냐? 검정치마에 흰 저고리? 태극기라도 들지?"

승현은 재은의 말에 코웃음을 치며 빈정거렸다.

"잇, 이렇게 이셨어요? 유관순 열사 후손이에요, 제가."

그래서 재은의 조부가 이런 차림을 좋아하는지도 모른다. 조부는 항상 나라의 큰 일꾼이 되어야 한다고 강조하니까. 재은은 이제야 이해가

갔다. 옷차림이라도 닮은 재은이 보기에 좋았던 게 분명하다.

"이거야 정말! '아놔.' 가지고는 안 되겠다. 우하하하!"

계속 웃는 승현을 보며 재은은 막막한 기분이 들었다. 승현은 진지한 면이 많이 부족한 것 같다. 조금만 진지하면 참 좋으련만. 그의 말마다 나 춤을 춰서 그런가? 재은은 고개를 설레설레 젓고는 다시 복수 노트를 떠올렸다.

"아저씨, 제 복수 말인데요."

"아, 그래."

너무 웃었더니 땀이 난다며 승현은 수건으로 얼굴을 닦았다.

"이제 장 씨의 소재도 파악했으니, 시작만 하면 될 것 같아요."

"그렇지. 우선 너만의 보람찬 복수 계획을 들어 보자."

재은은 가방에서 노트를 꺼낸 뒤 승현 앞에 무릎을 꿇고 앉았다. 너무 가까이 가는 바람에 무릎이 승현의 무릎과 닿았다. 그러자 어제처럼 이상하게 무릎이 가려웠다. 재은은 손바닥으로 무릎을 문질렀다.

"어서 읊어 봐라."

"우선 두 가지로 나눠서 생각해 봤어요."

"두 가지?"

승현은 양반 다리를 하고 앉아, 두 손을 양쪽 무릎에 올려놨다.

"네. 일단 직접적인 복수와 간접적인 복수로 나눠서 실행하려고요."

"역시 똑똑한 애들은 복수도 뭔가 다르구나."

"으ㅎㅎ……."

승현이 감탄한 표정을 짓자, 복수도 하기 전인데 재은은 기분이 좋아졌다.

"하지만 그 웃음에서 깨는구나. 그 웃음은 바꿔라."

"네."

재은은 바로 입을 다물었다.

"직접적인 건?"

"사실 쥐어 패 주고 싶지만 신고할지도 모르고, 잡혀갈지도 몰라서, 신중한 방법을 쓰기로 했어요."

"신중한 게 아니라, 소심한 거 아니냐?"

'소심'이라는 말에 재은은 눈살을 찌푸렸다. 안 그래도 주위에서 중증 소심병 환자로 불리고 있기 때문이다. 소심이 아니라 매우 신중한 거라고 항상 고쳐 주고 있긴 하지만 소용이 없다. 아마 현대인들은 신중을 잊은 지 오래라 소심과 신중을 구분하지 못하는 것이리라.

"어, 아니에요. 굉장히 대범한 건데요."

"뭔데?"

"그 집 우편물과 우유를 훔치는 거죠. 으흐흐……."

또다시 도둑이 되어야 하는 건 싫지만, 영준의 화를 돋우기엔 충분하다.

"야!"

갑자기 승현이 바닥을 쳤다. 그리고 담배를 찾기 시작했다.

"왜요?"

"그게 뭐냐? 그게 무슨 직접적인 거라고."

"직접 가서 훔치는 건데, 이서 걸리면 절도죄예요. 이거 말고 딴것도 훔치려고 했는데요? 아저씨가 몰라서 그러는데, 장 씨는 아침에 배달 온 건강 음료를 마시지 못하면 하루 일이 안 되는 스타일에, 우편물이 하나라도 분실되면 미치는 스타일이에요."

재은은 자신의 눈에 보이는 건 죄다 가져오려고 했다. 그런데 이게 영 아니란 말인가. 영준은 자신의 물건이 하나라도 없어지면 생활에 마비가 오는 체질이다. 자기 물건이 없어지는 것만큼 열 받는 일도 없는데. 그 모습을 보며, 맘껏 즐겨 주려고 했는데, 승현은 왜 이해하지 못하는 걸까?

"유관순 열사의 후손이 무슨 짓이냐! 그 누님이 지하에서 '아놔.' 하실 거다. 조상님 이름에 먹칠하다니."

"그, 그런가요?"

재은은 승현이 자신의 조부처럼 보였다. 갑작스런 포스가 느껴지는 것이 정말 닮았다.

"그럼! 스페셜 트레이닝 좀 받아야겠다. 내일 당장 가서, 내가 직접 시범을 보여 주지."

재은의 가슴 속에서 뜨거운 뭔가가 올라왔다. 애인은 잃었지만 대신 최고의 지원군을 얻었으니, 하느님도 재은을 버리진 않으신 거다. 재은은 고마운 마음에, 제주도에서 보내온 최고급 한라봉 한 상자를 가져오기로 했다.

"또 어떤 걸 준비했어?"

"음, 차에 낙서하기, 차에 줄긋기, 차에 쓰레기 던지기, 차에……."

"됐어! 들어 줄 수가 없다. 차랑 원수졌냐?"

승현은 담배를 물어뜯었다.

"아뇨. 장 씨가 차에 굉장히 집착하거든요. 새가 똥 쌌다고 출근도 안 하고 그거 닦았어요. 일주일 동안 지나가는 새들한테 욕하고."

말하고 보니, 아주 이상한 남자랑 사귄 것 같다. 그때는 왜 이런 생각을 못 했을까?

"그런 소심한 놈이 다 있나? 그런데 생각할수록 둘이 정말 천생연분이구나. 그러니 네가 이렇게 집착하면서 복수하려고……."

"아저씨, 저는 장 씨랑 다르다니까요! 저는 소심이 아니라, 신중한 거라고요."

재은이 노트를 흔들며 항의했다.

"알았어, 알았다고. 그럼 간접적인 건 쓸 만할 테지?"

"네! 일단 매일 하는 게 있고요, 이틀에 한 번씩 하는 게 있어요."

"네 복수는 부지런해야겠다."

"그럼요. 복수도 온 맘을 다해서 해야 한다면서요?"

"그건 그렇지. 그래, 매일 하는 건?"

승현은 물어뜯던 담배를 버리고, 새 담배를 입에 물고 라이터를 찾기 시작했다.

"이건 매일 밤 12시에 하는 건데요, 다칠 수 있어요."

"허허, 그럼 안 되는데. 복수라는 건, 자신의 몸은 털끝 하나 다치면 안 되는 거야. 상대에게는 다치지 않은 털끝이 단 한 개도 없어야 하고."

"아……, 네. 하지만 이건 베스트 중의 하나라고, 저주하려면 이게 '직빵'이래요."

"뭔데?"

재은은 승현의 관심이 반갑기 그지없었다. 그래서 승현에게 더 가까이 가서 나직하게 말하기 시작했다.

"밤 12시에요."

"응."

"화장실 거울 앞에 서서요."

"화장실?"

"네. 입에 식칼을 물고요."

"그냥 칼도 아니고 식칼을!"

"네."

"그리고?"

"빨간색 펜으로 거울에 장 씨 이름을 쓰는 건데, 한 번만 쓰는 게 아니라, 죽을 사를 뜻하는 네 번을 쓰는 거죠. 사실, 빨간색 펜보다는 피가 좋다는데. 피 아시죠? 블러드. 그런데 피가 있어야 말이죠."

승현은 담배를 떨어뜨리고 마룻바닥에 누워 있었다.

"아저씨?"

"……."

"심하다고 생각하시는 거죠? 저도 그렇게 생각하지만요, 이게 워낙 제대로라고 하니까."

"아!"

승현이 벌떡 일어나 다시 담배를 입에 물었다.

"왜요?"

"내가 미친다. 그럴 거면 아예 열세 번 쓰지? 외국에선 13이 죽음의 숫잔데."

승현은 바닥을 두드리며 목소리를 높였다.

"이왕 쓰는 김에 아홉 번 더 쓰죠. 와, 아저씨는 역시!"

재은은 왜 그 생각을 못 했는지 싶다. 13일의 금요일도 있지 않은가.

13일의 금요일 날, 열세 번 쓰면 더 효과가 있지 않을까?

"한승현 죽겠네. 넌 마인드 자체가 복수엔 부적합한 인물이야."

"아니에요. 저도 복수를 위해 태어난 사람이 될 수 있어요."

재은은 승현의 단정에 고개를 저었다.

"그러기엔 턱없이 부족해. 네가 말한 것을 들어 보니 한심한 것뿐이잖아."

재은은 입술을 깨물었다. 어떤 일이 있어도 장 씨가 괴로워하는 걸 꼭 봐야만 한다. 자신이 아팠던 것만큼, 아니, 그보다 더 아파야 한다. 자신에게 이런 잔인한 면이 있다니, 재은은 자신이 딴사람처럼 여겨졌다.

"아니에요. 저는 이 복수를 꼭 해야만 해요. 아저씨는 모르는 것도 없으니, 절 도와주셔야 해요. 제발 도와주세요!"

재은은 승현의 다리를 잡고 간절히 부탁했다.

"좋아. 내 글 선생이기도 하니, 힘써 보마. 하지만 너는 진짜 다시 태어날 필요가 있어."

승현은 재은의 재탄생을 강조했다. 복수를 위해선 수백 번 다시 태어나는 거다.

"네, 다시 태어날게요."

"새로운 사람이 되는 거야."

"네!"

재은은 승현이 말하는 대로 꼬박꼬박 답했다.

"그런데 니!"

"왜요?"

새로운 사람이 된 느낌에 취해 있던 재은은 고개를 들어 승현을 올려다봤다.

"대체 어딜 잡고 있는 거야!"

"아니, 다리였는데 언제……."

헉, 이럴 수가! 분명 다리를 잡고 있었는데, 왜 허리를……. 재은은 승현의 바지춤을 세게 잡아당기고 있었다.

"얘가 아직도 미련을 못 버리네. 안 되겠다. 복수보다, 먼저 빤스에 대한 집착을 없애야겠다."

"아, 아닌데."

재은은 자신의 진심과 다르게 항상 빤스로 끝나는 이런 상황이 달갑지 않았다.

"됐어, 이건 아저씨가 이해하마. 집에 갈 때 하나 가져가. 안 그래도 어제 빤스 몇 장 빨았다."

승현은 진지하게 재은을 내려다봤다.

"아, 정말!"

"냄새날까 봐 걱정하는 거야? 지중해의 향기라는 섬유 유연제를 들이부었으니 냄새 안 날 거야."

"저야말로 '아놔.' 예요."

아무래도 빤스에 대한 집착은 승현이 훨씬 더 심한 것 같다. 빙글빙글 웃고 있는 승현을 보니, 재은은 힘이 빠졌다.

4. 복수 지존, 제자에게 혹하다

 늦은 오후, 그리고 겨울. 승현이 좋아하는 계절, 좋아하는 시간이다. 오후 언저리, 계절의 끝. 뭔가 어긋나 보이는 그 조화가 좋았다.

 승현은 한 손엔 담배를, 한 손엔 와인잔을 들고 베란다에 나와 있었다. 창문에 몸을 기댄 채 하늘 구경에 빠져 있었다. 파랗고, 희고. 캘리포니아의 하늘과 별 차이가 없다. 그런데도 그렇게 보고 싶었다니, 알다가도 모를 일이다. 여기 있을 때, 하늘을 만날 올려다본 것도 아니었다. 가끔, 정말 가끔 봤을 뿐이었다. 흘끗 보는 게 전부였는데, 그 조금이 그리웠다. 지나치게.

 그러고 있자니 어디선가 노래가 흘러나왔다. 승현이 요새 즐겨 듣는 노래다. 잊고 있던 느낌이 살아나 몸이 근질거리는 그런 노래.

 "I never met a man quite like you. …… your strong and your smart. You've taken my heart, and I'll give you the rest of me too. You're the perfect man for me. I love you I do."

승현은 고개를 까딱거리며 노래를 따라 흥얼거렸다. 흥겨운 노래인지라 기분이 절로 난다.

"perfect man for me. 암, 그렇지. 내 노래야. 나 말고 누가 있겠어?"

그런데 같은 구절만 계속해서 반복되고 있다. 생각해 보니 핸드폰 벨소리다. 뭐, 언제나 그렇듯 무시하면 그만이다. 승현을 아는 사람이라면 급한 일이라고 해서 전화를 하진 않는다. 차라리 찾으러 오지. 굳이 핸드폰을 찾기 위해 안으로 들어갈 필요는 없다. 이렇게 훌륭한 그림 감상 중인데, 움직이고 싶지 않다. 어차피 받기도 전에 끊어질 테고.

"음, 끊어지네."

하지만 다시 울리기 시작한다. 아주 집요하게. 몇 번을 반복해서 좋아하는 부분을 흥얼거리다가, 갑자기 받아야겠다는 생각이 들었다. 어떤 얼굴 하나가 퍼뜩 떠올랐으니까.

"거참, 귀찮구먼."

승현은 혼잣말과 다르게 와인잔을 화분 받침대에 내려놓고 전속력으로 거실로 달려갔다. 소파에 쌓여 있는 쿠션들 사이를 뒤져서 핸드폰을 찾았다.

"관순이냐?"

—뭐?

관순이가 아니라 지훈이다. 승현의 전 매니저이자 절친한 친구. 승현은 핸드폰을 들고, 다시 베란다로 나갔다.

"아님 말고."

—아니다!

"끊는다."

― 왜 끊어!

재밌어 죽겠다. 승현은 픽 웃음이 터졌지만 모른 척하기로 했다.

"그럼 누군데?"

― 네 마누라다.

"미친놈."

― 미친놈, 맞지. 너한테 안 미쳤음 미국까지 갔겠어? 연예인 관둔지가 언젠데, 내가 아직도 네 매니저를 하고 있겠냐고.

"그만두든지."

지훈과의 대화는 매번 이런 식이다. 애정(?)을 확인하는 그런 대화라고나 할까.

― 그러고 싶다, 인간아. 나 없으면 아무것도 못 하는 놈이 큰소리는. 누구야?

"누가?"

― 처음에 부른 이름. 무슨 순이? 이름이 왜 그렇게 촌스러워? 거기 가서 그런 애랑 사귀냐? 너 많이 후져졌다.

"사귀기는 무슨. 레슨 중이지."

'후져졌다.'는 말을 들으니, 영 기분이 그랬다.

― 또 뻥친다.

"알아서 생각해라. 그래도 그 애가 독립투사 후손이다, 인마."

그 패션을 보고도 그분의 후손인지 골라봤다니, 한승현이 감각 진짜 후져졌다. 그런데 절묘한 일이지, 유관순 후손이라니. 어쨌든 '아냐.' 아니면 설명이 불가능한 애다.

─어라, 너 변했다? 언제부터 내실 있는 앨 만났다고? 이제 비주얼은 신경 안 쓰나 보네.

비주얼? 연예인도 아닌데, 일반인이 그 정도면 됐지. 그 정도? 사귀는 애도 아닌데, 쓸데없는 생각을 하는 자신을 탓하며 승현은 머리를 흔들었다.

"시끄럽고. 용건이 뭐냐?"

─마누라가 전화하는데, 용건이 있어야 되냐?

"없으면 끊든지."

승현은 와인 한 모금을 마시고, 담배를 물었다.

─네 사촌 형수 어쩔 거야?

"알 게 뭐야? 뭐든 혼자서 잘하는 여잔데, 내가 왜 신경 써?"

담배가 썼다. 승현은 담배를 화분에 눌러 껐다. 쓴맛이 없어질까 싶어 와인잔을 입에 댔다. 그 들큼한 향이 느껴지지 않는다.

─어쭈, 강하게 나간다 이거야?

"겨우 그 얘기하려고 전화했어? 끊어라."

향 없는 와인이라 승현은 와인을 화분에 부어 버렸다.

─그 여자랑 정말 끝인 거야?

"끝난 지가 언젠데!"

승현 자신이 끝났다고 해도 주위 사람들은 믿질 않았다. 승현 자신의 문제를 어떻게 남이 더 잘 알 수 있냔 말이다. 아마도 그건 그 존재가 아직도 승현의 주위에 있기 때문일 것이다.

─그럼 왜 도망간 건데? 딱 부러지게 못 하니까 한국 간 거 아니야?

"절대 아니거든! 그 여자만 보면 자꾸 어떤 바보가 생각나서 열 받아서 왔다."

그리고 연민을, 아직도 남은 미진한 감정이라고 착각하며 우정을 들먹이는 어떤 여자도 문제고.

─ 바보 맞네. 한승현, 바보.

"강지훈, 작작 좀 해라."

승현은 술 생각이 간절해졌다. 오늘은 와인 갖곤 안 되겠다. 이러니 술을 놓을 수가 없다니까.

─ 너 어디 있냐고 자꾸 묻는데, 거짓말하기도 힘들어 죽겠어.

"하와이에 있다고 해. 그리고 사실, 나 지난달까지 하와이에 있었어. 대충 알아서 얘기해."

─ 자식, 아직도 지가 연예인인 줄 아나! 그런데 언제 올 거야?

"나, 휴가다. 10년 만이라고."

생각해 보니, 10년 만의 긴 외출이다.

─ 농부한테 휴가가 어디 있어! 자식 같은 나무는 어쩌고 거기서 편하게 먹고 놀아?

"나한테 미친 생활 관리사, 강지훈 씨가 있는데 무슨 걱정이 있겠어. 신께 감사할 따름이지. 나랑 영원토록 함께하자고."

─ 무서운 놈. 그런 저주를 하다니.

"저주 하니까 생각났는데 말이야. 예전에 주은이가 갖고 다니던 인형 기억나?"

주은이 가지고 다니던 짚으로 만든 인형이 생각났다. 주은을 구박하고 쫓아낸 여자 탤런트 때문에, 그녀를 괴롭힌다고 한동안 갖고 다녔던 것 같은데.

─ 아, 그 저주한다고 쓰던 거?

"그래. 그거 어디서 파냐?"

─ 갑자기 왜 그래?

"쓸 데가 있어서 그래. 그거 진짜 효과 있대?"

─ 맘에 안 드는 놈 있음 가서 패 줄 것이지, 여자처럼 어두운 방에 혼자 앉아서 못 박고 바늘로 찌르려고? 너, 그렇게까지 될 줄 몰랐다.

"이 한승현이 그러겠어? 누가 필요하대서 그래."

─ 주은이한테 물어보지, 뭐.

"그리고 너 말이다."

─ 뭐?

"주은이 그만 고생시키고 결혼해라. 왜 그렇게 애를 내버려둬? 그러다 도망간다."

─ 그게 누구 때문인데? 도망갈 리도 없지만, 도망가면 네가 잡아와야지. 그리고 너나 잘해.

"나한테 누가 있다고 잘하라는 거야?"

─ 누구긴, 나지.

"이 자식, 내가 진짜 보고 싶었구나. 간간이 사라져야겠군. 이제야 내 소중함을 아는구나."

─ 시끄러, 인마. 주은이는 절대 도망 못 가. 나 없으면 죽는 앤데. 관리는 나의 힘, 알잖아. ……어! 주은이가 너랑 통화하고 싶다는데, 바꿔줄까?

"그래."

분명 주은이 덩치 큰 지훈 옆에서 수화기를 뺏으려고 폴짝폴짝 뛰고 있을 것이다. 그 모습이 떠오르자, 승현은 멜빵치마를 입고 빙빙 돌던 누군가가 생각났다. 대체 치마 입고 왜 도는 거야? 촌스러운 관순이.

─ 오빠, 잘 있는 거지?

"당연한 말씀. 너는 옆에 있는 애나 신경 써."

─ 있는데 신경은 무슨. 강지훈이가 나한테 신경 써야지. 안 그럼 도망갈지도 모르니까.

주은의 웃음이 묻어난 목소리 뒤로 지훈의 투덜거리는 소리가 들렸다.

"주은이 너는 뭘 좀 안다니까."

─ 밥은 잘 먹고? 또 담배랑 술만 먹는 건 아니지? 그럼 안 돼.

"걱정 마. 적당히 잘 먹어 주고 있으니까."

주로 액체 타입이긴 하지만. 아, 어제는 귤을 한 바구니나 먹었으니까 비타민은 제대로 섭취해 주고 있는 거지.

─ 그것보다 더 걱정인 건 오빠 의상이야.

"하하하! 양주은, 너 이제 코디 아니잖아."

주은은 언제나 승현의 옷 걱정이다. 미국에선 승현을 알아보는 사람이 없는데도, 작업복 하나에까지 신경을 썼다.

─ 설마 찢어진 거 입고, 바지 단추 풀고 다니는 건 아니지? 제발 그 속옷 좀 조심해. 오빠는 술만 먹으면 바지 단추 풀잖아.

"아니야."

안 그래도 재은이 바지 단추를 꼭 잠가 달라고 말한 것도 같다. 자식, 남의 바지는 왜 신경을 쓰고 그러는데! 애인도 아니고 마누라도 아니면서. 나이 먹은 아저씨, 괜히 가슴 뜨끔하게. 그 생각에, 승현은 '으훗.' 하는 미적지근한 웃음을 흘렸다. 이상하게 재은만 보면 빤스를 들이며 놀리고 싶어 온몸이 근질거린다.

— 왜 웃어?

"아무것도 아니야. 걱정 마. 술은 집에서 혼자 먹으니까 걱정 안 해도 돼. 그런데 말이지, 안 그래도 내 빤스에 반한 애가 하나 있긴 해."

반했다기보다는 승현이 억지로 우기는 거였지만, 그래도 훗날 반해서 꼭 달라고 할 것이다. 그 생각을 하자 무척 즐거워졌다. 무슨 색을 줄까? 색깔대로 하나씩 줄까? 아니지, 무지개색 세트로 줘야지.

— 아까 그 순이? 옆에서 들었어. 누구야?

"내 글 선생님. 나중에 얘기해 줄게. 그런데 내 아가씨들은 잘 있지?"

— 물론이지. 하지만 내 사랑이 오빠 거랑 비교가 되겠냐고. 빨리 와서 애들 신경 좀 써 줘. 오빠의 사랑을 받지 못하면 죽는단 말이야.

"내 아가씨들은 태양만 있으면 끝나는데, 뭘. 조금만 쉬다 갈게."

— 알았어. 그리고 당분간은 오지 마. 강지훈이 뭐라고 해도 푹 쉬다 와. 더구나 제니퍼 박이 여기에 매일 출근하고 있는데, 와서 뭐가 좋겠어? 안 그래도 바빠 죽겠는데, 자기가 한가한 농장 마님인 줄 알아.

주은의 목소리가 퉁퉁 불어 있다.

"일 시켜. 바쁜데 잘됐네."

본격적인 활동을 해 보시겠다는 건데, 어림도 없다. 승현은 주은에게 재량권을 주기로 했다. 만만치 않은 주은이니 알아서 잘할 테지.

— 그래도 돼?

"그럼. 그리고 내 아가씨들 하나라도 데려가면 알아서 하라고 하고."

— 그건 두말하면 잔소리지.

"몽땅 부려먹어. 말 안 들으면 오지 말라고 하고."

― 알았어. 건강하게 잘 있다가 와야 해. 그리고 하나 구해 와.

"뭘?"

― 아가씨.

아가씨, 여자, 그리고 관순이. 왜 하필 재은이 생각이 나는 걸까? 요새 승현의 주위에 여자라곤 재은뿐이니까. 아가씨나 여자는 관심 없는데, 관순이는……. 관심이라고 말하기엔 약간 심한 궁금증이랄까? 워낙 특이한 상황에서 만난 사이니, 과한 궁금증도 생길 만하지. 연예인이라는데도 별 반응도 없고, 그 귀한 빤스를 준대도 마다하고. 황당하고, 웃기고, 조금은 귀엽고, 또……. 그런데 그놈은 왜 못 잊어서 그러는 거야? 빨리 잊으래도 복수까지 한다니. 경험자로서 도와주다가 포기를 시키든지 해야지.

― 오빠, 왜 말이 없어? 진짜 아가씨 생긴 거 아니야?

"아니야. 아가씨들이 그렇게 많아서 관리가 힘든데, 또? 됐다."

한승현 인생은 지금처럼 고요하고 적막한 게 낫다. 가끔 재은 같은 애가 하나 있으면…….

― 진짜 아가씨 말이야.

"귀찮아. 말 없는 아가씨가 최고지. 얼른 들어가라. 끊는다."

승현은 주은의 얘기가 길어질까 봐 서둘러 폴더를 닫았다.

"갑자기 아가씨 얘긴 꺼내서 마음만 심란하네……. 그나저나 관순이 앤 뭐 하나 몰라."

승현은 재은에게 문자를 찍기 시작했다.

5. 무지개타고 온 복수 지존, 시푸르딩딩하게 위장하다

뒤뜰이 보이는 창 앞에서 재은은 또 다른 복수에 골몰하고 있었다. 복수를 위해 새로이 태어난 자신이지만, 이전과 별다를 바 없는 생활을 하고 있었다. 아니, 어쩌면 다른 생활이 돼 가고 있는지 모른다. 열 살도 넘게 나이 차이가 나는 전직 연예인 출신 친구가 생겼으며, 술이 나쁜 것만은 아니라는 생각에 조금은 홀짝이게 되었고, 저주와 복수에 대한 지식이 늘었다. 가장 놀라운 변화는 자신을 원망하는 시간이 줄었다는 것이다. 승현이 강조했듯이, 재은의 잘못이 아니라 영준이 나쁜 놈이기 때문에 이런 일이 생긴 거니까.

부모님이 떠난 날부터, 재은은 누군가를 좋아하게 되면 겁부터 나기 시작했다. 부모가 그랬듯이 자신을 떠날지도 모르니까. 아무리 생각을 달리하려 해도, 부모의 죽음이 자신 때문이라는 건 지울 수 없었다. 그날, 그 장난감을 갖고 싶어하지 않았더라면 지금은 부모와 함께 살고 있을 것이다. 그리고 유 사장 또한 저렇게 외로운 사람이 되지 않았을 테지. 더 이상 자신을 떠나지 않게 하려고 지극 정성으로 영준을 대했는데……. 결국 영준도 그렇게 가 버렸다.

재은에게 있어서 복수란 영준을 잊기 위한, 마음속에서 완전히 몰아내기 위한 작업이다. 더 이상 아프지 않기 위해서, 미련 따위는 버리기 위해서. 승현의 말대로 '잘 먹고 잘살아라, 퉤!'를 선언하기 위한 의식인 것이다, 복수는.

"복수는 왜 이렇게 어려운 거야!"

"복수의 생활화, 그거 없이는 절대 불가능하죠."

"헉!"

재은은 자신의 혼잣말에 답하는 목소리 때문에 놀라서 뒤를 돌아봤다. 이공계 학술 서적 담당 팀장인 은형이 서 있었다. 가냘픈 체구에 큰 뿔테 안경을 쓴 그녀는 실험실이 없는 출판사에서 언제나 흰 가운을 펄럭이고 다녔다.

출판사의 이공계 파트엔 비정상적인 인물이 많지만, 그중 은형은 최고였다. 남자들만 우글대는 부서에서 치밀한 일솜씨로 그들을 제압하고 당당하게 팀장이 된 것이다. 회사에서 사이코로 유명한 김 이사를 두 손 들게 했고, 사장인 조부에게도 기죽지 않는 유일한 여성이다. 그래서 그런지 그녀에게선 알 수 없는 힘이 느껴지곤 한다. 가끔은 저 흰 가운이 무슨 연기처럼 보이기도 하니까.

지용은 그런 재은의 생각에 동의하지 않았다. 은형의 별명은 '아라레'다. 지용이 빌려 준 만화책 주인공과 너무 닮아 재은도 놀랐던 적이 있긴 했다. '닥터 슬럼프'의 아라레란 별명을 지닌 사람이 무슨 포스냐

보람찬 복수

면서, 귀엽기만 하다고 했다. 회사 전체를 통틀어, 지용의 의견에 동의할 사람은 아무도 없겠지만, 재은도 가끔 은형이 귀엽게 보일 때가 있긴 했다. 하지만 은형의 기에 눌려 차마 말하지는 못했다. 재은과는 달리 지용은 은형과 친한 것 같았다. 은형도 다른 직원들과는 달리 지용을 무시하지 않았다. 고수는 고수를 알아보는 법이니, 은형이 지용의 과거를 짐작한 게 아닐까?

"그렇게 놀라는 것도 복수에 몸담고 있는 사람에겐 있을 수 없는 일이에요, 재은 씨."

또박또박, 오목조목 말하는 은형의 목소리엔 재은을 꼼짝 못하게 하는 힘이 있었다.

"어, 왜요?"

"복수라는 건 한 번에 확실하게, 치명적으로 끝내는 고도의 작업이기 때문이죠. 그런 일을 하는 사람에겐 항상 준비된 자세가 필수예요. 언제 어디서 자신이 행한 복수의 화살이 되돌아올지 모르니, 자신을 무장하고 있어야 한다는 얘기죠."

길고 긴 말을 하는 중에도 은형은 눈 하나 깜빡이지 않고 재은을 똑바로 쳐다봤다. 말하는 것도 남들과 확실히 다르다.

"아, 그렇군요."

논리 정연하고, 진정한 고수다운 발언에 재은은 입을 벌리고 고개를 크게 끄덕였다.

"저번에 함께 밥 먹던 그 사람이 타깃인가요?"

"타깃? 아……, 네."

타깃이란 말에 재은은 잠시 멈칫거렸지만, 곧 누구를 말하는지 이해했다. 재은은 영준과 헤어진 날 우연히 은형을 만났다. 그때, 핸드폰과 지갑도 없이 돌아다니던 그녀를 위해 집까지 택시를 태워 준 사람이 바로 은형이다.

"타깃의 소재지는 파악했고요?"

은형은 안경을 고쳐 쓰며 물었다. 안경이 번쩍거렸다.

"네, 그럼요. 계획도 짜고 있고."

"저주와 복수를 밥 먹듯이 하고 있나요?"

안경을 닦고 있던 은형이 어느새 재은의 코앞까지 다가와 서 있었다.

"아, 그건……"

확실히 밥 먹듯이는 아니다. 재은은 자신의 하루 일과를 떠올리면서 답했다. 그래서 그렇게 부실한 복수 계획만 떠오르나?

"역시 생활화가 안 되어 있군요. 아직 복수가 체(體)화 되지 않아서 그래요. 온 맘을 다해서, 그동안 가져왔던 모든 슬픔을 밀어 넣어야 해요. 재은 씨는 창의력이 풍부하니까 대단한 작품을 만들 수 있을 거예요. 복수야말로 창의력이 무한히 발휘될 수 있는 무형의 테크닉이죠."

"그렇군요."

재은은 은형의 설명에 감탄을 하며 무의식적으로 고개를 끄덕였다. 정말이지 은형은 복수에 대한 모든 것을 아는 신처럼 보인다. 재은은 은형이 존경스럽기까지 했다. 어쩌면 승현보다도 은형이 더 복수에 정통한지도 몰랐다. 더구나 은형은 재은처럼 여자이기도 했다. 하지만 은형에게 자신의 복수를 도와 달라고 하기엔, 그리 가까운 사이가 아니다. 그리고 무엇보다 은형은 바쁜 사람이다. 누구처럼 24시간 놀 수 있는 사람이 아니니까.

"가장 중요한 건, 빨리 끝내야 한다는 것. 그 점을 잊지 말아요."

은형은 손가락으로 허공을 찌르며 말했다.

"왜요?"

재은의 시선은 은형의 손가락을 따라 움직였다.

"길어질수록 만신창이가 되는 건 자신이에요. 그러니 짧고 강하게!"

은형의 안경이 다시금 반짝거렸다.

"아……, 네. 근데 서 팀장님은 해 보셨어요?"

"하하하! 저는 언제나 해요."

은형이 고개를 뒤로 꺾으며 웃었다. 재은은 몸이 살짝 떨렸다. 아라레의 상큼한 웃음과는 조금, 아니, 많이 다르다. 묘하게 공포감이 느껴진다고나 할까.

"어, 어떻게요? 만날 실연을 당하시는 건가요?"

재은은 묻자마자 후회했다. 이런 직접적인 질문을 하다니, 이러다 은형의 화를 사는 게 아닐까?

"너무 긴 얘기지만 짧게 말하죠. 대학교 때 사귀던 남자를 시작으로 복수는 시작됐죠. 그 뒤로 연애는 안 해요. 그러니 실연은 아닌 거죠."

은형의 단호한 말을 듣자, 재은은 겁이 났다. 이제 사랑은 다시 할 수 없는 걸까?

"연애에 질려 버렸죠. 하지만 복수하고도 멀쩡하게 다시 연애하는 사람은 많으니까 걱정 말아요. 지금은 제 일에 방해가 되는 사람들을 상대로 복수하고 있어요. 아무도 모르게."

아무도 모르게 선행을 하라는 말은 들어 봤어도, 아무도 모르게 복수를 한다는 말은 처음 들어 봤다. '아무도 모르게'란 말이 오늘처럼 무섭게 들린 적이 없다. 그래서 재은은 대답 대신 고개만 살짝 끄덕였다.

"혹시, 복수를 도와주는 은인이 있나요?"

창가 쪽으로 움직이던 은형이 갑작스레 몸을 돌렸다.

"어, 그게……."

재은은 은형의 얼굴이 가까이 다가오자 몸이 굳어졌다.

"있군요. 그 사람, 확실한가요?"

"뭐, 뭐가요?"

재은은 은형의 큰 눈 때문에 어지러워 벽에 기댔다.

"제대로 된 복수를 할 수 있냐는 거죠."

제대로 된 복수. 빤스와 단추 풀린 바지, 그리고 춤. 복수와 상당히 안 맞는 분위기지만, 승현의 마음만큼은 진심인 것 같았다. 더구나 은근슬쩍 돈 때문에 배신당한 경험이 있으리라는 느낌도 들었다.

"경험이 있는 것 같기도 하고, 또 아주 열심히 도와주겠다고 했으니까요."

"팀워크, 아주 중요한 거죠."

은형은 재은에게 등을 돌리고 가운을 힘차게 털었다.

"네. 일단 열심히 하면……."

재은은 승현을 떠올리니, 팀워크에 대해선 확신이 없어졌다. 그래서 노력을 강조하기로 했다.

"노력하는 자세, 아주 좋아요. 하지만 은인과는 복수만 같이 하세요."

"복수만요?"

승현과는 복수만 하고 있으니 그건 문제없다. 하지만 엄밀히 말해서 아직 복수는 못 했고 그에 대한 상의만 하고 있다.

"그래야 완전한 복수가 될 수 있어요."

"아, 완전한 복수! 그런데 서 팀장님도 복수만 하시나요? 그 은인이라는 분이랑요?"

은형은 혼자서도 잘할 수 있을 것 같은데, 도움을 주는 이가 필요하기도 하나 보다.

"네. 불필요한 관계는 어설픈 복수를 불러일으킬 뿐이에요. 어차피 제 은인에겐 가끔 도움만 받고 있기 때문에, 문제가 없지요."

승현과 복수만 하는데도, 재은은 은형의 말에 괜히 찔렸다. 아마도 아직 복수다운 복수를 하지 않아서겠지.

"만약, 만약에 복수하다가 따, 딴것도……."

"딴것? 그 딴것이 뭐냐에 따라 달려 있죠."

재은이 말을 더듬자, 은형이 심기가 불편한 듯 눈을 크게 떴다.

"그냥 뭐……."

재은이 괴로울 정도로 머리를 쥐어짜고 있을 때, 핸드폰 진동이 느껴졌다. 재은은 은형에게 고개를 살짝 숙이고는 창가 쪽으로 가까이 가서 전화를 받았다.

―관순아.

승현이다. 재은이 멜빵치마를 입은 이후, 계속 관순이라 부른다. 하지만 개의치 않았다. 부르는 사람이 그렇지, 이름은 영광스러운 거니까.

―유 선생님, 오늘 가르침을 좀 받고 싶습니다.

"네, 알겠습니다. 그럼 이따 뵙죠."

유 사장이 일본으로 출장을 갔기 때문에, 재은은 승현의 집에서 '문학 캠프'에 참가하기로 했다. 그게 끝나면 지용이 합류해 '카드의 밤'

을 보내기로 되어 있다. 그리고 그 카드놀이가 끝나면, 아침 일찍 승현과 1차 복수를 위해 영준의 집으로 가기로 했다.

어제 승현과 함께 복수에 참가하기로 했지만, 눈이 많이 오고 날씨가 추워서 갈 수가 없었다. 아무래도 날씨에 영향을 받지 않는 계획을 짜야 할 것 같다. 계절을 고려해, 당분간 실내용 복수에 매진해야지.

재은은 핸드폰을 주머니에 넣었다. 그러고는 은형에게 고맙단 말을 하려고 뒤를 돌아봤지만 은형은 이미 저만치 걸어가고 있었다. 아직 그 '딴것'에 대한 토론이 더 남았는데. 재은은 은형을 부르지 못하고 그냥 서 있기만 했다. 은형은 흰 가운을 펄럭이면서 씩씩하게 걸어갔다. 이제는 흰 가운이 날개처럼 보인다.

재은은 송 여사와 함께 늦은 점심을 먹고, 승현의 집으로 향했다. 송 여사는 자신의 무지개 샤워 꿈을 강조하며, 재은에게 당부를 잊지 않았다. 멀쩡한 총각이 그녀에게 관심을 가지면, 매몰차게 거절하지 말고 꼭 송 여사에게 데려오라는 것. 꿈 때문에 말이다. 그냥 샤워도 아니고 오색 찬란 무지개 샤워라 상서로운 꿈이 분명하단다. 그래서 재은은 절대 그럴 리 없겠지만, 그러겠다고 약속은 했다. 차마, 연애라면 이제 이가 갈린다고 말할 순 없었다. 재은을 염려하는 송 여사의 마음을 짐작하기 때문에 고개만 끄덕였다.

승현의 집 현관문 앞에 선 재은은 가지고 온 가방을 옆에 놓고, 아무 거리낌 없이 비밀 번호를 눌렀다. 집주인의 허가가 있었으니 이제 당당하게 열 수 있다. 또한 승현은 자신이 없는 동안에도 상관없다며, 걱정 말고 들어오라고 했다. 잠금장치가 해제되자 재은은 문손잡이에 손을 가져갔다. 묘한 기분이 들었다. 며칠 전까지는 존재도 모르던 타인의 집이 자신의 생일을 뜻하는 숫자로 열린다는 것에. 하긴 이젠 타인이 아니니까 이상할 건 없는 거지. 도둑과 피해자가 될 뻔한 관계에서 상부상조의 관계로 변했으니까. 승현은 재은의 동지인 거다.

만족스러운 결론에 도달한 재은은 현관문을 열었다.

"관순, 내 문자 봤어?"

"헛, 아저씨!"

재은이 신발을 벗기도 전에 승현이 나타났다. 그런데 재은의 눈에 들어온 승현의 옷이 범상치 않았다.

"왜? 아, 너도 그런 거냐?"

승현이 빙글거리며 웃었다. 뭔가 상당히 거만한 분위기랄까.

"뭘 그런데요?"

재은은 승현의 윗옷 무늬를 주시하며 물었다.

"새삼스러운 일도 아니지만, 너도 내……."

"아저씨."

재은이 승현의 말을 막았다. 이젠 인기 연예인이 아닌 승현의 쓸쓸한 마음을 더 실망시키고 싶진 않지만 할 말은 해야지 싶다.

"응?"

승현은 여전히 웃고 있다.

"아저씨 옷 때문에 놀란 거라고요."

"뭐, 내 옷?"

"네."

"환하긴 하지? 내가 화려한 출신이라, 이런 거 입어 줘야 해."

화려한 출신에 걸맞은 화려한 의상. 이러니 승현의 눈엔 재은의 올 블랙 의상이 촌스러운 거다.

"무슨 색이 이렇게 알록달록해요? 혹시 그거……."

신발을 벗고 올라선 재은은 승현 앞에 서서 윗옷 무늬를 자세히 들여다봤다.

"무지개. 아직도 인터넷 검색 안 했어? 한승현에 대해서?"

승현이 눈을 가늘게 뜨며 물었다. 재은이 맘에 안 든다는 눈치다.

"깜빡했어요. 요새 좀 바쁘기도 했고, 더구나 제대로 된 복수를 연구하다 보니. 다음에 꼭 찾아볼게요."

원래 연예인에 대해 별로 관심이 없던 재은이니 깜빡할 수밖에 없다. 사실 그녀는 텔레비전이나 신문의 연예 기사도 잘 보지 않았다.

"꼭 찾아봐. 그래야 무슨 얘길 할 수가 있지."

승현은 상당히 안타까운 표정이다.

"그럼 이왕 말 나온 김에 아저씨가 알려 주세요."

"허허, 내가 내 자신에 대해 얘기하는 것도 그렇잖아. 그냥 찾아봐."

승현이 윗옷의 먼지를 털며 말했다. 알록달록한 가로줄 무늬라, 먼지 따위는 보이지도 않는데 말이다.

"알겠어요. 그런데 아저씨 옷이랑 인터넷 검색이랑 무슨 상관이 있는데요?"

"그럼 이것만 알려 주지. 내가 활동했던 팀 이름이 레인보우 보이즈야."

승현은 대단한 정보라도 되는 것처럼 선심 쓰듯 얘기했다.

"무지개 소년들?"

오늘따라 무지개가 굉장히 친밀한 느낌이다. 할머니의 무지개 샤워 꿈 때문일까?

"어이, 그건 한국말로 하면 안 돼. 많이 촌스럽거든."

승현은 자신의 입에 손가락을 대며 '쉿!' 소리를 냈다.

"올드한 느낌이 들긴 하네요. 그때 생각하느라 무지개 옷을 입은 거예요?"

"아니. 원래 무지개색, 무지개무늬를 즐겨 입어. 색깔을 맞춰야 할 게 있으면 무조건 무지개로 가는 거지."

"무지개 마니아인 거예요?"

"응, 내가 무지개를 엄청 좋아하거든. 그래서 팀 이름에도 무지개가 들어가고, 멤버도 딱 일곱 명이고. 관순, 얼굴 표정 왜 그래? 우리 그룹 무시하는 거냐?"

"아뇨! 그게, 무지개가……."

무지개와 승현은 괴리감이 있어 보인다.

"나랑 안 어울려서?"

"뭐, 딱히 그렇다는 건 아니지만. 무지개랑 아저씨랑 친해 보이진 않는 것 같아서요."

무지개는 밝고 순수한 느낌인데, 승현은 밝은 것과는 거리가 멀어 보인다. 아니면 거리가 먼 관계라, 어두운 느낌의 승현이 무지개를 좋아하는 건지도 모른다.

"그렇긴 하지. 무지개에 비해 내가 우중충하긴 해. 다들 무채색이 어울릴 거라고 하지. 그렇지만 10년 전엔 나도 굉장히 밝아 주셨다고. 꽃미남처럼 상큼한 건 아니었지만, 그래도 언니들이 나 나오면 다 죽었거든."

승현은 황홀한 표정으로 말을 이었다.

"죽어요?"

"좋아 죽는다고."

"아……, 네."

재은은 십대 때 친구들이 연예인에 미쳐 과한 애정 공세를 펼치는 것을 본 적이 있었다. 재은은 텔레비전을 보거나 잡지를 사진 않았지만 친구들이 좋아하는 연예인이 누군지는 대충 알고 있었다. 그 사진들을 아무리 들여다봐도 '잘생겼구나.' 하는 생각은 들었지만 특별히 '좋아서 죽겠다.'는 인물은 없었다. 물론 영준을 만나면서부터 '좋아 죽는다.'는 게 무슨 뜻인지 알게 됐지만.

"이상하게 어릴 때부터 무지개가 좋더라고. 그림만 그리면 무조건 하늘엔 무지개였거든. 해도 필요 없어. 무지개 하나면 그냥 밝아지거든."

"진짜 좋아하는구나."

승현은 행복한 표정으로 허공에 구부러진 무지개무늬를 반복해서 그리고 있었다. 하지만 재은은 승현과는 달리 찜찜한 기분이 들었다.

그 무지개가 걸렸다. 왜 하필 무지개란 말인가? 할머니의 무지개 샤워 꿈과 무지개 출신의 승현이 별 연관은 없어 보이지만, 뭔가 석연치 않은 느낌이 든다. 왜 수돗물로 샤워를 안 하고 무지개물로 샤워를 했을까? 그리고 왜 승현은 어울리지도 않게 무지개 마니아란 말인가?

아니야, 이 모든 건 그냥 우연의 일치일 뿐이다. 복수 때문에 너무 과민한 상태가 돼서 이러는 거지. 무지개꿈이 귀인을 만나는 꿈일 리도 없을 테고, 승현이 귀인일 리도 없을 것이다. 더욱이 꿈 속 무지개와 연관이 있다면, 무지개 소년들 모두 재은의 귀인이 되어야 하지 않나. 그래, 우연인 거지.

재은은 다시 편해진 맘으로 가방을 다른 쪽 어깨에 걸쳤다.

"아니, 저건 또 뭐야?"

무지개 그림을 그리던 승현은 재은의 등 뒤에 있는 검정색 캐리어를 가리켰다.

"제 짐인데요."

"뭐? 하룻밤만 자고 갈 건데 뭐가 그렇게 많아? 등에 멘 가방은 또 뭐고?"

승현은 캐리어를 들어 집 안으로 옮겼다.

"챙기다 보니까 좀 많아졌지만 별건 아니에요."

남들에겐 불필요한 것이지만, 재은은 이거 없인 어디서도 잠을 이루기 힘들다.

"대체 뭐가 들었는데? 옷도 간단한 것만 입잖아. 치마, 저고리······."

"뭐, 그런 게 있어요. 그리고 지용이는 저녁 때 온대요. 맛난 거 들고요."

음, 치마에 저고리라니. 재은은 이마를 찌푸렸다.

"네 친구는 예의를 아는 애구나."

승현은 재은의 어깨에 걸쳐져 있는 가방과 자신이 들고 있던 캐리어를 소파 옆에 내려놓았다.

"그럼요. 예의도 바르고, 착하고, 똑똑하고······."

"차라리 걔랑 사귀지 그랬어?"

"그러게요."

재은은 자신의 가방에서 필통과 노트를 꺼내며 대답했다. 그리고 나머지 짐들을 가져왔는지 체크하기 시작했다.

"진짜?"

"에, 뭐가요?"

재은은 그제야 고개를 들고 승현을 쳐다봤다. 승현은 담배를 입에 문 채, 재은의 가방을 들여다보고 있었다. 재은은 얼른 가방 지퍼를 닫았다.

"걔랑 사귈 거냐고."

"걔? 누구요?"

"누구긴, 그 오나전 완벽한 지용이."

"오나전?"

새로운 부침개인가? 재은은 '오나전'이란 말을 되물었다.

"오나전 몰라? 완전이란 뜻이야. 너 요새 애들 맞아?"

"그, 그럼요."

재은은 과장되게 답했다. 자신은 한글 파괴를 하는 요즘 애들이 아니라고 외치고 싶었지만, 그냥 꾹 참았다. 옷차림도 모자라, 언어 사용에 관해서까지 승현에게 놀림을 받고 싶지 않았다. '요새 애들치고 너무 달라. 우리 때 애들 같아.'란 말을 외할머니 친구 분들에게 자주 들은 터라, 그런 얘기를 승현에게까지 듣고 싶지 않았다. 안 그래도 촌스럽다고 놀리는 승현인데.

"완전 완벽한 지용이랑 잘해 볼 거냐고."

"지용인 완전 완벽한 애는 아니지만, 괜찮은 애예요. 지금 생각해 보니까 장 씨보단 나은 것 같기도 하고."

재은은 펜 끝으로 볼을 쿡쿡 찌르며 애인이 된 지용을 상상했다. 지용의 작업복을 빌려 입은 그녀가 애정 어린 눈빛으로 지용을 바라보며 땅을 파는 장면이 떠오른다. 생각만 해도 우스운 게, 영 아닌 것 같다. 지용이 좋아하는 여자라면 구덩이 하나쯤은 몇 분 안에 거뜬하게 파야 하는데, 재은은 꽃삽만 들고 흙을 파도 힘에 부친다.

"이거 봐라? 웃어?"

승현은 기가 막힌다는 듯이 혀를 찼다.

"웃겨서요."

재은은 다시 가방을 들여다보며 챙겨 온 것들을 골라냈다.

"생각만 해도 흐뭇하다 이거야?"

승현은 따지듯이 물었다. 그리고 재은의 가방을 다시 들여다봤다.

"아뇨. 한 번도 그런 생각 한 적이 없거든요. 아마 이 얘길 들으면 지용이가 꽃삽을 던질걸요? 걔가 은근히 괴팍해요. 그래도 꽃나무한테 하는 거 보면, 적어도 장 씨처럼은 하진 않을 거예요."

재은은 그 얘기를 하다가 잠시 생각에 잠겼다. 예전엔 영준의 얘기를 누군가에게 하게 되면 목이 메곤 했었는데, 지금은 덤덤하다. 복수 계획만 짰을 뿐인데, 벌써 마음이 가벼워지는 건가?

"그놈처럼 말없이 차는 놈만 아니면 되는 거야?"

"이젠 뭐, 잘 모르겠어요. 당분간 연애는 생각 안 할래요. 할 수 없을 것 같기도 하고요."

어쩌면 그게 더 나은 일인지도 모른다. 최소한 상처는 받지 않을 테니까.

"지금 생각 같아서는 아무것도 할 수 없을 것 같겠지. 하지만 시간이 흐르면 상처는 잊을 수 있어. 나중엔 '그때 그랬었지. 죽도록 아팠는데…….' 그런 기억만 남더라고."

승현이 팔짱을 낀 채 창문 너머로 시선을 주었다. 재은은 아무래도 처음 만난 날 했던 배신 얘기가 진짜인 것처럼 느껴졌다.

"아저씨는 잊고 난 다음에 다시 연애할 수 있었어요?"

"무슨 말이야! 난 실연당한 적이 없다니까. 내가 찼지."

승현은 말도 안 된다는 듯이 담배를 질겅질겅 씹었다. 사실인 것 같다가, 저렇게 부정하는 걸 보면 아닌 것도 같고.

"다시 누군가를 만나고 싶다거나 외롭지는 않아요?"

"미국에 아가씨들이 얼마나 많은데? 그 아가씨들 보려면 하루가 다가."

재은은 승현의 말에 고개를 저었다. 승현은 역시 알 수 없는 사람이다. 진지했다가도 한순간에 가벼운 사람으로 변하니까. 어떤 게 진짜 모습인지 알 수가 없다.

"그 가방에 든 건 뭐고, 저 캐리어에 든 건 뭐냐?"

승현이 끈질기게 물었다.

"진짜 별거 아니에요. 맞다, 아저씨 혹시 배고픈 거 아니에요? 오늘은 아무것도 안 가져왔는데."

재은은 안타까운 표정으로 승현을 바라봤다. 이럴 줄 알았으면 먹을 걸 챙겨 오는 건데. 송 여사의 꿈 얘기 때문에 깜빡했다.

"아까 자장면 먹었어. 그럼 이제 시작해 볼까?"

본격적으로 문학 캠프를 시작할 시간이 됐다. 재은은 필통을 꺼내 들고 소파 앞 테이블에 앉았다. 갑자기 은형의 말이 떠올랐다. 은인과는 복수만 해야 한다는. 하지만 복수를 돕는 대가이기도 한 문학 레슨이니

별문제는 없겠지. 오히려 복수를 더 잘 도와줄 수 있는 '딴것'이라고 할 수 있으니까.

"관순아, 왜 멍하니 있어?"

"아니에요."

재은은 머리를 흔들었다.

"그럼 유 선생님께 한 수 가르침을 받겠습니다."

승현은 테이블 아래 봉투에서 종이 뭉치를 꺼냈다.

"믿기지가 않아요."

재은은 고개를 갸웃거리며 종이 뭉치를 바라봤다. 승현이 글을 쓰다니, 보이는 것과 다르게 승현에게는 감춰진 뭔가가 많은지도 모른다. 복수만 해도 그렇고, 이렇게 글 쓰는 것만 봐도 그렇고.

"뭐가?"

승현이 못마땅한 눈빛으로 재은을 노려봤다.

"아저씨가 글을 쓴다는 게, 뭐랄까 좀……."

"난 무지 어울린다고 보는데. 뭐랄까 좀."

승현이 재은의 말을 흉내 냈다.

"어울리지 않는다는 말은 아니고요."

"나처럼 뭔가 있어 보이는 남자에게는 말이지."

승현은 재은이 앉아 있는 테이블 앞으로 가서 마주 앉고, 턱을 괴었다.

"뭐가 있어요?"

"많은 게 있지. 돈, 외모, 인간성, 또 뭐가 있더라? 하여튼 기타 등등이 있지만, 뭔가 모르게 느껴지는 그, 그……."

"그 뭐요?"

승현이 뭔가를 설명하려고 애를 썼다. 덩달아 답답해진 재은은 승현을 채근했다.

"……어쨌든 그런 게 있어. 나 같은 남자에겐 보이는 것 외의 뭔가 느껴진다 이거지. 이런 걸 문학성이라고나 할까."

승현은 양복 선전에 나오는 모델처럼 진지한 표정으로 옆모습을 보이고 앉았다.

"네, 그렇다면 그 문학성을 볼 수 있을까요?"

정말 아주 잠깐 동안 뭔가 있어 보였는데, 이젠 그게 착각인 것처럼 느껴진다. 재은은 속으로 한숨을 쉬었다.

"그러죠, 유 선생님."

재은은 승현에게서 건네받은 원고의 첫 장을 펼쳤다. 필통에서 빨간 펜을 꺼내 손에 쥐었다. 그리고 첫 문장을 읽으려고 하는 순간, 승현이 재은을 불렀다.

"그런데 관순아."

"네?"

"부탁이 있다."

승현은 재은이 쥐고 있는 빨간 펜에 시선을 고정했다.

"뭔데요?"

갑작스런 승현의 부탁에 재은은 펜을 내려놓았다. 뭔가 얘기가 길어질 것 같다.

"너는 전문가지만, 난 비전문가잖아."

"전문가라고 하기엔 좀 그렇지만요."

전문가란 말에 재은은 부끄러워하며 필통을 만지작거렸다.

"아니야, 나한텐 어마어마한 전문가야. 그런 전문가가 이거 보고 비웃거나 그러면 이 아저씨는 맘이 아파서 더 이상 글을 쓸 수 없을지도 몰라."

평소의 승현과는 달리 무척 조심스런 말투다. 소심한 말투인가?

"그럼 안 되죠!"

"그렇지. 너도 알다시피 내가……."

"춤만 춰서 무시당했으니까, 맞죠?"

저렇게 힘들게 말하는 걸 보니, 춤만 췄다고 진짜 무시당했나 보다. 재은은 승현 앞에서는 춤 얘기는 자제해야겠다고 생각했다.

"그렇지, 역시 똑똑해. 내 말의 요지는 너무 무섭게 비평하고 그럼 안 된다는 거야. 자라나는 새싹을 밟지 말아 달라는 거지."

승현의 눈이 애처롭게 깜빡거렸다. 재은은 승현의 눈빛 때문에 마음이 착잡해졌다.

"그럼요. 저는 아저씨를 절대 밟지 않아요. 다만……."

"다만?"

재은은 새싹과 승현은 절대 어울리지 않는다고 생각했다. 하지만 그 생각은 재빨리 지우고 승현의 말에 집중했다.

"……이 추리소설의 범인은 꼭 알려 주셔야 해요."

추리소설에서 범인은 정말 생명이다. 궁금한 건 못 참는 재은은 범인을 꼭 알고 싶었다.

"재미없잖아."

승현은 재은의 요구가 맘에 들지 않았는지 뭔가 생각하는 눈치다.

"그러면 '예, 아니오.'로만 대답해 주세요."

"그건 문제없지."

승현은 고개를 끄덕였다.

"네."

재은은 밝게 대답하고 다시 원고로 눈을 돌렸다.

"관순아."

"네?"

"또 할 말이 있어."

승현이 미안한 듯이 웃었다.

"뭔데요?"

재은은 빨리 읽고 싶었다. 하지만 승현이 또다시 재은을 불렀다. 전보다 더 조심스러운 말투다.

"읽고 난 후에 어렵게 얘기하지 말라고. 이 아저씨 어려운 말 나오면 못 알아듣는 거 알지? 아주 쉽게 해야 돼. 나처럼……."

"네! 춤만 췄던 사람도 알아들을 수 있게, 그렇게 할게요."

재은은 손을 번쩍 들고 약속했다. 춤 얘기는 안 하려고 했지만 승현의 부탁 때문에 어쩔 수가 없다.

"좋아. 이 아저씨는 그동안 술이라도 한잔해야겠다. 떨려서 지켜볼 수가 있어야지."

승현은 어지러운 표정으로 비틀비틀 주방으로 향했다.

그로부터 반시간이 지난 뒤, 재은은 승현을 찾아 주방으로 갔다.

"아저씨."

"벌써 다 읽었어?"

주방에서 멸치를 씹고 있던 승현이 벌떡 일어났다 다시 앉았다.

"아니요. 중간쯤 읽었는데 궁금한 게 있어서요."

역시나 재은은 범인이 너무 궁금해졌다. 그리고 그 범인이 누구인지 알 것도 같았다.

"그래, 물어봐."

"혹시 그 사람 말이에요."

"누구?"

재은이 승현의 맞은편에 앉자, 승현은 재은 쪽으로 몸을 기울였다.

"어부요."

조만간 범인이 밝혀질지 모른다고 생각하니 재은은 기분이 들떴다. 사실 너무 쉽게 알아챈 것도 사실이지만.

"응, 그 어부가 왜?"

"그 사람이 범인이죠?"

승현의 입에서 머리가 부서진 멸치가 식탁 위로 툭 떨어졌다. 재은은 원고로 떨어질까 봐, 손을 옆으로 살짝 치웠다. 원고가 무사한 걸 확인한 재은은 휴지로 멸치의 잔해물을 닦아 냈다.

"맞아요?"

"다시 한 번 생각해 보는 건 어떨까?"

재은이 테이블 위를 치우고 있는 사이, 원고를 가져간 승현의 얼굴이 잔뜩 구겨졌다.

"아니, 이 어부가 맞는 것 같아서요."

"흠……."

승현은 깊은 생각에 잠겨 있는 것처럼 보였다.

"아닌가요?"

너무 쉽게 범인인 줄 알았던 게 트릭인지도 모른다. 재은의 추측이 틀린 걸까?

"네가 똑똑해서 바로 안 게 아닐까?"

맞았다! 재은은 승현의 말에 자신의 추측이 맞았음을 깨달았다.

"에? 아저씨, 저 별로 안 똑똑해요. 그냥 평범한 독자인걸요."

"아니야, 넌 전문가의 피가 흐르고 있어. 그래서 금방 안 거야."

승현은 입에 멸치를 한 주먹 집어넣고 꼭꼭 씹기 시작했다. 주방엔 승현의 멸치 씹는 소리만 가득 찼다. 알려 준다고 약속해서 그저 범인을 물어본 것뿐인데, 재은은 커다란 죄를 지은 기분이다.

"그러니까 이 어부가 범인이 맞는 거죠?"

"그래."

승현이 선언했다.

"우와, 맞았구나. 왠지 그럴 것 같았어요."

재은은 시들시들한 감탄사를 내뱉었다. 추리소설을 읽고 범인을 알아냈을 때만큼 기분이 좋지는 않았다.

"역시 전문가한테 보여 주는 게 아니었어."

"아저씨."

재은은 미안한 마음을 담아 승현을 불렀지만, 승현은 자신만의 생각에 잠겨 뭐라고 중얼거리고 있었다.

"다른 사람들은 잘 모르던데, 얜 금방 아네."

"아저씨."

"응?"

넋 나간 사람처럼 앉아 있던 승현은 재은이 부르는 소리에 고개를 돌렸다.

"그 다음 읽어야 하니까 주셔야죠."

재은은 승현이 갖고 있는 원고를 가리켰다.

"아니야, 됐어."

승현은 원고를 옆구리에 끼고 고개를 저었다.

"범인은 금방 알았지만, 그래도 내용은 끝까지 읽어 봐야 비평할 수 있어요."

"아, 괜찮아."

승현은 재은의 얘기에 개의치 않고 원고를 돌돌 말았다.

"그래도 제대로 된 비평을……."

"됐다니까 그러네."

원고를 향해 뻗었던 재은의 손이 쏙 들어갔다. 승현의 얼굴에 표정이 없다.

"아저씨, 범인은 밝혀졌지만 글은……."

"추리소설의 생명은 범인이 누구냐인데, 이렇게 금방 밝혀졌으니 큰일이잖아. 그러니 더 읽을 필요도 없어. 이 글은 썩은 거야."

승현은 한숨을 내쉬며 원고를 돌돌 말았다가 감기를 반복했다.

"썩다니요? 범인 빼곤 지금까지 아주 괜찮았어요."

정말인데. 범인 외엔 모든 게 좋았다. 간결한 문체와 유머러스한 분위기. 재은은 금세 원고에 빠져들기까지 했다.

"그러니까 안 되는 거지. 읽은 지 30분 만에 범인을 알아내면 어떡해? 3분의 1만 읽고서도 알다니."

승현은 자신의 머리를 잡고 괴로워했다.

"죄송해요."

차라리 범인을 모른 척하고 있을 걸 그랬나 보다. 재은은 일찍 물어본 걸 후회했다. 악평과 어려운 말은 하지 않았지만, 자라나는 새싹을 밟은 거나 다름없는 상황이다.

"아니야, 미안할 거 없다. 네가 왜 미안해?"

승현은 쟁반에 담긴 오징어 다리를 물어뜯기 시작했다.

"범인을 늦게 찾았으면……."

"아니야. 넌 할 일을 한 것뿐이니까 미안할 거 없어."

재은은 승현에게 못 할 말을 한 것 같았다. 그녀는 미안한 맘에, 자신이 할 수 있는 일을 찾다가 식탁에 놓인 구운 오징어를 발견했다. 오징어 다리와 씨름하고 있는 승현을 위해 재은은 자신이 직접 오징어를 손질하기로 했다. 오징어를 세로로 길게 찢어서 접시에 올려놓았다.

"더 열심히 써서 네가 범인을 못 찾게 만들면 되는 거야."

재은은 접시를 승현 쪽으로 밀었다. 승현은 재은이 손질한 오징어 조각을 질겅질겅 씹었다.

"그래, 이럴 때가 아니지. 좀더 연구를 해야겠다."

승현은 오징어 다리를 손에 쥐고 자리에서 일어났다.

"아저씨, 드시면서 하셔야죠."

재은이 접시를 가리키자, 승현은 원고를 팔에 끼고 접시를 들었다.

"관순아, 다음에도 꼭 부탁한다."

승현은 진지하게 부탁했다. 괴로웠던 표정은 사라지고, 뭔가 결심한 얼굴이다.

"그럼요."

재은은 열렬하게 고개를 끄덕였다.

"처음부터 좌절하진 않겠어."

승현은 주먹을 불끈 쥐고 일어섰다.

"당연해요!"

재은도 승현처럼 벌떡 일어나서 외쳤다.

"적어도 한 시간은 읽어야 범인을 찾을 수 있도록 쓰겠어. 지금부터 고민해 볼 테니, 당분간 날 찾지 마라. 방해받고 싶지 않으니까."

승현은 뭔가 찾는 것 같더니, 술병을 들고 주방에서 나갔다. 승현의 뒷모습이 무척이나 작아 보였다.

"이 바보, 멍청이, 유재은!"

재은은 승현을 배려하지 않은 자신을 탓하며 한숨을 내쉬었다. 그렇게 멍하니 식탁에 앉아 있던 재은은 벌떡 일어났다. 승현의 기분을 풀어 줘야겠단 생각이 들었기 때문이다. 자신이 읽고 재밌던 점을 얘기해 주면, 더욱 열심히 쓸 수 있으리라.

재은은 주방을 나서서 서재로 갔지만 그곳에 승현은 없었다. 침실과 욕실에도 없었다. 그리고 마지막으로 베란다 유리문을 열었다.

"뭐냐! 관순이, 너……."

"어머!"

승현은 빨래를 널고 있었다. 하필이면 그 빤스를. 빨랫줄엔 무지개 빤스가 흔들리고 있었다. 하늘에 무지개가 걸린 것처럼.

승현은 재은을 거실 쪽으로 내보냈다.

"당분간 찾지 말라고 했고, 방해받고 싶지 않다고도 했어, 난."

승현이 손바닥을 두드리며 재은을 탓했다.

"하지만 이유는 말 안 했잖아요."

그랬다. 이유를 말하지 않아서, 글 때문에 울적한 줄 알았던 재은은 위로 차원에서 승현을 찾은 것이다. '가만 내버려둬 달라.'는 말은 때론 간절히 곁에 있어 달라는 의미일 때가 있다. 재은은 그런 메시지인 줄 알고 쫓아간 것이다.

"그럼 빤스 널어야 하니까 찾지 말라고 하냐?"

허리에 두 손을 올린 채, 승현은 재은을 내려다봤다.

"아, 아뇨. 그건 좀……."

그건 승현의 말이 맞다. 하지만 그래도 뭔가 암시를 줬더라면 이런 일이 없었을 텐데.

"노골적이지. 그래서 은근하게 말했다고."

승현은 결단코 자신에겐 죄가 없다는 듯이, 모든 건 재은의 탓이라는 것처럼 설명했다.

"그거, 은근한 거 아닌데."

은근이 아니라 은밀이다. 그러니 못 알아듣지. 재은은 낮게 중얼거리며 테이블 앞에 주저앉았다.

"은근한 거야. 내 딴에는."

"이제 은근하지 말아 주세요."

다음에는 이 빤스의 마수에서 벗어나고 말 테다. 정말이지, 빤스는 너무나도 지긋지긋하다. 재은은 간절하게 부탁했다.

"말아 달라고? 허허, 얘가 참……."

승현은 히죽 웃으며 괜히 머리를 쓸어 넘겼다.

"네?"

재은은 갑자기 몸을 꼬면서 웃고 있는 승현을 이상하게 쳐다봤다.

"어찌 들으면 묘하게 해석되는 문장인데, 네가 그럴 린 없을 테고."

승현은 어깨를 들썩거리며 자신의 웃음을 삼켰다.

"묘해요?"

재은은 승현의 말을 이해하기 힘들었다. 승현 혼자서 웃고, 혼자서 대답이다.

"뭐, 그런 게 있어. 어쨌든 또 이런 결론에 도달할 수밖에 없다."

"뭔데요?"

재은은 승현의 결론이 너무 싫다. 뭐든 한 가지로만 끝나는 그 결론. 승현의 집착.

"넌 절대 아니라고 말하지만 결과는 매번 이렇잖아. 이번에는 내가 오지 말라고까지 했는데. 내 빤스의 운명인가 보다, 넌."

승현은 기분 나쁘게 웃고는 베란다에 있는 빨랫줄을 가리켰다.

"으악! 정말 아니라니까요. 아저씨가 우울해할까 봐 위로하러 온 거라고요."

재은은 베란다 쪽으론 고개를 돌리지 않기로 했다.

"나, 안 우울해."

"에이! 기쁘진 않잖아요."

재은이 슬쩍 묻자, 승현은 바지 주머니를 뒤져 담뱃갑을 찾아냈다.

"당근이지. 맘 상했다."

승현은 담배를 꺼내 입에 물었다.

"트릭이 밖으로 다 드러나서 범인은 금방 알아챘지만, 그거 빼곤 괜찮았어요."

"그래? 가기 전에, 노력해야 할 점들을 지적해서 원고에 몇 줄 적어 줘라."

"네."

그때 벨이 울렸다.

"지용인가 봐요."

재은은 현관문으로 달려갔다. 잠시 후, 재은은 장바구니를 든 지용을 데리고 승현이 있는 거실로 들어왔다.

"아저씨, 얘가 고지용이에요. 지용아, 인사 드려."

재은은 승현에게 지용을 소개시켰다.

"안녕하세요, 고지용입니다."

지용은 장바구니를 내려놓고 승현에게 가까이 가서 고개를 꾸벅 숙였다.

"어, 그래. 내 카드 파트너구나. 한승현이다."

승현은 약간 놀란 듯한 지용을 보며 손을 내밀었다.

"어, 그러니까……, 만나서 반갑습니다."

지용은 쭈뼛거리며 승현의 손을 잡았다가 놓았다.

"진짜?"

승현은 악수한 손을 흔들며 물었다.

"네?"

지용이 무슨 뜻인지 몰라 다시 물었다.

"진짜 반갑냐고."

"그, 그건……."

큰소리치던 지용이 긴장해선지 말끝을 흐렸다. 한때 위험한 친구들과 놀았다던 지용은 어디 갔는지. 재은은 지용을 보며 고개를 흔들었다.

"지용아, 아저씨가 농담을 잘하셔. 겁먹지 마."

재은은 지용의 팔을 치며 웃었다.

"그러셔?

재은과 달리, 지용은 부자연스러운 미소를 지으며 재은의 옷자락을 잡아끌었다.

"지용아, 왜?"

"아, 아니. 참, 가지고 온 거 드시려면 꺼내야 하니까."

지용은 자신이 가져온 장바구니를 들어 보였다.

"아, 그렇지. 안 그래도 아저씨는 자장면만 드셔서 배고프실 거야."

"그럼 저희는 잠시 주방에 다녀오겠습니다."

지용은 다시 고개를 꾸벅 숙이고는 재은을 앞세우고 주방으로 들어갔다.

"유재은!"

"응?"

재은은 지용이 가져온 장바구니에서 과일을 꺼내 냉장고에 넣었다. 그리고 몇 개는 싱크대에 넣고 씻기 시작했다.

"진짜 잘생겼다."

지용은 거실 쪽으로 머리를 들고는 재은에게 속삭였다.

"응."

가지 않겠다고, 나쁜 사람이라고 할 땐 언제고. 재은은 사과를 빡빡

씻으며 답했다.

"너, 안 반했어?"

"내 취향은 장 씨 같은 타입이라, 뭐. 그리고 연세도 좀 있으시고."

지용의 물음이 생뚱맞아, 재은은 웃느라 씻던 사과를 놓쳤다.

"진짜 연예인 맞나 봐."

재은은 고개를 끄덕였다.

"그럼. 저 정도는 돼야 무지개 소년들 하지 않겠어?"

"뭐?"

가방에서 가져온 것을 꺼내던 지용이 재은의 말을 이해하지 못해 인상을 썼다.

"레인보우 보이즈라는 그룹을 하셨대. 들어 봤어?"

"너, 내가 만화책 외에 아는 거 봤어?"

지용이 퉁명스럽게 답하며 귤을 싱크대 안에 놓았다.

"아니. 우리가 그쪽에 좀 어둡지."

재은은 접시를 찾기 위해 찬장을 열었다. 아는 살림이라 헤매지 않고 참 편하다.

"나도 남자지만, 정말 잘생겼다."

지용은 또다시 감탄하며 장바구니를 접었다.

"고지용, 너 의외다."

지용이 여자들은 예쁘다고 한 적이 몇 번 있지만, 잘생긴 남자란 말을 하는 건 들어 본 적이 없다.

"왜?"

"네가 남자한테 반한 거."

"안 반했어. 감탄한 거지."

지용이 가방을 구기며 대꾸했다.

"살짝 의심하려고 했어. 혹시 너도 남자……."

"유재은, 너 죽는다."

지용이 재은을 무섭게 노려봤다.

"네가 평소랑은 다르게 놀라니까 그렇지."

재은은 포크를 꺼내기 위해 서랍을 열었다.

"당연하지. 나, 연예인 본 거 처음이거든. 사인도 받을까?"

지용이 펜과 메모지를 찾기 위해 옷을 뒤적거렸다.

"아놔!"

재은은 지용의 행동이 기가 막혀 사과를 깎다 말고 외쳤다.

"뭐?"

"아저씨가 자주 쓰시는 감탄사야. 그것도 모르고, 너 요새 애들 맞아?"

이젠 '오나전'도 알고 '아놔'도 안다. 재은은 승현이 한 말 그대로 지용에게 했다.

"기가 막힌다. 나 알거든?"

지용이 물 묻은 손을 재은에게 털었다. 재은은 얼굴을 찡그리며 몸을 피했다.

"나쁜 사람이라면서 안 온다고 한 게 누군데?"

"그땐 뭐, 잘 몰랐으니까 그렇지. 그런데 연예인은 은퇴해도 포스가 느껴진다. 너는 느껴지지 않아?"

"그런 것도 같고. 아마 내가 아저씨랑 다른 상황에서 만났다면 그렇게 느낄 수도 있을 테지."

재은은 승현을 처음 만나던 날을 떠올렸다. 진짜 무서웠던 그 순간을. 죽었다 살아난 기분이랄까. 지금 생각해 보니 재밌기도 했다.

"그런데?"

재은은 사과 껍질을 토끼 귀 모양으로 잘라 냈다. 그렇게 만든 사과 조각을 지용이 접시에 담았다.

"네 만화책에서 본 주인공들처럼 눈에 다이아몬드 무늬 그려지고 그랬을 텐데, 자꾸 보니까 안 그래."

"솔직히 아저씨가 너한테 홀렸나 싶었는데, 오늘 만나 보니까 그건 아닌 것 같다."

"무슨 뜻이야?"

"인정할 건 인정해야지. 저렇게 잘생긴 사람이, 더구나 연예인이었으면 예쁜 여자들이 얼마나 덤볐겠어? 그런 사람이 취향이 변했다 해도 너, 너……."

"나, 뭐?"

재은은 지용의 말이 사실인데도 기분이 나빠졌다.

"하여튼 다 너한테 좋은 말이야. 어쩌면 특이하게 네 매력이 통할 수도 있긴 하지만, 그건 더 알아봐야 할 문제고."

지용이 승현이 있는 거실 쪽을 흘끗거렸다.

"아저씨한테 이상한 소리 하기만 해 봐. 그냥 조용히 카드놀이만 하는 거야. 쓸데없는 말 하지 말고. 그러다가 아저씨가 나 안 도와주면 어떡해?"

재은은 지용의 팔을 치며 위협했다.

"내가 도와주면 되지."

"네가? 그냥 흙이나 파."

재은이 미심쩍은 눈으로 지용을 훑어봤다.

"유재은, 네가 몰라서 그렇지. 내가……."

지용은 말을 끝맺지 못하고 한숨을 내쉬었다.

"네가 뭐?"

"내가 힘이 세잖아."

"힘이 센 거랑 무슨 상관이야?"

설마 사람이라도 때리겠단 건가? 재은은 지용의 옆구리를 찔렀다.

"어쨌든 내가 도와줄 테니까. 그런데 저분 성격은 어때? 연예인 중엔 성격 나쁜 사람들 많다잖아."

"안 나쁘다고 몇 번을 말해? 사람 좋으니까, 도둑질하러 온 날 도와주겠다고 한 거지."

"완벽한 사람이라는 거야?"

"완벽은 아니고 아주 조금 이상하셔."

재은은 고개를 숙이고 소리 죽여 말했다.

"진짜?"

"네 말대로 엄청 잘생기긴 했는데, 이해가 안 가는 그런 부분이 많거든. 그래서 글을 쓰나?"

재은은 주방 벽을 멍하니 바라보다가 '어부의 춤'을 떠올렸다.

"글도 써?"

"응. 추리소설."

"우와, 멋진데! 제목이 뭐야?"

지용의 눈에 다이아몬드 무늬가 그려진 것 같아, 재은은 눈을 깜빡거렸다.

"어부의 춤."

"제목에서도 포스가 느껴진다."

지용이 알아듣기 힘든 감탄사를 중얼거렸다.

"흠. 네가 아직 아저씰 몰라서 그렇게 말하는 거야. 제목도 아저씨 스타일이거든."

재은은 키위와 오렌지를 손질하기 시작했다.

"유재은, 아저씨 댄스 그룹 하셨다고 했지?"

"응."

"아무래도 인터넷 검색해 봐야겠다. 근데 그 소설은 재밌어?"

"범인 빼곤 재밌어."

그 범인을 모른 척했어야 했는데. 재은은 다시금 후회를 했다.

"무슨 뜻이야?"

"아직 진행 중이란 뜻이야. 어부는 아직 춤을 추고 있거든."

재은은 손질한 키위와 오렌지를 원 모양으로 접시에 담았다.

"그렇구나. 나도 보고 싶은데."

"보여 달라고 해 봐. 그리고 무조건 잘 썼다고 칭찬해야 돼, 알았지? 아저씨는 지금 자라나는 새싹이라 상처 받음 안 돼."

"응, 알겠어."

재은이 과도를 지용 쪽으로 들이밀며 말하자, 지용은 얼굴을 찡그리며 대답했다.

"니들 뭐냐? 지들끼리만 말하고, 기분 나쁘네."

어느새 승현이 주방 입구에 서 있었다. 재은은 승현에게 거실로 가서 기다리라는 말을 하고 지용에게 속닥거렸다.

"거봐, 조금 이상하지?"

"이상한 것보다 젊게 사시는 것 같네."

지용이 어깻짓을 하며 대수롭지 않게 말했다.

"고지용, 나 또 의심이 간다. 네가 아저씨를……."

"아니라니까."

지용이 과일 껍질을 재은에게 던졌다.

"알았어. 그거 쟁반에 담아 줘."

지용과 재은은 과일을 들고 거실로 나갔다.

"오랜만에 하니 영 어색하네."

"저도요."

재은이 빠진 뒤, 지용과 승현은 서로 어색한 몇 마디를 주고받았다.

"카드가 수줍음을 타나?"

"네?"

지용은 재은이 말한 승현의 이상한 구석이 이런 거라고 생각했다. 카드가 부끄럼을 타는 게 말이 되나. 어쩌면 이런 게 문학성일지도 모른다. 그래서 글을 쓰는 거고.

"아니다, 계속하자."

승현과 지용은 테이블을 사이에 두고 카드를 들고 앉아 있었다. 게임 내내 계속 물어보며 열심히 배우던 재은은 지용과 승현의 동의로 퇴장당해, 주방 입구에서 혼자 모양 맞추기를 하며 놀고 있었다.

"아저씨."

"헉! 아저씨라니, 그냥 형이라고 불러."

승현이 기겁을 하며 카드를 흔들었다. 똑같은 아저씬데, 재은이 부를 때와는 느낌이 너무 다르다. 징그러워 소름이 돋을 정도다.

"네, 형!"

그 말에 지용은 얼른 대답했다.

"지금은 뭐 하세요, 형?"

"내가 말 안 했나?"

승현은 카드를 턱 밑에 대고 고개를 까딱거렸다. 실은 기억이 잘 나지 않는다. 한 것도 같고, 안 한 것도 같고.

"네. 재은이도 정확히 모르는 것 같고요. 노니시고 드신다고는 들었어요."

지용이 머리를 긁적이며 말했다.

"노니시고 드신다?"

승현은 지용이 한 말을 따라 했다. 노니시고 드신다니, 직업 이름치고는 길다 싶다.

"네, 형이 그렇게 말했다고 하던데요. '놀고먹는다.'의 높임말이니, 기분 나쁘겐 생각지 마세요."

"놀고먹는다고 했더니만, 관순이도 참!"

연장자 대우를 한다고 높임말을 썼나 보다. 자신을 위해 주는 건 좋았지만, 폭삭 늙어 버린 느낌이 심했다. 승현은 피식 웃어 버렸다.

"여기서 그렇다는 말이고. 바다 건너선, 한 나라의 근간이 되는 업에 종사하고 있지."

농업이야말로 인간의 삶에 없어서는 안 될 중요한 산업이니 근간이란 말이 맞다. 승현은 자신이 한 말에 흡족해하며 카드를 부채 모양으로 만들어 펄럭였다.

"옛날이면 농업이겠지만, 지금이면……. 국가 기간산업이란 얘기니까, 석유화학이나 철강 쪽이요?"

"어, 뭐. 네 차례다."

대충 얼버무린 승현은 지용의 카드를 턱짓으로 가리켰다. 승현은 거실 바닥에 엎어질 뻔했다. 애들이 세트로 승현을 놀리는 건가. 옛날과 노니시고 드신다면서 승현을 늙은이 취급하는 건지 모른다.

"그런데 형."

지용은 가지고 있던 카드를 테이블에 내려놓고 승현을 바라봤다.

"왜?"

"남자끼리 얘긴데요, 무례하게 보일 수 있겠지만 꼭 하고 싶어요."

"해 봐."

어렵게 입을 뗀 지용과 달리, 승현은 자신의 카드에 집중했다. 둘 다 남자고 그 남자들이 하는 얘긴데, 새삼스럽게 무례라니.

"저는 형이 수상해요."

"뭐?"

약간 놀란 승현은 카드를 테이블 위에 내려놓았다.

"전직 연예인이 뭐가 아쉬워서 재은이랑 놀아요?"

"나, 아쉬운 거 많은 놈이야. 그리고 우린 노는 거 아니다. 얼마나 건설적인데. 나는 복수를 도와주고, 재은이는 내 글을 봐주는 거야."

승현은 기분이 약간 상했지만, 지용이 재은의 절친한 친구라니 이해는 됐다. 승현의 친구인 지훈도 승현이 만났던 사람들에게 저런 식의 조사를 하곤 했었다.

"아쉬울 거 없어 보여요. 돈도 많고, 잘생겼고, 한때 잘나갔고. 그럼 여자가 아쉽나 싶은데 그건 진짜 아닌 것 같고. 솔직히 말해서, 재은이는 형 타입도 아니……."

"네가 내 타입을 어떻게 알아?"

정해 놓고 좋아하는 사람이 어디 있나. 그냥 마음 가는 대로 따라가는 거지.

"그럼 재은이가 형 타입이라는 거예요?"

"인마, 그건 또 아니지!"

승현은 카드를 뒤집어 바닥에 놓인 카드와 맞추며 좋아하고 있는 재은을 보니 웃음이 나왔다. 촌스럽게 저런 수준 낮은 게임을 하면서 좋아하다니.

"아닌데 왜 재은이 보고 웃고 그래요? 형이랑 뻔질나게 전화하고, 형 집에서 놀고, 형 얘기만 해요. 형 준다고 먹을 거 챙기고. 저렇게 수선 떠는 게 그놈 만날 때도 그랬다고요. 그런 재은이를 형이 다 받아 주는 것도 알고요. 아무리 제가 따라와서 잔다지만, 형도 재은이를 집에 들였잖아요. 저도 남잔데, 다 안다고요."

지용은 승현에게 따져 물었다.

"누가 너 남자 아니랬냐? 날 의심하는 건 알겠다만, 절대 나쁜 뜻은 없이. 다시 말하지만, 재은이한테서 젊은 날의 나를 봤다니까! 인간애를 제발 오해하지 마라."

나쁜 뜻이라니. 좋은 뜻에서 시작한 건데. 무서워서 기절을 하고, 죽을 것처럼 울던 재은이 낯설지 않았기 때문이다. 재은에게서 자신의 모습을 본 것 같기도 하고. 우울하고 무료한 날들 중에 하늘에서 떨어진 무지개, 아니, 보물, 아니, 친구. 그래, 친구. 외롭고 울적한 사람들은 서로를 알아보는 거지.

"이렇게 직접 형을 보니 초반에 들었던 걱정은 사라지긴 했지만요, 그래도……."

혼자서 게임을 하고 있는 재은을 보던 지용은 말끝을 흐렸다.

"요점이 뭐냐, 너?"

승현은 조금 딱딱하게 물었다.

"그러니까 재은이는……."

"넌 형의 가슴속에 있는 아저씨의 마음을 아냐?"

승현은 지용의 말을 잘랐다. 그리고 담배를 하나 꺼내 물었다.

"불 드려요?"

지용은 라이터를 찾으며 물었다.

"아니, 괜찮아."

어차피 피우지도 않을 건데. 요새는 담배 연기에 기침하는 누구 때문에 혼자 있을 때만 담배를 찾았다.

"형, 그 아저씨의 마음이 뭔데요?"

"아이를 긍휼히 여기는 마음이지."

승현은 긍휼한 눈빛으로 재은을 한번 쳐다봐 주었다. 재은은 여전히 혼자서 같은 모양의 카드를 뒤집으면서 좋아하고 있다. 저런 수준 낮은 게임을 하면서 좋아 죽다니, 정말 안타깝다.

"그런 것도 있어요?"

"그럼. 나처럼 넓은 마음의 소유자한테만 있지."

사실 승현 자신이 생각하기에 속은 좁은 편이지만, 이럴 땐 또 이렇게 말해야 하는 법. 그리고 친구에게는 넓은 마음을 보여 줘야 하는 거고.

"그 넓은 마음은 맑고 푸르겠죠?"

지용의 말에 승현은 입 끝에 문 담배를 질겅질겅 씹었다. 썩 맘에 드는 질문이 아니다.

"무슨 뜻이야?"

"그런 맘이 아니라면 이만 접어 주시라고요."

지용은 단호하게 말했다.

"너야말로 수상하다. 쟤 좋아하냐?"

이 자식, 누가 보면 오해하겠다. 왜 이렇게 나서는 거야. 승현은 지용이 처음에 물었던 질문을 다시 했다.

"네, 좋아해요. 하지만 맑고 푸르게 좋아해요."

"네가 무슨 크리넥스 티슈야? 맑고 푸르게만 찾게?"

승현은 지용의 당당한 선언에 가슴이 뜨끔했다. 지용의 티 한 점 없이 맑고 푸른 맘이 전해진 것 같아서였다. 그에 반해 그의 마음은 맑고 푸르다고 자신할 수 없었다. 푸르긴 한데, 어딘가를 뒤져 보면 얼룩이, 티끌 하나가 있을 것도 같다. 당연하다. 사람과 사람이 만나는데 어떻게 푸르기만 하겠는가. 얼룩도 생기고 그런 거지. 뭐, 생기면 박박 닦으면 되는 거고.

"넌 네 맘을 다 아냐?"

"안다고 생각해요."

승현의 물음에 지용은 천천히 고개를 끄덕였다.

"보이는 것만 아는 거지."

승현은 강한 확신을 하는 지용이 우스웠다. 아직 젊어서 그렇겠거니 싶기도 하다.

"안 보이는 건 없는 거죠."

"그럼 갑자기 생겨난 건 어떻게 설명할 건데? 있으면 보였겠지."

승현은 씹던 담배를 재떨이에 올려놨다.

"그래서 그 맑고 푸른 맘에 뭐가 생겼어요?"

"⋯⋯생기면 없애야지."

승현 자신이 생각하기에도 심드렁한 대답이다. 지금은 그런 대답밖에 할 수 없다.

"안 없어지면요?"

"야, 너!"

지용의 계속되는 질문에 승현은 집으려던 카드를 테이블 위에 던졌다.

"재은이는 입는 옷이랑 똑같은 애예요."

"뭐?"

승현도 안다. 똑같은 옷만 입는 촌스러운 관순이.

"언제나 한결같다고요. 돌아가신 부모님 때문에, 맘 아픈 할아버지 신경 쓰이게 하지 않으려고 계속 까만색 옷만 입었어요. 옷이 더러워지면 나이 드신 양반이 빨래를 해야 하니까. 결벽증 있으신 분이라, 남이 집안일 하는 건 못 참으시거든요. 그래서 어린 나이에 머리 쓴 거라고요. 그때부터 저렇게 됐어요."

지용은 카드를 모아서 다음 판을 시작하고 있는 재은을 보며 말했다.

"진짜 긍휼하구만."

첫인상이 그랬다. 재은은 승현의 보살핌을 필요로 하는, 농장에 있는 나무 같았다.

"그렇게 한결같은데, 언제나 상대방은 한결같지 않으니까 문젠 거예요. 그놈도 그랬고요. 그래서 형도 그럴 거면 이만 접어 달라는 거예요."

"넌?"

승현은 지용의 존재가 더욱 미심쩍었다. 맑고 푸르다는데 믿기가 힘들어진다. 남매도 아닌 게, 서로 왜 이렇게 애틋한지 모르겠다.

"뭘요?"

"한결이야?"

승현은 지용을 똑바로 쳐다봤다. 지용은 승현의 눈을 피하지 않고 한동안 마주 봤다.

"그러려고 노력해요."

지용은 테이블 위에 놓인 카드를 모아 섞기 시작했다.

"나도 노력하지."

지금은 그 대답이 최선이다. 승현 자신도 모르는 얼룩을 어떻게 찾아서 지우라는 거냐고.

"안 되면요?"

"뭐, 그럼……."

승현이 어쩔 수 없다는 투로 말하자, 지용은 카드를 테이블 위에 내려놓았다.

"책임져요."

"뭐라는 거야? 내가 뭘 어쨌다고?"

승현은 목이 콱 막혔다. 책임진다는 말, 실은 승현이 자주 하는 말이다. 자기 맘대로 하고, 책임지면 될 거 아니냐고 하기 일쑤다. 사실 책임 따윈 안중에도 없으면서 그런 말을 했다. 하지만 지용이 말하는 그 책임은 왠지 지켜야 할 것 같고, 두려웠다.

"형이 재은이한테 하는 게 그냥 단순하지만은 않은 것 같아서요. 그리고 재은이가 걱정되고요. 그러게 처음에 그냥 잘 타일러서 보내지, 왜 도와준다고 하고 계속 만났냐고요."

"그러게 말이다. 어릴 적 나 보는 것 같아서, 우는 게 나 같아서 도와줬더니만. 이게 뭐냐, 친구라는 녀석한테 이런 말이나 듣고."

승현은 지용을 향해 이죽거렸다. 승현은 새 담배를 꺼내 또 씹기 시작했다. 그런 승현을 보던 지용이 씩 웃으며 입을 열었다.

"형이 외로워서 그런 거잖아요."

지용이 이 녀석은 어디서 튀어나와서 자신도 모르는 맘이랑 숨바꼭질을 하려는 걸까? 외로운 건 맞다. 외로운 건 어쩔 수 없는 거지. 그대가 곁에 있어도 그대가 그립다고 했는데. 그런데 그 외로움이 재은을 보자마자 튀어나왔다. 승현이 밀어 넣을 틈도 없이 나와서 재은에게 딱 붙어 버렸다.

"네가 뭘 안다고, 이 녀석이……."

"재은아, 형이 너랑 모양 맞추기랑 색깔 맞추기도 해 준대. 빨리 와!"

지용은 승현의 말은 들은 체도 하지 않고 재은을 불렀다. 재은은 행복한 표정으로 카드를 그러모아 그들이 앉아 있는 쪽으로 다가왔다. 승현은 그런 재은을 보며 고개를 절레절레 흔들었다. 승현이 모르는 얼룩을 자꾸 만드는 재은과 그 얼룩을 찾겠다는 지용이 조금씩 무서워졌다. 뭔가 제대로 걸린 느낌이다. 도망가야지 하면서도 도망갈 수 없을 것 같은 생각이 든다. 이러다 발목이 잡히는 걸까?

 모양도 맞추고, 색도 맞추고, 도둑도 잡고, 원카드도 외쳤다. 그들은 그렇게 카드로 할 수 있는 모든 게임, 그러니까 재은의 수준에 맞는 게임이란 게임은 모두 해 봤다.
 평생 이렇게 오랜 시간 동안 다양한 게임을 해 본 적이 없어 흥분과 재미로 온몸이 녹초가 된 재은. 반갑기 그지없는 카드 파트너의 출현에도 불구하고, 목말랐던 게임은커녕 괜한 감시 속에서 게임을 하느라 두통이 생긴 승현. 승현과 재은의 맑고 푸른 관계에 조금의 얼룩은 없는지 분석하느라 재은에게 게임을 내리 질 정도로 바빴던 지용.
 결국 각자 나름의 이유로 고단해진 그들은 일찍 잠자리에 들기로 했다. 지용은 거실 테이블을 한쪽으로 치우는가 싶더니, 승현이 가져다 준 이부자리를 펴고는 벌러덩 누워 버렸다. 재은도 그 옆에 자리를 펴고 가져온 이불과 베개를 놓고 엎드렸다.
 "유재은."
 팔베개를 한 지용이 재은을 불렀다.
 "응?"
 재은은 가방에서 일기장을 꺼냈다.
 "오늘도 일기 쓰려고?"
 지용이 몸을 일으키며 물었다.
 "응. 좀 피곤하지만 그래도 매일 하는 건데 해야지."
 "그냥 자."

지용은 재은에게 등을 돌리고 누웠다.

"그림으로 대신해야겠다."

"뭐? 지금 그림일기를 쓰겠단 거야?"

몸을 벌떡 일으킨 지용이 어이없다는 듯이 웃었다.

"오늘은 너무 피곤하니까 말이야. 그리고 그림일기가 어때서?"

"네 나일 생각해라."

지용은 재은을 째려보며 그녀의 머리카락을 잡아당겼다.

"그날의 기록이 목적이니까, 나만 알아보면 되는 거니까, 대충 그려 보고 그 옆에 단어를 쓴다 이거지."

재은은 볼펜으로 일기장을 두드렸다.

"그래라 그래. 열심히 쓰고 빨리 자."

지용은 재은을 한심스러운 눈빛으로 쳐다보다 자리에 누웠다.

"응."

재은은 고개를 끄덕이고 날짜와 날씨를 적었다. 그때 일기장 위로 그림자가 드리워졌다.

"어? 아저씨."

"형."

재은은 승현을 올려다보고 자리에서 일어나 앉았다. 승현은 재은과 지용의 이부자리를 내려다보고 있었다.

"홍해여 갈라져라!"

승현이 두 팔을 번쩍 들고 외쳤다.

"홍해요? 형이 무슨 모세예요?"

"아저씨, 갑자기 왜 그래요?"

"왜 그러긴! 너희들, 너무 붙어 있단 생각이 들지 않아?"

승현은 그들 앞에 쪼그리고 앉아 심각하게 물었다.

"그냥 옆에 이불 깔고 누운 건데요, 뭐."

"아는 사이에 서로 멀리 떨어져서 자는 것도 웃기잖아요."

재은의 말에 지용이 한마디 거들었다.

"아는 사이? 그렇지, 모든 사건은 그 아는 사이에서 벌어지지."

승현이 턱을 괴고 앉아 중얼거렸다.

"형, 무슨 말을 하는 거예요? 우리가 그럴 사이로 보여요?"

지용은 기분 나쁘다는 투로 물었다.

"그렇진 않지만 그래도……. 어쨌든 가운데에 자리 좀 만들어 봐."

승현은 재은과 지용 사이의 틈을 비집고 들어갔다.

"왜요? 그냥 거기 앉아도 되잖아요."

지용은 승현이 앉은 쪽을 손으로 가리켰다.

"형한테 지금 찬 바닥에 궁상스럽게 앉아 있으란 얘기냐?"

"그게 아니라……."

승현의 인상이 험악해지자 지용은 말을 흐렸다.

"아저씨, 심심하셔서 나온 거죠? 우리끼리만 얘기하면서 자니까."

재은은 다 안다는 듯이 빙긋 웃고는 일기장을 덮었다.

"뭐, 그렇다고 치자. 너희들 말이야, 둘이서만 엠티 분위기 내고. 쳇! 난 혼자서 외롭게 자는데."

"혼자 침대에서 편히게 지는 게 왜 외롭……."

고개를 돌리고 중얼거리던 지용은 그들 사이를 다시 비집고 들어온 승현 때문에 테이블 모서리에 머리를 부딪쳤다. 지용은 머리를 만지며 테이블을 더 멀리 치우고, 재은과의 이부자리 간격을 벌렸다. 재은은 소파 쪽으로 자신의 이불을 끌고 갔다.

"자, 이제 됐죠?"

재은은 바닥을 두드리며 승현에게 손짓을 했다. 승현은 뒤에 뒀던 이불을 그 사이에 깔고 수영하듯 이불 위로 다이빙을 했다.

"으악, 형!"

"아저씨, 먼지 나요."

승현의 다리에 무릎을 부딪친 지용은 도망치다 다시 테이블에 머리를 찧었다.

"알았어, 알았다고. 그런데 잔다더니, 왜 안 자고 떠들어?"

발딱 몸을 뒤집어 엎드린 승현은 재은과 지용을 번갈아 쳐다보며 물었다.

"떠들긴요. 자기 전에 약간의 대화를 한 건데요."

재은은 베개를 톡톡 두드린 후 머리를 댔다.

"그게 무슨 대화냐? 빨리 자라고 한 건데."

지용은 테이블 모서리를 노려보며 재은에게 말했다.

"아아, 청춘이 다시 되돌아오는 것 같다."

승현은 한숨을 내쉬며 베개에 얼굴을 묻었다.

"왜요?"

베개에서 고개를 든 재은이 물었다.

"대학교 시절에 갔던 엠티가 생각나잖아."

"우와, 엠티."

재은이 몸을 일으키며 말했다.

"우와, 엠티?"

승현은 재은이 한 말을 따라 했다.

"그때도 엠티가 있었구나."

재은이 진지하게 말하자 승현이 골을 냈다. 열 살 차이가 무슨 반세기라도 되는 것처럼 구는 재은과 지용 때문에 승현은 또다시 기분이 나빠졌다.

"누가 들으면 내가 50년 전에 대학 다닌 줄 알겠다. 우리 때도 엠티 있었거든? 신입생 환영회, 축제, 그런 거 다 있었어. 10년밖에 차이도 안 나는데 무슨……."

"10년이면 강산도 변한다는데."

등 돌리고 누운 지용이 베개에 대고 중얼거렸다.

"고지용, 넌 빨리 자라."

"왜요, 형?"

"분위기 깨니까 그렇지."

승현은 지용의 베개를 확 잡아 뺐다.

"끝까지 안 잘 거예요."

"왜 안 자? 빨리 자라니까."

승현이 베개로 지용을 괴롭혔다. 지용은 베개를 피하느라 이리저리 몸을 굴렸다.

"안 자요, 안 잘 거예요."

지용은 승현에게 뺏긴 자신의 베개를 끌어안으며 다짐했다.

"우, 우, 우……. 고지용, 완전 치사해. 왜 안 자는 줄 알겠다."

재은이 이상한 소리를 내며 승현의 어깨 너머로 외쳤다.

"너, 그거 하려고 안 자고 있는 거지?"

베개 위에 턱을 받친 재은이 킬킬거렸다.

"수학여행 가면 하는 거 있잖아. 잠들면 애들 얼굴에 매직으로 낙서하고 그러는 거."

재은이 일기장 위의 펜을 들고 공중에 쓰는 척을 했다.

"고지용, 수학여행 낭만에 젖어 보시겠다?"

승현이 비웃으며 자리에서 일어나 앉았다.

"그런 수준 낮은 짓을 왜 해요?"

지용은 갑자기 2대1이 된 불리한 상황이 맘에 들지 않았다.

"그럼 왜 끝까지 안 자려고 그러는 건데?"

"그건……. 유재은, 다 널 위해서 그런 거야."

뭔가 말하려던 지용은 승현을 흘끗 쳐다보고는 입을 다물었다.

"설마 아저씨 얼굴에만 그리려고?"

"으악! 유재은, 너 때문에 미쳐!"

지용은 답답해서 가슴이 터질 것 같았다.

"지용이 너 그렇게 안 봤는데, 애가 후지구나?"

눈을 가늘게 뜬 승현은 재은처럼 베개를 끌어안고 앉았다.

"아니라니까요, 정말!"

억울한 지용은 두 손을 부르르 떨었다.

"에이, 뻥치시네."

"그래, 그거 뻥 같다."

2인 1조가 된 뻥 부대를 보며 지용은 입술을 깨물었다. 밀리는 상황에선 어쩔 수 없는 거다. 지용은 베개를 끌어안고 누워 버렸다. 그리고 친근해진 테이블 모서리를 벗 삼아 밤을 나기로 했다. 뼁 부대의 공격에도 꿋꿋하게 버티기로.

"지용아."

"고지용, 너 삐쳤어?"

뼁 부대의 회유 작전이 시작됐다.

"지용아, 미안."

"형이 잘못했다."

지용의 등 뒤로 한동안 속닥속닥 이불 스치는 소리가 들렸다. 궁금해하지 말자며 두 눈을 꼭 감았지만, 뒤통수가 근질거렸다.

"헉!"

그사이를 못 참고 아주 살짝 뒤를 돌아본 지용은 깜짝 놀라 베개를 놓쳤다. 재은과 승현이 얼굴을 맞대고 지용을 내려다보고 있었다.

"뭐야, 깜짝 놀랐잖아."

"지용아, 화 안 났지?"

"화를 내기엔 지용인 착한 애니까."

빙글빙글 웃는 뼁 부대를 보고 한숨을 내쉰 지용은 다시 자리에 드러누웠다.

"다들 이만 자자."

승현이 취침 선언을 하자, 재은은 무릎걸음으로 자신의 자리로 돌아가 승현을 등지고 누웠다.

"아저씨, 진짜 여기서 주무시게요?"

재은은 승현 쪽으로 몸을 돌리고 물었다.

"그럼."

"왜요?"

"네 말대로, 재밌잖아. 엠티 온 것도 같고."

승현이 별것 아니라는 투로 말했다. 실은 혼자서 자는 게 외로웠다. 밖에서 두런두런 말소리가 들리는데, 침대에서 편하게 잔다 한들 잠이 올 것 같지 않았다.

"그럼 외로운 거······."

"그건 아니다."

승현은 코웃음을 쳤다. 잠시 말이 없던 재은이 알겠다는 투로 '응, 응.' 하는가 싶더니 불쑥 물었다.

"저희랑 같이 있고 싶으신 거죠?"

"그렇다고 치자."

승현은 마지못한 투로 동의했다. 사실이니까. 하지만 솔직히 인정하기엔······. 그리고 지용이 지켜보고 있었다.

"이힛."

승현의 답에 만족했는지 이상한 웃음을 터뜨린 재은은 다시 소파 쪽으로 몸을 돌렸다. 그리고 소파 다리를 툭툭 쳤다. 한동안 움직이던 손짓이 둔해지더니 재은의 팔이 바닥으로 툭 떨어졌다.

"지용아."

승현은 지용을 불렀지만 지용은 아무 말이 없었다.

"안 자는 거 다 안다."

승현은 팔을 위로 쭉 뻗고는 지용 쪽을 돌아봤다.

"그래, 자지 마. 너만 손해지."

지용의 어깨가 아주 살짝 움직였다.

"결국 너도 지쳐서 자게 될 거고, 난 네가 깨 있는 동안 푹 잤다가 네가 잠들어 버리면 그때를 노리는 거지."

지용의 어깨가 전보다 많이 떨렸다. 그 모습을 보고 승현은 숨죽여 웃었다.

"고지용, 넌 내 말을 믿냐? 그러기엔 내 나이가 너무 많지. 그것도 기운 팔팔한 젊을 때나……. 그런데 관순이 앤 왜 이렇게 잘 자?"

승현은 재은의 쌕쌕거리는 숨소리를 듣고 기분이 나빠졌다. 누구는 어떤 누구 때문에 단추 단속도 잘하는데, 이거 너무하는 거 아니야!

"그러니까 제가 안 자는 거예요."

지용이 베개를 들고 부스스 일어났다.

"유관순, 너 이렇게 안심해도 되는 거야? 남자가 두 명이나 있는데?"

승현이 재은을 내려다봤지만 재은은 이미 꿈나라로 건너갔는지 대답 없이 잠에 빠져 있다.

"우릴 남자로 안 보는 거죠."

지용이 픽 웃으며 재은 쪽으로 몸을 기울였다.

"기분 나빠야 하는 거 아니야?"

한쪽 다리를 뻗은 승현이 지용을 쳐다봤다.

"아니죠. 이 세상에서 가장 믿음직스러운 사람들인 거죠."

지용은 만족스러운 표정으로 위를 올려다봤다.

"백날 믿음직스러워라. 그게 뭐가 좋아? 남자도 아닌데."

승현은 지용에게 코웃음을 치며 이죽거렸다.

"앗, 그 뜻은 '재은이에게 남자이고 싶다.' 이거죠?"

지용은 드디어 한 건 했다는 듯이 실실 웃었다.

"너, 오늘 진도 마구 뺀다? 쟤한테 접근하는 남자는 다 이렇게 조사해?"

승현이 지용을 향해 눈을 부릅떴다.

"아뇨."

"그럼 왜 나한테만 그래?"

승현은 지용에게 베개를 던졌다.

"형만 수상하니까요."

"너, 사람을 색안경 끼고 본다? 그렇게 살면 너만 피곤해."

아주 지독한 녀석한테 걸렸다. 이쯤 되면 화를 내야 할지도 모른다. 카드 게임 내내 시달린 승현은 지용을 보며 머리를 흔들었다.

"하지만 친구는 구할 수 있어요."

"내가 무슨 악의 구렁텅이냐? 나처럼 괜찮은 사람이 어디 있다고?"

먹여 주고, 놀아 주고, 재워 주는 사람한테 할 소린가. 요새 애들은 왜 이런 거야? 답답해진 승현은 분풀이로 재은을 노려봤다.

"형, 우리 인정할 건 인정하자고요."

"뭐야, 이제 설득하는 거야? 분명히 말하지만, 난 맑고 푸른 아저씨의 마음이다. 너 혼자 진도 빼지 마. 더 이상 구시렁거리면 그땐 내쫓을 거야."

승현의 화가 느껴졌는지, 지용은 입을 뾰족거리며 고개를 끄덕였다. 만족한 승현은 베개를 끌어안고 다시 누웠다.

"형, 그런데요……."

"또 왜?"

지용이 다시 조심스럽게 승현을 불렀다. 꼬리를 내린 지용이 웃겼지만, 승현은 짐짓 화난 투로 물었다.

"……그냥 남자보다는 믿음직한, 변하지 않는 사람이 진짜 남자래요."

"누가 그래?"

어린 게 별걸 다 안다. 그러니 이렇게 승현을 물고 늘어지지.

"저희 누나들이요. 형은 그 CF도 못 봤어요?"

"무슨 CF?"

재은에게 듣기로 지용에게는 누나가 많다고 했다.

"흠흠……. '한 번 눈길이 가는 남자가 있는가 하면, 평생 믿을 수 있는 남자가 있습니다.' 이거요."

지용이 다소곳하게 눈을 내리깔며 CF의 성우처럼 목소리를 냈다.

"나 같은 남잔 해당 안 되지."

승현이 무시하듯이 손을 흔들었다.

"무슨 말이에요, 형?"

"나 같은 남잔 한 번 보고도 눈길이 가고 평생 봐도 눈길이 가거든. 안 그래?"

지용은 어처구니없다는 표정으로 승현을 흘끗 보고는 다시 베개를 끌어안고 자리에 누워 버렸다. 승현은 지용의 미적지근한 반응에 그러려니 했다. 같은 남자에겐 승현의 매력이 통하지 않는 거니까.

"그런데 그거 보험 선전이냐?"

"아니요. 자동차 선전이요. 하지만 그 선전 속 남자처럼은 되고 싶어요."

"그런 보험 같은 남자가 되고 싶다 이거야?"

"든든한 남자 좋잖아요."

지용이 히죽 웃었다. 누나가 많아도 좋진 않구나. 승현은 3형제 중 막내인 것을 다행으로 여겼다.

"젊은 애가 노인처럼 보험 찾고 그래?"

승현은 턱을 괴고 앉아 투덜거렸다.

"젊을수록 보험 들어야죠. 지난달에 재은이랑 하나 들었는데요."

"진짜, 너희들 '아놔.' 다."

승현은 귀를 틀어막고 싶었다. 나이만 어릴 뿐이지, 승현보다 더 늙은 이처럼 군다.

"형도 이참에 하나 들어요. 노년이 멀지 않았잖아요. 평생 젊은 게 아니라구요."

"시끄러, 인마."

승현은 나이 얘기에 또다시 짜증이 일어 이불을 쓰고 누웠다. 재은과 지용 사이에선, 연장자의 기쁨보다는 외로움이 더 컸다.

"형."

지용이 또다시 조심스럽게 부르자, 승현은 이불을 끌어내렸다.

"재은이는 보험 같은 남자를 좋아해요."

"그러라지."

승현은 다시 이불을 머리까지 덮었다.

"한 번쯤은 평생 믿음이 가는 남자가 되는 것도 멋지지 않을까요?"

"난 너한테 보험이 되고 싶진 않은데."

승현은 이불을 치우고 일어났다.

"그럼 재은이한테는 돼 주실 거죠?

"몰라!"

승현은 지용에게 자신의 마음을 들킨 것 같아, 모르는 척했다. 외로운 줄도 알고, 맑지 않은 맘도 알고.

"어쨌든 안녕히 주무세요."

"인마, 불 끄고 자. 저쪽 작은 등은 남겨 놓고."

"네."

승현은 베개에 머리를 파묻었다. 그리고 슬쩍 재은의 뒤통수를 노려봤다. 여전히 그 자세로 곤히 자고 있다. 정말 편하게도 잔다. 등을 보이며 자던 재은이 방향을 바꿔 승현 쪽으로 돌아누웠다. 재은의 머리띠 한쪽이 귀를 누르고 있는 게 보였다. 승현은 팔을 뻗어 머리띠를 조심스레 빼놓았다.

머리띠가 치워지자, 재은의 머리카락이 이마와 볼을 가렸다. 승현은 재은의 머리카락을 넘겨주다가 멈칫했다. 생각보다 부드러운 머리카락으로, 그보다 더 부드러운 볼로, 그리고 귀여운 동그란 이마 쪽으로 자꾸 손이 움직인다. 그럴수록 심장도 벌렁거린다. 한창 때도 지난, 긍휼한 마음을 가졌다고 큰소리친 아저씨가 이래도 되는 걸까? 아쉬운 마음에 재은의 머리카락을 한 번 더 만지작거렸다. 한 번만 만지려고 했는데 손이 멈추질 않는다.

"에이, 만지기만 하는 건데. 예전에도 잘했다고 머리는 쓰다듬었는데, 뭐. 지금은 잘한 건 없지만, 잘 자니까 귀여워서……."

자신도 이해할 수 없는 말을 중얼거리던 승현은 두 손을 얼른 떼고는 머리를 베개에 묻고 이리저리 흔들었다. 말은 그렇게 했지만, 만지는 것도 위험한 일이다. 며칠 전에 본 성폭력 범죄자들도 그렇게 말하지 않았는가. '만지려고만 했는데, 그렇게 된 걸 어떡하냐.'고.

몇 분 동안 온몸을 흔들며 자학을 하던 승현은 고개를 들고 재은을 노려봤다. 극심한 선악의 문제와 싸우고 있는 승현과는 달리, 재은은 세상 모르게 편히 자고만 있었다.

"어이구, 내 팔자야."

지용에게 걱정 말라고, 인간애라고 큰소리까지 쳤는데. 승현은 스스로 무덤을 판 거라고 생각했다. 그래도 저 얼굴을 보고 있자니 웃음이 나온다. 승현은 재은의 작은 손을 잡고 살짝 흔들었다. 승현의 맘을 아는지 모르는지, 자고 있던 재은이 손을 빼냈다.

"알았다, 알았어. 손만 잡았는데도 그러냐."

승현은 가만히 누워 천장 무늬를 눈으로 그렸다. 거실 전체를 꼼꼼하게 훑어도 잠이 오지 않았다.

"보험 같은 남자, 정말 어렵네."

승현은 한숨을 쉬며 숫자를 세기 시작했다.

6. 복수 no.1 타이어 죽이기

  셋이 함께 거실에서 엠티를 치른 다음 날, 지용이 먼저 출근한 뒤 승현과 재은은 영준의 집을 향해 출발했다. 재은은 출근 시간을 못 맞출 것 같아, 인쇄소에 들렀다가 간다는 핑계를 대기로 했다. 비교적 가까운 거리라 둘은 걸어서 가기로 했다.

  "그렇다고 이불이랑 베개 들고 다니는 애가 어디 있냐?"

  "여기요. 으……, 추워."

  재은은 주머니에 넣었던 손을 번쩍 들었다. 하지만 차가운 바람에 손끝이 시려, 재은은 손을 다시 깊숙이 집어넣었다.

  "그래. 아주 훌륭하다, 훌륭해!"

  "그런데 이렇게 중요한 날, 왜 추운 걸까요?"

  재은은 코트에 달린 모자를 쓰고, 모자가 벗겨지지 않게 머플러로 돌돌 감았다.

"복수의 날인데, 날씨가 따뜻하면 안 어울리잖아. 어둡고 추워야지. 뼛속 깊이 스며드는 추위 정도는 돼야 비장한 복수랑 어울리지."

차가운 바람에 얼굴을 찡그린 승현은 코트의 깃을 세웠다.

"그러고 보니 복수엔 이런 추운 날씨가 어울리는 것 같아요. 반짝반짝 해 뜨고 산들바람 불면 '아놔.' 잖아요."

"그렇지, 아놔 날씨. 응용력 한번 뛰어나다."

승현은 재은의 '아놔.' 란 단어에 고개를 끄덕였고, 재은은 브이(V)자를 그렸다.

"복수를 부르는 날씨라니, 징조가 좋지 않냐?"

승현과 재은은 마주 보며 웃었지만 그것도 아주 잠시였다. 찬바람 때문에 둘은 웃기도 힘들었다.

"그런데 말이지, 가능하면 이불이랑 베개 갖고 다니지 마. 뭐냐, 촌스럽게."

"촌스러워도 어쩔 수 없어요."

재은은 대수롭지 않게 말했다. 밖에서 자는 경우는 드물었고, 잔다고 해도 주위의 시선보다는 그녀의 잠이 더 중요하기 때문이다.

"왜 갖고 다녀? 네가 라이너스야?"

승현은 피너츠에 나오는 피아노를 치는 라이너스 흉내를 내기 시작했다.

"그거 없으면 잠이 잘 안 와요."

"말도 안 돼!"

승현은 믿지 못하겠다는 표정이다.

"아저씬 몰라요."

승현이 비웃는 것 같아 조금 울적해진 재은은 그보다 몇 걸음 앞서 걷기 시작했다. 승현은 그런 재은을 몇 걸음만에 따라잡았다.

"나 춤췄……."

"아뇨! 무시하는 거 아니고요, 실은 저한테 문제가 좀 있어요."

재은은 감았던 머플러가 조이는 것처럼 느껴져, 느슨하게 풀어냈다.

"그럴 줄 알았지."

승현이 손뼉을 치며 고개를 끄덕였다. 승현에게도 재은과 비슷한 증상이 있는지 모른다.

"진짜요?"

"그럼. 첫눈에 알아봤다."

승현이 재은을 내려다보며 거들먹거렸다.

"에이……."

그럼 그렇지. 실망한 재은이 승현을 쳐다보느라 비틀거리자, 승현은 재은의 팔을 잡아 주었다.

"내가 원래 첫눈에 반, 아니, 첫눈에 뭐든 알아보는 사람이야. 오죽하면 한도사, 이런 이름으로 불렸다니까. 그런데 수면 장애야?"

"그건 아니에요. 없어도 잘 수 있긴 한데, 불안해서 잠이 잘 안 와요. 그러니까 이불과 베개는 숙면을 돕기 위한 도구예요."

재은은 보도블록에 새겨진 모양을 눈으로 훑었다. 쓰던 이불과 베개가 있어야 마음의 안정과 평화가 온다. 재은은 언제나 자기 전에 베개와 이불에 얼굴을 문지른다. '너희들이 있어서 참 다행이야.' 하는 인사나 마찬가지다.

"그런 지 오래됐지? 아주 너덜너덜하던데."

"그래도 나아지고 있어요."

직접적인 답을 피한 재은의 얘기에 승현이 피식 웃었다. 믿지 않는 눈치다.

"낫겠지. 그런데 해진 이불과 베개라니, 누가 널 은근하고 은은한 럭셔리걸로 보겠어?"

또다시 빈티와 연결짓다니. 재은은 승현의 집착에 두 손을 들 정도다.

"그렇구나. 그러면 이불을 새 걸로 바꾸면 괜찮을까? 금색이나 은색으로. 아니야, 더 잠이 안 올 수 있지. 차라리 너덜너덜한 부분을 조각 헝겊으로 가려 볼까? 아니면 다른 천으로 전체를 싸서……."

"관순아."

앞서 걷던 재은을 승현이 불러 세웠다.

"네?"

"그냥 다 하지 마. 알았지?"

승현이 재은을 내려다보며 고개를 저었다.

"하지만 빈티 난다고……."

"남들한테 안 들키면 되지."

"이미 들켰잖아요. 할머니랑 지용이도 알고, 이젠 아저씨도 알고, 또……."

"혹시 그놈도 알아?"

승현이 걸음을 멈추고 물었다.

"장 씨요? 아니요. 모르죠."

다가오는 봄에 함께 여행을 가기로 했었으니, 그렇게 되었다면 알았으리라.

"그래? 맑고 푸른 맘을 가진 우리들은 괜찮아. 걱정 말고, 잠은 꼭 집에서만 자도록 해라. 아, 내 집은 괜찮아."

승현은 밝게 웃으며 재은의 어깨를 토닥였다. 그리고 재은의 모자를 푹 씌워 주고 머플러를 한 번 더 감아 주었다.

"네. 그런데 맑고 푸른 맘을 지닌 사람이 어젠 왜 그러셨어요?"

재은은 어젯밤 새우잠을 자야 했던 상황을 떠올렸다. 아직도 등이 쑤시고 팔이 저리는 것 같다.

"내가 뭘?"

"거실 바닥 좁은데, 저랑 지용이 사이에 끼어서 주무시고."

재은은 승현이 감아 놓은 머플러를 원상태로 해 놓았다. 혼자서 자는 게 재미없는 건 이해가 됐지만, 아주 오래전의 엠티 분위기를 즐기고 싶은 맘도 이해했지만, 그래도 함께 자는 사람들까지 힘들게 만들다니.

"어제 내가 얼마나 힘들었……. 아니, 지금 감사하게 여기기는커녕 대드는 거야?"

승현은 팔짱을 끼고 재은을 탓했다.

"저희랑 함께 있고 싶은 건 이해해요. 하지만 복수 미션을 위해 푹 자야 하는데, 좁으니까 소파 껴안고 불편하게 잤다고요. 오늘 민첩하게 움직여야 하는데, 그러기 힘들 것 같아요. 여기저기 막 쑤셔요."

재은은 어깨와 등을 두드렸다. 움직일 때마다 근육이 땅기고 쑤셨다.

"이 아저씬 널 지켜 주려고 그 사이에서 잔 거야."

승현이 위해 주는 투로 말했지만 재은은 믿지 않았다. 지용이 있는데 뭐가 위험하다는 건지 모른다.

"심심해서 나오셨으면서."

재은은 승현을 향해 혀를 쏙 내밀었다.

"허허……, 얘가 또 사람 말을 안 믿네. 지용이의 남성이 깨어날지 몰라서 내가 지켜 주려고 그런 거라니까."

승현은 자신의 가슴을 치며 지용의 탓인 양 떠넘겼다.

"안 지켜 주셔도 돼요."

재은은 두 손을 흔들며 괜찮다는 표시를 했다.

"얘가 또 묘한 말만 하네. 아무리 맑고 시퍼래도, 지용이도 남자 화장실 간다."

승현이 큰일 날 소릴 한다며, 지용이를 믿는 건 위험한 일이라고 덧붙였다. 재은은 그런 승현이 우습기까지 했다.

"지용이는 아저씨도 남자 화장실 간다면서 캠프에 참가한 거라고요."

재은은 서로 다른 두 사람이 비슷한 말을 하니, 지용과 승현이 닮아 보였다.

"그 녀석 사람 볼 줄 모르네."

기분 나쁜 투로 말한 승현은 카드 파트너를 바꿔야겠다며 투덜거렸다.

"지용이랑은 어릴 때부터 함께 커서 괜찮아요. 걔는 누나만 넷인 막내라, 저를 거의 다섯 번째 누나로 생각하거든요. 남매예요, 저희는."

"흠, 믿을 수 없어. 여동생이면 또 몰라."

승현은 눈을 가늘게 뜨고는 계속 고개를 저었다. 아무래도 승현은 남녀 사이에 우정이 존재한다는 걸 믿지 않는 것 같다. 지용과 재은이 바로 산 증인인데.

"어쨌든 맑고 시푸르딩딩한 이 아저씬 널 지켜 주려고 거기서 잠

거야."

"차라리 저한테 침대를 양보하셨으면 좋았잖아요. 그럼 완벽하게 지켜 주는 거고."

재은은 계속 우기는 승현에게 코웃음을 치며 앞서 걸었다.

"그건 안 돼!"

승현은 펄쩍 뛰며 반대했다.

"왜요?"

재은은 그런 승현이 이해가 가지 않았다. 엠티에 온 선배인 양 옆에서 잤으면서 너무 격렬한 거부 반응이 아닐까 싶다. 오히려 재은이 어떻게 옆에서 잘 수 있냐고, 승현에게 따져야 할 상황이 아닌가.

"나랑 결혼할 거야? 그럴 거면 침대에서 자든지."

재은은 자신이 들은 말을 믿을 수 없었다. 잘못 들었겠지. 재은이 뭐라 답하기도 전에 승현은 보도에서 내려갔다. 그리고 곧장 도로로 발을 옮겼다.

"어? 아저씨, 어디 가세요? 택시 잡게요?"

"아니. 건너려고."

좀 전의 얘기는 잊은 듯, 승현은 주머니에 손을 넣고 태연하게 말했다.

"안 돼요!"

재은은 재빨리 뛰어가서 승현의 옷자락을 잡아끌었다.

"아니, 왜?"

"저기 육교 있잖아요."

재은이 손으로 도로 위 육교를 가리켰다.

"육교? 됐어. 얼마나 오래 걸리는데. 저 계단을 힘들게 올라가서 또 계단으로 내려가자고? 암벽등반이라고. 이 아저씨가 숨차서 심장마비로 쓰러지는 꼴 볼래?"

"아니요."

그건 아니지만, 육교를 오르는 일이 암벽등반과 같은 힘든 일인지는 오늘 처음 알았다. 재은은 다시 승현의 소매를 부여잡았다.

"그렇지? 차도 없는데 어서 빨리 건너자."

승현은 다시 도로 쪽으로 몸을 돌렸다.

"안 돼요, 아저씨. 계단이 싫으면 저기 횡단보도 있어요. 조금만 더 가면 되니까, 거기로 가요."

재은은 지금이라도 당장 도로로 뛰어들 승현을 막아섰다.

"뭐? 더 걸어서 횡단보도? 싫다. 언제 거기까지 가? 얼른 가자."

승현은 횡단보도란 말에 질색을 하며 막아선 재은의 팔을 잡았다.

"아저씨, 이러시면 곤란해요. 지킬 건 지켜야죠."

재은은 무단 횡단을 하려는 승현에게 교통법규를 강조했다.

"내가 지켜 준다고 할 땐 싫다면서, 이런 건 지키자고?"

"그거랑 상관없잖아요, 이건."

엉뚱한 소리를 하는 승현 때문에 재은은 답답했다.

"지키는 건 다 똑같은 거지. 이 아저씨 믿고 휙 건너는 거야."

승현은 재은의 팔을 단단히 끌어안고 도로 쪽으로 한 걸음 나섰다.

"안 돼요, 싫어요! 한 번도 무단 횡단한 적 없다고요."

재은은 고개를 젓고 뒤로 물러섰다.

"그거 뻥이지?"

승현은 '설마.' 하는 표정으로 물었다.

"정말이에요. 교통법규 같은 거 어긴 적 없어요."

재은은 단호하게 덧붙였다. 승현이 자신과 비슷한 생각을 가지지 않은 게 실망스러웠다.

"같은 거? 혹시 뭐든 다 지키는 거야?"

"그럼요. 규칙을 왜 만들었겠어요? 모든 규칙은 지키라고 있는 거예요. 인간의 생활을 더 풍요롭게 하는 거라고요. 그리고 아무도 죽지 않게 하고요."

뉴스를 보면 하지 말아야 할 일을 해서 많은 생명이 스러져 간다. 재은의 부모님도 그 때문에 돌아가셨다.

"미치겠다. 무서워서 그런 건 아니지? 걱정 마. 아저씨가 손잡고 건너줄게. 아니면 업고 건널까?"

승현은 자신의 등을 내밀며 업히라고 했다.

"안 그러셔도 돼요. 횡단보도는 생명선이에요. 언제 어디서 차가 튀어나올지 모르는 거라고요."

교통신호를 무시한 운전자 때문에 목숨을 잃은 부모님의 얼굴이 떠올랐다. 재은은 다시는 교통사고로 곁에 있는 사람을 잃고 싶진 않다.

"차가 안 올 때 건너면 되는 거지. 진짜 안 되겠다. 이리 와."

승현이 도로 양쪽을 바라보며 재은을 불렀다.

"저야말로 진짜 안 되겠어요. 아저씨, 이러지 마세요. 세상에서 교통사고가 제일 무섭단 말이에요. 저희 부모님도 교통사고로……."

"가자."

목소리가 떨리는 재은이 말을 끝마치기도 전에 승현은 재은의 팔을 끌어 육교로 향했다. 방금 전까지만 해도 무단 횡단의 열렬한 지지자였던 승현은 언제 그랬냐는 듯이 육교에 올라섰다. 둘은 말없이 걷기만 했다. 한참 계단을 올라갔다가 걷고, 다시 계단을 내려와 길의 반대편에 도착했다. 그때까지 승현은 재은의 손목을 놓지 않았다.

"나는, 그러니까 이 아저씨는 교통사고로 죽지 않아."

승현은 흐트러진 호흡 사이로 재은을 응시했다. 재은은 가만히 서 있었다. 움직일 수도, 말할 수도 없었다. 지금 한마디라도 하거나 한 발짝이라도 움직이면, 승현이 사라질 것만 같았다.

"내 말 알아듣겠어?"

승현이 재은의 손목을 더 세게 잡았다. 재은은 그제야 고개를 끄덕였다.

"좋아. 무단 횡단 따위는 절대 하지 않을게."

승현은 계단을 오르내리느라 풀어진 재은의 머플러를 감아 주고 저벅저벅 걸어갔다. 재은은 그런 승현의 뒷모습을 보며 아랫배에 전기담요를 얹은 듯한 따뜻한 기운을 느꼈다. 그녀는 승현의 뒤를 쫓았다.

"그걸 어떻게 알아요?"

재은은 승현의 말이 말도 안 된다고 생각했지만 그래도 되물었다. 어쩌면 그녀가 원하는 답을 듣기 위해서인지도 모른다.

"난 다 알아. 한도사잖아."

재은이 승현의 빠른 걸음을 힘들게 쫓아가며 묻자, 승현이 재은을 흘끗 내려다보며 말했다. 재은은 이상하게 승현이 교통사고로 죽진 않을 거란 생각이 들었다. 그 생각에 기분이 좋아졌다. 하지만 결국 승현도 죽긴 한다는 얘기인지라 좋던 기분이 눅눅해졌다. 물론 모든 사람이 죽긴 하니 승현도 죽을 테지. 하지만 죽지 말아야 할, 죽으면 안 될 것 같은 기분이 들었다. 적어도 재은이 살아 있을 때까진 승현이 같이 살았으면 좋겠다.

"그건 아무도 모르는 거예요. 신문에서 봤는데 이젠 세 명 중 한 명이 암으로 죽는다고 했……."

"널 도와주는 훌륭한 어른한테 암으로 죽는다고 말하는 거냐? 혼나야겠어, 아주 많이."

승현은 재은의 머플러를 바싹 당겨 재은이 말을 못 하게 했다.

"그런 말이 아니라, 아저씨가 우기니까……. 으, 하지 마요."

승현은 재은의 머플러 끝자락을 더 힘껏 잡아당겼다. 숨이 막힌 재은이 캑캑거리자 승현은 대단히 만족스런 표정이었다.

영준이 살고 있는 빌라는 입구가 앞쪽에 있고 주차장은 뒤쪽에 위치해 있다. 승현과 재은은 영준이 살고 있는 빌라 옆, 또 다른 빌라의 재활용품 분리수거함 뒤에 숨었다.

"아저씨, 갑자기 웬 선글라스요?"

재은은 등에 멘 배낭을 정리하다 물었다.

"나, 수사반장님 같지 않냐?"

선글라스를 낀 승현이 재은에게 가까이 다가왔다.

"범죄를 저지르려고 왔는데, 수사반장님이라뇨."

재은은 승현을 바라보며 혀를 찼다.

"범죄라니! 우린 나쁜 짓을 한 놈을 벌하러 온 거야. 그리고 말이 나와서 말인데, 아저씨의 꿈은 원래 수사반장님이었다."

발끈한 승현은 선글라스를 벗어 주머니에 넣었다.

"에이."

재은은 농담으로 흘러들었는지 배낭을 깔고 주저앉았다.

"너, 요새 아저씨에 대한 존경심이 마이 부족한 거 같다."

승현은 팔짱을 끼고 재은을 노려봤다. 재은은 미안한 표정을 짓고 애써 웃어 보였다.

"아저씨는 댄서가 더 어울려요."

"물론 그렇긴 하지. 내 비주얼을 보면."

승현은 재은의 말에 동의한다는 뜻으로 고개를 끄덕였다. 승현의 자신감은 끝이 없는 것 같다.

"하지만 말이다, 아저씨에겐 남들보다 더 큰 정의감이란 게 있거든."

"네."

재은은 승현이 하는 말을 대충 듣고는 깔고 앉았던 배낭을 꺼내 지퍼를 열었다.

"관순아, 너 듣고 있냐?"

"그럼요."

재은은 고개를 끄덕이며 챙겨 온 장비들을 손으로 만져 보기 시작했다.

"그 정의감을 살리고 싶었던 나는 수사반장이란 드라마를 보고 내 미래를 결정했지. 최불암 선생님이 '파하~!' 하는 웃음을 지으시면서 바바리코트 깃을 세우고……. 근데 너 그거 본 적 없지?"

승현은 그때의 기억에 취해 아련한 눈빛이다.

"할아버지가 좋아하셨던 드라마였대요."

"오, 그래? 그분과 뭔가 통할 거 같구나."

즐겁게 말하는 승현을 보며, 재은은 아마 그 정반대일 거라고 생각했다. 아마 딴따라라고 하면서 유 사장은 얼굴도 마주하지 않을 것이다.

"어쨌든 말이지, 그 드라마가 시작할 때면 나오는 리드미컬한 그 퍼커션 소리……."

"살인의 추억에서 봤어요!"

재은은 지용과 함께 본 영화의 한 장면을 떠올렸다.

"이상하게 그 소리만 들리면 내 안에 있는 정의감이 나오려고 난리를 치는 거야."

"난리까지요?"

재은은 승현의 말이 믿기지 않았다. 하지만 그래도 고개는 끄덕였다.

"응. 뱃속이 부글부글……."

"그건 설사 아닌가?"

재은은 좌절감에 가득 찬 승현의 얼굴을 볼 수 있었다. 정의감이 아니라, 뱃속이 좋지 않은 그런 표정인데.

"쉿! 그런 게 아니라니까. 얘기 그만 할까?"

"아, 아니요."

기분이 상한 승현이 약간 무섭게 말하자, 재은은 계속하라며 두 손을 흔들었다.

"하지만 그때 난 중학생이었고, 내 주위엔 범죄라고는 어처구니없는 것들뿐이었지. 누가 내 도시락을 훔쳐 먹었거나, 아니면 누가 내 문제집을 가져갔거나, 혹은 누가……."

"아놔!"

재은은 두 주먹을 불끈 쥐며 안타까워했다. 승현은 재은의 반응이 맘에 들었는지 어깨를 툭툭 쳤다.

"그래, 바로 정말 '아놔.'였지. 정의감을 실현시킬 제대로 된 사건이 단 한 개도 없는 거야."

승현은 그때를 생각하며 재은의 배낭끈을 움켜쥐었다.

"그래서요?"

"그래서 뭐, 춤췄지."

승현은 어깨를 으쓱하더니 다시 선글라스를 꺼내 썼다. 정말이지 뭔가 나올 줄 알았는데. 재은은 불만에 찬 신음 소리를 내며 승현에게서 배낭끈을 뺏었다.

"그럼 그 춤은 뭐가 좀 달랐겠네요? 정의감이 실린 거니까요."

"그 부글부글하던 정의감이 춤추니까 변하더라."

"아!"

재은은 실망할 수밖에 없었다. 아직까진 승현의 춤을 본 적이 없지만, 얘길 들으니 보고 싶은 맘이 엷어졌다.

"수사반장 얘길 하니까 든 생각인데, 아저씨 군대 안 갔죠?"

승현에게선 군인의 향기가 풍겨 오지 않는다. 동사무소나 관공서에서 일했을 것 같은 분위기다.

"야, 해병 수색대 출신에게 이런 모욕을! 그냥 오늘 복수는 없었던 걸로······."

"아뇨, 아뇨!"

재은은 일어서려는 승현의 코트 자락을 붙잡았다. 놀라운 얘기다. 그냥 군대도 아니고 해병대라니.

"정말이에요? 믿을 수 없어요. 그럼 오늘 우리의 복수는 뭔가 달라도 다르겠군요?"

재은은 기대감에 눈이 커지고 심장이 쿵쿵 뛰었다.

"어……, 뭐."

해병 수색대의 용감무쌍한 기개와는 달리, 승현의 대답은 시들시들했다.

"아저씨가 지원한 거예요?"

"실은 말이지, 아버지가 강제로 넣은 거야. 거기서 죽도록 고생했다."

승현은 수거함 옆 화단에 털썩 주저앉았다.

"그렇게 힘들었어요?"

역시 지원은 아닌 거다. 그래도 탈영이 아닌 게 어딘가. 재은은 승현의 고생이 눈에 그려졌다.

"거기서 몸 망가져서 춤 못 추잖아."

승현은 훌쩍이며 허리와 무릎을 두드렸다.

"그렇구나. 그런데 어떻게 버텼어요?"

승현이 은퇴한 이유가 바로 군대 때문인가 보다.

"실은 디즈니랜드 가려고 해군 지원했거든. 그런데 아버지가 손을 쓰신 거지. 난 해병대나 해군이나 같은 건 줄 알았어."

"돈 많다면서요? 가수 하면서 돈도 벌었을 테고. 그 돈으로 디즈니 가면 되지."

재은은 기가 막혔다. 재은조차도 해군이랑 해병대가 다른 줄은 아는데. 군대에 가기도 싫고 관심도 없었나 보다.

"요란하기만 했지 남는 건 없더라고. 어쨌든 해병대에서 버티면 돈 주신대서 꾹 참았어."

 재은은 승현을 어떻게 이해해야 할지 난감했다. 자신의 복수를 도와주는 은인이긴 했지만, 이럴 때는……. 재은은 고개를 절레절레 흔들며 가방을 뒤져 지퍼백을 꺼냈다.

 "관순아."

 "왜요?"

 "너, 이렇게 복수하다가 말이다. 그놈이 잘못했다고 빌면서 다시 돌아오면 어쩔거냐?"

 가끔은 그런 생각을 해 봤다. 재은의 발밑에 엎드린 영준이 눈물 콧물을 짜내며 비는 장면을. 매몰차게 거절하고는 휙 돌아서서 자신의 갈 길을 가는 그런 장면을. 그건 어디까지나 상상이다. 과연 그런 일이 일어날지도 의문이고, 그런 일이 일어났을 때 매몰차게 거절할 수 있을지도 의문이다.

 "모르겠어요. 물론 지금도 밤마다 빨간 펜으로 복수는 하고 있지만, 원하는 대로 실컷 복수하다가도 다시 돌아오면 마음 약해져서 용서해 줄지도 몰라요. 하지만 이미 상처를 받았고, 아무리 약을 바르고 밴드를 붙여도 없어지진 않을 테니까, 그 사람을 볼 때마다 계속 그 생각이 날 거예요. 그러니까 아닌 거예요, 더 이상은. 더 이상은 못 하겠죠."

 "좋아, 가자!"

 쪼그려 앉은 재은을 바라보던 승현의 얼굴이 밝아졌다.

 "잠깐요. 우리 이렇게 그냥 가면 안 돼요."

 재은은 일어선 승현의 팔을 잡았다.

 "설마 맘 약해진 건 아니지?"

"아뇨! 장비는 가져가야죠."

재은은 지퍼백에서 준비해 온 고무장갑 두 켤레를 꺼냈다.

"관순아! 부탁인데, 그 고무장갑 좀 버려. 지난번에 우리 집 올 때 끼고 온 거잖아."

재은은 약간 긴 장갑을 승현에게 건네줬지만 승현은 고무장갑이 벌레라도 되는 것처럼 뒤로 물러서기만 했다.

"아니에요. 그건 벌써 버렸어요. 이건 새 거라고요. 여기 이게 아저씨 거고, 요게 제 거예요. 아저씨는 큰 거, 제 건 작은 거."

"내가 아무리 널 촌스럽게 생각하지 않으려고 해도, 이게 뭐냐?"

"이거 나름대로 들키지 않으려고 가장 평범한 마마손으로 가져온 건데."

가장 흔한 분홍색, 누구나 마트에서 살 수 있는 평범한 무늬가 있는 마마손 장갑이다. 신중하게 고른 장빈데 승현은 촌스럽다며 무시한다.

"진짜 미치겠다. 웬만하면 라텍스 장갑 사. 이번만 쓸 거 아니잖아. 계속 쓸 건데 세트로 몽땅 사자."

매번 느끼는 거지만 승현은 절약 정신이 부족하다. 술병에 술이 조금 남아 있어도 버리고, 자장면도 남겼다.

"저희 집에 고무장갑 많거든요. 아깝게 또 뭘 사요?"

재은은 새 고무장갑을 끼고 두 손바닥을 쳤다.

"이건 아니잖아. 복수 인생을 살고 있는 비장한 사람이 이런 장갑이라니 한숨이 다 나온나. 안 비싸니끼 아저씨가 사 줄게. 그러니까 이젠 이런 거 가져오지 마. 알았지?"

"네. 그런데 아저씨 집엔 고무장갑 없던데, 하나 드릴까요?"

사 준다는 말에 미안해진 재은은 좋은 제안을 하나 했다.

"됐어! 너나 실컷 써라."

승현은 싫다고 했지만, 재은은 승현 몰래 싱크대 서랍장에 넣어 놓기로 했다.

"네. 하지만 지문만 조심하면 안 되는 거예요. 얼굴도 가려야 하고 머리카락도 흘리면 안 되잖아요."

"그렇지. 우리 DNA를 발견할 수 있지."

재은은 배낭에서 어제 열심히 골라 수술한 검정 스타킹을 꺼냈다.

"그래서 제가 준비한 게 있는데……. 이거요, 원활한 시야를 확보하기 위해 구멍을 뚫은 뒤 올이 풀리지 않게 구멍 주위에 매니큐어를 발라서……."

"관순아, 제발!"

승현은 머리카락을 쥐어뜯으며 재은을 말렸다. 자신의 노력을 몰라보는 승현이 원망스런 재은은 고무장갑으로 스타킹만 만지작거렸다.

"안 되겠다. 오늘은 내가 시범을 보일 테니, 넌 그거 쓰고 여기서 망이나 봐."

"이건 제 복수라고요. 저도 잘할 수 있어요."

남의 손을 빌려 한 복수는 기가 빠진 탓에 실패할 수도 있다고 들었다. 재은은 승현을 막아섰다.

"고무장갑 끼고 스타킹 뒤집어쓰고? 잡혀가지만 않으면 다행이다."

승현은 재은을 보며 한숨을 내쉬었다. 재은은 승현의 복수를 보는 것도 나쁘지 않겠단 생각이 들었다. 보면 더 잘할 수 있을 테지. 더구나 저렇게 하고 싶어하는데. 해병 수색대 출신은 뭔가 달라도 다를 거야.

"여긴 경비실도 없고, 주차장이 작아서 카메라도 설치되지 않았다고 했으니까 쉬울 거야. 너는 여기서 기다리면서, 계단에서 누가 내려오면 분리수거함을 두드리라고. 알았어?"

재은은 분리수거함을 쳐다보고 고개를 끄덕였다.

"목표물이 3890 흰색 소나타 맞지?"

"네."

"좋아!"

승현은 도구가 든 주머니를 두드리며 영준이 살고 있는 빌라를 향해 걸어갔다. 이른 아침이어서 그런지 사람들은 보이지 않았다. 재은은 몸을 바짝 숙이고 승현의 뒷모습을 지켜보았다. 생전 처음 해 보는 복수라 초조하고 불안했다. 그 때문에 차가운 바람도 무감각하게 느껴졌다.

그런데 잠시 후, 승현이 빌라에서 걸어 나왔다. 작업을 끝내기엔 너무 빠른 시간이다. 해병 수색대라 작업도 속전속결인지 모른다. 재은은 벌떡 일어났다.

"벌써 다 뚫었어요?"

오늘의 복수는 차에 집착하는 대상에게 적절한 '타이어 죽이기'다. 타이어에 구멍을 내서 영준의 출근을 막고, 화가 난 영준을 신나게 구경하는 게 미션이다.

"아니, 그 차가 없어."

"어라? 아직 출근할 시간 아닌데."

재은은 손목시계를 들여다봤다. 영준의 출근 시간은 보통 8시가 넘고, 지금은 7시 30분이다. 원래 목표는 7시쯤에 도착하는 것이었지만, 무단 횡단을 막으려고 실랑이를 벌이는 바람에 늦어진 것이다.

"주차장에 있는 차는 물론, 뒤쪽에 있는 골목까지 다 뒤져 봤는데도 없더라. 3890이 그놈 차인 거 확실해?"

승현은 자신이 찾는 차가 영준의 차가 맞는지 다시 물었다.

"네. 아직도 그거 타고 다닌다고 지용이 친구가 어제 확인해 줬어요."

"벌써 출근했나?"

승현은 손목시계를 들여다봤다.

"장 씨한테는 8시도 빠른 건데요. 회사가 가까워서 9시 20분 전에 가기도 해요. 가서 확인해 보고 올게요."

재은은 인적이 드문 곳이라 자신의 차림이 그다지 문제될 건 없다고 생각했다. 오히려 그녀의 외모를 숨겨 주니 더 좋은 일이라고.

"그렇게 하고? 됐다. 그리고 날 못 믿는 거야? 내가 두 번이나 확인했어."

승현이 기분 나쁘다는 투로 말하자 재은은 그건 아니라고, 그를 믿는다고 힘줘서 말했다.

"혹시 어젯밤 차를 딴 곳에 놔두고 집에 온 거 아닐까? 그럴 수 있잖아."

"집에 간다면서 차 타고 퇴근했다던데, 아닌가?"

지용이 친구를 통해 몇 번이나 확인을 해 준 사실인데, 어디가 잘못된 건지 알 수 없다. 이렇게 힘들게 왔는데 그냥 돌아가야 한다니.

"집에 가서 벨을 누르고 도망치면······."

"그건 자살 테러야. 다음 미션을 위해 참아."

"네."

재은은 어젯밤부터 오늘 새벽까지의 시간이 너무 아까웠다. 오늘이야말로 무형의 테크닉을 완수할 절호의 기회였는데, 그놈의 차가 없어서…….

"결국 오늘 우리 미션은 꽝이다, 에잇!"

승현은 분리수거함을 주먹으로 쳤다.

"기껏 준비해 온 게 소용이 없네."

재은은 힘없이 장갑을 벗어 지퍼백에 넣고, 스타킹을 말아서 코트 주머니에 넣었다. 그리고 땅이 꺼져라 한숨을 내쉬었다.

"그놈 이웃집 사람이랑 거래하면 좋겠다. 그럼 우리가 헛걸음할 이유도 없잖아."

"그럼 당장 우릴 신고할걸요. 아, 정말 준비해 온 복수가 울겠다."

재은은 웅크렸던 몸을 쭉 폈다. 허리를 굽혔다 펴고, 목을 움직였다. 그러고는 안타까운 시선으로 영준의 빌라를 주시했다.

"관순아, 그만 가자. 날도 추운데, 이러다 감기 들면 복수 못 하는 거야."

"알았어요."

승현은 재은의 배낭을 들어 자신의 어깨에 걸쳤다.

"너한테 제대로 된 거 한번 보여 주려고 했는데, 그놈이 왜 출근 시간을 바꿔 가지고."

승현은 입술을 일그러뜨리며 투덜거렸다.

"차라리 밤에 해요."

출근 시간이 변경돼서 문제라면 출근 전에 치르면 되는 것이다.

"밤에? 얘가, 무슨 밤에."

승현이 밤이란 말에 비시시 웃었다.

"이렇게 매번 출근 시간이 바뀌면 알 수 없잖아요. 밤에 하면 눈에 띄지도 않고, 출근 시간에 맞추지 않아도 좋고. 그리고 어둠을 틈타서 해야 딱인 거죠."

어둠을 틈타서 승현의 집을 털러 간 일도 있는데다, 재은은 밤에 돌아다니는 것도 무섭지 않았다.

"어두워서 작업이 힘들지 않을까? 그러다 전등 같은 거 비추면 금방 눈에 띌 테고."

"새벽 6시에 할까요?"

아침잠이 많은 재은에겐 쉽지 않을 거다. 오늘도 벌써 다리가 무겁고 눈이 뻑뻑했다.

"내가 볼 땐, 우리 복수가 기동성이 떨어져서 실패한 거라고 본다."

승현이 턱을 만지작거리며 복수의 실패 원인을 분석했다.

"에이, 오늘은 아저씨가 무단 횡단하려고 해서 그런 거예요."

"빨리 무단 횡단했으면 그럴 일이 없지. 그런데 너, 차 있냐?"

둘은 방금 전 육교에서의 일을 떠올렸다. 죽지 않겠다고 외치던 승현과 그에 감동한 재은. 재은은 또다시 배가 살살 꼬이고 발가락이 간지러웠다.

"아니요. 하지만 지용이한테 다마스……."

"됐어, 그런 차로 무슨! 하여튼 차가 있으면 늦을 리도 없고, 또 잠복 근무도 가능하고 꽤 도움이 되겠네. 내가 준비하지."

어차피 굴러가면 어떤 차든 상관없을 텐데. 재은은 다마스가 더 잘 어울린다고 생각했지만, 승현의 말에 따르기로 했다.

"아저씨, 차 있었어요?"

"내가 없는 게 어디 있냐?"

없는 게 많을 것 같았지만 재은은 입을 꾹 다물었다. 추운 아침에 복수를 위해 도와주는 승현이 고마운데, 토를 달고 싶진 않다. 더구나 차가 있으면 복수가 더 쉬워질 것이다.

"그럼 어서 가요. 그리고 내일 다시 와요."

"좋아. 혹시 모르니까 주위를 살피면서 사람들 눈에 띄지 말고."

재은은 코트에 달려 있는 모자를 눌러쓰고, 그 위에 머플러를 감았다. 그리고 승현의 주문에 따라 주위를 두리번거리며 길 가장자리 쪽으로 걸어갔다.

"넌 굳이 그럴 필요 없지만 나야말로 조심해야지. 전직 연예인에, 너무 빛나서 눈에 띌지 모르니까. 혹시 그 머플러 좀 빌려……."

"그럼 이거 뒤집어쓰시면 되죠."

재은은 아무도 없는 곳에서 너무 의식하는 승현이 우스웠다. 그래서 돌돌 말아 놨던 스타킹을 승현의 손에 쥐어 주고 잽싸게 뛰어갔다.

7. 흔들리는 복수

―받긴 한 거야?

"그래, 잘 받았다."

승현이 방금 받은 소포를 확인하고 있을 때, 지훈에게서 전화가 왔다. 상자를 들어 보니 꽤나 무거운 것이, 부탁한 것 외에 다른 물건들도 함께 보낸 모양이다.

―그런데 그게 왜 필요해?

"그런 게 있어."

승현은 지훈에게 시청각 자료를 요청했다. 레인보우 보이즈의 콘서트와 방송을 담은 비디오테이프. 승현 자신이 생각해도 조금 우스웠지만, 어디까지나 재은의 의식 변화를 위한 일이다. 촌스러운 재은은 라이브나 콘서트에 가 본 적이 한 번도 없단다.

―그런 게 어떤 건데? 급하다고 난리를 치더니, 어디에 쓰려고?

"여러모로 쓸모가 있지."

캐묻는 지훈에게 사실대로 말하긴 곤란했다. 대충 둘러 답하면 알아듣고, 그만 물어볼 것이지. 지훈은 호기심 천국이다.

— 설마 그걸로 여자를 꼬드기려는 건 아니겠지?

"야, 인마!"

생각하는 것 하고는. 그런 하찮은 이유가 아니라 계몽을 하기 위한 거래도! 말을 할 수도 없고 답답하다.

— 펄쩍 뛰는 거 보니까, 진짠가 보네?

"나, 바닥에 가만히 앉아 있다. 그리고 내가 그런 거에 힘들이는 거 봤어?"

— 응.

"이 녀석이!"

승현은 지훈의 너무 빠른 대답에 기가 막혔다.

— 한승현. 너도 이제 옛날의 그 오빠가 아니야. 정신 차리고 건전한 가장의 모습으로 어필을 해. 그래야 장가가지. 아직도 그런 걸로 어필하면, 나잇값 못한다고 여자들이 다 도망간다.

"가장이라니. 아직도 창창해."

승현은 나이란 말에 기분이 상해 발로 상자를 툭 쳤다. 아직도 젊어서 팔팔한데, 요즘 '나이'란 단어를 자주 듣게 된다.

— 하긴 그런 위로라도 하고 살아야지. 혹시 그 관순이 때문에 필요한 건 아니고?

"됐어. 그냥 자료 화면이 필요해서 보내라고 한 거야."

자식, 기억력도 좋다. 지훈에게 걸려 온 전화에 관순이냐고 잘못 물어

본 이후로, 승현은 발신 번호를 확인하고 전화를 받는 중이다. 그래 봐야 지훈과 주은, 그리고 재은뿐이지만.

─목소리가 떨리는데? 솔직히 말씀하시죠.

"사실……."

승현은 아차 싶었다. 솔직히 말할 뻔했으니까. 신기하고, 외롭고, 귀엽고, 그런 복잡한 감정이라고 생각했는데 이제는 심각해졌다. 어쩌면 심각했는데 모른 척하고 있는지도 모른다. 지용의 오지랖 때문만은 아니다. 무단 횡단을 하려고 하는 승현의 옷자락을 잡아끌며, 교통사고가 무섭다던 재은. 승현은 그 순간 심장이 고장 난 줄 알았다. 덜컥 멈춰서, 무슨 말을 해야 할지 몰랐다. 그저 재은을 끌고 육교를 건넜다. 육교를 건너는 것이 지상 최대의 과제라도 되는 것처럼 그는 열중했다.

육교를 건너는 동안 승현은 생각했다. 한 번도 하지 못했던 생각을. 아직 죽으면 안 되는구나. 재은은 부모님이 생각나서 그런 반응을 했겠지만, 승현은 진짜 죽으면 안 될 것 같았다. 죽음이란 건 자신의 의지를 넘어선 영역의 것인데도 그런 생각을 했다. '무단 횡단하지 않을게, 미안해.'라는 말을 하고 싶었지만, 대신 교통사고로 죽지 않겠다는 말을 했다. '걱정하지 마, 지켜 줄게.'란 말이 튀어나올까 봐. 지용의 말이 맞다. 결국 수상한 건 승현이다. 이렇게 쉽게 인정할 줄은 몰랐는데, 무단 횡단을 하다 얼룩이 생겨 버렸다. 맑고 푸른 마음은 이제 없다.

─사실, 뭐? 말하다 어디 갔다 왔어?

"나, 보험 든 거 뭐 있지?"

승현은 지훈의 말에 그제야 현실로 돌아왔다. 그리고 생뚱맞아 보이는 건 알지만 그래도 확인하고 싶었다. 죽지 않겠다고 큰소리쳤으니 대비는 해야 하지 않을까. 돈이라도 왕창 타서 보상이라도 받으면…….

─갑자기 웬 보험?

"이번에 암 보험 하나 들까?"

재은이 그랬다. 세 명 중 한 명이 암으로 죽는다고. 지용이 그랬다. 보험 같은 남자, 믿음직스러운 남자가 최고라고.

─한승현, 왜 이래? 누가 너보고 명 짧대?

"아니. 그러지 말고 나 이번에 종합 보험 하나 들어 줘.

─이 자식이 무슨 소릴 하는 거야? 숨겨 놓은 여자 있으면 솔직히 말하랬더니, 왜 헛소릴 하고 그래!

"네 말대로 나도 나이가 나이니까, 든든한 보험에 의존하고 싶어서."

─너, 보험 아줌마 만났어? 설마 관순이 걔가 보험 설계사야?

"아니래도! 걘 출판사 다녀!

헉, 어쩌자고 말을 한 거야. 승현은 상자에 머리를 박았다.

─어, 그러셔? 네 취향이 상당히 인텔리해졌다? 친구로서 하는 충곤데, 옛날엔 그거로 통했는지 모르겠지만, 요새 그거 들이댔다간 걔 완전히 돌아선다.

"그런 거 아니라니까."

이쪽 업계에 무지하고, 은근히 무시하는 재은을 생각하니 살짝 걱정이 됐다. 연예인이라고 해도 별로고, 아직도 죽지 않는 누구의 인기를 전혀 몰라주는 촌스러운 관순이. 그럼 보여 주지 말아야 하나? 승현은 소포를 흘끗 쳐다보고는 비닥에 누 입 버렸다. 저 멀리에서 온 건데 그래도 보여 주긴 해 봐야지. 한 개 보여 주고 반응이 신통치 않으면 재빨리 잘라야지.

─ 그런 거 아니면 다시 춤판 가게? 나이 생각하시지.

"당연히 그건 아니고. 그런데 진짜 돌아설까?"

한때는 언니들의 꿈이고 희망이었는데. 슬픈 현실이다.

─ 당연하지. 그 끔찍한 배바지 입고 앞머리 무스 발라 세워서 에어로빅 같은 춤추는데 누가 좋아해? 박물관용 뮤직비디오지.

"말을 해도, 참! 박물관에 뮤직비디오 안 놓는다! 그리고 에어로빅이라니! 그 정돈 아니다. 그거 엄청 힘든 거라고."

춤추다가 다친 적이 한두 번도 아닌데, 적어도 에어로빅은 아니다. 좀 수고스러운 춤이지.

─ 영원한 오빠 하기엔 많이 늙었으니 그만둬라. 더 추해지니까.

"그렇긴 한데, 워낙 날 몰라보니까……."

─ …….

멀리서 쿵 소리가 났다.

"강지훈! 왜 그래?"

─ 너 때문에 그런다.

신음 소리와 함께 지훈의 목소리가 다시 들렸다.

"내가 뭘?"

─ 네가 너무 웃겨서 웃다가, 의자 등받이가 부러졌어.

"그러지 말고 살 좀 **빼**."

그게 웃을 일인가. 안타까운 일인데. 잊혀져 가는 괴로움을 친구는 모른다.

─ 이거 왜 이래? 뚱뚱한 게 아니라 듬직한 체형이라고. 비리비리한 너나 찌워.

"뚱뚱한 남자 매력 없다. 주은이는 강지훈이 뭘 보고 좋다는 건지. 남자는 약간 말라야……."

─됐거든! 우리 주은인 내 쿠션감 있는 곰돌이 몸매가 좋기만 하대.

그러니 천생연분이지. 승현은 수화기 아랫부분을 막고 웃었다.

"그래, 그렇게 위로하면서 살아야지. 안 그래?"

─대체 뭐 하는 앤데 널 몰라? 그래서 우리 무지개 왕자님 존심이 상하셨다 이거지?

"그런 건 아니고. 몰라볼 수도 있지. 그런데 뭐랄까, 내 배경을 설명하는 데 어려움을 느껴서 말이야."

머리 전체가 복수로 가득 찬 재은이 언제 승현의 연예 경력을 살펴보겠는가. 자신이 직접 찾아다 주는 게 더 빠르고 효과적이겠지. 이 모두가 자신의 원고에 대한 보답으로도 그렇고, 또…….

─괜히 거기서 일 만들지 마라. 조용히 있다가 조용히 오라고.

"내가 문제냐? 착한 일 하느라 힘들어 죽겠다."

아침 일찍 일어나야지, 맑고 푸른 맘으로 지킴이 서비스도 해야지, 심지어 어젠 차까지 샀다. 그리고 죽지 않아야 하니까 건강에 신경 써야 하고, 보험도 들어야 한다. 그나저나, 재은에게 차를 보여 줄 생각을 하니 이상하게 신이 난다.

─믿을 수가 있어야지. 오버하다가 춤까지 출까 걱정이다.

"춤은 무슨. 어쨌든 고맙고, 거긴 별일 없지?"

뮤직비디오기 있는데 춤은……. 그래도 한두 동작은 보여 줘야 믿지 않을까?

─주은이가 제니퍼 박한테 뭐라고 한 모양인지 요새 통 안 보이더라.

"잘했네. 내 말대로 혼내 줬나?"

— 너무 그러지 마. 그래도 사촌 형수인데 자꾸 피하기만 하면 어쩔 건데? 그냥 만나서 다 풀고 할 만큼 하고 살아.

"풀 것도 없고 할 것도 없으니까 안 만나도 돼. 어쨌든 빨리 보내 줘서 고맙다."

— 녀석, 고집도. 주은이한테 고마워하더라고 전해 줄게. 걔 그런 거 하나도 안 버리고 모아 놓고 가끔 정리까지 하더라.

"난 복 많은 녀석이야. 아직까지도 관리를 받고."

— 알긴 아는구나.

"그럼!"

알지만 말하긴 쑥스러운 얘기라 승현은 매번 그냥 어깨만 툭 건드리고 만다.

— 빨리 와.

"끊는다."

— 한승현, 너…….

승현은 씩 웃으며 폴더를 닫고, 소파 위로 핸드폰을 던져 버렸다. 그리고 지훈이 보내 준 박스의 포장을 벗기기 시작했다. 상자 안에는 옷가지와 라벨이 붙여진 다섯 개의 비디오테이프가 있었다.

"아, 옛날이여."

승현은 그중 한 개를 꺼내 비디오에 넣고 화면을 응시했다. 무지개색 티셔츠를 입은 일곱 명의 젊은 남자들이 정신없이 뛰어다니고 있었다.

승현은 재은에게 새 차를 보여 주기로 했다. 재은의 회사까지 가서 자랑할 생각에 차 키를 손가락에 넣고 돌리는 승현의 손동작이 빨라졌다. 콧노래를 흥얼거리며 기분 좋게 계단을 내려와 주차장으로 향했다. 키를 공중에 던진 후 잡아채려 했지만, 승현은 주차장 입구에 서 있는 사람을 보고 그대로 멈춰서고 말았다.

"아니, 여긴 어떻게 알고……."

"키는 주워야지."

"됐어, 미스 박."

승현은 재빨리 바닥에 떨어진 차 키를 주웠다.

"제니퍼."

"미스 박 싫으면 순영이라고 불러 줄까?"

승현은 제니퍼란 말에 픽 웃어 버렸다. 제니퍼란 이름을 고집하는 박순영이 싫어서 순영이라고 부를까 하다가, 특별히 미스 박이라고 해 줬다. 죽은 사촌 형의 아내였으니 미세스 한이라고 불러야 하나?

"야!"

순영은 빽 소리를 질렀다. 모델 같은 외모와 어울리지 않는 이름 때문에, 순영은 제니퍼란 이름을 고집했다. 승현도 순영을 이해하지 못하는 것은 아니었다. 그도 자신의 이름이 승팔이나 승순이었다면 찰스나 토마스라 부르라고 강요했을 것이다.

"왜 불러?"

"됐어!"

순영은 고개를 치켜세우고 승현을 노려봤다.

"그럴 거면서 화딱지를 내고 그래? 대체 여긴 왜 온 거야?"

승현은 차 쪽으로 걸어가며 물었다.

"관광."

순영이 손가방을 바꿔 쥐며 승현의 뒤를 따라왔다.

"그래? 열심히 하라고."

승현은 운전석 쪽에 서서 잘 가라며 손을 흔들었다. 그러자 순영은 조수석 앞에 서서 차 문을 열었다.

"당장 손 떼라."

승현이 잇새로 내뱉었다. 무시하려고 하는데 상대방이 도와주질 않으니 화를 낼 수밖에 없다.

"나가는 거 아니었어? 좀 태워 줘."

순영이 눈썹 한쪽을 올리며 일부러 놀란 표정을 지었다.

"새 차야, 이거."

승현은 끓어오르는 화를 참으며 나직하게 말했다.

"새 차면 사람 태우면 안 돼?"

"넌 안 돼!"

승현은 차 키로 순영을 가리켰다.

"너도 늙었네. 새까만 차는 할아버지 될 때나 탄다면서 말이야."

승현의 말을 무시한 순영이 차를 훑어보며 빈정거렸다.

"왠지 검은색이 끌리더라고."

"왜, 요새 만나는 여자가 좋아한대?"

순영이 승현을 묘하게 쳐다보며 물었다.

"걔가……, 알 게 뭐야!"

사실은 사실이다. 엄밀히 말해서 요새 만나는 여자, 관순이가 맞긴 하다. 하지만 재은이 검은색을 좋아하는지도 몰랐고, 좋아한다고 해서 산

것도 아니다. 차 판매원이 제안한 색 중에 끌리는 색을 골랐을 뿐이다.

"그 여자 만나러 가서 못 태워 주겠다 이거야?"

순영이 활짝 웃으며 물었다. 뭐가 좋다고 웃는 건지. 승현은 순영을 이해할 수 없다. 한때는 잘 안다고 생각한 적도 있지만, 어느 시점 이후로 정말 모르겠더라. 이젠 알고 싶지도 않고.

"네가 상관할 문제가 아닌데. 이제 아무 상관없는 사이니, 얼굴 따위는 보지 말고 살자고. 알았어?"

"우린 친구잖아."

"말이면 다야?"

순영의 몸이 움찔했다. 친구란 말에 승현은 가까스로 눌러 참던 화가 터졌다.

"하늘 아래 그런 친구도 있냐? 형이 죽는 그 순간까지, 난 형 얼굴을 제대로 쳐다볼 수 없었어. 그렇게 부끄러울 수가 없었다고."

승현이 순영과 헤어진 지 얼마 되지 않아, 순영은 사촌 형과 약혼을 했다.

"그땐 끝난 거잖아."

"끝나? 그래, 끝났지. 하지만 누군가에겐 또 시작이었어. 네가 괜찮으니까 모든 사람이 괜찮아야 된다는 거야?"

승현은 과거의 기억 때문에 마음이 아픈 건 아니다. 지독하게 아프긴 했지만, 사촌 형에게 준 상처에는 비교가 되지 않았다.

"한승현, 얼마나 지나야 잊을 거야? 뭐기 그렇게 잘못인데? 내가 널 버린 거? 아님 버리고 네 사촌 형에게 간 거?"

"미스 박, 넌 사람도 아니야."

모진 말이란 건 알지만, 이제 승현은 순영이 상처를 받든 말든 상관없었다.

"승호 씨는 날 이해해 줬어."

"이해가 아니라 인내겠지."

승현은 순영이 연 조수석 문을 닫고 다시 운전석 쪽으로 돌아갔다.

"사랑은 변해."

"변해도 제대로 변해야지."

"내 맘대로 안 됐으니까. 내 맘대로 안 돼서 변한 거야."

순영은 자신이 승현을 찼으면서도, 그가 자기를 찬 것처럼 굴었다.

"이제야 알아서 미안하네."

승현은 전혀 미안하지 않은 투로 말했다.

"맘에도 없는 말 하지 마. 그리고 말은 바로 하자. 내가 널 버린 게 아니라 실은 네가 날 버린 거잖아. 네가 생각해 왔던 거랑 다르니까, 날 이해하지 못해서, 그래서 버린 거잖아."

순영의 목소리가 흔들렸다.

"그건 내가 할 소린데."

"그건 아니지. 시간이 지날수록 서로 아닌 걸 느꼈잖아. 마지막 선물로 난 기꺼이 널 버린 역할을 한 거고."

사실이다. 순영이 좇는 꿈과 승현이 생각하는 꿈은 많이 달랐다. 어쩌면 서로에게 행운을 빌며 안녕을 했는지도 모른다. 하지만 그 전에 승호 형이 나타났다. 승현이 떠난 자리를 채운 승호가 있어, 순영에겐 다행이란 생각도 가끔은 했다.

"그래서 지금이라도 선물에 대한 대가를 달라고? 그래서 여기까지 왔어?"

승현은 부질없는 대화를 끝내고 싶었다.

"아니. 다시 과거로 돌아가잔 얘긴 아니야. 그럴 수도 없고. 하지만 그래도 잘 지낼 순 있잖아. 네가 날 미워하는 것도 질렸고, 오해도 풀고 싶었어. 그리고 네가 그토록 아끼는 형 얘기도 하고 싶고……."

"형 무덤에 가서 혼자 실컷 하시지."

승현은 차에 타고 급하게 출발했다. 승호에 대한 미안함과 갑작스런 순영의 배신이 한데 어우러져 상처가 되었지만, 지금은 아무렇지도 않았다. 승현의 마음이 한때 아팠어도 적어도 둘은 행복했다. 그럼 됐지. 순영의 말이 옳은지도 모른다. 하지만 승현은 내버려두고 싶었다.

"유재은, 어때?"

지용은 재은에게 레인보우 보이즈 사진을 보여 줬다. 재은은 지용의 어깨너머로 모니터를 한참 들여다봤다.

"이거 확대해 봐."

"응. 근데 촌스럽지 않아?"

"……."

"그래도 그땐 최고였대. 멤버 중에서도 형이 제일 인기 있었다더라. 그리고 아직 팬 카페도 있어. 지금은 멤버들이 하는 식당이랑……."

말없는 재은이 궁금해진 지용은 뒤를 돌아봤다. 재은은 모니터를 뚫어지게 쳐다보고 있었다.

"유재은, 그만 좀 떨어져라."

"어? 알겠어."

재은은 몇 걸음 뒤로 물러섰지만 다시 모니터 가까이 다가갔다.

"이렇게 좋아하는 줄 알았으면 진즉 찾아 주는 건데. 너도 팬 카페 가입할래?"

"……믿어지지가 않아."

고개를 흔들던 재은이 중얼거렸다.

"뭐가?"

"아저씨가 이 사람이라는 거."

"맞다니까. 여기 이름 쓰여 있잖아."

"알아. 아저씨가 연예인이라고 했을 땐 그냥 그러려니 했거든. 한때 그랬었구나, 그렇게. 그런데 지금은 이상해."

"뭐가 이상해? 네가 이상하다."

지용은 의자를 끌어당겨 재은을 앉혔다.

"이상해, 정말 이상해. 아저씨한테도 이런 때가 있었나?"

"그러니까 연예인이지."

"알아, 나도. 그런데 내가 알던 아저씨가 아닌 것 같아서. 평소랑 너무 다르니까. 여기 이 사진 좀 봐. 아저씨 눈에 광채가 서려 있지?"

재은이 승현의 눈을 가리켰다.

"그건 조명이 반사된 거잖아."

"그런가?"

재은은 승현의 사진을 더욱 자세하게 살폈다.

"차라리 눈에서 다이아몬드가 보인다고 해라."

"만화에서야 그렇지. 이건 실제잖아. 내 말은 눈빛을 말하는 거야. 이런 표정을 본 적이 없어. 지금까지 전혀 모르는 사람이랑 알고 지낸 거 같아."

"정말 달라 보이긴 하네."

지용은 재은의 말에 동의하며 고개를 끄덕였다.

"아저씨는 처음 태어날 때부터 지금이랑 비슷했을 것 같아. 입에 담배를 물고, 삐딱한 표정으로 울지도 않고 뱃속에서 나왔을 거 같거든."

"처음부터 그런 건 아니었겠지. 연예인의 삶이란 게 보이는 것 만큼 멋진 건 아니래잖아. 분명 우리랑 비슷했을 텐데, 세월을 겪으면서 변했을 거야."

"우리랑 비슷? 그건 아니다."

재은은 승현을 떠올리며 지용을 비웃었다.

"아, 그래. 형은 잘생겼다. 됐냐?"

"화를 내고 그래? 여기 이 사진. 이렇게 환하게 웃는 건 처음 봤어."

승현의 얼굴이 맞지만 승현이 아닌 것 같다. 이렇게 환하게, 이렇게 맑게, 이렇게 생생하게 웃다니. 자꾸만 다른 사람처럼 보이는, 다른 사람이 되려는 사진 속의 승현이 맘에 들지 않는다. 이상했다. 승현이 이상한 건지, 재은이 이상한 건지 모르겠지만, 이상하니까 불안했다. 재은은 왜 자신이 불안해하고 있는 건지 알 수가 없었다. '누구세요?' 하고 물어볼 것만 같은 낯선 사람. 그래, 낯설어서 그런 거야. 익숙하지 않아서, 그래서 불안한 거야.

"이제야 형이 잘생겨 보여?

"원래 잘생기긴 했잖아. 그런데 지금은 진짜 사람처럼 보여."

헝클어진 머리, 푸석푸석한 얼굴, 입에는 담배가 물려 있고, 제대로 입혀져 있지 않은 바지, 풀어져 있는 단추. 구질구질해 보이는 승현에게 이렇듯 반짝이는 느낌이 강하게 든 적은 없다. 이른 아침, 지용이 애써 키운 꽃나무들을 보는 것 같다. 아름답다는 게 이런 건가?

"근데 형 언제 온대?"

지용은 멍하니 사진만 바라보고 있는 재은을 툭 치며 물었다.

"올 시간 다 됐네. 나가 봐야겠다."

재은은 시간을 확인하고 의자에서 일어섰다.

"아무래도 말이지, 형은 널 좋아하는 것 같아."

"또 그 얘기야?"

승현이 그럴 리가 있겠나. 지용은 승현의 흑심을 시도 때도 없이 강조했다. 놀리고 약 올리기만 하는데. 잘해 주기도 하지만, 정말 고마운 흑심이다. 승현이 아니었다면 재은은 여전히 우울 속에서 살고 있을 것이다.

"차까지 사고, 도와줘도 심하게 도와주잖아."

사실 지용 말대로 심하게 도와주긴 했다. 하지만 그 도움이 불편하지 않았다. 고맙고 또 고마웠지만 사양하고 싶지 않았다. 어쩌면 승현의 그 고마운 맘을 이용하고 있는 건 그녀인지도 모른다.

"다마스가 싫대. 장 보는 데 불편하고 어디 가는 것도 힘들다고 그랬어."

"그렇게 생각하면 맘이 편하지?"

"이거 왜 이래? 복수로 뭉친 우리의 순수한 관계를 그렇게 보지 말라고."

"복수라면 적어도 우리 정도······."

지용이 갑자기 말을 멈추고 머리를 만졌다.

"우리? 우리, 누구?"

재은은 지용의 다리를 건드렸다. 재은 모르게 지용이 복수를 하고 있었다니, 지용이야말로 수상하다.

"있어. 알려고 하지 마. 우린 비밀 결사대라 밝힐 수 없다고."

지용은 재은을 외면하고 돌아섰다.

"누군데? 우리 사이에 그럴 수 있어?"

재은은 지용의 팔을 잡고 지용의 얼굴을 쳐다봤다.

"이 우리 사이를 생각하면 말하고 싶지만, 그 우리 사이를 생각하면 말하면 안 돼. 나, 죽어."

"아주 위험한 결사대구나. 대체 어디 소속인데? 정말 말 안 할 거야?"

"나중에. 지금은 안 돼."

지용이 괴로운 표정으로 고개를 저었다. 비록 지금은 밝힐 수 없다고 하고 있지만, 조만간 지용은 새은에게 말할 것이다. 언제나 그렇듯이. 그래서 재은은 무지 궁금했지만 더 이상 조르지 않기로 했다.

"좋아, 하지만 꼭 말해 줘야 해."

재은은 지용의 눈을 똑바로 마주 봤다.

"알았어. 어서 형이나 만나러 가. 한두 시간 안에는 꼭 와야지. 그래야 사장님한테 눈도장 찍고, 우리는 형 집으로 가는 거야. 형이 오늘 고기 구워 준다고 했잖아."

"응. 아저씨가 요 앞 약국에서 기다린댔으니까 얼른 가 봐야지. 참, 아저씨가 오늘 죽이는 거 보여 준댔는데."

"죽이는 거?"

지용이 불쑥 고개를 들었다.

"응. 아주 깜짝 놀랄 만한 거라고 했는데. 물 건너온 거래."

"우와! 빨리 가서 보고 싶다. 혹시 진짜 맛있는 술인가?"

지용이 눈을 빛내며 입맛을 다셨다.

"술은 아닌 것 같아. 이걸 보지 않고선 한국 사람이라고 할 수 없다고 했으니까. 복수에 필요한 건가?"

재은은 책상을 정리하고 가방을 어깨에 둘렀다.

"유재은."

지용은 나가려는 재은을 불렀다.

"고지용."

"내가 먼저 불렀잖아, 유재은."

"왜?"

"복수 끝나면 뭐 할 거야?"

"글쎄……."

재은은 가방 끈을 만지작거렸다.

"죽을 때까지 하는 건 아니잖아."

"그렇지. 하지만 내 기분이 풀리려면 아직 멀었단 거야."

죽을 때까지 복수를 한다는 건 우울한 일이다. 은형의 말대로 짧게, 강하게 해야만 한다.

"그 기분, 과연 풀릴까?"

"평생 가면 어쩌지?"

재은은 몸을 떨었다.

"형이 언제까지 도와줄 거 같아?"

"뭐, 내가 한다고 할 때까지는 도와주지 않을까?"

"그만 한다면 어쩔 거야? 형도 질릴 수 있잖아."

"그 생각은 못 해 봤는데."

그런 중요한 생각을 못 하다니. 복수에 몰입한 나머지 승현의 생각은 해 보질 못했다. 어쩌면 자신 때문에 승현이 마지못해서 도와주고 있는지도 모른다.

"해 보는 게 좋을 거야."

"난 좀더 해야 할 것 같은데, 아저씨는 아니라면……."

"그만둬야지. 아님 너 혼자 하고. 나이 드신 분한테 강요할 순 없잖아."

나이. 승현은 재은보다 열 살이나 많다. 연장자에게 하자고 하기엔 복수는 무리가 가는 단체행동이다. 그래도 개인보다는 단체가 좋은데. 훨씬 좋은데.

"그렇긴 한데……, 그래도 아직 아저씬 질리지 않았을 거야. 왜냐하면 우리가 만난 지 얼마 안 됐고, 복수 실행은 딱 한 번뿐이었거든. 그런데 더구나 실패했으니까 그건 복수라고 할 수 없는 거야. 그리고 더 중요한 건 아저씨가 미국에 간단 말은 안 했다는 거지. 아직까지 한 번도."

마지막 말을 덧붙인 재은은 기분이 조금 나아졌다.

"뭐든 영원히 할 순 없잖아. 제대로 된 거 한두 방에 끝내고 복수 마쳐. 그 거지같은 놈 땜에 인생 낭비할래? 그리고 형도 언젠가는 미국에 다시 갈 거라고."

"집이 거기니까 가겠지. 아저씨가 가야 한다면, 혼자서라도 해야지."

말은 그렇게 했지만 재은은 흥이 나질 않았다. 영준에게 하는 재은의 복수지만, 이 복수는 재은만의 것이 아니라 승현의 것이기도 했다. 착각인 줄은 알지만, 재은은 함께하는 복수라고 우기고 싶었다. 지용의 말대로 이쯤에서 승현에게 솔직하게 물어야 했다.

"유재은, 유재은!"

"……응?"

"계속 불렀는데, 뭐 해?"

어느새 지용이 재은의 코앞에 서 있었다.

"생각 좀 하느라. 뭐 물어봤어?

"어제 그 물 마셨냐고."

"윽, 말도 마."

어젯밤 자정, 재은은 영준의 이름을 쓴 종이를 태워 그 재를 물에 섞어 마시는 복수를 했다. 하지만 한 잔은커녕 한 모금도 겨우 먹었다.

"왜? 그냥 별맛 아닐 텐데."

"별맛이더라고. 토하는 줄 알았어."

어제 만든 복수 음료수를 떠올리니 재은은 속이 울렁거렸다.

"그래서 다 못 먹었어?"

"당연하지. 아무리 복수라지만, 내가 죽을 것 같은 그런 물을 마시는 게 말이 돼? 오히려 복수 당하는 기분이더라."

"그래서 그 물은 버렸어?"

지용이 아깝다는 듯이 물었다. 맛을 보지 않아서 저런 말을 하는 거겠지.

"아니. 그래도 복수는 해야겠단 생각이 들어서 말이야. 옆집 강아지가 응가를 했는데 거기에……."

"그만! 이젠 내가 토할 거 같다."

지용은 말이 끝나지도 않은 재은을 사무실 문 밖으로 밀어냈다.

"굉장히 복잡한 과정인데 들어 보라니까. 미래를 위해 너도 들어야 해. 내가 개발한 건데……."

"그만 해라. 속이 이상하다고."

원래도 비위가 약한 지용은 더 이상 참지 못하고 사무실 문을 확 닫아 버렸다. 흙 속에 숨어 있는 온갖 벌레와 지렁이들을 갖고 노는 주제에 더럽기는. 재은은 닫힌 문에 혀를 쏙 내밀었다.

재은은 쏜살같이 계단을 내려가서 정문을 빠져나간 후, 전봇대를 다섯 개 지나 약국 앞으로 걸어갔다. 약국의 주차 금지 간판 앞까지 걸어가는데, 재은의 옆으로 반짝거리는 까만색 차가 미끄러지듯 섰다. 재은은 냉큼 차 문을 열고 올라탔다.

"야!"

"왜요?"

승현이 소리를 지르자 앞좌석에 올라타던 재은은 깜짝 놀랐다.

"누군지 확인도 안 하고 겁 없이 타냐?"

"당연히 아저씨인 줄 알았어요."

재은은 또박또박 말하며 가방을 무릎 위에 올려놨다.

"그래?"

"그럼요."

못마땅한 표정의 승현에게 재은은 열렬하게 고개를 끄덕였다.

"옆에 섰다고 해서 아무 차나 타면 안 돼. 알았냐?"

"네. 하지만 그래 보는 게 소원이에요."

"뭐!"

재은의 대답이 맘에 들지 않았는지 승현이 소리를 질렀다.

"아무 차나 타는 게 아니라요, 타라고 하면 타고 싶어요."

"나 말고 누가?"

승현은 재은을 위아래로 훑어보더니 코웃음을 쳤다.

"많죠. 예전부터 소원이 있었거든요. 멋진 차가 제 앞에 딱 서고 창문이 주우욱 내려가면요, 차 안에 엄청나게 잘생긴 남자가 절 보면서 윙크를 하는 거예요. 그러면서 휘파람을 부는 거죠. '헤이, 아가씨!' 그러면 꽃무늬 치마를 휘날리면서, 모델처럼 다리를 이렇게 옆으로 뻗어서 조수석에 올라타는 거죠."

예전부터 해 오던 상상을 떠올린 재은은 헤벌쭉 웃었다.

"영화가 애 하나 버렸군."

승현은 담배를 입에 물고 중얼거렸다.

"아니에요. 학교 다닐 때요, 동네에서 잘 나가는 오빠들이 교문 앞에 모여 있는 거예요. 그러다가 학교에서 예쁘다는 여자애들을 오토바이 뒤에 태우고 갔는데, 정말 부러웠어요."

"그러다 교통사고 난다."

승현이 재은의 상상을 한순간에 깼다.

"아저씬 모르실 거예요."

남자들은 여자의 환상을 모르겠지. 재은은 승현이 했던 것처럼 코웃음을 쳤다.

"너한테 그런 환상이 있을 줄은 몰랐다."

"저도 여잔데요, 뭘."

재은은 조금 쑥스럽게 덧붙였다.

"거참."

승현은 고개를 흔들며 혀를 찼다.

"그런데 꼭 꽃무늬 치마를 입어야겠어?"

"네, 리본 머리띠도 하고요. 그게 왜요?"

역시 이번에도 승현은 의상을 문제 삼았다.

"촌스럽게 리본이라니. 그리고 시골 처녀도 아니고 꽃무늬는 또 뭐야. 정 꽃무늬 원피스가 입고 싶거든 자전거를 타."

"자전거는 저도 있어요. 그건 혼자서도 탈 수 있다고요."

승현이야말로 촌스럽다. 한껏 멋을 부렸는데 겨우 자전거를 타나.

"실컷 타. 역시 너는 패션이 안 돼. 오토바이나 멋진 차를 타려면 적어도 몸에 딱 붙는 표범 무늬나 가죽 미니스커트를 입어 줘야지. 거기에 그물 망사 스타킹을 신고 하이힐도 챙겨 줘야지. 그래야 애들이 네 앞에 차를 딱 세우는 거라고."

"그건 힘들겠지만……, 진짜 차가 설까요?"

재은은 자신을 내려다보며 중얼거렸다.

"그런 생각은 하지도 마. 그냥 내가 태워 줄게. 그건 어울리는 애들이 해야지, 너는……."

승현은 다시 한 번 재은을 머리부터 발끝까지 쭉 훑어보고 고개를 흔들었다.

"네 교복으론 절대 어림없지. 꽃무늬라니, 70년대도 아니고."

승현은 오늘도 건정새 일색인 재은의 차림새에 한숨을 내쉬었다.

"꽃무늬가 어때서요? 봄날의 공주님 같은 차림인데. 아저씨가 뭐라고 하셔도 꼭 입을 거예요."

꽃무늬 원피스는 재은의 꿈이다. 아니, 모든 여자의 꿈이다.

"어이, 샤랄라 공주. 지금이라도 입어. 그렇게 소원인데."

승현이 재은의 꿈을 무시했다.

"저도……."

재은의 옷장 깊숙한 곳엔 꽃무늬 원피스가 있다. 꽃무늬에 대한 승현의 혐오를 생각하니, 그냥 가만히 있는 게 나을 것 같다. 표범 무늬는 정말 싫은데. 동물의 왕국 공주보단 봄날의 공주가 더 낫다.

"네가 뭐?"

"아니, 뭐. 아직 때가 아닌 것 같아서요. 지금은 복수에 최선을 다해야 하고, 또……."

"또?"

"근데 아저씨, 이 차 열라 짱 멋진 거 같아요."

재은은 얼른 화제를 돌렸다. 길게 얘기하다가는, 승현에게 꽃무늬 원피스가 있다고 고백을 할지 모른다.

"나 같은 사람이 선택할 만하지?"

"아뇨."

너무 빨리 답이 나왔다. 승현의 얼굴이 상당히 불편해 보인다.

"아니, 왜!"

"그게 아니라, 왠지 아저씬 빨간 스포츠카를 몰 것 같아서……."

승현 때문에 주눅이 든 재은이 말끝을 흐렸다.

"물론 어릴 땐 빨간……."

"뭐라고요?"

재은은 승현이 뒷말을 흐려 잘 알아듣지 못했다.

"아니, 아니! 어릴 땐 그런 차를 좋아했다고. 남자들은 다 그렇지. 하지만 내 중후한 매력에 그런 경박한 차가 어울리겠어? 하하하! 하여튼 이제 우리도 기동성 있는 멋진 복수를 할 수 있겠다. 미션이 끝나면 관순이 너, 집에도 데려다 줄 수 있고."

"정말 데려다 주시려고요?"

재은은 신발을 벗고 의자 위로 올라갔다. 피곤하고 귀찮은 걸 알지만, 그래도 데려다 준다는 말이 너무 좋다.

"그럼, 당연히 데려다 줘야지."

승현은 재은의 얼굴을 보며 약속했다.

"아저씨 귀찮게 안 하고 싶은데."

피곤하다며 데려다 주지 못했던 누가 생각났지만 재은은 금세 지워 버렸다. 일단 사양은 했지만, 데려다 주면 좋겠다고 생각했다.

"절대 귀찮지 않아."

승현의 힘 있는 목소리에 재은은 갑자기 몸이 근질거리고 발가락이 꼬이는 것 같았다.

"관순아, 너 왜 그래?"

승현이 얼굴을 찡그리며 재은을 쳐다봤다.

"아뇨. 가죽이 너무 부드러워서……. 근데 이 차, 장 씨도 사고 싶다고 하던 그 찬데."

재은은 가죽에 얼굴을 묻고 딴청을 부렸다. 조만간 병원에 가서 연고라도 타 와야지.

"당장 바꾸고 싶다."

승현이 운전대를 꽉 쥐고 기분 나쁘게 말했다.

"아, 아니에요. 헷갈렸나 봐요. 아저씨 수준이 있는데. 분명 이것보다 훨씬 후진 차일 거예요. 제가 원래 차를 볼 줄 몰라요."

재은은 자신이 한 말 때문에, 데려다 준다는 멋진 제안을 취소할 것 같아 불안했다.

"그렇겠지? 참, 관순이 너한테 줄 선물이 있다."

"선물이요?"

재은은 발가락뿐만 아니라 목덜미도 가려웠다.

"응. 글러브 박스 열어 봐라."

재은은 조수석 앞에 있는 글러브 박스를 열고 비닐봉지를 꺼냈다.

"이게 뭐예요?"

"복수를 완성하는 인형이지."

승현은 비닐봉지에서 털실로 만든 사람 모양의 인형을 꺼냈다.

"와, 정말 감사합니다."

재은은 고개를 꾸벅 숙였다. 승현은 그런 재은의 머리를 여러 번 쓰다듬었다.

"아저씨, 이거 사극에서 나오던 그거 맞죠?"

"응. 근데 요샌 짚이 아니라 털실로 만든다더라."

"그렇구나. 열심히 할게요."

재은은 인형을 봉지에 다시 담고, 가방에 조심히 넣었다. 재은은 좀 전의 지용과의 대화를 떠올렸다. 승현은 아직 복수에 질리지 않은 거다. 그러니 재은을 떠날 것 같진 않았다. 조금 더 재은의 복수를 도와줄 것이다. 그 생각을 하자, 발가락이 더 가렵기 시작했다. 재은은 신발 안의 발가락을 구부렸다 펴기를 반복했다.

"아저씨, 오늘 아저씨 사진 봤어요."

"뭐라고?"

승현은 놀란 표정으로 재은을 바라봤다.

"지용이가 찾아 줬거든요."

"그래? 음……, 어땠냐?"

승현은 장갑으로 운전대를 닦기 시작했다. 그리고 운전석 창문도 닦았다.

"깜짝 놀랐어요."

"촌스럽지? 그래도 그땐 그 바지가 아주 죽였어. 오죽하면 내가 입은 바지가 그 다음 날 시장에 쫙 깔리고 그랬다니까. 바지도 바지지만, 머리가 또 중요해. 내 헤어스타일이 맘에 들더라고. 그땐 앞머리를 그렇게 해 줘야……."

"그게 아니라요 아저씨 눈이요. 눈이랑 표정이 너무 달라서 깜짝 놀랐다고요. 눈에서 뭔가가 막 나오는 것 같았어요."

재은은 승현의 말을 막았다.

"그래서 후져?"

"아뇨. 그게 아니라 정말 멋지다고요. 사진을 보기 전까진 아저씨가 유명한 연예인이라는 거 잘 몰랐었는데요, 오늘 보니까 맞는 거 같아요."

"허허, 그래?"

승현은 창문을 계속해서 닦았다.

"네. 너무 진지해 보여서, 그래서 다른 사람을 보는 것 같았어요. 아저씨 말대로 정의감이 실린 춤은 뭐가 달라도 다른 것 같아요. 물론 아직 몇 장 못 봐서…….

"그럼, 조금 봐서 그런 거지. 더 많이 보면 확실히 알 수 있을 거야. 좀 더 보고 싶지 않아?"

승현이 재은 쪽으로 몸을 기울였다. 굉장히 보여 주고 싶은 눈치다.

"사진이요?"

"뭐, 그것도 보고. 그보다 음악과 율동이 한데 어우러지는 걸 보여 주마. 영상을 봐야지. 그 유명한 정의감이 실린 댄스! 그리고 그 유명한 '땀방울 어디 숨었나' 공연 장면도 보여 주지. 이거 때문에 언니들 여럿 패닉 상태였다."

"땀방울이 왜요?"

이해를 못 한 재은은 눈을 깜빡거렸다.

"그 땀방울이 문제가 있는 곳으로 떨어……. 하여튼 궁금하지?"

"네."

승현의 라이브 공연이란다. 재은은 사진보다 더 멋질 거라고 생각했다.

"그럼 당장 가서 보자. 아, 가기 전에 마트에 들러야지. 구워 먹을 고기 사야잖아."

승현은 흐뭇한 표정으로 시동을 걸었다.

재은과 승현은 고기 파티를 위해 마트에 갔다. 둘은 카트를 끌고 매장 안을 이리저리 돌아다녔다.

"아저씨 원고 있잖아요. 어부의 춤."

재은은 어젯밤 읽었던 승현의 원고 얘길 꺼냈다.

"응?"

승현은 쌈에 필요한 야채를 골랐다. 변색됐거나 시들한 건 버리고, 어린잎으로만 골라 물기를 탈탈 털었다.

"앗, 차가워. 그거 왜 털어요?"

재은은 얼굴에 튄 차가운 물기를 닦아 냈다.

"왜 털긴. 물기가 있으면 그것까지 무게에 포함되잖아. 손해라고."

"우와, 알뜰하시다."

이건 주부의 모습이다. 매장에 들어온 이후 카트를 끌고 다니며 꼼꼼하게 물건을 고르는 승현을 보며 재은은 은근히 놀라고 있었다.

"멋지냐?"

승현이 재은 쪽으로 몸을 기울이고 씩 웃었다.

"그건 멋지다고는……."

알뜰한 것과 멋이 무슨 관계가 있겠는가. 재은은 이마를 찡그렸다. 요즘 승현은 '멋지냐?'란 말을 입에 달고 살았다. 아마도 팬들의 성원이 그리운가 보다.

"그래서 아닌 거야?"

"아닌 건 또 아니죠."

비닐봉지에 야채를 담고 있는 승현의 표정이 약간 어두워진 것 같아 재은은 손을 흔들며 승현에게 동의했다.

"이거 가격표 붙여 주시죠."

승현이 판매원에게 봉지를 내밀었다. 중년의 부인으로 보이는 판매원이 봉지를 전자저울에 올리고는 재은의 곁으로 몸을 숙이며 물었다.

"남잔데 참 알뜰하시네. 삼촌?"

"에? 아뇨."

별걸 다 묻는다고 생각하며 재은은 고개를 저었다. 재은은 가격표를 붙인 봉지를 카트에 담고 승현이 있는 유제품 코너로 향했다.

"저 아줌마가 뭐래?"

승현은 기다렸다는 듯 재은이 오자마자 물었다.

"음……, 아저씨가 참 알뜰하시대요."

"쳇! 다 들었다, 나."

승현은 딸기우유 한 팩을 손에 들고 말했다.

"어, 그게 말이죠, 우리가 참 보기 좋았나 봐요."

재은은 초코우유 한 팩을 카트에 담았다.

"좋긴 개뿔! 삼촌과 조카라니, 이게 말이 돼!"

승현은 혀를 차며 우유팩을 카트에 담았다.

"아무래도 나이 차가 있으니까……."

"내가 그렇게 늙어 보이는 거냐고."

승현이 카트를 거칠게 밀었다.

"에이, 아니죠."

열 살 차이. 당연히 승현은 재은보다 나이가 많아 보인다. 그러니 삼촌과 조카가 되는 거고. 하지만 나이에 민감한 승현이 맘에 걸려, 재은은 강하게 부정을 하며 카트를 밀었다.

"아무래도 이건……."

갑자기 멈춰 선 승현이 재은을 머리부터 발끝까지 훑어봤다.

"관순이 네 옷차림 때문이야."

"제 옷차림이 어때서요?"

또 재은의 옷차림에 시비를 건다. 나이 차 나는 게 그렇게 나쁜 건가.

"뭐긴, 이거 완전 교복이잖아."

이런 교복은 없는데. 하지만 교복 분위기가 살짝 난다. 아차, 오늘 하필이면 승현이 제일 싫어하는 검정색 멜빵치마를 입었다. 흰 셔츠 위에는 검정색 재킷을 입었고, 또 검정색 스타킹에 검정색 구두도 신었다. 돌아다니는 여자들은 올 블랙을 해도 세련되기만 한데, 재은은 학생복 모델 분위기가 난다. 이러니 빈티 얘길 듣는 거다.

"제 옷이 '아놔.'인 거 아는데, 일부러 그런 거 아니에요."

손에 잡히는 게 전부 검정색 옷인 걸 어쩌란 말인가.

"아, 진짜!"

승현은 코웃음을 치며 콜라를 집었다.

"관순이, 너."

"네."

"정말 검정색 옷밖에 없냐?"

승현은 다른 대답을 듣고 싶은 눈치였지만, 한두 개 빼곤 전부 검정색이다.

"아, 아니에요. 회색이랑 흰색도 있는데요."

재은은 그 한두 개를 말했다. 다음에 승현을 만날 땐 꼭 회색 옷을 입어야겠다.

"빨, 주, 노, 초, 파, 남, 보. 이런 색 중엔 없지?"

승현은 자신이 좋아하는 무지개색을 들었다.

"사람이 일관성 있게 사는 것도 중요하잖아요."

재은은 사이다를 카트에 담았다.

"패션 감각이 꽝인 걸 가지고 일관성은 무슨."

"안 그래도 그 얘길 하려고 했어요. 제가 보기엔 아저씨 원고에서도 그 일관성이……."

재은은 누군가 자신을 쳐다보는 것 같아 말을 멈추었다. 주위를 두리번거렸지만 제각기 장을 보는 사람들뿐이다.

"그래서 내 글에도 일관성이 없다고?"

"딴 건 괜찮은데, 주인공의 직업이 이상해서요."

"왜?"

"직업은 어부인데 주로 농사일을 하고 있는 것 같아서요."

어부가 왜 밭을 매고 과일을 따는지 모르겠다. 어촌에서 농사일을 하지 말란 법은 없지만, 그래도 이상해 보인다.

"흠, 네 말이 맞아. 실은 원래 그 주인공은 농부였지. 그런데 어부로 바꿨거든. 중간 중간 수정을 안 해서 농부처럼 보이는 거야."

"왜 바꾼 건데요?"

"그건……."

승현이 우물쭈물하는 사이, 재은은 카트를 밀고 육류 코너로 갔다. 유리 진열대 안의 고기를 들여다보던 재은은 고개를 들고 맞은편 매장을 보다 어떤 여자와 눈이 마주쳤다. 여자는 눈을 피하지 않고 계속 재은을 쳐다보고 있었다.

"관순아, 왜 그래?"

"누가 절 쳐다봐요."

"그런 옷을 입으니 당연히 그렇지."

"그건 아닌 것 같아요. 아직도 보고 있어요. 혹시 아저씰 알아보는 거 아닐까요? 연예인이었잖아요."

"숨은 누님 팬이 아직도 있구나. 어디?"

승현은 실실 웃으며 주위를 살폈다.

"저기요."

재은은 그 여자가 있는 쪽을 손으로 가리켰다. 재은의 손끝을 따라가던 승현은 바로 인상을 찌푸렸다.

"신경 쓰지 마라."

승현은 다시 유리 진열대 안의 고기를 들여다보기 시작했다.

"아저씨, 그래도 팬인데 손이라도 흔들어 줘야 하는 거 아니에요?"

"무슨! 저 여잔 팬이 아니야."

그렇게 말하더니 승현은 알아듣지 못할 말을 중얼거렸다.

"어, 아는 사람이에요?"

"역시 어부로 바꾼 걸 금방 아는구나."

승현은 재은의 말을 무시하고 딴 얘길 꺼냈다. 승현의 싸한 표정과 딱딱한 말투 때문에 재은은 그 여자가 더 궁금했다. 분명 아는 여자다. 사이가 좋지 않은. 하지만 승현의 분위기가 무서워 재은은 더 이상 캐묻지 못했다.

"다시 농부로 하지 그래요? 내용상 그게 더 어울리는데."

"그건 좀 불가능할 것 같다."

승현은 조금 곤란한 표정을 지으며 입을 굳게 다물었다.

"왜요? 농사일이 굉장히 현실감 있어서 좋았는데요."

"당연히 그럴 테지. 하지만 직업은 바꿀 거야."

"농부가 싫으세요?"

"아, 아니. 그냥 어부가 좋아서. 네가 표시해 둔 부분만 고치면 간단할 텐데, 뭐."

재은은 무척 아쉽다고 생각했지만, 작가인 승현의 마음이니 더 이상 채근하지 않기로 했다.

"그런데 무슨 고기 먹을래?"

"삼겹살이요."

승현이 묻자마자 재은의 입에선 삼겹살이란 단어가 튀어나왔다.

"촌스럽게. 넌 밖에 나가서 고기 먹으면 만날 삼겹살이지?"

어쩜 저렇게 잘 아는 걸까? 재은은 언제나 삼겹살이다. 딴 걸 먹고 싶은 생각도 있지만, 결론은 항상 삼겹살이다.

"다 알지, 한도산데."

"그건 아닐걸요."

재은은 승현이 모든 걸 알지 못하는 걸 알면서도 괜히 승현이 무서워졌다. 재은에 관해서는 승현의 짐작이 거의 대부분 맞기 때문이다.

"얘가 또 날 무시하네. 그런데 말이야, 럭셔리 원단이라면서 삼겹살만 먹어? 그러니 부티가 안 나지."

"그 말도 맞는 것 같아요."

재은은 승현의 말에 동의했다. 들어 본 고기 부위 종류만 해도 대여섯 개가 넘는데, 이젠 삼겹살은 그만 먹어야지.

"당연하지. 이번 기회에 고기 이름도 외우고 해서, 식당 가서 멋지게 외쳐 봐."

"그럴게요."

재은은 고기 앞에 놓인 부위별 이름표를 쭉 살펴보기 시작했다. 그러다 재은은 좀 전의 그 여자와 다시 눈이 마주쳤다.

"아저씨, 그 여자가 아직도 보고 있어요. 스토커 아닐까요?"

하지만 승현은 코웃음을 치며 고기만 쳐다봤다.

"신경 끄고. 힘내서 복수하려면 쇠고기를 먹어야지 않겠어?"

"쇠고긴 금고기라 비싼데."

더구나 한우는 더 비싸다. 승현은 특등 한우라고 쓰여 있는 쪽만 쳐다보고 있었다.

"나, 돈 많은 거 알지?"

다른 사람이 말했다면 재수 없어 보였겠지만, 승현이 말하니 그다지 위화감이 없어 보인다. 저런 게 바로 럭셔리 원단인가 보다.

"그렇긴 한데, 아직 아저씨 원고 한 편밖에 안 읽었잖아요."

이미 승현은 재은에게 많은 걸 사 줬다. 평생 쓸 정도의 라텍스 장갑과 장인이 만든 복수 인형, 아직 한 번도 해 본 적 없는, 날씨가 춥다며 사 준 무지개 목도리, 만날 때마다 주던 초코우유와 오렌지 등등. 더구나 물질보다 더한, 복수에 대한 정신적 원조를 주고 있다. 승현은 재은이 글 선생이니 당연한 거라고 말했지만, 자꾸 미안해졌다.

"그럼 앞으로 계속 읽어 주면 되지."

그럼 된다. 재은에게 대단한 은인인만큼 고마움을 담아, 있는 힘껏 봐 주면 될 것이다. 출판 업계의 인맥을 총동원해서라도 출판에 힘도 쓰고. 그 생각을 하자 재은의 무겁던 맘이 한결 가벼워졌다.

"꼭 읽어 드릴게요."

고개를 끄덕이며, 재은은 '꼭'이란 말을 강조했다.

"굉장히 책임감이 느껴지네."

"흐흐흐. 그럼요, 저 책임감 진짜 강해요. 학교 다닐 때도 선생님이 뭐 하나 시키면 아무리 힘들어도 임무 완수하고 그랬어요. 하루 종일 해도 못다 하는 숙젤 내면 다른 애들은 못 해 왔지만, 전 울면서 다 해 갔어요."

재은은 자신의 책임감에 자부심까지 있었다. 하지만 승현의 다음 말이 재은의 자부심을 무너뜨렸다.

"그건 책임감이 아니라 미련한 거 아니냐?"

승현이 입술 한쪽을 일그러뜨리며 재은을 봤다.

"미련이라뇨. 무조건 어른 말씀은 잘 들어야 한다고 교육받았거든요. 더구나 하늘과도 같은 선생님 말씀인데."

"그 숙제 안 하면 선생님한테 맞는 거였지?"

"당연하죠. 수십 대 맞는 거죠."

숙제를 하지 않으면 벌을 받는 건 당연한 일이다. 재은은 숙제를 하지 않아서 맞은 적은 한 번도 없었다.

"뭐야, 그건 소심한 거네. 안 맞으려고 죽을 듯이 숙제를 한 거잖아."

"그런 건 아니고……. 저, 책임감 강해요!"

재은은 속이 상했지만 자신의 책임감을 강조하기로 했다. 도움을 받는 입장이니까.

"하여튼 너 약속한 거다. 평생!"

승현이 새끼손가락을 흔들었다.

"네! 하지만 곧 가시잖아요. 아저씨가 사는 곳은 여기가 아니니까."

자신의 귀에도 시들하게 들린 목소리 때문에 재은은 조금 당황했지만 입술 끝을 올려 애써 웃는 척했다.

"당분간 안 갈 거야. 언젠가는 가야겠지만."

당분간 가지 않는단 말에 재은은 다행이라고 생각했다. 하지만 뒤에 덧붙여진 말 때문에 아쉬운 기분이다.

"그래도 결국 가실 거잖아요. 더구나 아저씨가 사는 곳은 미국이잖아요. 엄청 먼 곳인데."

정말 멀다. 비행기로도 하루 반나절은 더 가야 되고 태평양을 건너야 한다.

"미국이 먼가? 바다만 건너면 되는데."

재은은 승현의 대수롭지 않은 반응에 기가 막혔다. 그 바다는 엄청나게 큰 바다인데. 그래서 이름도 태평양인데.

"비행기 타고 오래 가야 하는데요?"

"뭐, 내가 자주 오지."

승현은 서울에서 부산을 오가는 것처럼 말했다.

"비행기 티켓이 얼마나 비싼데요. 아무리 돈이 많아도 그렇지, 비행기가 택시는 아니잖아요. 그거 말고도 방법은 있어요. 이메일로 보내도 되고, 화상 채팅도 있고, 전화를 해도 되잖아요."

"왠지 그 말은 내 얼굴은 안 보고 싶단······."

"아, 아니에요. 저는 아저씨가 돈 많이 드실까 봐 그런 거예요."

재은은 두 손을 번쩍 들고 흔들었다. 승현의 얼굴을 보고 싶지 않다는 건 절대 아니다. 계속 봤으면 하는데 그러지 못할까 걱정이지.

"걱정 마. 돈 많이 벌면 되지. 미국이 멀면 중간 지점인 하와이에서 봐도 되지. 그런데 너, 하와이는 가 봤어?"

"아뇨. 비행기는 제주도 갈 때만 타 봤어요. 하와이는 저희 부모님 신혼 여행지였대요."

"내가 거길 아주 좋아하거든. 거기는 무지개도……."

"아, 아저씨, 저는 갈비요!"

재은은 무지개 얘기가 나오자 고기 이름을 외쳤다. 승현의 무지개 사랑은 족히 10여 분 이상은 들어 줘야 하는 얘기니까, 우선 고기를 고르고 듣는 게 낫다.

"어? 그래. 저기요, 여기 갈비랑 등심, 그리고 안심이랑 또……."

승현은 20명은 먹을 수 있을 정도의 고기를 재은이 들어 보지 못한 종류의 부위를 섞어 주문했다.

"이거 먹으면서 끝내 주는 내 뮤직비디오를 보게 해 주마. 오늘에야말로 그 땀방울의 진원지와 도착지를 알아보는 거야. 그래서……."

주문하랴, 끝내 주는 비디오 얘길 하랴 정신없는 승현을 지켜보던 재은은 따가운 시선이 느껴져 고개를 들었다. 아까 그 여자가 여전히 그들을 주시하고 있었다. 그 여자는 곧장 승현과 재은이 있는 곳으로 걸어왔다. 그리고 그들의 카트 앞에 멈춰 섰다. 그 여자와 승현은 한동안 말없이 서로를 응시했다.

그 여자는 무척 아름다웠다. 만화책에서나 나올 법한 긴 웨이브 머리, 카트 안에 있는 사과만큼 작은 얼굴, 엄청나게 길고 가는 다리. 재은이 꿈에 그리던 장미 빛깔의 원피스를 입고 있었다. 갑자기 재은은 불안했다. 승현과 그 여자가 만들어 내는 분위기가 그랬다. 눈치가 둔한 재은도 이런 분위기는 알 수 있었다. 재은은 이 자리를 피해야 한다고 생각했다. 그래서 카트를 밀고 조용히 움직이기 시작했다. 그러자 승현이 카트를 붙잡았다.

"아이스크림 사 올게요."

"됐어, 가긴 어딜 가?"

재은이 작은 목소리로 중얼거리며 카트를 밀었지만, 승현은 카트를 놓아주지 않았다.

"소개 안 시켜 줄 거야?"

그 여자가 재은을 보며 웃었다. 살짝 웃었는데도 꽃잎이 날리는 착각이 들 정도였다. 너무 화사하고 예뻐서. 재은은 자신의 옷차림이 거슬렸다. 검정색 교복. 재은은 카트로 몸을 가리고 싶었다. 멜빵치마라도 가려 보려고 검정색 재킷을 여며 봤다.

"소개는 뭐 하게?"

승현이 옷을 매만지는 재은을 잡아당겨 자신 뒤에 숨겼다.

"한승현, 진짜 웃긴다."

여자가 '하.' 하고 웃었다. 재은은 승현의 등 뒤에서 나와 고개를 숙이며 인사했다.

"안녕하세요, 유재은입니다."

"우리끼리만 소개하죠. 제니퍼 박이에요."

"흥, 쟤 이름 박순영이야."

모른 척하고 있던 승현이 여자의 진짜 이름을 공개했다. 재은은 그런 승현에게 너무한다는 눈빛을 던졌다. 그리고 순영이 내민 손을 잡고는 잠깐 흔들었다가 놓았다. 손가락도 가늘고 길다. 재은은 자신의 작고 짧은 손을 보자 기분이 나빠졌다. 재은은 얼른 손을 주머니 속에 쑤셔 넣었다.

"여긴 왜 온 거야?"

승현이 순영에게 퉁명스럽게 물었다. 재은은 순영에게 불친절한 승현이 맘에 들지 않았다. 단순히 불친절해서, 공손하지 않아서가 아니었다. 승현이 순영을 차갑게 대하는 이유가 심상치 않아서였다. 정확한 이유는 알 수 없지만, 재은은 묘한 분위기를 느낄 수 있었다.

"왜 오긴, 장 보러 왔지. 설마 너 따라왔을까 봐?"

순영이 승현을 향해 눈을 흘겼다.

"그러고도 남지."

이제는 승현이 순영을 못마땅하게 쳐다봤다.

"아까 봤는데 또 봐서 뭐 하게?"

순영이 말했다. 그러니까 재은을 만나기 전에 승현과 순영이 만났다는 얘기인가 보다. 재은이 모르는 승현의 사생활이 있을 거란 건 안다. 이해도 한다. 그런데 왜 서운한 걸까.

"우리 바쁘니까 그만 좀 가지?"

승현은 재은과 카트를 잡아끌었다.

"재은 씨, 난 승현이 친구이자 사촌 형수예요."

재은은 순영의 소개에 조금 놀랐다. 승현은 왜 사촌 형수에게 저렇게 불손한 걸까?

"아……, 네."

재은은 뭐라 할 말이 없어 그냥 대답만 했다.

"재은 씨는요?"

"네?"

재은은 순영이 뭘 묻는지 몰라 승현을 쳐다봤다.

"알아서 뭐 하게? 어서 계속 장이나 봐."

승현은 순영에게 등을 돌리고 재은에게 카트 손잡이를 쥐어 줬다.

"저, 저는······."

그래도 그녀보다 나이가 많은 사람이 물었는데 대답을 하지 않는다는 건 예의에 크게 어긋나는 일이다. 하지만 재은은 자신을 뭐라고 소개해야 할지 난감했다.

"일일이 소개할 필요 없어. 어서 가자니까."

머뭇거리는 재은을 승현이 잡아끌고 카트를 밀었다. 순영은 난감해하는 재은을 못 본 척하고 바삐 움직이는 승현을 흥미롭게 바라보고 있었다.

"승현이가 오늘 기분이 안 좋은 것 같으니 더 얘기는 못 하겠네요. 다음에 만나면 그때 얘기하기로 해요."

승현이 화를 펄펄 내는데도 순영은 싱긋 웃으며 여유롭게 말했다.

"오늘뿐이 아니야. 난 항상 기분이 안 좋으니까, 내 앞에 얼씬거리지 마. 다음은 없어."

순영의 말을 들어 보려던 재은을 승현이 자꾸만 잡아챘다. 재은은 승현에게 끌려 야채 코너까지 끌려왔다.

"인사도 못 했잖아요."

재은은 승현이 쥔 옷자락을 펴며 투덜거렸다.

"인사 안 해도 돼."

승현은 순영이 보이지도 않는데 그쪽을 노려봤다.

"왜요? 왜 그렇게 싫어하는 기예요?"

"있어. 너무 싫어서 말하기도 싫어."

그냥 싫은 게 아닌, 너무 싫다는 말에 재은은 또 불안했다. 왜 불안하고 걱정이 되는 걸까? 왜 싫은지 묻고 싶은데 그럴 수가 없다. 승현이 싫어해서가 아니라, 그녀가 듣게 될 답이 맘에 들지 않을 것 같았다. 어렵고 슬픈 답이 나올까 봐 재은은 머리를 흔들었다. 괜히 신경이 곤두서서 그럴 필요 없는데. 아마 승현이 싫어할 만한 일을 해서 그럴 테지. 도대체 어떤 일일까?

"유재은."

불안과 혼란이 뒤범벅된 재은은 승현의 얼굴을 올려다봤다.

"내가 마주치기가 싫어서 그런 거야. 아까 아이스크림 산댔지?"

재은은 더 이상 자세히 물어볼 수 없었다. 승현이 말해 줄 것 같지 않았다. 승현은 아이스크림 코너 쪽으로 카트를 밀었다. 재은은 그런 승현의 뒷모습을 보면서 입술을 깨물었다.

순영을 만나고 이상하리만치 괴로웠던 재은은 고기 파티 도중 몇 점 먹지도 못하고 체했다. 새로운 종류의 고기는 맛볼 수 없었다. 승현과 지용은 삼겹살만 먹어야 하는 빈티가 럭셔리가 되기 위해선 힘겨울 수밖에 없다는 말도 안 되는 평을 했다. 재은은 자세하게 설명하기 싫어서 그냥 웃고만 있었다. 승현은 약국에 가야 한다, 한의원에 가서 침을 맞아야 한다, 응급실에 가야 한다는 등 수선을 피웠지만 결국 지용이 바늘로 재은의 손을 땄다. 손가락에 맺힌 검붉은 피를 보고 나서야 재은은 안심이 되었다. 체기가 가라앉아서인지, 아니면 괴로움이 가셔서인지는 알 수 없었다.

8. 복수 no.2 외로울 땐 날 불러 주세요

    고기 파티를 한 뒤, 한동안 재은은 감기 때문에 앓아누웠고, 덕분에 복수는 쉬어야만 했다. 복잡한 마음과, 그리고 감기와 사투를 벌인 재은은 모든 것을 잊고 씩씩하게 복수에 집중하기로 했다. 그래서 두 번째 미션을 계획했다.

    재은은 회사 근처에 있는 약국 간판 앞에 쪼그려 앉아 승현을 기다렸다. 눈에 띄지 않기 위해 재은은 약국 앞에 있는 주차 금지 간판 뒤에 몸을 숨겼다. 복수를 시작한 후부터, 재은은 스파이가 된 기분으로 살고 있다. 남에게 해를 입히는 복수를 하다 보니, 어디서나 몸조심을 하게 되는 것이다.

    복수 생각만 하면 구석에 숨어 있던 양심이 고개를 들었지만, 재은은 그 양심을 다시 구석에 박아 놓았다. 받은 상처를 생각하면 지금까지 해 온 복수는 장난에 불과하니까. 더욱이 이보다 더한 짓을 해도 괜찮다는 주위의 지지도 있는지라, 재은은 과감해지기로 했다.

"아저씨!"

"왔구나."

놀란 재은이 반쯤 내려간 운전석 창문을 두 손으로 잡자, 승현이 반가운 표정으로 마스크를 벗었다.

"아픈 뒤로 얼굴이 작아졌네. 무슨 애가 감기로 며칠을 아파? 생각보다 부실하구만. 삼겹살만 먹어서 아픈 거야. 조만간에 고기 좀 더 먹자."

"고긴 이제 싫어요. 우웩."

고기를 먹으면 건강해진다는 승현의 이론에 재은은 토하는 시늉을 했다.

"얼마 먹지도 않고 싫대? 삼겹살만 먹어서 병난 거니까, 딴 거 먹어. 네가 별로 못 먹어서 지용이랑 나랑 다 먹느라 죽는 줄 알았잖아."

재은은 승현의 말에 눈알을 굴렸다. 일주일 내내, 지용은 고기를 없애기 위해 승현의 집에서 점심을 먹었다. 고기를 섭취하니 땅 팔 힘이 샘솟는다던 지용이었는데. 맛있어서 죽겠단 거겠지.

"그런데 오늘 의상은 왜 그래요?"

승현은 캡 모자를 눌러쓰고 얼굴 전체를 가리는 마스크까지 썼다. 그리고 까만색 추리닝을 입고 운전석에 앉아 있었다.

"커플룩이랄까?"

"에?"

'커플'이란 말에 재은은 흠칫 놀랐다. 승현이 씩 웃으며 재은에게 옆좌석으로 타라는 손짓을 했다. 재은은 빙 돌아, 차 문을 열고 가방을 뒷좌석으로 던져 넣고 올라탔다.

"뭐냐, 오늘은 깜장색이 아니네?"

승현의 실망스런 목소리를 듣고 재은은 웃음이 터졌다. 이제 딴 색도 입기로 했다. 교복 같은 거 싫으니까. 왜냐면, 왜냐면 더 이상……. 에잇, 모르겠다. 재은은 생각을 털어 냈다.

"딴 색도 입는다니까요. 오늘은 회색으로 통일했어요. 그런데 커플이라뇨?"

"복수 커플."

복수 커플, 이름이 왠지 멋지다. 복수보단 커플이란 단어가 더 다가온다. 재은은 복수 커플이란 단어를 중얼거렸다.

"지난번엔 커플룩 얘긴 없었잖아요."

커플이란 단어 때문에 재은은 괜히 점퍼의 지퍼를 열었다 다시 달았다.

"우리의 작전 때문이라고 할 수 있지."

'작전'이란 말에 안심이 되면서도, 풍선의 바람이 빠지듯 재은의 마음속에서 뭔가 쉬익 빠져나갔다.

"그래도 작전인데 고작 추리닝이에요?"

"추리닝은 옷 아닌가? 스포츠웨어."

"아는데요, 작전이라기에 특별한 의상을 생각했어요. 영화에서 보면 특수 의상들 있잖아요."

재은은 얼마 전에 본 첩보 영화의 몇 장면을 떠올렸다. 모두 검정색 의상이다. 재은이 언제나 고수하는 컬러. 이런 것만 봐도 자신은 복수 미션에 어울리는 패션을 인생 내내 해 오고 있었단 뜻이다. 재은은 자신의 올 블랙 패션이 맘에 들었다.

"우리한텐 이게 특수 의상이야. 남들이 못 알아보는 평범한 의상을 입고 일을 저질러야 들키지 않지."

"그렇구나."

재은은 승현의 말에 고개를 끄덕였다.

"말이 나와서 하는 얘긴데, 예전엔 말이다. 그러니까 나 어릴 적엔 이게 부의 상징이었어. 추리닝 세트로 입는 거."

"으……, 말도 안 돼! 요샌 세트로 입음 촌스러운 거예요."

재은은 눈을 찡그리며 웃었다. 승현의 럭셔리 원단 얘기는 끝이 없다.

"만날 새까만 옷만 입는 주제에 네가 날 촌스럽다고 지적할 처지야? 그리고 얘기했잖아. 나 어릴 적이라고."

"아, 옛날이니까."

재은은 예전에 크게 유행했다던 의상이 지금은 촌스러워 보이는 것과 같은 맥락이라고 생각했다.

"옛날이라니! 그렇게 또 옛날은 아니야. 기껏 10……. 가까운 옛날이지."

승현은 재은의 말에 펄쩍 뛰며 반박했다.

"그리고 패션은 돌고 도는 거야. 조만간 세트로 입는 시기가 다시 올 거라고. 내가 방송에 한 번만 입고 나가 주면 완전 뜨는 건데. 유행 창조, 내가 그랬다!"

팔짱을 낀 승현은 두 눈을 감고 기분 좋은 회상에 잠겨 있었다.

"특히나 난 말이지, 그때 비로드 추리닝을 입었었단 거지. 하하하!"

승현은 대단한 일을 했었던 사람처럼 자신감 넘치는 웃음을 터뜨렸다.

"비……, 뭐요?"

두 팔을 벌리며 크게 웃던 승현은 김빠진 얼굴이 되었다.

"비로드. 부드럽고 빛나는, 반짝반짝하는 거 있잖아."

"실크요?"

"넌 실크로 추리닝 만든 거 봤냐?"

승현이 재은을 노려봤다.

"설명이 후져서 그런 거예요."

"후지긴 뭘 후져? 글 선생이란 사람 어휘력이 그것밖에 안 돼서야."

승현이 혀를 차며 고개를 절레절레 흔들었다.

"면처럼 생겼는데 반질반질하면서 부들부들한 거 말이야."

인상을 찌푸린 승현은 공중에 손을 휘저어 가며 설명했다.

"아, 벨벳!"

비로드와 벨벳이 같은 말이구나. 재은은 '10년 옛날'이란 사전을 새로 만들기로 했다. 주로 승현과의 세대 차이가 만들어 낸 그 시대의 단어들이 주를 이룰 것이다.

"그래, 벨벳. 검정색이나 남색, 혹은 자주색 벨벳에 금박으로 된 브랜드 명이 수놓아지면 더 죽이는 거야. 그리고 지퍼 부분까지 금색으로 되면 지존인 거지."

"지금 입고 있는 옷도 그러네요. 이거 10년 전 거죠?"

승현은 금색으로 된 세 줄이 들어간 추리닝을 입고 있었다. 재은은 승현의 황금색 사랑이 조금 이해가 되는 것 같았다.

"아니야! 이건 몇 년밖에 안 됐어. 진정한 패션 리더는 시대가 변한다 해도 자신의 스타일을 버리지 않는 거야. 쭉 가는 거지."

차라리 올 블랙 패션이 더 낫지. 승현은 자신의 옷에 대단한 긍지를 가진 듯 보였다.

"그래서 그 추리닝 입고 뭐 하게요?"

"전단지 돌리는 거지."

승현은 몸을 틀어 뒷좌석에 있는 커다란 종이봉투를 꺼내 재은에게 건넸다.

"무슨 전단지요?"

재은은 전단지 알바라기에 개업 식당이나 가게일 거라고 생각했다.

"이 땅의 모든 남성이 혹하는 전단지지."

차 안엔 단둘뿐인데 승현은 몸을 낮춰 속삭였다.

"혹해요?"

"그럼. 남자라면 혹하지. 한번 봐라."

"네."

재은은 봉투를 열고 안에 있는 메모지 크기의 전단지를 꺼내 들었다.

"헉! 아니, 이게……."

재은은 전단지 안에 실린 그림을 보고 눈을 깜빡였다. 허리 디스크가 있어 보이는, 속옷이라고 하기에도 민망한 조각을 입은 여자들이 비스듬히 누워 손 키스를 날리고 있었다.

"남자들이 혹할 만하지?"

"확 화가 나요."

재은이 빙글거리고 있는 승현을 보며 한숨을 내쉬었다.

"물론 같은 여자 입장에선 그럴 수도 있지만, 복수를 위해서 이러는 거야."

"물론 같은 남자 입장에선 아저씨도 혹해서……."

재은은 승현이 한 말을 따라 했다. 승현도 혹했을 게 틀림없다. 혹시 혹한 김에 그냥 들고 온 건 아닐까?

"허허, 이 아저씰 어떻게 생각하는 거냐?"

승현은 사극에 나오는 대감처럼 재은을 훈계했다.

"이 땅의 모든 남자들이 혹한다면서요."

"그건……. 한땐 그랬지만 이젠 뭐……. 그게 중요한 게 아니라, 오늘 미션 말인데. 이 전단지에 그놈의 핸드폰 번호를 적어 온 동네에 뿌린다 이거야."

"이런 음란물을……."

재은은 전단지를 내려다보며 인상을 썼다.

"음란물이라……. 정말 얼마 만에 들어 본 단언지 모르겠다. 호환, 마마, 전쟁보다 더 무서운 거긴 하지만 그래도 진짜 쓸 만하다니까."

"정말요?"

복수 자체가 비도덕적인 일인데 음란물이라고 해서 다를 것 없다. 더구나 승현의 말대로 쓸 만하다니 해 봐야지.

"그럼. 넌 이 전단지를 비웃고 있지만, 이게 엄청난 효과를 가진 무기야."

"그런데 사람들이 전단지에 적힌 번호로 진짜 전화할까요? 이런 거 비웃으면서 버리잖아요."

평소에 사람들이 하는 양을 보면 그랬다. 재은은 이 전단지가 미덥지 못했다.

"외로운 남자들이 전화를 할 테지."

"그런 분들이 많을까요?"

승현은 팔짱을 끼며 고개를 움직였다. 재은은 전화를 하는 남자들이 많을 거라고는 믿지 않았다. 없지는 않을 테지만 소수겠지.

"엄청 많지. 원래 남자들은 항상 외로워."

승현은 창밖으로 보이는 구름에 시선을 줬다.

"인간은 외로운 존재니까요. 저도 가끔은 외로워요."

재은도 승현을 따라 앞유리 밖으로 보이는 흘러가는 구름을 바라봤다.

"그래서 전화하려고?"

느긋해 보이던 승현이 갑작스레 몸을 틀어 재은을 내려다봤다.

"아니요! 여긴 여자들이랑 얘기하는 건데요."

재은은 들고 있던 전단지를 다시 읽어 봤다.

"대답이 좀 그렇다? 남자들이면 얘길 하겠다는 거냐?"

"아뇨! 절대 안 해요."

승현이 삐딱하게 묻자 재은은 두 손을 흔들며 부정했다. 불가능한 일이다. 하지만 재은은 남의 집을 털러 가기도 했으며, 복수도 하고 있다. 생각지도 못한 일을 하고 있는 자신을 보면 모르는 일이다. 어쩌면, 정말 어쩌면 전화를 할 수도 있지······.

"하지 마. 절대 하면 안 돼. 외롭고 심심하면 아저씨한테 전화해. 알았어?"

"네!"

승현이 재은의 눈앞에 주먹을 쥐며 다짐을 시키자, 재은은 고개를 여러 번 끄덕였다. 전화는 하지 않겠지만 그래도 궁금한 게 있는데.

"그런데요, 남자랑 통화하는 그런 곳도 있어요?"

"없어! 이런 전단지에 남자 사진 있는 거 봤어?"

승현은 단호하게 재은의 말을 잘랐다.

"그렇구나."

그런 건 본 적이 없다. 재은은 승현의 말이 맞다고 생각했다.

"자, 이제 이 전단지에 그놈의 전화번호를 적는 거야. 원래 쓰여 있던 전화번호 위에 견출지를 붙여 왔으니까, 그 위에 적으면 돼."

"알겠어요. 그런데 엄청 많네요."

재은이 봉투 안의 전단지를 들여다보며 말했다.

"이 땅엔 외로운 남자들이 많지. 그들을 위해 우리가 좋은 일 한번 하는 거야."

승현이 봉투에 있는 전단지를 나눠 들었다. 좋은 일이라기엔 찔렸지만, 그렇게 생각하기로 했다. 재은은 복수를 하고, 외로운 분들은 외롭지 않고.

"외로운 분들도 돕고, 복수도 하고."

"그렇지. 일석이조, 일거양득."

"또 있어요. 일전쌍조, 일거양획!"

재은은 신이 나서 고사 성어를 외쳤다.

"여기 펜. 열심히 써라."

승현이 재은에게 펜을 줬다. 재은은 두꺼운 지도책을 꺼내 그 위에 전단지를 놓고 영준이 번호를 보고 열심히 쓰기 시작했다.

"진짜 궁금해서 그러는데요."

"뭐가?"

승현도 재은이 적은 번호를 베껴 적으며 답했다.

　"이거 어디서 났어요?"

　"어디긴, 이걸 선전하는 회사에서 난 거지."

　"설마 아저씨도……."

　"아니! 전단지 뿌리던 알바생한테 돈 주고 받아 온 거야."

　승현의 말이 끝나자 펜을 잡은 재은의 손이 살짝 떨렸다. 뭔가 싸한 것이 머리부터 발끝까지 통과하는 느낌이다. 고맙고 또 고맙다고 해야 할 것만 같다.

　"아저씨."

　"응?"

　승현은 열심히 영준의 번호를 쓰며 답했다.

　"저, 너무 감동받아서……. 정말 고맙습니다!"

　재은은 머리가 무릎에 닿을 때까지 고개를 숙였다. 좁은 차 안이라 움직이기 힘들었지만 그래도 최대한 몸을 구부렸다.

　"왜 이래? 몸 구겨지겠다."

　"고마워서 인사라도 제대로 하려고요."

　벌게진 얼굴로 재은은 다시 몸을 힘들게 폈다.

　"뭐 이런 걸 가지고, 또……. 내가 원래 감동 쓰나미라고 불려."

　승현은 재은을 보며 흐뭇하게 웃었다. 감동 쓰나미라니, 재은은 이제 이해가 가지 않는 단어나 별명에도 절대 토를 달지 않기로 했다.

　"이 고마움은 죽을 때까지 못 잊을 거 같아요."

　"하하하! 무안하게 그런 말을 하고 그래. 대신 네 말대로 평생 기억해야 해. 절대 잊음 안 된다!"

승현이 재은의 어깨를 토닥였다.

"절대로 안 잊을 게요."

어떻게 잊을 수 있나. 승현의 존재 자체를 잊을 수가 없는데. 재은은 평생 잊지 말자고 다짐했다.

"전단지도 돌려야 하니 열심히, 빨리 써라."

"네."

펜을 쥔 재은의 손에 힘이 들어가니, 종이와 펜이 마찰되어 뽀드득뽀드득 소리가 났다. 굵게 적혀 나가는 숫자를 보며 재은은 뿌듯했다. 그렇게 한동안 열심히 쓰고 있는데 승현이 소리를 빽 질렀다.

"관순이, 너!"

"왜요?"

재은은 고개를 들고 승현을 빤히 쳐다봤다.

"이래도 돼? 이렇게까지 외로운 거냐고!"

재은은 승현이 무슨 말을 하는지 도대체 알 수가 없었다.

"이거 보라고."

아무것도 모른단 얼굴로 앉아 있는 재은에게 승현은 재은이 쓰고 넘긴 한 무더기의 전단지를 무릎에 올려놨다.

"뭘요?"

"봐, 이거. 그놈 전화번호가 아니라 네 전화번호잖아."

"엄마나!"

재은은 승현이 가리킨 번호를 보고 기가 막혔다. 영준의 번호 대신 자신의 번호를 열심히 적고 있었던 것이다.

"음란물이라고 할 땐 언제고. 뭐야?"

"헤헤, 그러게요. 저도 모르게 열심히 적다 보니까 버릇이 돼서……."

민망해진 재은은 괜히 이마를 문지르며 웃었다.

"이거 봐. 많이도 적었네. 처음 몇 장 빼곤 다 네 번호라고."

승현이 재은이 적은 전단지를 들춰 보며 혀를 찼다.

"죄송해요."

재은은 자신의 번호가 적힌 전단지를 구기며 머리카락을 잡아당겼다.

"으음……, 난 또 이런 생각이 들었어."

승현의 고개가 한쪽으로 기울어졌다. 재은이 싫어할 만한 얘길 할 때의 버릇이다.

"빤스 얘기 하시려고요?"

재은은 입을 삐죽거렸다. 다 안다는 듯이 승현이 또 한마디 하려는 것이다.

"소잰 다르지만 같은 거지. 네 자신도 모르게 외로운 남자들과의 대화를 원하고 있던 게 아닐까 하는."

"아니에요! 그런 의심은 하지 마세요."

재은은 전단지 뭉치를 통째로 구기며 강하게 거부했다.

"이런 일이 자주 있다 보니까, 의심보다 더 강한 확신이 들려고 한다."

승현이 재은을 딱하다는 듯이 바라봤다. 재은도 점점 자신이 이상한 사람이 되어 가고 있는 것처럼 느껴졌다. 복수에 너무 미쳐 있는 게 틀림없다.

"잊어 주세요, 제발요. 복수에 올인해서 그런 거예요. 다신 이런 일이 없을 거예요. 확신한다니까요."

재은은 펜이 부서지도록 꽉 쥐고는 비장하게 답했다.

"좋아, 지켜보마. 외로울 땐 어떡하라고?"

그런 재은을 지켜보며 승현은 고개를 끄덕였다. 재은의 말을 믿겠다는 얘기다.

"아저씨한테 전화요!"

재은이 팔을 번쩍 들고 외쳤다. 굉장히 만족한 표정의 승현은 재은의 어깨를 두드리며 쓰기를 재촉했다.

승현과 재은은 전단지를 들고 어느 동네의 골목길에 도착했다. 쭉 이어진 골목길 양쪽에는 수많은 자동차들이 길게 주차되어 있었다.

"오, 우, 아!"

옆구리에 전단지 꾸러미를 든 재은이 모자를 들어 올리고 소리를 질렀다.

"오우아?"

"우와보다 더 심한 감탄사예요."

재은은 마스크 한쪽 끈을 귀에 걸쳐놓고 계속해서 감탄사를 외쳤다.

"차가 무지 많아요. 전단지가 모자랄 정도예요."

"하하하! 내가 누구냐? 한승현이 고른 장소잖아."

승현은 재은 곁에 서서 큰 소리로 웃었다.

"이 많은 차 주인이 전화를 하기만 하면……."

재은은 말을 멈추고 승현처럼 큰 소리로 웃었다.

"너무 좋아한다, 너."

"그럼요. 저는 이 많은 전단지를 어디에 놔야 하나 고민했었는데, 쓸

데없는 고민이었어요. 고객 다량 확보인데 말이죠."

몸도 마음도 전단지 알바생이 된 것이다. 재은은 고객이란 말이 맘에 들었다.

"고객? 음란물이라고 싫어할 땐 언제고?"

"섣부른 판단을 용서해 주세요."

재은은 한쪽 귀에서 달랑거리고 있는 마스크를 잡아채서 주머니에 넣었다.

"누가 알아보면 어쩌려고?"

승현은 재은의 모자를 꾹 눌러 주고, 마스크를 다시 씌워 주었다.

"답답해 죽겠어요. 그리고 전 연예인이 아니잖아요."

재은은 얼굴을 찡그리며 승현의 손을 피해 한 발짝 뒤로 물러났다. 모자에, 선글라스에, 마스크까지 쓰고. 그것도 모자라, 추리닝 재킷에 달린 후드까지 뒤집어쓴 승현이다. 재은이 보기엔 저런 복장이 눈에 더 잘 띄는 것 같았지만, 전직 연예인 출신인 승현이 위장의 대가라 생각해서 가만히 있었다.

"그렇긴 하지만 사람 일은 모르는 거야. 아는 사람이라도 만나면 어쩌려고."

그럴 가능성은 거의 없어 보인다. 그녀의 회사에서 한참 떨어진, 차를 타고도 한 시간 가량 이동한 낯선 동네에 와 있기 때문이다. 언뜻 떠올려 봐도 재은이 아는 사람 중에 이 근처에 사는 사람은 없다.

"모른 척하죠, 뭐."

재은은 자신답지 않은 말을 하고는 모자를 벗어서 들고 있던 종이봉투에 쑤셔 넣었다.

"복수 좀 하더니 사람이 이렇게 달라지고 말이야. 복수 끝나면 딴사람 되는 거 아니야?"

"아마도 그렇지 않을까요? 사람한테 이렇게 못된 짓을 했는데. 이러다 제 인간성이 한 방울도 남아 있지 않을까 걱정이에요."

재은은 길게 서 있는 전봇대에 시선을 줬다. 영준이 너무나 미워서 시작한 일이다. '그 사람에게도 상처를 줘야지. 아프게 해야지.' 하면서 벌인 일이다. 그런데 상처를 받아 아팠던 마음은 조금씩 변했다. 조금은 기쁘고, 조금은 재밌게. 가끔은 신나서 죽을 지경이다. 이래도 되는지 싶을 정도로. 복수를 하는 건지 노는 건지 헷갈리기도 했다. 하지만 재은은 모른 척하기로 했다. 지금은 그저 즐기기로 했다.

"이거 내가 너무……."

"아저씨는 잘못 없어요. 도움을 주신 스승님이잖아요."

재은은 미안해하는 승현을 말렸다.

"걱정 마세요. 달라져도 제 책임인데요."

"내게도 책임이 있지. 그것도 아주 많은 것 같은데."

턱을 만지작거리는 승현은 고민에 빠진 모습이다.

"아니에요."

승현의 고민이 맘에 들지 않았다. 승현에게 무슨 죄가 있겠나, 이건 모두 유재은의 죄인 거다. 벌을 받아야 한다면 받으면 되지. 하지만 혼자 벌을 받으면 심심하니까……. 내가 지금 무슨 말을 하고 있는 거지? 재은은 고개를 흔들며 생각을 지웠다.

"책임질게. 책임지면 되지."

승현이 뭔가 결심한 표정으로 고개까지 끄덕인다. 그런 승현이 무서워진 재은은 서둘러 알바를 시작하기로 했다.

"에에에! 얼른 하자니까요. 전 왼쪽 라인, 아저씬 오른쪽 라인을 맡아 주세요."

재은은 쭉 뻗은 골목길 한가운데 섰다.

"어떻게 돌리는지는 알아?"

승현이 왼쪽으로 걸어가는 재은을 불렀다.

"지나가다 많이 봤는데요. 창문 틈 사이에 꽂아 두거나, 아니면 와이퍼 아래 끼워 놓으면 되는 거죠."

재은은 운전석 앞쪽에 서서 시범을 보였다.

"아는구나? 하지만 우리 고객이 전화를 하게 하려면 그런 식으로 종이를 꽂으면 안 되지."

"다 이렇게 놓던데."

재은은 자신이 꽂아 놓은 전단지를 보며 머리를 긁적였다.

"그런 식으로 꽂아 놓기도 하지만, 우리가 찾는 외로운 고객들은 그런 '대놓고 전화해라.' 하는 식은 싫어한다 이거야."

"그래요?"

승현은 모르는 게 없는 것 같다. 다년간 전단지를 뿌린 알바생처럼 보인다.

"그럼. 내가 이 차 주인이라고 치자. 차를 타려고 왔는데, 혼자만 있는 게 아니라 딴사람도 있는 거야. 그럴 땐 전화를 하고 싶어도 못 하겠지. 더구나 이렇게 언니가 손짓하는 사진이 정면에 나와 있는데. 속으로는 죽도록 하고 싶어도 말은 이렇게 하는 거야. '누가 이런 걸 아직도 뿌리고 다녀!' 그리고 바로 버리는 거지."

차 앞에서 승현이 전단지를 땅에 버리고 발로 밟았다.

"그럴 수도 있겠네요."

재은은 생각을 수정했다. 승현이 알바생이 아니라, 외로운 고객 중의 하나가 아니었을까 하는 생각이 들었다. 알아도 너무 잘 안다.

"그럴 수도 있는 게 아니라, 진짜 그렇다니까."

재은 때문에 답답한 승현은 머리에 쓰고 있던 후드를 벗었다가 다시 썼다.

"그래서요?"

"그러니까 언니들 사진을 살짝 뒤집어 놓는 거지. 자, 이렇게."

승현은 봉투에서 다른 전단지를 꺼냈다. 그리고 사진이 없는 면을 위로 가게 꽂아 놨다.

"뒤집어 보면 다 들키잖아요."

"우리 고객들을 몰라도 너무 몰라, 넌."

승현은 손가락을 재은의 눈앞에서 흔들었다.

"혼자 오면 언니가 나오든 숫자가 나오든 상관없잖아요."

"물론 그렇지. 하지만 혼자라도 이런 종이를 보면서 즐거워하기엔 우리 고객들은 수줍음이 많아. 안 그랬음 밖에서 헌팅을 하지 소심하게 언니들한테 전화를 하겠어?"

"음, 그렇구나."

"이런 건 은근하고 은밀하게 해야 하니까, 우리도 마케팅을 그런 식으로 하는 거야. 살짝 뒤집어 놓는 거지. 좋아, 다시 이 차 주인이라고 치고, 자연스럽게 다가와서 숫자 면이 보이게 그대로 주머니에 넣는 거야. 자, 이렇게."

승현이 저만치 걸어갔다가 차 주인처럼 다시 차 쪽으로 돌아오더니 전단지를 그대로 주머니에 넣었다.

"우와, 진짜 차 주인 같아요."

재은이 감탄한 표정으로 손뼉을 쳤다. 그래, 승현도 한때 외로운 고객이었던 거다. 재은은 속으로 안타까움을 금치 못했다.

"쑥스럽게 뭘 그런 걸 가지고……."

"너무 자연스럽다 보니까 살짝 의심까지 드는걸요."

"어떻게 그런 말을 하냐? 다 널 위해서 연기를 하고 있는 사람한테."

승현이 선글라스를 벗고 인상을 썼다.

"연기가 훌륭해서 그렇죠."

외로운 고객들은 대놓고 말하지 못한다더니. 재은이 배시시 웃으며 덧붙였다.

"누누이 말하지만 만능 에너네이너 출신이라서 그런 거야."

"에너네이너요?"

재은은 발음도 힘든 단어를 따라 했다.

"엔터테이너의 럭셔리 발음이야."

승현이 친절하게 설명했다.

"아……, 네."

재은은 럭셔리가 아니라 느끼한 발음이라고 생각했지만, 잘 알겠다는 듯이 그저 고개만 끄덕였다. 승현은 고맙고 또 고마운 사람이니까.

"시합하자. 누가 더 빨리 전단지를 뿌리고 저기 간판 있는 곳에 도착하나."

승현이 길 끝에 보이는 노란 간판을 가리켰다.

"윽, 그건 저한테 불리한 거잖아요."

재은이 노란 간판까지의 거리를 가늠하고 머리를 흔들었다. 승현은 연기도 자연스러우니 뿌리는 것도 물뿌리개 수준으로 뿌릴 테지.

"좋아, 그럼 너한테 유리한 조건을 말해 봐."

"전 창틈에만 꽂을 테니, 아저씨는 와이퍼랑 창틈 둘 다 하는 거예요."

이 정도는 되어야 재은도 이길 수 있는 거다.

"심하게 너만 유리하잖아."

승현이 팔짱을 끼고 코웃음을 쳤다.

"그 정도는 돼야 해 보죠. 제가 질 게 뻔한 시합인데."

"알았다, 해 보자고."

승현은 다시 선글라스를 끼고 복장을 점검하기 시작했다.

"그런데 이기면 상품은 뭐냐?"

"한라봉 한 상자요."

재은은 큰 소리로 말했다.

"심하게 너만 좋은 거 맞네!"

"아저씨가 이기면 아저씨만 심하게 좋아하는 걸로 하면 되죠."

"그럴까?"

승현이 재은의 제안에 고개를 끄덕였다. 재은은 승현의 만족스런 얼굴을 보고 후회했다. 승현이 아주 심한 제안을 할 것 같다.

"술 사 달라고요?"

"아니! 내가 만날 술만 먹는 줄 아냐?"

"네."

그럴 줄 알았다. 아주 비싼 술을 많이 사 달라는.

"답이 빠르다?"

술이란 말에 승현이 발끈하며 전단지가 담긴 통통한 봉투를 흔들었다.

"사실이잖아요. 아님 딴 걸로 하세요."

"뭐가 좋을지 아직 생각은 안 나는데. 음……, 이건 어때? 네가 내 소원 들어주는 거."

"소원? 제 거보다 더 심하게 좋은 거잖아요. 저한테 힘든, 그런 소원 말하려고요?"

승현이 실실 웃으며 하늘을 올려다봤다. 이상하게 불안해진 재은은 승현의 우승 상품을 반대했다.

"내가 넌 줄 알아? 그런 거 아니야."

"그럼 뭔데요?"

"생각이 안 나. 나중에 말해 주지."

심각한 재은과 달리 승현은 별것 아니라는 듯이 말했다.

"그럼 저도 상품 바꿀래요."

재은은 승현의 소원에 비해 자신의 상품이 초라하다고 생각했다.

"너 치사하다?"

"아저씨 소원이 더 치사해요. 그러니까 저도 위험부담을 생각해서 상품을 올려야겠어요."

"좋아, 해 봐."

승현이 어깨를 으쓱거리며 말했다.

"한라봉 두 상자요."

"에게, 겨우 두 개?"

승현이 재은을 보며 혀를 날름거렸다.

"그게 얼마나 비싼데요?"

"원조 럭셔리 원단이라면서? 20박스를 사 달래도 사 준다. 아니, 인심 써서 농장은 어때? 농장을 통째로 사 줄까?"

승현이 재은의 주위를 빙빙 돌며 놀렸다. 어지러운 재은은 승현의 옷자락을 붙잡았다.

"됐어요! 농장을 어떻게 사요? 그냥 두 상자면 충분해요."

아직도 지구가 흔들리는 느낌이 드는 것 같아, 재은은 머리를 손으로 꼭 감쌌다.

"알았다. 너만 손해지. 사 줄 수도 있는데. 이제 시합을 시작하자."

"좋아요. 준비, 시~작!"

재은은 승현이 골목을 가로질러 자신과 같은 위치에 서자 시작을 외치고 열심히 달리기 시작했다. 맘이 급해서 손가락이 말을 듣지 않았다. 자꾸만 승현이 어디까지 갔는지 살펴보고 싶었지만, 꾹 참고 자신이 서 있는 차 위에 전단지를 꽂아 놓고 내려갔다. 꽤 많이 했다 싶은 생각이 들었을 때, 재은은 저도 모르게 고개를 들고 반대쪽을 쳐다봤다. 승현이 한참 뒤에서 열심히 전단지를 돌리고 있었다. 재은은 자신의 승리를 확신했다.

"아니, 저건 뭐지?"

재은은 승현의 뒤를 느린 속도로 쫓아오는 휘색 차가 몹시도 눈에 익었다. 어떤 차인지 살펴보기 위해 재은은 내려온 길을 다시 되짚어 올라갔다. 그러자 그 흰 차가 왜 낯익은지 알게 됐다. 그 차는 민중의 지팡이, 경찰이 타는 차였다.

"헉!"

평생 경찰과 마주칠 일을 해 본 적은 없었다. 아니, 승현의 집을 털려고 했던 때가 있긴 했지만 그건 주인의 선처로 해결됐으니까 넘어가고. 하지만 지금은 경찰과 마주할 가능성이 매우 컸다. 이미 마주하고 있는 거나 다름없지만. 그들이 심하게 불법적인 일을 하는 건 아니지만, 전단지의 내용에 조금, 그래, 아주 조금 문제가 있다. 정서상 그리 좋지 못하다고나 할까. 승현의 말을 빌리자면, 호환, 마마, 전쟁보다 더 무서운 음란물이니까. 아놔, 이건 긴급 상황이다.

"아저씨, 아저씨!"

재은은 승현을 향해 미친 듯이 뛰었다.

"왜 이래? 질 것 같으니까 다시 하자, 그런 얘기……."

"그게 아니고요. 뒤를 봐요, 뒤를. 경찰차가 왔다고요!"

재은은 헉헉거리며 뒤를 가리켰다. 승현은 재은이 가리킨 쪽을 보고 선글라스와 후드를 벗었다.

"아니, 단속이 뜬 건가?"

"우리가 전문 알바도 아닌데 단속이라뇨."

"바쁘신 분들인데, 설마 우릴 잡으러 온 걸까?"

"당연하죠. 그냥 이 근처를 지나갈 거면 빨리 지나가지, 저렇게 천천히 오겠어요? 우리 빨리 도망가요."

재은은 승현의 팔을 잡아당겼다.

"넌 수사 드라마도 안 봐? 잡으러 오는 거면 빨간 거 달고 달려온다고."

"그렇긴 한데, 그래도 무섭잖아요."

"뭐가 무서워? 우리가 뭘 잘못을 했다고? 우린 당당해."

승현이 재은의 어깨를 잡고 걱정 말라는 식으로 말했다.

"그런데 우리 잘못했잖아요."

재은은 이마에 주름을 잔뜩 잡은 채 중얼거렸다.

"헤어진 남친한테 복수 좀 한다고 잡으러 오겠어? 우린 잘못한 거 한 개도 없어."

"조만간 할 텐데요."

"아직 안 했어!"

"이 전단지는 또 어떡해요? 음란물인데. 이거 증거물이잖아요."

재은은 종이봉투를 가슴에 끌어안고 발을 동동 굴렀다.

"큰일인데. 저기 쓰레기봉투 옆에다 던질까? 던지는 순간, 다 보겠지?"

"으악, 어떡해요? 그런데 저 경찰차는 왜 천천히 내려올까요?"

재은은 심장이 쾅쾅 뛰고 간이 콩알만 해진 것 같다. 무작정 어디론가 숨고 싶다.

"우리가 위험인물은 아니라고 판단한 거겠지. 도주 가능성도 극히 희박하고. 하긴 우리가 어딜 봐서 위험······."

승현이 자신과 재은을 번갈아 쳐다보다가 인상을 찌푸렸다.

"오늘 괜히 새까만 색으로 쫙 빼입었다. 이거 도둑 같잖아."

"도둑은 무슨요! 장비도 없는데요."

승현의 집을 처음 방문한 이후, 재은은 도둑이란 단어만 들으면 과민 반응을 했다. 신문이나 뉴스에서 도둑, 절도 얘기만 나와도 신문을 버리고, 채널을 돌린다.

"걱정 마. 내가 알아서 할게. 넌 나만 믿어."

"어떻게 할 건데요?"

"천천히 모른 척하고 가는 거지."

재은은 승현의 답이 어처구니없었지만 지금 상황에선 그 방법밖엔 없다고 생각했다. 재은과 승현은 한쪽 길에 붙어서 종이봉투를 끌어안고 걷기 시작했다. 아무렇지 않다는 듯 당당하고 씩씩한 발걸음의 승현과 그 뒤를 바짝 붙어 졸졸 따라 걷는 재은. 1분쯤 걸었을까, 경찰차가 그들을 스쳐 지나갔다. 너무 느렸다. 시간이 멈춘 듯이.

"가라, 그냥 가라."

재은은 그냥 지나가길 온 마음을 다해 빌었다. 경찰차가 그들을 지나치는 순간 재은은 다리가 풀릴 것만 같았다. 하지만 승현을 지나치자마자 경찰차는 곧바로 멈춰 섰다. 그리고 앞좌석 문이 열리면서 경찰관의 구두가 도로에 내려앉았다.

"으……, 어떡해."

승현의 등에 머리를 댄 재은은 봉투를 등 뒤로 숨겼다.

"죄송하지만, 잠시 시간 좀 내주시겠습니까?"

중년의 경찰관이 그들에게 말했다. 운전석에서 젊어 보이는 경찰관도 함께 내렸다.

"네, 그러시죠."

승현이 빙긋 웃으며 재은의 손을 잡아끌었다. 재은의 운동화가 길바닥에 질질 끌렸다.

"이 근처를 순찰 중인데, 수상한 인물로 보이는 사람들이 길가를 서성이고 있다는 신고가 들어와서 말이죠."

젊은 경찰관이 재은과 승현을 바라보며 말했다.

"수상한 인물이요? 하하하!"

승현이 말도 안 된다는 표정을 지으며 재은을 내려다봤다. 재은은 승현의 웃음이 더 수상해 보였다.

"그런데 두 분은 뭐 하시는 분들입니까?"

"저희는 보다시피……, 알바 중이죠."

승현이 손으로 재은과 자신을 가리키며 말했다.

"어떤 아르바이트 중이십니까?"

거침없이 웃던 승현도 이 질문에는 주저하며 말을 잇지 못했다.

"그런데 두 분은 무슨 관계인가요?"

나이 든 경찰관이 가늘게 뜬 눈으로 물었다.

"보면 모르시겠어요?"

승현이 재은과 자신을 가리키며 또 빙긋 웃었다. 뭐든 웃고 보자는 식인 것 같았지만, 재은은 웃지 말라고 말하고 싶었다.

"몰라서 묻는 겁니다."

경찰관의 목소리에 살짝 힘이 들어갔다. 재은은 승현의 무릎을 살짝 건드렸다.

"남……맵니다. 그래서 이렇게 옷도 비슷하고."

"나이 차가 많은 동생인가 보죠?"

중년의 경찰관은 전보다는 누그러진 표정으로 재은을 바라봤다. 잔뜩 굳은 재은은 승현처럼 빙긋 웃으려고 노력했다.

"아, 네. 어머니가 이 앨 낳다가 돌아가셔서……."

승현이 저 멀리 전봇대를 쳐다보며 훌쩍거렸다.

"그런데 무슨 아르바이튼데……."

젊은 경찰관이 주차되어 있는 차 쪽으로 걸어가서 승현이 열심히 끼워 놓은 전단지를 가져왔다. 재은은 심장이 터질 것 같았다.

"이거 보시죠."

젊은 경찰관이 나이 든 경찰관에게 전단지를 건넸다. 상사인 듯 보이는 경찰관의 이마에 여러 개의 주름이 겹겹이 생겼다.

"어린 동생과 함께하기엔 부끄러운 아르바이트가 아닙니까?"

나이 든 경찰관이 엄한 표정으로 승현을 바라봤다.

"압니다만, 그게……."

"제가 하자고 했어요! 이, 이게 돈을 더 많이 주거든요."

승현의 웃음이 약해진 것 같았다. 재은은 에라 모르겠다는 생각으로 앞으로 한 걸음 나섰다.

"그랬니?"

젊은 경관이 몸을 숙이고 재은을 내려다봤다.

"두 배는 더 줘요. 오, 오빠는 안 하겠다고 했는데. 그치만……, 저 때문에 고생하는 오, 오빠가……."

"그만 말해."

승현이 재은의 팔을 잡아당겼다. 정말 그만 말해야 할 것 같다. 오빠란 단어를 말할 때마다 더듬다니. 너무나도 형편없는 연기다.

"죄송합니다. 어린 동생을 데리고 할 짓이 못 되는 거 아는데, 한 푼이라도 더 벌어야 하는 처지라서요."

승현은 고개를 숙여 가며 공손하게 말했다. 정말 어린 여동생을 키우는 힘든 오빠 같은 모습이다.

"굉장히 멀쩡하신 분 같아 보이는데, 동생을 위해서라도 제대로 된 아르바이트나 직업을 갖는 게 어떨까요?"

두 경찰관은 승현을 머리부터 발끝까지 훑어봤다. 알바만으로 인생을 영위하기엔 사지 육신 반듯한 승현이다.

"아, 그게……."

"춤춰요!"

재은은 엉겁결에 나온 말에 혀를 깨물고 싶었다.

"춤이요?"

승현을 보는 두 경찰관의 시선이 더 집요해졌다.

"네, 엄청 잘 춰요. 사람들이 오, 오빠가 춤추면 다 죽어요."

정말 이건 사실이니까. 승현도 그랬다. 언니들 여럿 죽었다고. 재은은 당당하게 말했다. 승현의 얼굴이 다시 활짝 펴졌다.

"그럼 춤을 추셔야 할 텐데, 왜 여기서……."

"그게, 밤에만 춰요."

말하고 보니 뭔가 불법적인 느낌이 든다. 아니나 다를까, 경찰관들의 시선이 조금 험악해진 것도 같다. 재은은 우는 건지 웃는 건지 모르겠는 표정으로 승현을 올려다봤다. 도와줘요, 아저씨!

"하하하! 동생은 심한 난시라 제가 슬쩍 몸만 움직여도 춤을 잘 추는 걸로 착각을 해서 말이죠. 실은 제가 클럽에서 웨이터로 일합니다."

승현이 자애로운 오빠의 표정으로 재은의 어깨를 토닥거렸다. 재은도 승현을 마주 보며 고맙다는 표정을 해 보였다. 두 경찰관들은 한참 동안 그들을 바라보더니 다시 서로 마주 보고 고개를 끄덕였다.

"낮엔 전단지 아르바이트에 밤엔 웨이터까지. 열심히 사는 시민이군요."

"네, 아주 열심히 살고 있죠."

"앞으로도 어린 여동생을 위해서 열심히 사십쇼. 그리고 가능하면 건전한 아르바이트를 권하고 싶습니다만."

나이 든 경찰관이 승현을 향해 조언했다.

"네, 감사합니다. 건전한 걸로 바꾸겠습니다. 이분들 얘기 들었지? 이젠 하자고 해도 안 할 거야. 저희 아주 열심히 살겠습니다. 너도 인사 드려야지."

승현은 재은의 고개를 숙이게 했다. 재은은 머리가 바닥에 닿을 정도로 고개를 꾸벅 숙였다. '감사합니다. 제발, 빨리 사라져 주세요.'를 마음속으로 수백 번 외치면서.

나이 든 경찰관은 재은을 다시 바라보며 차 문을 열었다. 두 경찰관이 차에 타고 드디어 '살았다.'를 외치려는 순간, 창문이 스윽 내려갔다.

"무슨 일이 있거든, 이 앞 경찰서로 찾아와요."

"네, 네."

승현과 재은은 경찰관의 말에 고개를 꾸벅 숙였다.

"저희 정말 열심히 살겠습니다. 그렇지, 얘야?"

"그럼요, 오……, 오빠."

재은은 승현과 파이팅을 외쳤다. 눈물의, 안도의 파이팅이다. 그렇게 경찰차는 그들을 떠났다.

"아, 다행이다."

재은은 종이봉투를 바닥에 팽개치고 푹 주저앉았다.

"어이, 동생. 아직 백미러로 보고 있는지 모르는데, 그렇게 앉아 있을 거야?"

"너무 무서워서 다리가 후들거려요. 이렇게 무서운 적이 없었어요."

재은은 이마에 맺힌 땀을 닦았다.

"그렇게 무서웠어?"

승현은 종이봉투를 깔고 재은의 옆에 앉았다.

"당연하죠. 경찰과는 무관한 삶을 살아온 저라고요. 이렇게 거짓말을 술술 해 본 적도 없고요."

"그동안 성모마리아의 삶이라도 살아왔어?"

"헉, 그런 비교는 하지도 마세요. 성스러운 분과 제 인생을 비교하다뇨."

재은은 전단지로 부채질을 했다.

"다행히 남매란 말이 먹힌 것 같지? 그런데 나이 차이가 거기서 왜 나와? 부모님이 그렇게 낳을 수도 있는 거지."

승현은 또 나이 얘기를 꺼냈다. 정말이지, 나이에 무지 민감하다.

"그런데 이렇게 안 닮은 남매도 있어요?"

"왜? 옷이 비슷해서 닮아 보였을걸. 물론 빛나는 내 외모가 죽었겠지만……."

승현이 안타깝다는 듯이 고개를 흔들었다.

"옷 얘기가 나와서 말인데요. 그 추리닝 세트 입는 게 부의 상징이라면서요. 그런데 방금 생활이 어렵다니까, 경찰관들이 이해했잖아요."

재은은 부의 상징, 깜장색 추리닝 세트를 가리켰다.

"그분들이 뭘 모르시니까……. 그런데 너는 왜 날 제비처럼 말했어?"

승현이 자신의 추리닝을 보며 한숨을 내쉬다가 갑자기 생각났다는 듯이 물었다.

"제비라뇨? 춤춘다고 한 건데요."

"밤에만 춘다며?"

승현이 재은의 손에 있는 전단지를 뺏어 부채질하기 시작했다.

"제비는 원래 만날 추는 거 아니었어요? 그런 고정관념을 버리세요."

"웃기네!"

"그럼 이 시간에 알바 뛰면서 춤은 왜 안 추냐고 묻는데 뭐라고 해요?"

제비처럼 오해는 받았어도 딱 맞는 직업이다. 재은은 자신이 생각해 낸 오빠의 직업이 맘에 들었다.

"하필 춤이 뭐야."

승현이 전봇대를 바라보며 맹렬한 속도로 부채질을 했다.

"춤춘 거 맞잖아요. 또 사람들이 무시할까 봐 그런 거예요?"

"아니! 으이그, 네가 뭘 알겠냐."

승현은 재은에게서 등을 돌리고 앉아, 부채로 이용하던 전단지를 접기 시작했다.

"어쨌든 우리 둘이 힘을 합쳐 이 위기를 모면한 거라고요."

"그렇긴 하지."

승현도 재은의 말에 쉽게 동의했다.

"그런데 이 전단지는 어떡해요?"

"어떡하긴, 허락도 받았는데 돌리고 가야지."

승현이 깔고 앉았던 종이봉투를 들고 일어섰다.

"에? 허락이라뇨?"

"열심히 살라고 했잖아. 눈감아 주겠다는 거 아니야."

"그게 그런 얘기였어요?"

재은은 눈을 깜빡였다. 그리고 경찰관이 무슨 말을 했는지 떠올려 봤다. 건전한 아르바이트를 하라고 한 것 같은데.

"그럼! '일단 하던 거 계속해라.' 이런 얘기였다고. 그리고 어려우면 도와주겠다잖아."

"정말 도와줄까요?"

재은은 경찰차가 내려간 방향을 바라보며 물었다.

"아니, 그러기 전에 내가 도와줄 테니 걱정 마."

"에이, 경찰 힘이 더 세다고요."

"유치하게 세긴 뭐가 세? 이게 뭐냐, 그 메칸더브이랑 태권브이랑 싸우는 건 줄 알아?"

재은의 말에 승헌이 목소리를 높였다.

"태권브이는 들어 봤는데, 메칸더브이는 처음 들어 봐요."

재은은 마징가 제트도 떠올랐다. 하지만 메칸더브이는 정말 모르겠다.

"아니, 이럴 수가! 정말 메칸더브이를 모른다는 거야? '메칸더, 메칸더, 메칸더브이! 랄라 랄라 랄라 랄라 공격 개시!' 이 노래 정말 몰라? 김국환 아저씨가 열정적으로 불렀던 거?"

납납한 표정의 승헌은 종이봉투를 옆에 끼고 신나게 노래를 불렀다.

"몰라요. 무슨 내용인데요?"

재은은 아마도 그건 자신이 태어나기 전의 만화이거나, 아니면 아주 어릴 때 방영된 것이라 생각했다. 10년 사전에 추가해야겠다.

"가니메데별의 헤드론 황제가 군대를 이끌고 지구를 침략한 거야. 그래서 지구 대항군이 거기에 맞서 싸우는데, 우리의 멋진 메칸더브이가 대활약을 하는 얘기야. 그런데 이 메칸더브이는 치명적인 약점이 하나 있거든? 그거 빼곤 천하무적인데 말이지. 그 약점이 뭐냐 하면, 오메가 미사일을 피할 수 없다는……. 관순아, 어디 가?"

"알바하러요. 허락도 받았는데 빨리 해치워야죠."

열심히 설명하는 승현을 피해 재은은 옷을 털고 일어섰다. 그리고 종이봉투에서 꺼낸 전단지를 승현이 가르쳐 준 대로 언니의 모습이 뒤로 가게 열심히 꽂기 시작했다.

"메칸더브이의 치명적인 약점을 너도 알아야 한다니까."

"됐어요! 모를래요. 전단지 시합에서 이기는 게 더 중요해요. 한라봉 두 상자가 걸린 문제라고요."

경찰에게 쫓긴 기억이 이미 저만치 사라진 재은은 승현이 빙글빙글 웃으며 말하던 소원이 맘에 걸렸다. 분명 메칸더브이의 치명적인 약점보다 더한 소원을 말해서 재은을 당황하게 할 것이다.

"치사한 관순이! 경찰관도 쫓아 줬는데 그냥 느긋하게 하자니까!"

"그래 놓고 이기려고요? 됐네요!"

재은은 승현이 불러도 아랑곳하지 않고 열심히 전단지를 뿌렸다. 재은의 머릿속엔 복수 대신 한라봉과 소원만이 가득했다.

9. 복수, 핑크빛으로 물들다

 전단지 시합에서 이긴 재은은 승현의 꺼림칙한 소원을 떨쳐 냈고, 한라봉 세 상자도 얻었다. 두 상자만이라고 말해도, 승현은 뭐든 세 개가 기본이라고 우기며 세 상자를 샀다. 세 상자가 싫으면 서른 상자를 사 주겠다고 위협했다. 서른 상자란 말에 재은은 세 상자를 받아 회사와 집에서 실컷 먹었다.

 그리고 그들이 열심히 전단지를 뿌린 결과, 외로운 오빠들의 수많은 러브콜 때문에 영준은 핸드폰 번호를 바꿨다. 미션 성공으로 인해 재은은 용기백배해서 생각지 못했던 자잘한 복수를 감행했다. 며칠째 비가 오는 바람에 승현은 집에서 푹 쉬었지만, 재은은 우비를 입고 나가서 영준의 일주일 치 우편물을 훔쳐 온 것이다.

 문서 절단기가 '지이잉~.' 하는 소음을 내며 영준의 우편물을 가늘게 잘라 냈다. 종이 한 장이 수십 개의 가닥으로 잘라져 나왔다. 마음 절단기나 기억 절단기가 있다면 얼마나 좋을까. 잊고 싶은 기억도 잊고, 끝나지 않는 마음 따위 깨끗하게 잘라 버릴 수 있을 텐데. 요즘 재은은 절단기 없이도 거의 잊고 있었다. 그녀에겐 복수가 있으니까. 복수에 몰입해서인지 예전처럼 아프지는 않았다. 대신, 뜨거운 복수심이 나날이 커지고 있다.

"그러게 왜!"

베란다에서 격한 통화를 하는 승현 때문에 우편물을 문서 절단기에 넣는 재은의 손이 떨렸다. 몇 분 전에 울리던 벨소리에 킬킬거리며 통화하던 승현이 갑자기 화를 내며 베란다로 나갔다. 승현이 재은을 흘끗 쳐다보는 게 느껴졌지만, 재은은 모른 척하고 영준의 우편물을 열심히 분류했다.

"안 나간다니까!"

좀 전보다 더 크게 소리 지른 승현은 베란다 쪽을 흘끗거리고 있던 재은과 눈이 마주치자, 베란다 한쪽 구석으로 움직였다. 그 모습을 본 재은은 봉투를 확 잡아 뜯었다. '드~으럽고 치사해서 안 듣지.'라고 중얼거렸지만 귀는 베란다 쪽으로 활짝 열어 놓았다. 화를 버럭 내는 걸로 보면 비밀 통화도 아니면서 재은을 의식하는 모습이 기분 나쁘다.

"너, 정말······."

그래, 너 정말 치사해. 재은은 다른 봉투를 꺼내 또다시 잡아 뜯었다. 힘을 너무 줬는지 봉투 반절이 찢겨졌다.

"야, 박순영!"

박순영. 제니퍼 박. 재은은 뜯겨진 봉투를 구겼다. 마트에서 만났던 승현의 형수. 아무리 친구라지만 형수에게 저렇게 버릇이 없어도 되나 싶다. 사실 그게 요점은 아니다. 승현이 화를 내는 게 맘에 걸리는 거다. 싫은 사람이라고, 나쁜 사람이라고 그래 놓고선 감정을 쏟아 붓는 게 맘에 안 든다. 물론 그건 승현 맘이지만 재은의 맘이 뭐라고 얘길 한다. 그런 생각을 할 수 있다고. 왜냐면 승현은 재은의 복수 파트너니까. 승현도 그랬다. 베리 스페셜 프렌드라고. 베리 스페셜 프렌드는 이런 생각을 해도 된다.

"혼자 노는 게 좋아. 그러니까 귀찮게 마."

분명 보통이 아닌 사이였던 게……. 그게 무슨 상관인가. 나쁘고 싫다는데. 착하고 좋은 재은은 알 필요 없다는데. 재은은 순영에 대한 생각만 하면 이상하게 가슴이 답답하다. 설마 질투? 아니면 자격지심? 하하하, 그럴 리가. 재은은 구겨진 봉투를 폈다.

"누구, 관순이? 미쳤어? 걘 바빠!"

관순이가 미쳤다고? 바쁘긴 바쁘지만 미치게 바쁘진 않다. 재은은 펴고 있던 봉투를 다시 구겨 버렸다.

"너나 계속해라. 나 끊는다."

흥, 진즉에 끊을 것이지. 재은은 베란다에서 거실로 넘어오는 승현의 기척을 느끼고 재빨리 다른 봉투를 집어 들었다. 재은은 승현을 못 본 척하며 봉투를 열고 안의 내용물을 꺼냈다. 승현이 핸드폰을 소파에 던지고 테이블 앞에 털썩 주저앉았다.

"누, 누구예요?"

지나가는 투로 물어보려던 재은은 말을 더듬는 자신의 혀를 때려 주고 싶었다.

"있어."

승현이 소파 위의 쿠션을 끌어안았다.

"친구 이름이 이써예요?"

정말 '아뉘.'다. 이런 농담은 하고 싶지 않은데. 재은은 테이블에 머리를 박고 싶은 심정이다.

"그런 후진 개그 그만 하고 하던 거나 마저 해라."

"넵!"

승현의 심상치 않은 목소리에 재은은 봉투 안의 종이들을 절단기에 넣었다. '지이잉~. 지이잉~.' 빗소리와 함께 절단기가 노래를 부른다.

"너한테 화낸 거 아니다."

"네? 뭐라고요?"

절단기에 들어가는 종이를 하염없이 바라보던 재은은 기계의 소음 때문에 승현이 말하는 걸 알아듣지 못했다.

"나, 화 안 냈다고!"

"네."

조금 더 목소리를 높인 승현의 말을 알아들은 재은은 고개를 끄덕였다. 그리고 다음 종이를 절단기에 넣었다.

"내 말 알아들어?"

"그럼요."

재은은 고개를 세 번 크게 끄덕였다. 숫자는 무조건 3이란 승현을 위해서.

"진짜 화 안 낸 거다."

"그럼 누구한테 낸 건데요?"

다짐까지 받는 승현에게 재은은 퉁명스럽게 물었다. 재은은 절단기

뒤에 얼굴을 가리고 혀를 내밀었다.

"있어. 넌 알 거 없어."

승현이 또 '이써'란 애를 들먹인다. 재은도 다 아는데. 사생활 침해라고 해도 할 말은 없지만 재은은 궁금하다. 그리고 묻고 싶다.

"왜요?"

"그건 말이지……."

승현은 길게 한숨을 내쉬고 다시 입을 열었다.

"……넌 좋은 것만 보고 들어야 하니까."

"제가 임산부예요? 좋은 것만 보고 듣게?"

승현의 황당한 얘기에 재은은 코웃음을 쳤다.

"널 위하는 아저씨의 마음을 오해하고 그래? 아무리 단둘이라지만 못 하는 말이 없어."

승현이 스읏, 소리를 내며 재은에게 주의를 줬다. 그리고 히히거리며 웃었다

"으악, 정말!"

"나쁘고 싫은 사람한테는 화를 내는 거야."

웃음을 지운 승현이 진지하게 말했다. 재은은 왜 나쁘고 싫은지 묻고 싶었지만 승현의 눈빛에 기가 죽어 더 이상 캐묻지 않았다. 그저 고개만 끄덕이고 절단기에 종이를 계속 넣었다. 승현은 소파 위로 올라가 드러누웠다. 그렇게 한동안 말없이 둘은 각자의 생각에 몰두했다.

"관순아."

승현이 재은의 눈앞에서 손을 흔들었다.

"왜요?"

"아주 대범해졌다, 너."

"뭐가요?"

"그놈 우편물을 몽땅 가져왔잖아."

그랬다. 양심의 가책을 조금 느꼈지만 전혀 미안하지 않았다. 하지만 우편물을 훔칠 때는 가슴이 너무 떨려서 이번만 하기로 했다.

"뭐, 별로요."

재은은 대수롭지 않게 말했다. 몇 시간 전만 해도 벌떡벌떡 뛰는 심장 때문에 우편물을 몽땅 쏟고 바닥에 넘어지긴 했지만, 지금은 괜찮으니까.

"내용은 안 봐?"

"이거요?"

재은은 테이블 위에 놓인 우편물을 가리켰다.

"그래. 안 궁금해?"

"별로요. 안 볼래요."

"왜?"

승현은 고개를 한쪽으로 기울이고 재은의 대답을 기다렸다.

"품격 있는 복수는 복수 그 자체에 있는 거니까요."

"품격? 네 복수는 참 현란도 하다."

양반 다리를 하고 앉은 승현은 재은을 삐딱하게 쳐다봤다.

"현란이라뇨. 진정한 복수라고 해 주세요."

문서 절단기가 마지막 종이를 가루로 토해 내자, 재은은 가방을 뒤져 복수 인형을 꺼냈다. 은형은 복수는 생활 속에서 언제나 추구해야 한다고 했다. 복수 인 라이프. 한시도 멈출 틈이 없다. 재은은 이쑤시개로 인형의 발 부분을 찌르기 시작했다. 인형이 작기 때문에 부분 찌르기는 높은 정확도가 요구된다. 발 부분의 발가락이 목표다. 겨우 가라앉은 영준의 무좀이 도졌으면 해서. 무좀으로 평생 동안 고생해라!

"차아~암 품격 있다. 응?"

승현의 말투가 달갑지 않은 재은은 손가락에 쥔 이쑤시개가 맘에 들지 않았다. 품격을 생각하면 이쑤시개는 영 아닌 것 같다. 적어도 품격에 어울리는…….

"황금 바늘로 바꾸겠어요."

황금 바늘. 고품격 찌르기에 어울리는 소도구다. 당장 마련해야지.

"됐어! 그냥 그걸로 계속 찔러. 열심히 찌르면 보람차기는 할 거 아니야. 보람찬 복수!"

"그러네요."

품격 있는 보람찬 복수라는 생각에 재은은 흐뭇하게 웃었다. 기분이 좋으니 찌르는 속도가 더 빨라진다.

"……이다."

"뭐라고요?"

"너한테 실망이라고."

마주 앉아 있던 승현이 옆으로 비켜 앉았다.

"왜요?"

재은은 인형을 놔두고 승현 앞으로 기어갔다.

"네가 아무리 복수에 올인해서 '복' 자와 '수' 자 들어간 음식만 먹고, 그 인형을 손에서 놓지 않는 건 알지만, 그래도 너무한 거야."

"뭐가요?"

"내 땀방울!"

승현이 억울함과 분함을 담아 말했다.

"그거 수건으로 닦아서 없어진 거잖아요."

토라진 승현 때문에 걱정했던 재은은 다시 테이블 위의 인형을 손에 쥐었다.

"아니라니까. 몇 개는 밑으로……."

승현은 말하려다 말고 숨을 크게 들이마셨다.

"하여튼 관순이 너, 예전 같지 않아."

"당연하죠. 전 예전의 관, 아니, 유재은이 아니라고요."

요즘은 자신의 이름도 헷갈렸다. 재은이 아니라 관순이인 듯한 착각까지 했다. 어제는 메일을 보내는데, 보내는 사람 이름에 관순이라고 적었다가 얼른 지웠다.

"구하기 힘든 뮤직비디오를 보여 줬는데도 말이야. 그거 때문에 영화 제의도 들어왔는데. 세븐이 하는 그 7자 만들기도 사실 내가 원조라고."

"그러면서 왜 안 보여 주셨어요?"

안 그래도 재은은 열정적으로 춤추던 비디오 속 승현의 모습에 신기해했다. 지금과 전혀 다른 모습의 승현은 반짝반짝 빛이 났다. 땀방울 따윈 어디 갔는지 생각나지 않았다. 춤의 종류도 몰랐고 노래도 몰랐지만, 그 춤을 추고 있는 승현이 멋지다는 건 알았다. 그리고 그 후로, 비디오 속의 승현과 지금의 승현을 비교하기 시작했다. 왜 지금은 그런 모습을 할 수 없는 걸까? 무슨 이유가 있는 걸까? 물론 그때보다 나이가 든 건 사실이지만, 그래도 지금은…….

재은이 본 비디오 속의 승현이 지금의 승현이라고 믿고 싶었다. 그리고 승현의 춤이 몹시 보고 싶었다. 승현을 빛나게 만든 그 춤을 직접 느껴 보고 싶었다. 비디오 속의 그 많은 것 중 단 한 동작만이라도 보여 주길 부탁했지만, 승현은 계속 안 된다고만 했다.

"그건 아무 데서나 하는 게 아니야."

"오래돼서 기억도 안 나고, 나이도 있으시고 해서 못 하……."

재은은 계속 그렇게 얘기하는 승현이 의심스러웠다.

"수만 번 연습한 건데 못 하긴 뭘 못 해?"

승현이 손바닥으로 테이블을 쳤다.

"그럼 간단한 거 하나만 보여 줘도 되잖아요."

세븐의 원조라면 간단한 거 하나라도 예술일 게 틀림없다. 재은은 기대감에 눈을 크게 떴다.

"무대도 아닌데 갑자기 추라니까 그러잖아."

"그럼 날짜 약속하고 보여 주세요."

무대 체질 어쩌고 하는 말이 사실인가 보다. 그렇다면 재은이 양보하는 수밖에.

"그, 그럴까? 근데 음악이 없어서……."

승현은 심각한 표정으로 턱을 만졌다.

"MP3에 아저씨 노래 있어요. 그 유명한 거, 무지개를 찾아서. 지금 들려 드릴까요?"

음악이라면 문제없다. 인터넷 검색 이후로, 지용이 재은의 MP3에 레인보우 보이즈 앨범을 넣어 줬다.

"아, 아니야. 간단한 거 한 동작인데 음악은 무슨……. 며칠 뒤에 하나 보여 줄게."

그렇게 말하고는 승현은 바쁘게 베란다로 나갔다. 좀 전보다 시들해진 승현의 반응에 재은은 겁이 났다. 또 마음이 울적해진 듯했다. 예전 재은이 승현이 쓴 원고의 범인을 맞힌 때와 비슷하다.

재은은 인형을 손에 쥔 채 승현을 따라갔다. 혹시나 무지개 빤스를 널고 있을지도 모른다는 생각에, 조용히 다가가 베란다 안을 살폈다. 승현은 창을 열어 놓고, 문틀에 앉아 담배를 피우고 있었다. 재은이 다가가도 승현은 말이 없었다. 곁에 앉은 재은은 무슨 말을 꺼내야 될지 몰라 이쑤시개로 인형의 발을 찌르기 시작했다. 그렇게 몇 분이 흘렀지만 승현은 말이 없었다. 재은은 후회했다. 보여 달라고 막무가내로 굴다니, 자신이 정말 미웠다.

"추운데 왜 여기서 담밸 피우세요?"

한기가 느껴진 재은은 팔을 문질렀다.

"너, 담배 냄새 싫어하잖아."

승현이 재은을 흘끗 쳐다보고 재떨이용 화분에 담배를 묻었다.

"그렇긴 한데, 그래도 여긴 아저씨 집이잖아요."

"베리 스페셜 프렌드를 위해서 그런 것쯤이야. 그런데 넌 그런 말 안 해?"

"뭘요?"

승현의 마음 씀씀이에 괜히 머쓱해진 재은은 더욱 열심히 인형을 찔렀다.

"담배 끊으란 말."

"왜요?"

재은은 영문을 모르겠다는 표정으로 승현을 바라봤다.

"왜라니? 우리 사이라면 그런 얘기쯤은 당연히 할 수 있지. 이렇게 친한데."

승현이 나무라는 눈빛으로 재은의 팔을 툭 쳤다.

"지난번이랑 얘기가 다르잖아요."

승현과 처음 만난 날, 승현이 해 준 얘기와 다르다.

"지난번?"

"아무리 친한 사이라도 그 사람의 인생엔 상관하지 말아야 한다면서요. 그냥 지켜보기만 하다가, 도와 달라고 할 때 도와주는 거라면서요. 친구라고 이래라저래라 하는 거, 짱난다고 하셨잖아요."

"그랬어, 내가?"

승현은 믿기지 않는다는 표정이다.

"네. 저 처음으로 여기 왔을 때요."

승현의 상태는 술로 인한 기억 감퇴가 틀림없다. 재은은 안타까운 생각에 알코올 재활 프로그램을 소개해 주고 싶었다. 하지만 금연을 권유하지는 않기로 했다. 승현이 처음에 한 말도 있듯이, 그냥 가만히 있기로 했다. 도와 달라고 할 때 도와주면 되는 거지.

"그건 아니지. 그땐 그 누구냐, 어떤 나쁜 놈을 생각하고 있을 때라 그랬을 거야."

"누구요?"

"있어, 아주 나쁜 놈. 지금은 만나 달라고 애원을 하긴 하는데, 안 만나 주고 있지. 아마 그놈 생각이 나서 그렇게 말했을 거야."

과거의 기억을 더듬는 듯, 승현은 띄엄띄엄 말했다.

"그렇구나."

"그래, 그놈 때문에 그랬을 거야. 그리고 그건 그냥 친구들 사이에서 하는 얘기고, 베리 스페셜 프렌드는 그렇지 않아. 그래서 말인데, 담배 끊어 볼까?"

"그거 쉽게 안 끊어지잖아요."

재은은 오른손이 저린 것 같아, 왼손에 이쑤시개를 쥐고 찔렀다. 금주와 금연은 모든 남자들의 드림이라고 말했던 적이 있다.

"말하는 게 좀 그렇다? 내가 폐암으로 죽었으면 좋겠니!"

"아니에요!"

재은은 강하게 부정했다. 그건 아니다. 승현은 절대 죽으면 안 된다. 그녀에게 죽지 않겠다고 약속도 했고. 아, 그건 교통사고로 죽지 않겠다고 한 거지. 재은은 죽는 얘기를 꺼낸 승현이 미워 손가락에 더 힘을 줬다.

"그거, 그만 좀 하지그래?"

얼굴을 찡그린 승현이 재은의 인형을 기분 나쁘게 쳐다봤다.

"뭘요?"

"찌르는 거."

"이거 항상 해야 돼요. 그래도 무좀 다시 생길까 말간데."

재은은 승현에게서 약간 떨어져 앉았다. 복수 인형을 소중하게 안고서.

"무좀? 딴 병도 많은데, 왜 하필 무좀이야?"

승현은 인형의 발 부분을 보고 얼굴을 찡그렸다.

"무좀이 얼마나 완치가 어렵고 심각한 병인데요. 안 걸려 본 사람은 몰라요. 전에 장 씨가 무좀에 걸렸었는데, 그때 진짜 고생했거든요. 겨우겨우 나았는데, 다시 생기라고 이러는 거예요."

생각만 해도 즐겁다. 재은은 입을 막고 킥킥 웃었다.

"촌스러운 놈 같으니라고. 품격 있는 복수라면서, 추잡하게 무좀을 원츄하냐?"

고품격 복수와는 어울리지 않지만, 뭐. 재은은 은형이 한 말을 떠올렸다. 가치 있는 복수는 그 길이 더욱 힘들고 어렵다는.

"우선은 무좀이 먼저예요. 그런데 이거 하다 보면 재밌어요. 그리고 특정 부분만 찔러야 하니까, 어떤 기술이 생기는 것도 같고. 아저씨도 해 보실래요?"

재은은 인형을 승현 쪽으로 가져갔다. 승현은 인형을 피해 문틀 끝으로 자리를 옮겼다.

"됐어! 그런 기술 필요 없다. 괜히 사다 줬어."

"아니에요. 얼마나 고마워하고 있는데요. 이 인형 때문에 복수가 제 머리에서 떠나질 않아요."

재은은 이쑤시개를 인형의 발 부분에 여러 번 문질렀다.

"내가 애 하나 버렸어."

두 손으로 얼굴을 가린 승현이 한숨을 쉬었다.

"아저씨 잘못 아니라니까요. 아저씨 덕분에 전 다시 태어났고, 지금 아주 좋아요. 옛날보다 더 좋은 것 같아요. 그러니까 절대 죄책감 같은 거 느끼지 마시고……. 으악!"

재은은 승현의 얼굴을 보느라 이쑤시개를 인형 대신 손등에 찔러 버렸다. 재은의 손등에 피 한 방울이 맺혔다. 이쑤시개도 바늘만큼 날카로운 것 같다.

"왜 그래? 찔렸어? 이 바보! 어디 봐."

"그냥 따끔했어요."

승현이 재은의 손을 잡아끌었다. 승현의 따뜻한 손 때문에 또다시 발가락이 가려워진 재은은 손을 잡아 뺐다. 너무 힘 있게 잡아 빼다 중심을 잡지 못한 재은은 승현의 가슴에 얼굴을 박았다. 승현의 싸한 체취와 체온, 그로 인해 달라진 자신의 심장 소리 때문에 재은은 당황했다. 무안해진 재은은 일어나려다가 승현을 밀었고, 승현에게 안긴 채 넘어졌다. 결국 둘 다 바닥으로 무너졌다. 얼굴이 화끈거리고, 심장이 덜컥대고, 온몸이 가려워진 재은은 무슨 말이라도 하고 싶었지만, 입만 벌린 채 한마디도 하지 못했다.

"죄, 죄송해요. 금방 일어나……."

재빨리 일어나려던 재은은 다시 미끄러져 승현의 가슴에 엎어졌다. 이런 망신이 다 있나. 바닥을 짚고 일어난 재은은 아직도 일어나지 못하고 신음만 흘리고 있는 승현을 내려다봤다.

"아저씨, 괜찮으세요? 제가 좀 무거워서……."

"윽, 내 허리."

승현은 헉헉거리며 허리를 잡았다. 그리고 고개만 옆으로 자꾸 흔들었다.

"허리요? 어디 봐요."

재은은 승현의 허리 쪽으로 손을 가져갔다.

"보긴 뭘 봐! 냉정한 관순이 같으니라고. 다쳤나 보려고 했더니 매몰차게 손을 치질 않나, 이젠 바닥에 밀어서 날 죽이려고 하고."

승현은 신음 소리만 내며 몸을 가누지 못했다. 충격이 꽤 컸는지, 일어나려고 애를 쓰는 듯했지만 상체만 겨우 들었다가 다시 누워 버렸다.

"못 일어나시겠어요? 119 부를까요?"

엄살이 아니라 심각한 것 같다. 이 정도면 응급 상황인 거다. 재은은 덜컥 겁이 났다.

"됐어!"

승현은 몸을 굴려 일어나려고 했지만 힘만 낭비했는지 숨을 몰아쉬며 다시 누웠다.

"제가 잡아 드릴게요."

"또 손 놓으려고?"

승현이 재은을 째려봤다. 재은은 승현에게 뻗었던 손을 등 뒤로 숨겼다.

"아, 아니요. 제가 놀라서……. 다신 안 그럴게요. 얼른 일어나 보세요."

재은은 승현의 어깨를 잡고 살짝 들어 올려 보았다. 하지만 승현은 '끙.' 하는 신음 소리를 내며 몸을 피했다. 승현 곁으로 다가간 재은은 좀 전의 싸한 체취가 무슨 냄새인지 알 것 같았다. 이제 보니 파스 냄새다.

"아저씨, 어디 다치셨어요? 파스 냄새가 나네요."

"다, 다치긴. 모기에 물려서 물파스 발랐다. 관순아, 내 어깨 살살 올려 봐."

승현이 어깨를 움직였다.

"이렇게 추운데, 모기가 어디 있……."

"우리 집엔 있어."

재은이 승현의 어깨를 천천히 들어 올리자, 승현이 베란다 문을 잡고 겨우 몸을 일으켜 앉았다.

"정말 죄송해요."

재은은 무릎을 꿇고 걱정스럽게 승현을 바라봤다.

"일부러 그런 건 아니니까. 하지만 찌르는 건 적당히 해라. 너도 다치고, 나도 다치고."

일어나 앉은 승현은 눈을 찡그리며 말을 이었다.

"네."

기어들어 가는 목소리로 답을 한 재은은 고개가 무릎에 닿을 때까지 숙였다.

"손등은 어때?"

"아무렇지도 않아요."

재은은 뒤늦게 자신의 손등을 살폈다. 빨간 점만 보였다.

"혹시 모르니까 약 바르고 밴드 붙여."

"괜찮아요. 근데 아저씨가 더 걱정이라······."

허리가 부러진 건지도 모르는 승현이 겨우 이쑤시개로 점찍은 손등을 걱정하다니. 재은은 미안해서 죽을 것 같았다. 하필 어설프게 이쑤시개를 놀려서 이게 무슨 짓인가.

"괜찮아, 괜찮아. 헉!"

괜찮다며 일어서려던 승현은 다시 주저앉고 말았다. 승현의 얼굴이 통증 때문인지 심하게 일그러졌다.

"아저씨, 병원에 가 봐야 할 것 같아요."

따라 일어서던 재은도 승현 옆에 무릎을 꿇고 앉았다.

"아니야. 어제 춤, 아니, 빨래를 하다가 허릴 조금 삐끗해서 안 좋았는데, 또 비도 오고 이러니까 더 그러는 거야. 늙으면 원래 뼈가 안 좋아."

"그래서 파스 바른 거예요?"

그래서 파스를 덕지덕지 붙이기라도 했나 보다. 파스로 목욕을 한 것 같다.

"그랬지."

"왜 거짓말하셨어요?"

"음……, 너 걱정할까 봐. 그리고 노티 나기 싫고 해서. 어쨌든 누우면 괜찮을 테니까 걱정 마."

승현은 엉금엉금 기어서 소파 위로 조심스럽게 올라가 기댔다. 계속해서 신음을 흘리면서.

"얼음찜질해 드릴 테니까 조금만 기다리세요."

재은은 냉장고에서 얼음을 꺼내더니 수건에 담아 거실로 나왔다.

"아저씨, 돌아누우세요. 힘들면 도와 드릴게요."

"조금만 쉬면 괜찮다니까."

승현이 고개를 흔들며 거절했다.

"아니에요, 다 저 때문에 그런 건데……. 아저씨가 이렇게 약하실 줄 몰랐어요."

"관순이, 너……. 윽!"

재은의 말에 발끈한 승현이 몸을 일으키려다 아픔 때문에 다시 소파에 누웠다. 안 그래도 다친 허리를 재은이 밀기까지 했으니 큰일이다.

"얼음찜질하면 굉장히 좋아져요. 저도 예전에 냉찜질하고 많이 가라앉았어요. 천천히 돌아누우세요."

재은은 무릎을 꿇고 앉아 승현의 허리에 손을 가져갔다.

"괜찮아. 저기 가서 하던 거나 계속해. 품격 있는 찌르기. 알았지?"

고품격 찌르기는 결국 무고한 사람의 허리에 손상을 가하는 사태를 가지고 왔다. 아무도 없는 혼자만의 방에서 해야 하나 보다.

"아니에요. 아저씨가 이러고 계신데, 어떻게 복수를 계속해요? 빨리 돌아누워 보세요. 그리고 옷을 조금만 올려……."

"이런 틈을 타서 내 빤스 보려는 거지?"

승현이 얼굴을 찡그린 채 농담을 했다. 바지 벨트를 두 손으로 감싸면서.

"말도 안 돼요. 저는 빤스 생각은 하지도 않았어요. 아저씨가 이렇게 아픈데, 빤스라뇨!"

재은은 기가 막혀 화가 났다.

"안 그래도 오늘 무지개색 빤스를 입고 싶더니만, 이런 일이 다 있네."

"아저씨, 전! ……그럼 병원 가요."

재은은 하던 말을 멈추고 다른 제안을 했다. 저렇게 일어설 수 없을 정도니, 얼음찜질 따위는 소용도 없을 것이다. 병원에서 물리치료를 받아야만 한다.

"병원은 무슨. 조금만 쉬면 돼."

승현은 천천히 몸을 굴려 등을 보이고 돌아누웠다.

"그럼 일어나 봐요."

재은이 일어나 보라며 승현의 어깨를 밀었다. 하지만 승현은 팔을 휘두르며 재은을 말렸다.

"아니야, 안 그래도 피곤했어. 이제 쉬어야겠다."

"아파서 못 일어나는 거죠? 다 알아요."

"아니래도! 얼른 집에 가라. 나 좀 자게."

승현이 귀찮다는 듯이 말했다.

"옆에서 뭘 해도 잘 주무셨잖아요. 안 되겠어요. 병원 가야 돼요. 저 혼자는 무리니까 지용이한테 전화할게요."

승현의 허리가 저렇게 된 건 전적으로 재은의 책임이다. 그녀가 놀라서 밀었으니까. 그렇게까지 펄쩍 뛸 일은 아니었지만, 재은은 그때 도망가고만 싶었다. 왜 그랬는지는 승현이 치료를 받고 나서 생각해 보기로 했다.

"내일 온다며?"

"그러고 싶었지. 불의의 사고로 앞당겨졌을 뿐이야."

"불의 좋아하시네."

"자식, 반가우면서 튕기기는."

승현은 친구인 은준의 진료실에 앉아 있었다. 다른 의사에게 진료는 받은 뒤였지만, 병원에 온 김에 은준을 보고 싶었다. 중학교 동창인 은준은 승현에겐 둘도 없는 친구였다. 신혼여행차 은준이 미국에 온 이후로는 못 뵈서, 은준이 비번인데도 불구하고 긴급 출동을 요청했다.

"오늘 나 비번인 건 알아?"

"개인 병원 의사가 비번은 무슨. 넌 참 편하게 돈 번다. 농부는 비번도 없어요."

승현은 투덜거리는 은준의 다리를 살짝 걷어찼다.

"그러게 누가 힘들고 고된 농부 하래? 학위 살려서 회사나 들어갈 것이지."

"이거 왜 이래? 농부도 경영자야."

승현이 농장을 경영하겠다고 나섰을 때, 모두들 반대했다. 친구들과 가족들의 만류에도 불구하고 승현은 농장을 인수했고, 오렌지에 미쳐 갔다. 그렇게 6년을 밤낮없이 일만 하다 정신을 차려 보니, 일곱 빛깔 무지개 청년 대신 서른다섯의 아저씨가 있었고.

"그래, 경영 많이 해라. 식당 한다고 요리 학교 다녔다가, 또 뭐더라? 의상 디자인 학원도 다니더니, 결국 오렌지 농장의 주인이 되고. 그럴 거면 처음부터 농장 가지 그랬어?"

"재능이 넘치는 사람들은 어쩔 수 없는 거야. 식당은 부모님이 반대하시고, 의상실은 형들이 반대하고, 농장은 모두 다 반대하는데 어쩌겠어. 일부러 더 고집했지. 주위에 농업을 천시 여기는 사람이 왜 이렇게 많은 거야?"

승현이 자신의 직업을 말하면 사람들은 놀라는 눈치다. 승현과 어울리지 않는다면서. 이것만 봐도 춤춘 사람들을 무시하는……. 재은이 그랬듯이 이건 승현의 콤플렉스인지 모른다. 갑자기 승현은 한 나라의 근간이 되는 석유화학과 철강 산업이 아니어서 찔렸던 기억이 났다. 하지만 누가 무척이나 좋아하는 과일 농장의 대농장주니까.

"천시가 아니라 의외라 그렇지. 나도 놀랐다. 더구나 이렇게 성공하실 줄 알았겠어? 하긴 초딩 때 '강낭콩 키우기' 그런 거 1등 조장이라고 네가 자랑하긴 했으니까, 뭐……."

"조은준, 이게 얼마나 보람찬 직업인 줄은 알아?"

승현의 입에서 '보람찬'이란 단어가 튀어나왔다. 재은의 복수가 전염이라도 됐나.

"보람차기로 하면 내 직업이 최고지."

은준은 자랑하듯이 가운 양쪽을 잡고 흔들었다. 허준이 울고 갈 명의라며 언제나 큰소리지만, 정작 아파서 전화하면 여기 새벽이니까 전화 끊으라고 난리거나, 아니면 무조건 소화제나 먹으란다.

"그건 그렇고, 조금 삐끗한 것 같다더니 실려 왔다면서?"

"실려 오다니? 내 걱정을 너무 하는 애들이 날 모시고 온 거지."

승현은 지용의 도움을 받아 병원에 오기는 했다. 하지만 계단을 오르내린다든지 차에 올라타고 내릴 때, 약간의 도움만 받았을 뿐이다.

"애들? 혹시 제자 키워?"

"오렌지도 벅찬데 제자는 무슨……. 그리고 내가 나만의 무지개 댄스를 전수해 줄 것 같아? 그건 오직 나만 할 수 있는 거야."

"그런 에어로빅을 배우려고 하는 애들도 있어? 어디 보자."

은준은 진료실 창문의 블라인드를 살짝 걷고 밖을 내다봤다.

"야, 인마! 에어로빅이라니. 그렇게 어려운 에어로빅 봤어? 거기서 보려고 해도 안 보일걸? 그러지 말고 이리 와서 환자 상태나 보라고."

"한승현, 누굴 꼬드기려고 그랬어?"

실실 웃던 은준이 웃음을 싹 지웠다.

"갑자기 무슨 소리야?"

승현은 은준의 말이 머리에 콕 박혔지만, 모른 척하기로 했다. 보여 주려고 했지, 꼬드기려고 한 건 아니니까.

"네가 댄스계에 입문한 건 순영이 때문이잖아."

"그래, 나 바보다. 됐냐?"

그 당시, 승현은 순영에게 잘 보이려고 댄스 동아리에 들어갔고, 축제 때는 멋진 춤으로 여학생들에게 인기 몰이를 하기도 했다.

"순영이랑은 아직도 그래? 다 털어 냈으면서 왜 그렇게 틱틱거려?"

"제니퍼 박이 잘난 체하는 거 보기 싫어서 그런다, 왜! 여기까지 따라와서 스토커처럼 전화하고 쫓아다녀. 얼마나 무서운 줄 알아?"

승현은 순영 때문에 괜히 재은에게 화를 낸 일이 떠올랐다. 재은이 궁금해하는 것 같았지만, 복수로 머리 아픈데 구질구질한 옛날 얘기를 꺼내서 뭐 하랴 싶었다.

"네가 애들처럼 화내고 펄펄 뛰고 그러니까, 순영이가 재밌어서 더 그러는 거야. 안 그래도 며칠 전에 연락 왔는데, 너랑 같이 셋이서 한번 보자고 그러더라."

"됐어, 너희 둘이 실컷 봐. 시답잖은 얘긴 그만 하고 얼른 내 상태나 봐 봐."

은준이 순영이 얘기를 하자 승현은 코웃음을 쳤다. 마트에서 불쑥 나타나 자기소개를 하던 순영을 본 이후로, 승현은 무섭게 한마디 해 줘야겠다고 생각했다. 예나 지금이나 순영은 이기적이다. 승현이 얘길 들어 줄 때까지, 아니, 자기가 하고 싶은 얘길 다 할 때까지 승현을 귀찮게 할 것이다.

"진료실 들어오기 전에 차트 봤어. 문제없고, 근육이 놀란 것뿐이더라. 물리치료까지 받은 주제에 아직도 아픈 척이냐?"

"아직도 아파. 나, 아까 죽는 줄 알았다니까. 레이저광선이 허리 근처를 지나가는 느낌이었다고."

승현은 베란다에서 있었던 상황을 떠올렸다. 복수에 미쳐서 괴력이 생겨난 게 아닐까 싶을 정도로 재은은 힘이 넘쳤었다. 조그만 재은에게 그런 무서운 힘이 숨겨져 있다니, 몸조심을 위해서 털끝 하나도 건드리지 말아야겠다.

"하……, 엄살은."

"숨이 턱 막혔다니까. 진짜 아팠어!"

승현은 또다시 실실 웃고 있는 은준을 노려봤다.

"운동 안 하다가 해 봐라, 당연하지. 아주 무리한 운동을 한 것 같은데?"

"내가 얼마나 운동을 많이 하는데."

가슴을 펴려던 승현은 허리에 힘이 들어가자 통증 때문에 허리를 꺾었다.

"팔운동? 과일 따니까?"

은준이 얄미운 목소리로 물었다.

"조은준, 이 자식!"

승현은 바퀴 달린 의자를 굴려 은준에게 달려갔지만, 은준이 재빨리 피하는 바람에 한 대 치지는 못했다.

"안 쓰던 근육이 놀란 걸 보면 네가 춤 연습을 했다고밖에 볼 수 없지. 왜, 다리 찢기라도 하셨나?"

승현이 춤 연습을 위해 발레 수업을 받던 걸 가지고 은준은 계속 놀려댔다.

"그런 경망스런 단어를 쓰고 그래? 요새 이 직종 무시하는 애가 있어서 보여 주려고 했다. 내가 한때 댄서였던 걸 믿어야 말이지."

승현은 의자를 한 바퀴 빙 돌려 앉았다.

"누구?"

"있어, 어떤 애."

"여자?"

여자란 말에 승현은 픽 웃었다. 재은도 여자 화장실을 가니까 여자긴 한데…….

"좋아 죽네."

"그게 아니야, 인마."

"여자 맞네. 10년 전에 울면서 앞으로 여자라곤 쳐다보지도 않겠다면서 술 먹고 난리친 거, 한승현이 맞나?"

승현은 이를 악물었다. 조은준의 기억력은 어떤 것도 놓치는 법이 없다. 아마 뭐든 죽을 때까지 잊지 않을 것이다.

"닥터 조! 좀 잊어라."

승현은 이죽거리는 은준에게 뭐라도 집어던지고 싶었지만, 눈에 보이는 적당한 물건이 없어 주먹만 꼭 쥐었다.

"그래도 그런 적 없다고 잡아떼진 않네?"

"사실인데, 뭐. 그리고 10년이면 강산도 변해."

벌써 10년이라니. 승현은 폭삭 늙은 기분이 들었다.

"드디어 그 강산이 움직이기 시작했다?"

은준이 책상을 빙 돌아 가죽 소파에 앉았다.

"강산에 발 달렸냐, 움직이게? 강산에 등산객이 놀러 왔겠지."

"그런데 그 등산객이 아름다운 강산에 반하지 않았고, 그래서 춤을 추셨다?"

은준이 턱을 괴고 눈을 빛냈다.

"아니라니까."

승현은 자꾸만 집요하게 묻는 은준을 피해, 발을 굴려 서가 쪽으로 의자를 굴려 갔다.

"병원에 실려 온 걸 보니 댄스는 물 건너간 것 같다, 야. 나일 생각해야지. 네 나이에 무슨 춤이야?"

"내 나이가 뭐! 서른다섯이 뭐가 많다는 거야? 아직도 창창한 나이라고. 근데 얼어 죽을 삼촌은 무슨……."

은준의 나이 얘기에 승현의 목소리가 절로 높아졌다. 은준으로선 별생각 없이 내뱉은 나이 얘기였다. 하지만 그 한마디가 안 그래도 요즘 재은과 다니면서 소외감을 느끼고 있던 승현의 가슴에 불을 지른 것이다.

"아, 애기구나?"

은준이 크게 웃기 시작했다.

"그만 웃어. 애기 아니거든! 애 얼굴이 문제지."

아무래도 그 촌스러운 꽃무늬 원피스라도 입히든지 하고, 새까만 교복은 더 이상 못 입게 해야겠다. 승현은 아직도 웃고 있는 은준에게 가벼워 보이는 책 하나를 던졌다. 하지만 은준은 손쉽게 책을 낚아챘다. 댄스부와 야구부의 차이는 이런 것만 봐도 다르다. 야구부는 강하다.

"조은준, 어디 가?"

은준은 재빨리 블라인드 쪽으로 다가가 진료실 밖을 구경했다.

"네 친척들은 모두 미국에 있지 않냐?"

"무슨 말이야?"

"쟤, 조카냐?"

은준이 손가락으로 창밖을 가리키며 물었다.

"아냐, 인마!"

발끈한 승현은 벌떡 일어나다 허리의 통증 때문에 다시 주저앉고 말았다.

"그럼 그 등산객?"

"뭐……."

승현은 허리를 만지며 통증이 덜한 자세를 골라 취했다.

"원조교제네."

은준은 고개를 저으며 승현을 측은하게 바라봤다.

"스물다섯이나 먹은 앤데 원조는 무슨……. 내가 돈이나 줘야 만나주는 그런 아저씬 줄 알아?"

"상큼한 젊은 매력이 없으니 돈이라도 팡팡 써야지. 그런데 어쩌다 만났어?"

은준은 승현을 놀리며 소파에 앉았다.

"우리가 복잡한 사정이 있지."

승현은 대충 얼버무렸다. 헤어진 남친에게 복수하는 사업을 도와주고 있다고 말하자니 우스웠다. 하긴 도와주긴 하니까 원조가 맞긴 하네. 하지만 정말 순수한 원조다. 여러 가지를 사 주다 보니 돈이 들어가긴 했다. 하지만 현금을 주진 않았으니까 괜찮다. 더구나 성적인 대가는 없었…….

"아깐 피식 웃더니, 이젠 느끼하게 웃고. 아주 잘한다. 그나저나 우리?"

"그래, 우리."

우리, 참 친근하고 좋은 단어다. 승현은 고개를 끄덕였다.

"또 웃네. 한승현, 그렇게 좋아?"

"나쁘진 않아."

재은을 생각하면 웃음이 나오는 걸 어쩌랴. 승현은 또 웃을 것만 같아 의자를 한 바퀴 돌렸다. 은준은 가만히 승현을 바라보고 있었다.

"아, 뭐! 조은준, 그냥 말해. 그만 노려보고."

보라는 허리는 안 보고, 사람 얼굴만 빤히 보면 어쩌란 말인지. 무안해진 승현은 회전의자에 앉은 채 의자를 몇 바퀴 더 돌렸다.

"흐음……."

은준이 알 수 없는 소리를 내며 눈을 감았다가 떴다.

"알아, 나도. 누가 이럴 줄 알았나? 처음엔 나처럼 보여서, 그래서 그랬지. 그런데 시간이 가니까 이게 이상해지잖아."

변명은 아니다. 그냥 자신의 감정을 설명하는 것뿐이지. 승현은 두 손을 주머니에 찔러 넣은 채 의자를 빙빙 돌렸다.

"계속 이상할 거야?"

"그럴 거 같아."

그래서 두렵기도 했다. 승현은 머리를 헤집기 시작했다.

"평생 이상할 거 아니면 빨리 정리해라."

"누군 맑고 푸른 맘 안 하고 싶은 줄 알아?"

그건 싫다. 정리하기도 싫고 정리도 안 될 것 같다. 맑고 푸르고 싶었지만, 어쩔 수 없다.

"누가 뭐래?"

은준이 되물었다. 똑같은 말을 하는 은준과 지용이 이상하게 닮아 보인다.

"하여튼 난 좋은 아저씨이고 싶었다고. 정말 맑다 못해 투명하고 시푸르딩딩한. 근데 얘가 나 없으면 좀 안 될 것도 같고……."

"하하하! 거만한 한승현."

은준이 고개를 젖히며 웃었다.

"거만하다니! 그런 게 아니야. 얘가 너무 착하고 순진해서 도와줘야 해."

어쩌면 그렇게 부실하기만 한지, 정말 도와줘야 할 것투성이다. 승현은 재은을 머릿속에 그려 보고, 자신의 생각에 고개를 끄덕였다.

"그간 착하고 순진한 애들은 왜 안 도와줬어?"

"없었어, 그런 애들."

그런 애들이 있었던가? 승현의 기억엔 재은과 비슷한 사람은 아무도 없다.

"모르겠다. 네가 알아서 하겠지. 대신, 이번엔 울고불고하면 모른 척 할 거다."

은준은 승현이 던진 책을 제자리에 꽂고는 승현을 내려다봤다.

"제발 좀 잊어!"

승현은 툴툴거리며 은준의 배를 주먹으로 가볍게 쳤다.

"언제 다시 들어가? 이젠 들어가기도 힘들겠네."

은준은 밖을 가리키며 말했다.

"아직은 아니지."

아직 등산객은 산의 정상에 선 게 아니다. 겨우 매표소 입구에서 표를 산 상태다. 그것도 산 정상에서 한번 올라와 보라고 하도 방송을 해 대서.

"왜? 등산객이 등산로로 안 다니고 샛길로 다니는구나."

"응. 내 맘 모르지. 사실 우리 상황이 어렵거든."

정말 어렵다. 복수 때문에 아무것도 할 수가 없다. 승현은 손바닥으로 얼굴을 문질렀다.

"널 좋아하기는 해?"

"당연! 나라면 껌뻑 죽지."

은준은 믿을 수 없다는 표정으로 혀를 찼다. 좋아하지 않을까? 좋아하니까 병원에도 데려다 주고, 전화도 자주하고, 또…….

"뭐냐, 그 소심한 표정은? 그냥 솔직하게 말해."

그게 문제다. 복수 홀릭인 재은에게 씨도 안 먹힐 테지. 오히려 승현에게 복수의 칼날을 겨눌지도 모른다.

"아저씨랑 잘해 보자고? 완전 원조교제네."

이 지울 수 없는 중년의 느낌 때문에, 승현은 스스로 빈정거렸다.

"안 그럼 계속 근육이나 다쳐서 병원에 실려 오게?"

"부축 좀 받은 거 가지고 계속 그럴래? 지금은 그냥 도움을 주는 아저씨의 입장을 고수하려고."

승현은 한숨을 크게 쉬었다. 넌지시 던져 본 뽀스 얘기만 해도 경기를 일으키는 앤데, 솔직하게 말했다가는 지금의 관계도 무너질지 모른다. 마음만 앞선 승현과 그 마음이 있는지조차 모르는 재은이니, 복수에 도움을 주는 아저씨의 역할에 충실할 수밖에.

"너 아니면 안 되게 만드는 거야."

뻣뻣한 은준이 저런 말을 하다니 승현은 믿기지가 않았다. 조은준, 능구렁이 같은 놈.

"미세스 조는 그렇게 꼬드겼냐?"

"당연하지. 그리고 아주 보람찬 직업이라서 더 쉬웠지."

미세스 조의 가족은 물론이고, 사돈의 팔촌까지 건강 검진을 해 주겠다면서 들이댔던 녀석이니까. 은준의 잘난 척하는 모습을 보니 승현은 허리의 통증이 더 심해지는 것 같았다.

"귀 버렸어. 나, 이제 간다."

승현은 얼굴을 찡그리며 조심스레 일어나 문 쪽으로 걸어갔다.

"분홍색 맘도 괜찮을 거야."

은준이 문을 열어 주며 말했다.

"뭐?"

"맑기만 하면 되잖아. 한결같은 분홍색으로."

"뭐, 그러면……. 아니, 언제부터 안경 썼어?"

승현은 한결같은 핑크빛 연정을 생각하다, 가까이 선 은준을 보며 그제야 알아차렸다.

은준은 이제껏 보지 못했던 안경을 끼고 있었다.

"서른 넘으니까 눈이 안 좋아지더라."

"렌즈 끼지?"

승현은 복수의 목표물을 본 이후로 안경에 대해 좋지 않은 감정이 생겼다.

"귀찮아."

승현과 은준이 밖으로 나오자, 기다리고 있던 재은이 벌떡 일어났다.

"지용인 어디 갔냐?"

"다시 회사로 갔어요."

재은이 승현에게 대답한 뒤 은준을 올려다봤다.

"이 친구는 내 중학교 동창 조은준이야."

"안녕하세요, 처음 뵙겠습니다. 유재은입니다."

재은이 허리를 꾸벅 숙이며 인사를 하자, 은준이 승현을 보며 씨익 웃었다. 승현이 웃지 말라는 사나운 눈짓을 했다.

"네, 만나서 반가워요."

은준이 악수를 핑계로 재은의 손을 쥐고 오래 있자, 승현이 은준의 손을 억지로 떼어 냈다. 이 자식, 촌스럽게 이런 짓을 하다니. 승현은 다시 은준을 세차게 째려봤다. 그렇게 무언의 압력을 준 승현은 재은에게로 시선을 돌렸다. 재은의 시선이 은준의 얼굴에 고정되어 있는 것을 보니 심상치 않았다. 맞다, 안경! 재은은 안경 마니아 아닌가. 이 상황은 아무래도 위험했다. 더구나 모범생 이미지의 전문직에게 끌리는 재은의 취향을 보건대, 은준은 완전히 호감을 가질 만한 이상형인 것이다.

"왜 집에 안 갔어?"

그 생각에 승현의 목소리가 퉁명스러워졌다.

"어떻게 집에 가요? 아저씨 허리가 위중한 상황인데요. 더구나 저 때문에 다쳤으니, 허리는 제 책임이에요."

"얘가 또 사람들 앞에서 못 하는 말이 없네."

재은의 걱정스런 표정에 승현은 괜히 기분이 좋아졌다. 그렇다. 안경

쟁이 모범생보다는, 지금은 승현의 허리가 더 중요한 거다. 재은을 향한 핑크색이 한 단계 더 진해진 것 같다.

"한승현, 네가 이상하게 받아들인다. 아픈 허리 말하는데, 혼자 넘겨 짚으면서 실실 웃기나 하고 말이야."

은준이 기가 막힌다는 표정으로 승현을 쳐다봤다.

"선생님, 이분 허리는 괜찮나요?"

하지만 재은의 '이분'이란 말에 승현의 좋던 기분이 순식간에 사라졌다. 승현은 저런 단어를 쓰는 재은 때문에 중년의 느낌이 드는 거라고 확신했다.

"재은 양 때문에 다친 건 아니에요. 이분 허리가 안 하던 운동하느라 무리한 것뿐이니까."

"다행이네요. 아저씨, 빨래는 이제 세탁기에 돌리세요."

춤이 아니라 빨래 때문에 다친 줄로만 아는 재은이 눈에 띄게 안도하는 표정이 되자, 은준이 승현의 귀에만 살짝 들리게 말했다.

"어라, 거짓말까지 하셨어? 그리고 널 좋아하긴 뭘 좋아해? 이 친구가 원래 착해서 누구 말이든지 잘 듣게 생겼네."

"이 자식이……."

승현은 은준의 안경을 뺏어 가운 윗주머니에 푹 쑤셔 넣었다.

"닥터 조, 우린 그만 간다. 수고해."

승현은 재은의 어깨를 잡아끌었다. 아직까지도 1.0의 시력을 자랑하는 자신의 눈이 맘에 들지 않았다.

"병원비 안 내?"

"자식, 오렌지 몇 박스 보내 줄게. 그럼 나중에 보자."

승현은 등 뒤로 손을 흔들며 재은을 데리고 병원을 나갔다.

"아무리 친구 사이라지만 그래도 병원비는 내야죠. 제 책임이니까 제가 가서……"

"안 내도 된다니까. 쟤 어려울 때 내가 얼마나 도와줬는데. 괜히 하는 소리니까 무시해. 얼른 가자."

사실 그런 기억은 별로 없지만, 승현은 괜찮다며 재은을 재촉했다.

"병원비도 안 받고 좋은 분이네요. 그렇게 보이기도 하고."

"뭐가?"

역시나 재은은 은준의 모범생 이미지에 혹한 거다.

"선생님이 이미지가 좋은 것 같아요."

"관순아."

계단을 내려가던 승현이 걸음을 멈췄다.

"네?"

"이런 말까진 안 하려고 했는데."

혹시나 발생할지 모를 불륜의 싹을 미리 잘라 내는 것뿐이다.

"어떤 말이요?"

"우정에 금 가게 한 나쁜 놈 기억나?"

"베란다에서 얘기한 거요?"

"그래."

"네. 그런데요?"

"사실 그놈이 다터 조야."

미안, 조은준. 잘되면 다 네 덕이다. 승현은 아주 잠시 양심의 털끝이 찔렸지만 얼른 털어 냈다.

"진짜요? 그렇게 안 보이던데."

재은은 심각한 표정으로 병원 문을 다시 돌아봤다.

"나쁜 사람이 '나 나빠요.' 이렇게 생긴 거 봤어?"

분홍색 마음 때문에 승현은 거짓말을 할 수밖에 없었다. 승현은 병원 간판을 보고 씩 웃고는 재은의 팔을 잡아끌었다.

"으악!"

재은의 사무실로 들어온 지용이 재은을 보자마자 대뜸 소리를 질렀다.

"왜?"

재은은 의자에 앉는 지용을 뚱하게 쳐다봤다.

"몰라서 물어, 유재은?"

"응."

재은은 정말 몰라서 묻는 거다.

"네 손가락이 지금 어디에 있다고 보는데?"

"어, 그게……, 발가락."

재은은 지용이 오기 전까지 발가락 부분의 양말을 잡아당기고 있었다.

"더럽게 뭐야?"

"안 더러워. 내 발이 얼마나 깨끗한데. 만날 틈만 나면 더러운 흙 만지는 게 누군데?"

재은은 결벽증 고지용을 속으로 욕하며 신발을 신었다.

"감히 인간이 만들어 낸 악취와 생명의 근원이 담긴 흙냄새를 비교하다니! 그리고 난 항상 손 씻거든."

재은은 물티슈를 꺼내 손을 열심히 닦았다.

"유재은."

"응?"

"너, 혹시 무좀이야?"

승현이 재은의 얼굴에 바짝 다가와 물었다.

"절대 아니야."

손가락까지 꼼꼼하게 닦아 낸 재은은 티슈를 휴지통에 버렸다.

"네가 어떻게 알아?"

"무좀에 대해서 안 지는 오래됐지."

무좀으로 고생한 영준 덕분에, 재은은 무좀에 대한 지식이 상당한 편이다.

"벌 받아서 무좀 걸린 건가 했다."

"무슨 벌?"

"몸 바쳐서 복수한 벌."

"말도 안 돼! 아직 복수 근처에도 못 갔어."

지용의 말에 재은은 화가 났다. 물론 처음엔 빨간 펜으로 이름만 써도 천벌을 받지 않을까 두려워했지만, 이제는 몸도 마음도 다시 태어난 복수 인간이라 뭘 해도 그다지 찔리지 않는다. 이렇게 마음은 복수의 화신인데, 현실은 그렇지 못했다. 영준의 불행은 곧 재은의 행복이건만, 영준이 괴로워한다는 소식을 그다지 듣지 못했다. 아직 재은의 복수는 갈 길이 많이 남은 것이다.

"고지용, 그쪽 소식은 어때?"

"네가 훔친 우편물이나 낙서에 대해선 말이 없다더라. 그리고 무좀도 안 생겼고."

지용은 마뜩찮은 표정으로 재은의 발을 내려다봤다. 아니라는데도 자꾸 무좀이라고 생각하나 보다.

"분명 속이 쓰린데 아닌 척하고 있는 거겠지?"

재은은 속 좁은 영준의 성격상, 그걸 남에게 말할 순 없을 거라 생각했다.

"며칠 전, 감기 기운은 있다고 한 것 같긴 한데."

"독감도 아니고 겨우 감기? 더 강력한 걸로 해야 하나?"

감기 얘기에 욱한 재은은 서랍에서 바늘이 꽂힌 복수 인형을 꺼냈다. 승현이 비웃던 이쑤시개는 과감히 버렸다.

"뭐야? 인형에 바늘은 왜 꽂아 놨어? 진짜 무서워 보인다."

지용이 끔찍하다는 표정으로 인형을 손끝으로 살짝 건드렸다.

"나도 가끔 무서워. 사실 계속 찌르다 보니까 팔이 저려서 그냥 꽂아 놨어. 생각해 보니까 이렇게 꽂아 놓으면 쉬는 동안에도 복수가 되는 거 잖아."

재은은 반짇고리에서 또 다른 바늘을 꺼냈다.

"그건 또 뭐야?"

지용은 의자를 움직여 재은에게서 조금 떨어졌다.

"내가 한의사라고 생각하면서 침을 놓고 있지."

"침? 그래, 이번엔 무슨 병으로 할 건데?"

지용은 코웃음을 쳤.

"위치가 엉덩이쯤이니까. 음……, 치질?"

재은은 어제 수예점에서 산 짧은 금침을 인형의 엉덩이 부근에 꽂았다. 승현은 이쑤시개뿐만 아니라 바늘도 비웃었지만, 재은은 이 바늘 세트를 사야만 했다. 고품격 찌르기를 위해서. 황금색 바늘은 상당히 우아해 보였다. 특히나 불빛을 받아서 번쩍일 땐 바늘의 처연한 아름다움마저 느껴졌다. 비록 바늘이 꽂힌 위치는 좀 그랬지만.

"미친다, 유재은."

"치질이 얼마나 고통스러운 병인 줄 알아?"

고통 받지 않은 자들은 모른다. 강철 체력이라 병과는 담 쌓은 인생을 살고 있는 지용이니, 환자들의 아픔을 모르는 게다.

"들어서 알지. 하지만 네가 선택한 병은 다 왜 그래? 무좀에 치질이라……. 어이구."

그 고통을 상상이라도 하는지, 지용은 눈을 감고 진저리를 쳤다.

"그리고 또 비듬."

재은은 목소리를 낮췄다. 얼마나 심사숙고한 병들인데, 지용이 비웃으니 힘이 빠졌다.

"뭐?"

"비듬도 있다고."

무좀, 치질, 비듬. 두 글자로 된, 정말 어렵게 고른 복수 3종 질환 세트다. 생활 속에서 언제나 마주칠 수 있는, 그렇기에 누군가에 의한 복수라고 생각될 수 없는 친근한 병인 거다.

"아주 가지가지 한다. 비듬이 무슨 병이라고."

"그거 병 맞거든. 전문 용어로 건성지루라고도 하지. 그거 심하면 탈모도 돼. 그것도 얼마나 고생인데. 그리고 장 씨 같은 경우, 남의 눈을 엄청 의식하기 때문에 양복 어깨에 수북하게 쌓인 비듬을 보면서 괴로워할 거야. 더구나 가려운데 박박 긁지도 못하고, 사람들 없는 어두운 곳에서 몰래 긁어야 할걸!"

그 모습을 상상하는 것만으로도 재은은 실실 웃음이 나왔다.

"으……, 그건 나도 싫다."

지용은 입고 있는 작업복의 어깨 부분을 털어 냈다.

"네가 자꾸 무시하는데, 이런 병만 골라서 하는 이유가 있어."

"뭔데?"

"휴머니즘. 질환을 유발하는 내 복수는 그래도 치명적이진 않다고. 생명에 지장을 주면 좀 그렇잖아."

그랬다. 사람을 죽인다는 것은 해서는 안 될 짓이다. 죽지 않을 만큼만 괴롭히면……. 유재은, 왜 이렇게 사악한 거니?

"장영준은 지장을 줘도 되는 나쁜 놈이라고. 솔직히 네가 소심해서는 아니고?"

"소심이 아니라 신중이라니까."

재은은 소심하단 표현에 발끈했다. 친한 친구인 지용까지도 자신의 신중함을 저런 식으로 오해하고 있으니 큰일이다.

"큰 거 하나 하고 끝내. 그런 좀스러운 건 그만 하고."

지용은 재은을 딱하다는 표정으로 바라봤다.

"그래도 비듬까지는 하고."

3종 세트까진 끝내야 한다. 원래는 설사와 변비에 식중독까지 포함한 6종 세트를 계획했지만, 설사와 변비는 한 분야만 관련된 질병이라, 또 식중독은 짧은 시간 내에 완치된다는 이유로 제외시켰다.

재은은 서랍에서 하얀색 가루가 담긴 작은 비닐봉지를 꺼냈다. 세심한 작업이 필요할 것 같아서 신발을 벗고 양반 다리를 하고 앉았다.

"그건 또 뭐야? 설마 마약⋯⋯, 뭐 그런 거?"

지용의 표정이 험악해졌다.

"밀가루."

그럼 그렇지. 마약 같은 걸 재은이 어떻게 구한다고. 지용은 아무래도 자신이 조폭 영화를 너무 많이 봤다고 생각하며 피식 웃었다.

"그걸로 뭐 하게?"

"이게 바로 가상의 비듬 가루인 거지."

은형이 그랬다. 할 수 있는 한 모든 걸 재현해야 복수가 성공한다고. 피 대신 빨간 물감을 쓰는 것도 다 그런 이유에서란다. 재은은 밀가루를 인형의 머리와 어깨에 천천히 뿌렸다.

"유재은, 내가 졌다."

지용이 두 팔을 번쩍 들더니 책상에 엎어졌다.

"나, 책 하나 쓸까? '복수의 모든 것' 뭐 이런 거."

재은은 음흉하게 웃으며 비듬 가루가 뿌려진 인형을 책상 위에 올려 놨다.

"웃기지 마. 아무도 안 살걸? 그리고 그만 좀 뿌려."

공기 중에 퍼진 가루 때문에 얼굴을 찡그린 지용이 재은을 말렸다.

"이게 얼마나 특수한 밀가루인 줄 알아?"

"또 뭔데?"

"그냥 단순한 밀가루가 아니야."

"설마, 너⋯⋯."

지용이 뭔가를 눈치 챘는지 재은에게서 멀찍이 떨어졌다.

"아주 드~으러운 밀가루를 뿌려야 더 좋을 것 같아서, 마당에 나가서……."

"됐어, 그만 해. 속이 메슥거려."

지용은 고통스러운 표정으로 침을 꿀꺽 삼켰다.

"근데 유재은."

지용은 종교의식이라도 되는 것처럼 인형 앞에서 손을 모으고 기도를 하는 재은을 한동안 바라보다 입을 열었다.

"응?"

"형 허리는 어때?"

"좋지 않아."

재은은 걱정스러운 표정으로 밀가루 봉지의 입구를 막았다.

"나한텐 물리치료 받고 다 나았다고 그랬는데."

"그건 아저씨 생각이고. 허리를 폈다 굽혔다 하면서 끙끙거리신다니까. 강철 체력인 줄 알았는데 아닌가 봐."

키도 크고 달리기도 빨라서 건강한 것처럼 보였는데, 그깟 쪼그리고 앉아 빤스 몇 장 빨았다고 허리가 아플 줄이야. 밖으로 나가서 하는 복수는 당분간 자제해야겠다. 그리고 어쩌면 재은 혼자서만 나가야 할지도 모른다.

"형도 나이가 있잖아."

"그보다 나 때문에……."

"너? 앉아서 빨래하다가 허리 삐끗한 거 아니야?"

"그건 맞는데. 그래서 안 좋은 허리에, 내가 더……."

재은은 말을 잇지 못하고 한숨을 내쉬었다. 승현과의 일을 떠올리자, 재은은 또다시 발가락이 가려웠다. 자신도 모르게 손이 발 쪽으로 향했다.

"유재은, 너 진짜 무좀 아니야?"

"아니라니까. 요새 이상하게 간지러워. 특히 아저씨 때문에."

"형이 무좀인 거야?"

"아니!"

지용은 가려운 게 무좀밖에 없는 줄 아나 보다.

"그럼 왜? 그리고 네가 뭘 어떻게 했는데 형 허리가 더 아파?"

"내가 밀었어."

밀고 싶어서 민 건 아니다. 재은은 입술을 잘근잘근 씹었다.

"왜?"

"그게 말이지, 내가……."

"네가 덮치기라도 한 거야?"

"아, 아냐!"

지용은 장난삼아서 한 말인 듯했지만, 재은은 얼굴이 화끈거렸다.

"유재은, 앉아. 왜 벌떡 일어나고 그래?"

"어? 응."

재은은 머쓱해하며 다시 의자에 앉았다.

"수상해. 뭔데?"

지용은 재은의 얼굴을 한동안 들여다봤다.

"내가 아저씰 확 밀었어."

"금방 얘기했잖아. 그러니까 왜 밀었냐고."

"그 상황이 참기 힘들었어."

가렵고, 부끄럽고, 심장이 터질 것 같아서 정말 힘들었다.

"무슨 상황?"

난처해진 재은은 꼬치꼬치 캐묻는 지용의 시선을 잠시 피했다.

"아!"

지용이 눈을 굴리며 알 만하다는 표정을 지었다.

"아, 그런 거 아니야."

"무슨 그런 거?"

"네가 생각하는 거."

"내가 뭘 생각했는데?"

지용은 좀 전의 표정을 지우고 순진하게 물었다.

"고지용! 친구라면 모른 척하고 넘어가 줘야지."

"친구라서 이러는 거야. 좋아, 당황한 것 같으니까 자세히는 안 물어볼게."

지용이 퍽이나 생각해 준다는 듯이 말했다.

"당황 안 했거든? 그리고 별거 아니야. 뭐냐면……."

재은은 단숨에 말하기 위해 숨을 들이켰다.

"뭐냐면?"

"아저씨가 내 손을 잡았거든. 근데 갑자기 뭐랄까……, 가슴이 답답해져서, 그래서 민 거야."

재은은 머리에 하고 있던 머리띠를 만지작거렸다.

"손을 잡아?"

"응. 내가 바늘에 찔려서 얼마나 다쳤는지 보려고 아저씨가 손을 잡앉어."

"상처 보려고 한 건데 왜 밀어?

"창피해서. 이유 없이 부끄러워졌어. 그래서 손을 빼려고 했는데, 그만…….

"아저씨한테 확 넘어졌다. 그리고 당황해서 밀었다?"

"응."

재은은 상황을 재연해 보는 지용에게 고개를 끄덕였다.

"흠, 이거 최근에 본 만화책이랑 똑같잖아."

"그래? 거기에서도 바늘에 찔렸어?"

지용은 모든 답은 만화책 안에 있다며, 뭐든 만화책을 이용해서 설명한다. 항상 만화책을 보니, 지식의 원천이 만화책이어서 그럴 테지만.

"아니, 손가락을 베었지. 형이 네 손가락을 어떻게 하진 않고? 혹시 네 손가락을 입에……. 아니, 됐다."

지용은 무슨 말을 하려다가 고개를 흔들며 뒷말을 삼켰다.

"난 손등이 찔렸는데."

"그런데 왜 가슴이 답답해?"

"몰라. 요새 그래. 가슴도 답답하고, 발가락도 가렵고."

기분이 좋았다가 말았다가, 심장이 뛰었다가 내려앉았다가. 재은도 자신의 팔랑거리는 마음을 이해하지 못했다.

"흠……."

지용은 팔짱을 끼고는 창밖을 바라봤다.

"유재은, 물어볼 게 있어."

"뭔데?"

"테스트를 하면 네가 왜 그런지 알 수 있어."

"그래?"

솔깃해진 재은은 자세를 고쳐 앉았다. 지용의 얘기는 만화책 지식이긴 하지만 가끔은 진짜 그럴듯한 때도 있다.

"응."

"무슨 테스튼데?"

"형에 대해 어떻게 생각하는지 말이야."

"물론 고맙게 생각하고……."

"쉿! 아직 질문 시작도 안 했어."

지용은 재은의 말을 단호하게 잘랐다.

"그랬구나. 알았어."

재은은 머리띠를 얼굴에 걸치고 코에 주름을 잡았다.

"내가 하는 질문은 단계별로 되어 있어서, 그 사람에 대한 감정을 쉽게 알 수 있는 거야. 네 가려운 발가락과 답답한 가슴의 원인을 알려 줄 수 있다는 거지. 해 볼래?"

"응."

정말 좋은 테스트다. 재은은 열렬하게 고개를 끄덕이고 의자 위에 다소곳하게 앉았다.

"시작할게. 형 좋아?"

"응."

"야! 왜 그렇게 바로 답해?"

지용이 버럭 소리를 질렀다.

"빨리 답하면 안 돼?"

"뭐, 꼭 그런 건 아니지만……. 잘 생각하고 답한 거야?"

"그럼. 아저씬 정말 좋은 사람이니까."

"으……, 내가 진짜 미쳐. 실험 대상이 후져서 테스트를 바꿀 필요성이 있겠어. 넌 높은 단계부터 시작해야겠다."

지용은 이상한 소리를 내더니, 책상 위에 있는 메모지와 펜을 집어 들었다.

"자, 형이 결혼을 하려고 하는데……."

"뭐!"

재은은 머리띠를 책상에 팽개쳤다.

"소리는 또 왜 질러? 이건 가상의 상황이란 말이야. 끝까지 잘 듣고 답해, 알았지?"

"알았어."

매우 높은 단계이지 싶다. 재은은 소리 지른 게 무안해서 머리띠를 다시 집어 들고 이마에 걸쳐 놨다.

"그런데 너랑……."

"나, 나랑 결혼을?"

재은은 눈을 깜빡거렸다. 발가락이 아니라 이젠 온몸이 다 가려워 죽을 지경이다.

"너랑 나랑 들러리라고."

"아……, 그래서?"

가려움증이 파삭 사라졌다. 재은은 떨떠름하게 물었다.

"그게 끝이야."

지용은 메모지에 펜을 끼적이며 답했다.

"질문이라며? 난 아직 답 안 했는데?"

"이미 했어. 그 다음 질문 간다. 형이 갑자기 널 떠나려고 해."

재은은 지용의 테스트가 이해가 안 됐지만, 다음 질문 때문에 잠자코 있기로 했다. 하지만 그 생각도 잠시뿐.

"아저씬 안 간댔어. 그리고 복수도 안 끝났고."

재은은 갑자기 가려웠을 때처럼, 이젠 갑자기 화가 났다.

"질문도 제대로 안 했는데 왜 말끝마다 시비야?"

가상의 상황이라는데, 재은에겐 화딱지가 나는 진짜 상황인 것처럼 느껴졌다.

"단계별 질문이라면서 무슨 단계가 그래? 연관성이 없잖아."

"특수한 테스트라서 그래. 이제 마지막 질문이 남았어. 이번에는 내가 본 만화책을 응용한 거야."

"좋아."

신뢰도가 떨어지는 후진 테스트였지만 특별한 거라니 재은은 참기로 했다.

"네 손등에 상처가 생겼는데, 조금 심각한 거야. 이상한 벌레에 물려서 독에 감염된 거지. 그런데 구급상자도 없고, 병원도 없고, 119도 부를 수 없어."

"뭐?"

가상치고는 위급한 상황이라 재은은 점점 더 흥분했다.

"아니야. 물파스를 바르면 낫는 건데, 형과 넌 그 사실을 모르는 거야."

"뭐야, 모기잖아."

고지용스런 테스트라, 질문이 후진 게 맞다. 그래도 마지막 질문이라니 재은은 꾹 참기로 했다.

"하여튼 둘은 이 독을 빼내야 한다고 생각해서, 형이 네 손등에 있는 상처를 빨아서……."

"빠, 빨아?"

베란다에서 승현의 몸 위로 넘어졌을 때처럼 재은은 몸이 스크류바가 되기라도 한 것처럼 배배 꼬였다. 그리고 다시 온몸이 가려웠다.

"그렇지, 쮸쮸바 빨듯이 빠는……. 너, 표정이 왜 그래? 얼굴이 빨린 쮸쮸바 같잖아."

"아니, 내 표정이 어때서? 계속해 봐. 그러다가 아저씨도 감염되면 어떡해?"

쮸쮸바란 말에 재은은 두 손으로 얼굴을 문질렀다.

"영화에서 많이 봤잖아. 독을 빨아서 '퉤!' 하고 뱉는 거. 그러니까 감염되진 않아. 형이 네 손등에 입술을 대고……. 그런데 말이야, 지금 발가락이 가렵고 가슴이 답답해?"

"응!"

더워지고, 심장도 발딱발딱 뛰었다. 재은은 지용의 정확한 표현에 고개를 끄덕였다.

"그분이 오셨다."

지용이 닫힌 문 쪽을 보고 일어섰다.

"누구?"

지용은 메모지에 뭔가를 그려 재은에게 보여 줬다.

"바로 이분."

메모지엔 하트 모양이 그려져 있었다.

"이, 이건……."

"맞아."

"네 테스트는 신뢰도가 떨어지는 것 같아."

아닐 거다. 이분이 이렇게 타이밍을 못 맞추시는 분은 아니다. 재은은 하트를 노려봤다.

"진짜 그렇게 생각해? 너도 답을 알잖아."

이렇게 갑자기 그래도 되는 걸까? 이럴 수 있는 걸까? 어렴풋이는 알고 있었지만 그분은 아닐 거라고 믿고 싶었다.

"아저씬 내 이상형이 아니야."

이렇게 말해 봤자 부정하는 것도 아니지만, 편해지려고 꺼낸 말인지 모른다. 재은은 메모지를 책상에 던졌다.

"그러니까 그분 맞네."

"같이 있다 보니까 정든 건 아닐까?"

이상형이 아닌데도 좋아하게 된 거니까 사랑이다? 던진 메모지를 다시 주운 재은은 작게 접기 시작했다. 최대한 작게 접은 뒤, 서랍 속에 집어넣었다.

"그게 그거지. 왜, 맘에 안 들어?"

"이건 맘에 들고 안 들고의 문제가 아니잖아."

재은은 일어서서 책상 주위를 빙빙 돌았다.

"그럼 뭔데?"

"이럼 안 돼. 이럴 순 없다고."

빙빙 도는 재은을 지용이 의자에 앉혔다.

"뭐가 안 되는데? 네가 형한테 끌렸다고 해서 복수를 안 할 것도 아니고, 네가 형을 좋아하는 게 법적으로 문제 있는 것도 아니고."

지용은 대수롭지 않게 말했다.

"내가 지금 이럴 때가 아니잖아."

이럴 때가 아니다. 사랑 때문에 너덜너덜해진 마음에 누군가를 또 담을 수가 있다니. 그렇게 아파 보고도 모르는 걸까? 재은은 두 손으로 얼굴을 박박 문질렀다.

"그분은 원래 그래. 시도 때도 없이, 눈치코치 없이 오셔. 그분에게 저항할 이 몇이나 되겠어?"

지용은 재은이 앉은 의자를 좌우로 돌렸다.

"저항 안 하면 어떡할 건데? 저항해야지. 그리고 이건 엄청 창피한 일이라고."

그깟 사랑 따위, 연애 따윈 다시 않겠다고 다짐한 게 엊그제다. 사랑이 자신을 비참하고 우습게 만들어서 다시는 하지 않겠다고 우기고 또 우겼는데.

"누구한테?"

"누구긴, 내 자신에게도 그렇고, 아저씨한테도 그렇고. 아저씨가 아셔 봐."

"아시면?"

"몰라. 어쩌면 난 아저씰 더 이상 볼 수가 없겠지."

재은은 눈을 감고 상상을 해 봤다. 끔시리가 쳐지는 일이다. 분명 승현은 놀릴 게 뻔하다. 아니면 재은이 부담스러워 떠날지도 모른다. 떠난다니, 그건 최악의 결과다. 더욱 분명한 건, 재은 자신이 싫었다. 누군가를 좋아하고 싶지 않았다. 그건 너무 두려운 일이니까.

"누굴 좋아하는 게 나쁜 거야? 애인한테 차인 사람은 다른 누군가를 좋아하면 안 되는 거냐고."

"그런 건 아니지만……."

새로운 세계에 입문하는 제자와 스승, 이런 타이틀로 설명되던 승현과 자신의 관계가 변했다. 아직 승현에겐 변화가 없지만, 그녀는 이미 멀리 와 버렸고, 다른 세계에 들어섰다.

"그런 맘까지 네가 조절할 수 있는 건 아니잖아."

"알아. 하지만 조절해야 돼. 그런데 왜 그랬을까? 왜 변해서 또 힘들어지려고 하는 거냐고."

재은은 책상 위에 엎어졌다. 책상의 차가운 기운이 열이 오른 얼굴을 식혀 줬다. 그냥 이렇게 복수하다가, 그렇게 잊고 싶었다. 가슴에 남은 상처가 아물면, 그걸로 됐다 싶었다. 그 상처가 잘 아물어 아주 얕은 자국만 남아도, 연애 따위는 다시 하고 싶지 않았다.

"아, 난 왜 그럴까?"

"유재은, 그건 네 탓이 아니야. 네가 잘못해서 그런 게 아니라고. 그 오지랖 넓은 죄책감은 서랍에 넣어서 잠가."

"그거 잘 안 되는 거 알잖아."

"걱정 마. 형이 있잖아."

속 타는 재은과 달리, 지용은 재은의 어깨를 치며 방긋 웃었다.

"아저씨가 왜?"

"혹시 알아? 형도 너랑 같은 맘일지. 어쩌면 네가 고백하면 형도 기다렸다는 듯……."

"고지용, 절대 말하지 마. 말하면 죽는다."

발딱 일어난 재은이 지용의 의자를 벽 쪽으로 밀려고 하자, 지용은 의자에서 일어나 창가로 도망쳤다.

"알았어, 알았다고. 하지만 긍정적으로 생각해 보면……."

"난 부정적으로 생각할 거니까, 비밀 지켜. 알았어? 안 그럼 너……."

"안 그럼?"

"네가 아끼는 저 꽃나무와 풀을 다 뽑아 버릴 거야."

고지용 인생 최고의 보물이 인질이 되는 거다.

"사악한 유재은!"

지용의 얼굴이 하얗게 변했다.

"그러니까 약속해. 알았지?"

"복수 좀 하더니, 애가 무서워졌어. 어떻게 그런 생각을 할 수 있어?"

"복수를 위해 다시 태어난 사람들은 다 이런 거야. 어쨌든 자꾸 그러면 내가 저번에 썼던 그 구정물을 네 보물들한테 퍼 줄 거야."

"알았어!"

마지못해 답을 한 지용은 보물이 걱정되는지 부리나케 사무실을 빠져나갔다.

"절대 들키면 안 돼, 유재은."

승현이 알아선 안 된다. 혼자서 삭히고, 지겹게 생각하면 이런 감정도 없어지겠지. 옷장 속에 고이 모셔 둔 꽃무늬 원피스처럼, 승현에 대한 그녀의 마음도 접어 두면 된다.

10. 복수 no.3 출장복수

"정말 가는 거예요?"

"관순아."

좌석에서 몸을 불편하게 움직이던 재은이 속삭이듯이 묻자, 승현이 재은을 불렀다.

"네?"

"네가 지금 어디에 있다고 생각하냐?"

"그거야, 기차 안이죠."

재은은 좌석과 창문, 그리고 통로를 살피며 답했다.

"그런데도 물어?"

"몰라서 묻는 게 아니라, 재확인차로 묻는 거죠."

"싱겁기는."

재은과 승현은 기차 안이다. 복수의 다음 장소로 결정된 춘천으로 향하는. 재은은 춘천이 복수의 장소인 이유를 잘 모른다. 다만, 승현이 복수의 명당은 따로 있는 거라며, 춘천을 적극 추천했기 때문이다. 풍수지리에 의하면 춘천은 최고의 복수 명당이라나 뭐라나. 그다지 믿기지 않았지만 지용이와 은형의 말을 들어 보니 그런 듯도 했다. 지용의 말에 의하면, 원래 헤어진 애인에게 복수하려고 춘천행 기차를 타는 연인들이 엄청나게 많단다. 그러니 가지 않을 수 없었다. 은형은 춘천의 어느 곳에 가서 헤어진 애인의 이름을 빨간 매직으로 네 번을 쓰고 오면 그 사람의 인생에 빨간 줄이 그어진다고 했다. 남들은 다 아는 얘길 왜 그녀만 몰랐던 건지. 어쨌든 이제라도 알았으니 다행이다. 더구나 은형의 말이야말로 신뢰의 최고봉이니까 확실한 거겠지.

"매점 아저씨는 왜 안 보이는 거지?"

승현이 목을 길게 빼고 객차 안을 두리번거렸다.

"그분은 열차가 출발하면 오시죠."

"그런가?"

승현은 다시 제자리에 앉아 창밖을 바라봤다.

"그분은 왜 찾으세요?"

"먹으려고 찾지."

승현은 당연한 걸 묻는다는 표정이다.

"또요? 금방 역에서 우동 드셨잖아요. 기차 여행의 낭만은 우동이라면서요."

"그건 기차역, 역에서의 낭만이고."

기차 출발 시각 한 시간 전에 도착해야 한다고 우기던 승현은 우동 한 그릇을 시켜 먹고 재은에게는 어묵 세트를 시켜 줬다. 재은은 아침을 먹은 뒤라, 어묵을 거의 남겼다.

"무슨 낭만이 그렇게 많아요?"

"얘가 또 뭘 모르네. 백호 형의 '낭만에 대하여'란 노래도 모르지? 원래 인생은 낭만을 찾아서인 거야. 인생에 가끔 있는 낭만을 위해 힘들고 구차한 삶을 어떻게든 사는 거지."

승현은 배우라도 되는 것처럼 이해가 안 되는 말을 중얼거렸다.

"그런 노랜 들어 본 적도 없는데. 낭만이 가끔씩이 아니라 너무 자주 있는 것 같은데요."

재은은 살아오는 동안 '낭만에 대하여'란 노래 제목은 들어 본 적이 없다. 집에 가서 인터넷 검색을 꼭 해 봐야겠다.

"아니야, 오늘 낭만이 뭉쳐 있어서 그렇게 보이는 거야. 어른한테 그렇게 따질 거야?"

재은은 토라진 승현을 보며 어이가 없었다. 설명해 주기 싫음 말 것이지, 화는 왜 내고 그러는 거래. 사실 재은은 아침부터, 아니, 어젯밤부터 발가락이 근질거려 죽을 것 같았다. 지용의 말로는 일명 사랑의 무좀이란다. 복수를 하러 가는 여행인데 괜히 딴생각이 드는 게 맘에 들지 않는다. 이미 오래전부터 복수는 뒷전인지 모른다. 복수보다는 승현과 함께 있는 게 재밌고 즐거웠으니까. 창밖을 내다보는 승현의 옆모습을 보면서 재은은 간지러운 발가락과 소풍을 가는 설렘을 무시하려고 애를 썼다.

"기차 출발했는데 왜 안 오실까? 맥주도 마시고, 야채크래커도 먹고, 또……."

사랑은 무슨. 기차의 낭만 음식에만 관심 있는 승현을 보던 재은의 설렘이 우지끈 소리를 내며 꺼져 버렸다. 무슨 낭만이 그런가. 정말 구차하다, 쳇.

"아저씨."

"응?"

"그런데 왜 하필 춘천이에요? 복수의 명당은 전국 곳곳에 있다면서요."

은형이 그랬다. 복수의 명당은 전국 곳곳에 박혀 있으니, 차례로 복수의 성지순례를 해 줘야 한다고. 날이 갈수록 재은은 복수의 다양하고 깊은 세계에 감탄하게 된다. 은형이 말했던 것처럼, 드라마나 영화에서 보여 주는 복수는 복수의 진면목을 보여 주지 못하는 얄팍한 동영상에 불과하다.

"물론 그렇지. 전국 곳곳에 널려 있지. 그곳을 한 군데씩 방문해서 복수를 해 줘야지."

전국 곳곳에 널려 있을 정도라면 우리나라 국민들이 알게 모르게 복수에 매진하고 있다는 얘기가 된다. 백의민족이 아니라 복수의 민족이란 뜻인지도. 은형이 말했듯이, 우리 민족 특유의 정서인 한(恨)이 서린 귀신이 실은 진정한 복수의 화신인지도 모른다. 죽어서까지 복수를 위해 이승을 나다니는 귀신의 후손들이 바로 우리 민족이니까. 지금 이 순간에도, 이 기차 안에 재은처럼 복수를 위해 떠나는 위장 복수 단체나 커플, 또한 개인이 숨어 있는지도 모른다. 재은은 주위의 승객들을 의심스러운 눈빛으로 훑어봤다.

"그런데 춘천이 왜 1번이 된 거예요?"

"춘천 하면 생각나는 게 뭐가 있냐?"

승현이 팔짱을 낀 채 물었다.

"글쎄요. 음……, 춘천닭갈비?"

"야! 그게 뭐냐?"

승현이 소름이 끼친다는 표정으로 재은을 내려다봤다.

"그게 뭐가요? 학교 앞에 춘천닭갈비집이 세 군데나 있었어요. 거기서 만날 과모임 했었는데요."

자연스럽게 떠오른 생각이다. 그리고 세 집 모두 맛이 끝내 줬다. 학교 앞 닭갈비집이 그 정도라면 진짜 춘천닭갈비는 얼마나 맛이 있을까? 재은은 입에 침이 고였다.

"넌 춘천을 모욕하고 있는 거야."

승현이 재은에게 훈계하듯 말했다.

"그럼 아저씨는 춘천 하면 뭐가 생각나는데요?"

"어? 음……. 춘천, 춘천……. 춘천막국수?"

한참 고민하던 승현이 떨떠름한 표정으로 결론을 내렸다.

"뭐야, 아저씨도 만만치 않아요."

한참을 '춘천, 춘천.' 하더니 결국 막국수란다. 닭갈비나 막국수나 뭐가 달라? 재은은 속으로 흥흥거렸다.

"웃기려고 그런 건데, 그걸 믿고 그래?"

재은은 믿는다. 아니, 확신한다. 승현의 세계에선 춘천은 막국수다. 승현이 뒷목을 만지작거리는 걸 보면, 저건 거짓말인 거다. 막국수보단 닭갈비가 훨씬 낫다고 재은은 속으로만 생각했다.

"대학교 때 엠티 가면 거의 대성리 아니면 춘천이잖아. 또 연인들이 춘천을 얼마나 많이 가는데. 그래서 연인들의 추억이 가득한 곳이지."

"장 씨랑은 여행 간 적이 없어요. 모두가 간다는 춘천도."

생각해 보면, 재은은 영준과 그 흔한 여행을 간 적이 없다. 그땐 굳이 여행을 가야겠단 생각도 못 했고, 또 영준이 많이 바빴다.

"얼마나 다행이야? 그놈이랑 여행 안 가길 잘했어."

"그래도 남들 다 가는 건데……."

왜 가지 못했을까? 가족을 핑계로 그랬던 것도 같지만, 영준이 어딜 가자고 한 적도 없었다. 재은은 머리띠를 이마 위로 힘껏 잡아당기며 예전 기억을 떠올렸다. 아마 놀이동산은 갔던 적이 있는 것 같다.

"그래서 지금 후회가 된다 이거야?"

승현이 재은을 무섭게 째려봤다.

"아, 아니요! 다행이죠."

재은은 두 손을 흔들며 승현의 말에 동의했다.

"어쨌든 춘천에 가서 복수 미션을 완성하고 와야 제대로 먹히는 거야."

"어떻게 저주하고 올 건데요?"

"일단 글과 말로 저주를 하고 오는 거지. 어, 여기요!"

재은은 이제 뭔가 나오나 보다 하며 귀를 쫑긋 세우고 승현의 말을 듣고 있었다. 하지만 승현은 입구에 나타난 매점 아저씨를 보자마자 자리에서 벌떡 일어났다. 그들의 자리 근처로 올 때까지 기다리지도 못했다.

"이쪽으로 오면 부르지 그래요?"

재은이 벌떡 일어선 승현의 옷자락을 잡아끌었다. 정말이지 부끄러워 죽겠다.

"그분이 오셨는데 반갑게 맞이해야지."

"으……, 정말."

재은의 '그분'과 승현의 '그분'은 왜 이렇게 다른 건지. 어쩌면 다행인지 모른다. 아직 승현은 재은의 맘을 이만큼도 모르니까. 앞으로 그렇게 이만큼도, 요만큼도 모르면 좋겠다.

"내가 창피해?"

"네, 창피해요!"

사람들이 벌떡 일어난 승현을 쳐다보고 있었다.

"실은 너도 먹고 싶었는데 내가 너무 직설적으로 나가니까 그런 거지? 뭐, 좋아. 내가 이해하지."

승현은 자리에 앉아 싱글거렸다. 전직 연예인이라면서 사람 조심해야 한다고 말할 때는 언제고, 승현은 전혀 거리낌이 없다.

"아저씨 얼굴 기억하고 있는 팬이라도 있음 어쩌려고요?"

"사인해 줘야지. 안 그래도 사인펜 있다."

승현이 코트 안주머니에 꽂혀 있는 펜을 보여 줬다.

"정말 '아놔.'예요. 요새 사람들이 얼마나 무서운데요? 핸드폰으로 찍어서 동영상 올리고 그래요."

'전직 댄스 가수 한 모 씨, 춘천행 기차에서 먹기 위해 소리 지르다!' 이런 제목으로 기사가 뜰지도 모른다. 그럼 승현이 항상 강조하던 추한 말년을 살고 있는 댄스 가수로 비춰지는 거겠지.

"너 말이야, 나랑 찍히기 싫은 거지?"

승현이 불만에 가득 찬 표정으로 재은을 째려봤다.

"아니요. 아저씨가 걱정돼서 그렇죠. 그리고 사실 같이 찍히면 안 되잖아요."

"왜 안 돼?"

"연예인이랑 찍히면 사생활 공개되고, 머리 아프잖아요."

인터넷 기사에 실린 내용만 봐도 무섭던데. 재은은 상상만으로도 겁이 났다. 하지만 '한 모 씨의 연인으로 추측되는 묘령의 여인은 누구?' 이런 기사 제목을 상상하니 뭔가 비밀스럽고 멋진 것도 같다. 괜히 무안해진 재은은 눈을 질끈 감았다.

"나랑 연관되는 게 그렇게 싫어?"

"에, 뭐……, 꼭 그런 건 아니고요. 요새 사람들이 무서우니까……."

재은은 승현의 험악한 표정과 진지한 목소리에 말꼬리를 흐렸다.

"실망이다."

승현이 획 돌아앉아 창만 바라봤다.

"아저씨랑 연관되는 게 싫은 게 아니라요. '연예인이니까 사람을 조심해야 한다.' 이런 뜻이었어요. 제가 어떻게 아저씰 싫어하고 그래요?"

재은은 승현의 옷자락 끝을 가만히 잡아당겼다.

"부끄럽다며?"

여전히 창만 계속 보는 승현이다.

"에이, 아니에요. 부끄럽기는 무슨. 열라 짱 자랑스럽죠."

"정말?"

승현이 반쯤 몸을 돌렸다.

"그럼요! 글도 쓰시고, 춤도 추시고, 복수의 지존이시고, 또……."

"또?"

승현이 기대감에 가득 찬 눈빛으로 재은을 바라보고 있는데 생각이 잘 나질 않는다. 뭔가 멋진 얘기를 해야 할 것 같은데 빤스 생각만 난다.

"어, 그게……."

재은은 이마에 주름이 생길 정도로 다음 말을 생각해 내려고 안간힘을 썼다.

"은인이죠! 고마운 분."

"고마워?"

"열라 짱 고마워요."

"내가 듣고 싶은 얘기는 아니군."

승현이 아래를 내려다보며 중얼거렸다.

"나는 네가……. 됐다."

"뭐요?"

재은은 승현의 머리 아래로 자신의 머리를 들이밀었다.

"뭐 하는 거야? 왜 무섭게 얼굴은 들이밀고 그래?"

승현이 깜짝 놀라며 재은을 옆으로 밀쳐 냈다.

"죄송해요. 잘 안 들려서 귀를 댄 거예요. 저, 가는귀먹었잖아요."

아무리 놀라도 그렇지, 사람을 밀고 그러다니. 재은은 사랑의 무좀은 한쪽만 온 게 틀림없다고, 다행이라고 생각하면서도 서운했다.

"너한테 무슨 말을 하겠냐."

승현은 한숨을 내쉬었다.

"우리 기사가 대문짝만 하게 난다 해도 나는 당당하다 이거야. 숨길 것도 없고. 어차피 우리가……."

"우와! 매스컴 의식하지 않는 모습, 정말 멋져요!"

"됐다, 됐어."

손을 흔들던 승현은 팔짱을 끼고 돌아앉았다.

"아저씨, 미안해요. 대신 매점 아저씨 카트에 있는 거, 종류별로 다 사 드릴게요."

토라진 승현에게 미안해진 재은은 긴급 제안을 했다. 자신이 생각해도 무지 부터 나는 제안이다.

"나, 그렇게 많이 안 먹어."

"기차의 낭만 많다면서요. 다 사 드린다니까요. 얼마면 돼요?"

승현은 여전히 등을 돌린 채, 자신은 조금 먹는다고 말을 하고 있지만, 재은은 믿지 않았다. 방금 전까지 그가 먹겠다고 말한 것들만 떠올려도 일주일 치 간식이 될 정도다. 재은이 가방에서 지갑을 꺼냈다.

"지가 무슨 원빈이야? 얼마면 되냐고 하게?"

"진짜예요. 고르시라니까요."

지갑을 연 재은은 승현의 팔을 잡고, 매점 아저씨가 끌고 오는 카트를 향해 들어 올렸다.

"진짜 다 사 주려고? 돈 많이 들 텐데. 여긴 카드 안 되거든."

"하하하! 절 어찌 보시고. 전 카드 같은 거 상대 안 해요. 믿을 수 있는 건 이 돈뿐이라고요. 언제나 현금만! 아시잖아요, 제가 누구 손녀지. 으흐흐……."

재은은 지갑을 흔들며 웃었다. 그러자 승현이 재은의 머리를 두 손으로 잡고 마구 흔들어 댔다.

"집에서 계란 삶아 먹으면 별론데, 밖에서 사 먹으면 참 맛있어요."

"그게 바로 낭만이지."

승현과 재은은 사이좋게 계란 껍데기를 벗겼다. 재은은 조심스럽게 소금이 든 호일을 폈다.

"그래서 맛있는 거구나. 이제 낭만이 뭔지 알 거 같아요."

재은은 밖에서 사 먹는 삶은 계란의 위력을 느끼며, 승현이 말하는 낭만을 조금은 이해하게 됐다.

"너도 드디어 낭만에 젖어 드는구나. 조만간 푹 빠지게 될 거야. 특히 이 계란이랑 귤을 그물망에 넣어서 파는 건 정말 맘에 들어. 여기에 담겨져 있으면 뭐든 맛있을 것 같지 않냐?"

승현이 빨간색 그물망을 이리저리 돌리며 물었다.

"그렇게 좋으면 양파 망에 넣어서 드심 되잖아요."

"입맛 떨어지게."

승현이 계란이 담긴 빨간 그물망을 움켜쥐며 재은을 째려봤다.

"죄송해요. 같은 빨간 망사 계열이라."

"그물 크기가 다르잖아. 양파 망은 모기장 스타일이고, 이건 그 망사 스타킹 사이즈잖아."

"그런가? 스타킹도 양파 망이랑 비슷한 거 많아요."

재은은 엊그제 지하철에서 본 망사 스타킹을 신은 여자들이 생각났다. 날도 추운데 현란한 스타킹을 잘도 신고 다니더라.

"그 양파 망은 죽어도 아니야, 난."

"초록 망사도 있는데. 요샌 세련된 데선, 초록색 망에 넣어서 팔더라구요."

재은은 장을 보러 마트에 갔을 때 본 최신 그물 망사에 담긴 양파가 기억났다. 특이하게 초록색 망사였다.

"됐어! 너나 실컷 해라."

승현이 말간 계란을 입에 집어넣고 사납게 씹었다.

"참, 양파가 아니라 마늘이었나? 그런데 럭셔리 원단이라면서 양파망 같은 건 왜 좋아해요? 아! 낭만 때문에."

"혼자 묻고, 혼자 답하고. 그래, 원래 럭셔리 원단들은 그래."

갑자기 재은은 웃음이 터졌다. 승현은 부의 상징이라는 비로드 추리닝을 위아래로 맞춰 입고, 생활이 어려운 고아 오빠 역을 했었다. 그것도 훌륭하게.

"설마 그때 그 일을 생각하는 건 아니겠지?"

"아무리 생각해도 추리닝 세트는 부의 상징은 아닌 거죠."

재은은 고개를 끄덕이며 삶은 계란을 꼭꼭 씹었다.

"얘가, 얘가! 하긴 그 시대를 나지 않은 사람은 모르는 거야."

"그렇죠. 10년 전이니까요."

멀고 아득한 10년. 재은은 또 고개를 끄덕이고 후추가 자잘하게 뿌려진 소금에 계란을 콕 찍었다.

"자꾸만 10년, 10년 할래?"

"누가 뭐래요? 그 시절엔……."

"그래. 메칸더브이가 출동하고 비로드 추리닝이 간지의 최고봉이었다, 왜!"

승현이 빨간 그물망에서 계란을 꺼내더니, 자신의 머리에 대고 힘 있게 때렸다.

"괜찮아요?"

저러다 큰일 날 것 같다. 부딪치는 소리가 제법 컸으니까.

"괜찮아!"

승현이 훌쩍거리며 대답했다. 어쩌면 아픔을 참고 있는 건지도.

"지금 화난 거 아니죠?"

"내가 언제 화를 냈다고 그래?"

승현은 언제 그랬냐는 듯이, 헤벌쭉 웃어 보이고 계란 껍데기를 까기 시작했다. 하지만 아직도 아픈지 얼굴을 찡그렸다.

"하나 더 사 드릴게요."

오늘, 원빈 스타일로 쭉 가 볼까? 재은은 지갑을 찾았다.

"됐어, 지금 이 앞에 있는 걸 보고도 그런 말이 나와? 사람들이 자꾸 우리만 쳐다보잖아."

승현이 먹을 게 잔뜩 담긴 박스를 가리켰다.

"부러워서 그런 거죠. 그런데 좀 많죠?"

"좀이 아니라 열라 짱 많다. 여기 있는 거 다 먹으려면 죽겠어."

"낭만은 많으니까요. 으흐흐……."

재은은 그들 앞에 쌓인 음식들을 보며 웃었다. 개점 이래 최대 구매 고객이라며, 매점 아저씨는 비닐봉지가 아닌, 박스에 물건을 담아 줬다.

"은근한 럭셔리라면서, 대놓고 돈 자랑한다, 너?"

"저도 부티 나고 싶어요."

재은은 귤을 하나 꺼냈다. 빈티에서 벗어나 럭셔리 원단이 되고자 하는 갈구 때문이다.

"그러게 추리닝 세트 하나 사 준다고 했잖아."

"싫어요."

금줄이 들어간 위아래 한 벌 추리닝이 뭐가 좋단 말인가. 재은은 회색

바탕에 흰 줄이 들어간 5년도 더 된 칙칙한 추리닝이 더 좋았다.

"난 짝퉁 상대 안 해. 오리지널로 사 줄게."

"정품이어도 싫어요. 그 비로드 싫다니까요."

"나중에 후회 말고."

"전 메칸더브이 세대가 아니라니까요!"

재은은 승현의 그때 그 시절 스타일은 원치 않았다.

"메칸더브이가 얼마나 훌륭한 로봇인지는 알고나 하는 소리야?"

승현이 재은 쪽으로 돌아앉아 가슴을 쳤다.

"훌륭한 로봇이 약점이 있고 그래요? 천하무적이어야지."

"원래 주인공은 약점이 있음에도 불구하고 역경을 이겨 내잖아. 그래야 더 멋지게 보이고. 메칸더브이의 약점은 과학적으로 설득력이 있다니까."

"에이!"

재은은 귤 하나를 더 꺼냈다.

"들어 보라니까. 메칸더브이는 원자력으로 가동되기 때문에, 엄청난 에너지 파장이 생긴다고. 그 나쁜 놈들이 지구의 군사적 대항을 막기 위해서 오메가 미사일을 숨겨 놓은 거지. 엄청난 에너지가 감지되면 저절로 발사돼서 폭파시키는 거야. 그것도 3분 안에. 메칸더브이는 한 번 출동할 때마다 에너지 소모가 무지 커서, 오메가 미사일의 위험 속에서 싸워야 한다고. 어떤 일이 있어도 3분 안에 해결하고 돌아와야 하는 거야."

"아, 아, 머리 아파요. 전 세일러문이 더 좋아요. 미안해, 솔직하지 못한 내가, 지금 이 순간이 꿈이라면……."

귀를 막은 재은은 세일러문의 노래를 흥얼거렸다.

"그런 후진 자매들을 좋아하다니. 이상한 머리띠 차고, 개량 교복 입고, 방망이 들고 설치는 애들?"

"어떻게 그런 말을! 지구를 지키는 달의 요정들이라고요."

재은은 세대차이라고 확신했다. 재은의 세대는 세일러문이다.

"흥. 이제 보니 네가 만날 머리띠 차고 다니는 거, 다 그 애들 때문이지?"

"아니에요!"

세일러문의 머리띠와 재은의 수수한 머리띠는 전혀 다르다. 재은은 두 손으로 머리띠를 감췄다.

"좋아, 좋아. 넌 세일러문 해. 난 메칸더브이 할 테니까."

승현은 졌다는 듯이 두 손을 들었다.

"그런데 궁금한 게 있는데 말이야."

"뭔데요?"

"요술 공주들은 변신할 땐 공격 안 받아? 사실, 그때 공격하면 한 번에 죽을 수 있잖아. 꽃 나오고, 별 반짝이고, 리본 나오고, 바탕 화면 무지개색으로 변하고……. 변신하는 데 너무 오래 걸려."

"변신 과정이 얼마나 중요한데요. 사실 지구 수호보단 그 변신 과정 보려고 그 만화 보는 거예요."

어떤 심각한 일이 일어나도 지구는 지켜진다. 그래서 재은은 맘 놓고 변신 과정을 즐길 수 있다.

"완전 후지고만."

승현은 툴툴거리며 비웃었다.

"이거 왜 이러세요? 달의 요정들은 약점 없다고요. 메칸더브이, 지가 무슨 3분 카레야? 겨우 3분! 아저씨 거, 그 메칸더브이는 겨우 3분이면 끝이면서. 적어도 10분은 가야지!"

재은의 목소리가 그녀도 모르는 새 높아졌다. 재은의 책상 서랍엔 세일러문 캐릭터 필통과 요술봉이 있다.

"어디서 큰소리야! 얼른 안 앉아?"

"내가 왜 일어섰지?"

"사람들도 참. 난 심각한데 왜들 웃고 그러는 거야."

재은은 그녀와 승현을 보고 킥킥거리며 웃는 사람들을 뚱하게 쳐다보다가 앉았다.

"빨리 안 앉아? 너, 죽었어."

승현이 재은의 팔을 끌어당겨 머리를 숙이게 했다.

"뭘요! 그러게 왜 세일러문 무시하고 그러세요? 제 머리띠랑 비교했잖아요."

"지금 머리띠가 문제야?"

"네! 저 머리띠에 한 품었어요."

재은은 지지 않고 머리를 들어 올렸다.

"나, 완전 망신시킨 건 알지?"

"목소리 좀 높였다고, 뭐가요? 아저씬 매점 아저씨 보자마자 '여기요!' 하고 크게 소리 질러 놓고선."

"그 문제가 아니잖아. 날 조, 조루……. 아, 정말!"

승현이 두 팔로 머리를 감싸 안았다.

"조, 뭐요!"

재은은 목소리 높여서 사람들 시선 한번 받은 것 가지고 심하게 나무라는 승현이 미웠다.

"시끄러워! 조용히 귤이나 먹어. 너 때문에 아주 미쳐 죽겠고, 팔짝 뛰겠어. 남성의 힘을 무시하다니."

승현은 유리창에 머리를 여러 번 박았다.

"로봇은 무성이라고요. 하긴 로봇을 남성으로 보는 시각이 대부분이지만요. 아저씬 세일러문은 여성이고 메칸더브이는 남성이라고 보는 거죠? 어쩌면 성의 대립이라고 볼……. 윽, 으, 으……."

승현이 재은의 입에 욱여넣은 귤 때문에 재은은 더 이상 말을 잇지 못했다.

"내가 너랑 메칸더브이 얘긴 다시는 하나 봐라. 그 달 토끼 세일러문이랑 죽을 때까지 놀아. 알아들었어?"

승현이 이를 갈며 중얼거렸다.

계속되는 구박과 잔소리에, 재은은 다시는 3분 약점을 가지고 놀리지 않겠다고 백배사죄를 하고 기차에서 내렸다. 내릴 때 그들을 보며 사람들이 킥킥 웃는 통에 재은은 괜히 짜증이 났다. 그걸 보고 승현에게 한소리 하자, 승현은 오히려 재은을 타박하며 화를 냈다. 동네 창피하다며 '당장 내려!' 하고 소리를 질렀다. 재은은 다시는 메칸더브이 얘기 따윈 하지 않겠다고 굳게 다짐했다. 세일러문 시대에 태어난 게 얼마나 다행인지.

"고 대리님, 미션은 완수했나요?"

"넵."

지용은 온실로 들어오는 은형의 물음에 고개를 끄덕였다. 승현과 재은이 사랑의 복수 커플이라면, 지용과 은형은 회사의 복수 커플이다. 커플이란 말은 어디까지나 지용의 얘기고, 은형에게는 복수 파트너일 뿐이지만.

회사 주차장에서 복수 미션을 수행하고 있던 은형을 우연찮게 발견한 이후로 지용은 은형을 돕고 있었다. 은형은 자신의 복수 행각을 목격한 지용에게 제거 대상이 될지도 모르니, 올바른 선택을 하라고 했다. 올바른 선택이란 은형의 사업에 동참하는 걸 의미했다. 타깃으로 삼은 사람들의 직장 생활을 힘들게 만드는 사업에. 너무 우습고 황당한 제안이었지만 은형의 진지한 모습에 지용은 올바른 선택을 하게 됐다. 추운 날씨에 오들오들 떨면서 지상 최고의 과제란 듯이 작업을 하고 있던 은형을 보고 지용은 맘이 흔들렸다. 홍수에도 가뭄에도 꿋꿋하게 견디는 나무의 모습이랄까. 회사 내에선 은형을 무서워하는 이들이 많지만, 지용은 한없이 연약하고 보호해 줘야 할 온실 속 화초 같았다.

"지난번에 보니 조금 미흡한 점이 있었어요."

은형이 안경을 올리며 인상을 썼다.

"아, 그거. 하지만 오 과장님이 일찍 오시는 바람에……."

지용은 물뿌리개에 물을 채웠다.

"파일 정리 말이에요. 파일 순서를 엉망진창으로 해 달라고 부탁했는데, 색깔대로 맞춰 놓으면 어떡해요?"

"가나다순으로 되어 있어서 맘대로 바꾼 건데요?"

가나다순으로 정리되어 있는 파일들을 찾기 어렵게, 불편하게 만들라는 게 미션이었다. 그래서 가나다순을 맘대로 해 놨는데.

"아니에요. 가서 보니, 색연필 처음 사면 들어 있는 그 순서대로 해 놨

더군요."

"그래도 가나다순은 아니어서 불편했다고 소문은 들었는데요."

다 채워진 물뿌리개를 지용의 손에서 건네받은 은형은 물뿌리개를 화분대 빈 공간에 놔두었다. 한마디 하려던 은형은 숨을 크게 들이켠 다음 입을 열었다.

"색깔 순서는 순서 아닌가요? 다음 미션 때는 꼭 부탁한 대로 해 주면 좋겠어요."

"그러죠, 뭐."

화가 나지만 동료의 우정 때문에 참는 듯 보이는 은형이 우스웠지만, 지용은 꾹 참았다.

"그런데 서 팀장님은 재은이에게 잘 말씀해 주셨나요?"

승현은 재은과 춘천 기차 여행을 가고 싶어 지용에게 도움을 요청했다. 복수의 이름으로라면 불가능한 것은 없다고. 은형의 말이라면 절대 신뢰인 재은이라, 지용은 은형에게 특별히 부탁했다. 은형은 거절할 것 같았지만 지용의 얘기에 한동안 생각에 잠기더니, 승현에 대한 일을 묻고 허락해 주었다. 연애나 사랑 따위 필요 없다고 주장하는 은형이 말이다. 그래서 지용은 요새 괜히 가슴이 술렁거렸다.

"그런 말도 안 되는 얘기를 하고 싶진 않았지만, 고 대리님의 그동안 도움에 대한 보답으로 노력해 봤어요. 그런데 재은 씨, 너무 잘 믿어서 걱정되더라고요. 나도 내가 무슨 말을 하는지 모르겠고."

은형은 화분 밖으로 늘어진 이파리들을 들여다봤다.

"굉장한 얘기였는지 재은이 단박에 가겠다고 했는걸요. 서 팀장님 덕분이에요."

"파트너가 딴 뜻이 있는데 복수가 제대로 되겠어요? 어쩌면 그편이 나을 수도 있고."

은형은 지용을 흘끗 쳐다보더니 온실 문 쪽으로 걸어갔다.

"가시게요?"

"네, 바빠서요."

별로 바빠 보이지 않는 은형이지만, 지용은 알겠다는 듯이 고개를 끄덕였다. 온실만 들어오면 이상하게 숨이 막힌단다. 전에는 은형의 반응이 별게 아니라고 생각했는데, 재은이 말한 무좀 얘길 들어 보면 혹시······.

"참! 오 과장님은 그 정도면 됐으니, 조 부장님을 만날 때예요. 그럼 이따 전화 드리죠."

혹시나 해서 지용은 은형의 발을 쳐다보고 있었지만, 은형의 말에 술렁거리던 가슴이 바로 멈춰 버렸다. 파트너에서 커플로 가는 길은 멀고도 험하다.

"그런데 말과 글 복수, 그거 꼭 해야 돼요?"

재은은 이래도 되나 싶지만, 몹시 배가 불러 복수고 뭐고 다 귀찮아졌다. 내내 '이거 여행 아닌가?' 하는 생각도 들고. 그 생각에 재은은 머리를 절레절레 흔들었다. 그분이 오시더니, 이제 착각까지 자유자재다. 식당에서 나온 냄비에 동동 떠다니는 수제비가 뭉그러진 하트로 보이기까시 했다.

"슬슬 복수가 귀찮아지지?"

"아, 아니에요!"

승현에게 딱 걸린 것 같아, 재은은 눈을 크게 뜨며 부정했다.

"비싼 춘천닭갈비랑 막국수 먹었으니 일을 해야지."

"그럼요. 임무 완수해야죠. 복수의 명당이 울지도 몰라요."

"그렇지."

승현과 재은은 버스 터미널을 향해 걸었다.

"그런데 말과 글 복수는 어떤 거예요?"

"그건 말이지, 말의 복수란 의암호에 가서 큰 소리로 장영준이 욕을 하고 오는 거야."

"겨우 욕이요?"

재은은 뭔가 큰 의미의 복수를 생각했는데, 욕이란 말에 픽 웃어 버렸다. 이제껏 해 오던 것치고는 좀 약했다.

"얘 좀 봐라? 욕이란 말에 눈 하나 깜짝 안 하네."

"그러게요."

"그동안 가슴에 품었던 한, 가서 풀고 오는 거야."

"겨우 욕으로요? 전 머리띠 한이 더 커요."

재은은 머리띠를 선글라스처럼 눈에 걸쳐 놓았다.

"농담할래? 이번에 그놈에 대해 맘 접는 거야."

승현은 재은의 머리띠를 다시 원상태로 되돌려 놓았다.

"접은 지 오래예요. 예전에 접었다고요."

재은은 가던 길을 멈추고 말했다. 원망이 남아서 그렇지.

"가서 싹 잊고 다시 새롭게 출발하라는 거야."

"정말 다 잊을 수 있을까요? 어떻게 잊어요? 사실이잖아요."

"맘이 덜 아플 순 있지."

"그럴 수 있을까요?"

재은은 영준이 아니라 승현에 대한 마음이 생겼고, 그 마음이 덜 아프면 좋겠다. 하지만 누군가에 대한 마음은 완벽하게 아프지 않을 순 없는 것 같다. 혼자만 좋아해도 아프고, 둘이 좋아해도 아프고.

"내가 있잖아."

"그렇죠."

재은은 희미하게 웃었다. 물론 승현이 있다. 점점 더 마음속에서 커지는 승현이. 승현도 변하지 않고 계속 있어 줄까?

"뭐냐, 그 웃음은? 기운 빠지게. 날 못 믿어?"

"아뇨, 믿어요!"

재은은 승현의 팔을 흔들며 크게 외쳤다.

"자, 그럼 글로 하는 복수 말인데. 그건 말로 하는 거와 비교하면 아무래도 신경이 좀 더 쓰일 거야."

"왜요?"

"조금 위험하거든."

승현은 위험이란 말에 힘을 주었다. 경찰과도 겪어 봤는데, 뭘. 위험은 이미 겪어 봤다.

"생명이 위태로운 건가요?"

"아니. 창피함의 위험이라고 할까."

"에이, 무서워 죽는 거 빼곤 다 괜찮아요."

크게 안심한 재은은 활짝 웃었다. 경찰에게 부끄럽게 거짓말도 했는데, 뭘.

"하긴 3분 약점으로 날 망신시킨 네가 창피함이란 걸 알까 싶다."

"미안하다고 했는데, 왜 자꾸 그러세요?"

백배사죄로 부족했는지 승현은 또 시비다.

"3분이란 말만 들어도 질린다. 앞으로 3분 카레를 비롯한 3분 요리 따윈 거들떠보지도 않을 거야."

재은은 요리를 귀찮아하는 승현이 마트에서 한 가득 사 온 3분이면 오케이 식품을 떠올렸지만, 참기로 했다.

"그래서 그 위험한 게 뭔데요?"

"화장실에 들어가서 그놈의 핸드폰 번호를 적고 오는 거지."

"전단지에 적어서 돌리고 했는데, 그게 뭐가 어려워요? 장 씨, 저번에 된통 당해서 핸드폰 번호 바꿨다던데요. 으흐흐……. 아, 그래서 아저씨가 새 번호를 알려 달라고 그랬구나."

얼마나 많은 전화가 왔는지, 바로 다음 날 영준은 핸드폰 번호를 득달같이 바꿨단다. 우와, 신난다. 재은은 그 생각만 하면 좋아 죽을 것 같다.

"그런데 화장실 들어가서 적는 게 위험해요?"

"지용이가 얘기 안 해 줬어?"

"아니요. 아무 말 없었는데요?"

"고지용, 그 녀석은 그런 중요한 얘길 안 한 거야? 그 복수의 여신, 서 팀장이란 사람도 아무 말도 없었고?"

"춘천이 명당이란 말만 들었는데요."

재은은 춘천에 대한 얘기만 질리게 들었다.

"그 사람들이 디테일한 얘길 안 해 줬구나. 네가 펄펄 뛸까 봐 그랬나 보다."

"화장실에 위험한 거 없는데. 진짜 더러운 건 많아도."

재은은 더러운 생각이 한꺼번에 몰려와 속이 울렁거렸다.

"남자 화장실에 적어야 하는데?"

"아저씨가 적음 되잖아요."

"그건 네가 적어야 효험 최고야."

"말도 안 돼요! 여잔데 어떻게 들어가요? 여자 화장실에 들어가서 수십 번 적을 게요."

여자가 남자 화장실을 들어가는 건 위법이나 마찬가지인 거다.

"여자 화장실도 적는 건 당연하고."

"그런데 여자들은 그런 번호 보고 전화 안 해요."

"그렇다더라. 대신, 다른 걸 적어야지."

승현이 눈을 크게 뜨며 이상한 웃음을 흘렸다.

"뭐요?"

"급전, 장기 밀매, 다이어트 약 마케팅."

"우와, 아저씨 여자 화장실에 들어온 적 있으세요?"

왜 이렇게 자세하게 아는 건지, 재은은 승현을 또 의심할 수밖에 없다.

"설마! 절대 아니야. 어디서 주워들은 거야."

승현이 몸을 떨며 펄쩍 뛰었다.

"어디서요?"

"왜 묻는데?"

"궁금하니까요."

"몰라도 돼."

"그러니까 의심이 막……"

"너, 3분!"

승현이 재은에게 기차 안 일을 들먹였다.

"아, 알았어요. 그만 물을게요."

그놈의 3분이 원수다. 재은은 입술을 깨물고 고개를 끄덕였다.

"남자 화장실엔 두 종류의 일을 보는 곳이 있지."

"그렇죠."

"그렇게 창피하다면, 내가 스탠딩 라인에 써 주마. 하지만 시팅 라인엔 꼭 네가 써야 해."

"스탠딩은 뭐고 시팅은……. 아!"

재은은 승현의 말을 이해하고 피식 웃었다.

"또 왜 웃어?"

"참 귀찮겠어요. 우리처럼 앉아서 다 하면 되는데."

"그런 생각은 왜 하고 그래? 오히려 서서……. 근데 왜 내가 너랑 이런 얘길 해야 하냐? 하여튼 우리 미션이 그거야. 그리고 이거."

승현은 가방에서 낯익은 종이 뭉치를 꺼냈다. 경찰에게 들킨 음란물 전단지다.

"이것만 보면 그때 생각이 나서 흠칫 놀라요. 이건 또 왜요?"

"아깝잖아. 이거 재활용해야지. 내가 그놈 번호 다 적어 왔다. 너한테 시키면 네 번호 적을까 봐."

"저, 이제 안 그래요."

재은은 주먹을 불끈 쥐었다.

"알았어. 그런 힘은 낙서를 위해 남겨 두라고."

어느새 그들은 터미널 화장실 앞에 와 있었다. 사람들 왕래가 잦은 쪽이 아니라, 한쪽 구석에 있는 화장실을 선택했다.

"관순아."

"왜요?"

재은이 사인펜을 가지고 여자 화장실로 들어가려는데, 승현이 불렀다.

"불공평한 생각이 든다."

"뭐가요?"

"너는 남자 화장실 가는데, 난 여자 화장실 못 가잖아."

"그럼 아저씨만 가세요. 전 더 좋아요."

재은은 승현의 엉뚱한 말에 잘됐단 생각을 했다. 승현이 남자 화장실에 써 주면 얼마나 좋을까.

"복수는 네 거잖아."

"써 주시는 김에 그 좌식 라인에도 써 주세요."

"혼자 하면 재미없잖아."

"이게 재미예요? 목숨 바쳐서 하는 건데."

재은이 말도 안 된다는 듯이 항의했다.

"영험한 복수를 위해선 네가 해야지."

"근데 정말 남자 화장실에 써야 돼요? 가기가 그래서요."

재은은 난처한 표정으로 말을 이었다.

"그럼, 해야지. 입맛에 맞는 복수만 할 수는 없잖아. 이게 또 직빵이래. 복수 급수 중에서도 상위에 속하는 거야."

"못 믿겠어요."

재은은 고개를 흔들며 화장실을 바라봤다.

"하기 어려우니까 난이도가 높은 거지. 안 그래?"

"그러네요, 또."

재은은 한숨을 내쉬며 마뜩찮은 눈빛으로 승현을 올려다봤다.

"남자 쪽 좌식 라인부터 먼저 하자. 이왕이면 위험부담이 큰 것부터 해 버려."

재은은 승현의 말이 맞는다고 생각했다. 남자 화장실에 들어간다는 게 맘에 걸렸지만, 복수를 위해서는 참고 견뎌야 한다.

"좋아요. 어차피 할 거면 빨리 해치워야죠. 가자고요."

"절대 안 가겠단 애가 왜 이리 걸음이 빨라? 잠깐, 안에 아무도 없는지 확인은 해야 할 거 아니야."

남자 화장실로 들어가려는 재은을 승현이 말렸다.

"아, 그렇지."

승현이 남자 화장실 쪽으로 사라지자, 재은은 까치발로 보이지도 않는 남자 화장실을 흘끗거렸다. 그러자 마침 남자 화장실로 들어가려는 한 남자가 재은을 이상한 눈초리로 쳐다봤다. 재은은 얼굴이 빨개져 고개를 돌렸다. 한동안 딴 곳을 두리번거리던 재은이 다시 쳐다보니, 방금 전 들어갔던 남자가 다시 나와 재은을 이상하게 보고는 사라졌다. 그때 화장실 입구에 승현의 얼굴이 보였다. 재은은 뒤도 돌아보지 않고, 재빨리 남자 화장실로 들어갔다. 승현이 좌식 칸 중 하나를 열고 기다리고 있었다. 그들은 안으로 들어가서 문을 잠갔다.

"정말 떨려 죽겠어요."

"쉿!"

승현이 조용히 하란 시늉을 했다. 재은은 주머니에서 사인펜을 꺼냈다.

"여기 생각보다 괜찮네요?"

생각보다 좌식 라인은 넓었다. 재은과 승현이 서고도 한두 명은 더 있어도 될 정도다.

"안 들어온다고 할 땐 언제고? 우리 오는 줄 알고 치웠나? 깨끗하네."

승현의 말도 안 되는 소리에 재은은 기가 막혔다.

"어서 빨리 써."

"장기 밀매나 급전, 그런 거요?"

"흠, 그거 말고. 그거야 어차피 저쪽에 쓸 거니까 딴 걸로 써라."

"뭐요?"

재은의 물음에 승현이 소곤거렸다. 잘 들리지 않아 재은이 다시 묻자, 승현이 재은의 귓가에 속삭였다.

"어떻게 그런 말을. 그런 단어는 좀……."

"그럼 네가 하고 싶은 말 길게 주저리주저리 쓸 거야? 화장실 벽이 무슨 편지지냐?"

"그래도, 그래도 또, 똥……. 차라리 항문이라고 쓸래요."

재은은 떨떠름한 표정으로 답했다.

"그게 그거지. 너도 참."

승현은 재은의 머리카락을 잡아당기고는 매직을 꺼내 영준의 번호를 크게 적었다. '정말 한가하니 급연락 바람. 끝내 주는 폰팅의 기회. 환상의 밤을 즐겨요.'

"우와, 진짜 선전 문구 같아요. 어디서 본 거예요?"

재은은 그럴 듯한 문장이라고 생각하며 승현을 쳐다봤다.

"이런 말은 잡지······. 시끄럽고, 어서 적어라. 아직도 안 썼어?"

"썼어요, 여기요."

재은은 한쪽 벽 구석을 가리켰다.

"뭐냐, 이게 보이겠어? 누가 보면 파린 줄 알겠네. 크게 써야지, 크게! 자, 이렇게."

승현이 직접 시범을 보였다. 항문 대신 다른 단어를 썼긴 했다. 장영준 똥X.

"그런 말을 직접적으로······."

"이보다 더한 말을 써야 해. 그런데 그놈은 뭔가 문제없어?"

"어떤 문제요?"

"하긴 그놈 자체가 문제지만. 신체적으로 뭔가 밝히기엔 꺼려지는 그런 거 말이야."

"그런 걸로 사람 놀리면 안 되죠."

재은은 슬쩍 승현을 탓했다.

"지금 장난해? 누구 때문에 우리가 이런 짓을 하는데? 복수는 그런 거야."

"그건 그렇죠."

가끔 발동이 걸리는 양심 때문에 재은은 주저하기가 일쑤였다.

"혹시 그놈, 발이 평발이거나 오리 궁뎅이는 아니야?"

"발에 무좀 있었는데 다 나았구요. 엉덩이는 안 봐서 모르겠어요."

재은은 기억을 되살려 봤다. 하지만 생각나는 신체적인 문제가 없다.

"뒤통수가 납작하다거나 아니면 머릿속이, 특히 한가운데가 비었다거나. 그러니까 원형 탈모나, 뭐 그런 거."

"없는데요."

"그놈, 은근히 완벽한 거 아니야? 어쩔 수 없군. 아까 썼던 똥……."

"알았어요, 알았어. 그거 크게 계속 쓸게요."

재은은 귀를 막고 승현을 말렸다.

"그 단어가 맘에 안 들면 다른 거 쓰든지. 설사쟁이, 뭐 그런 거 있잖아. 네 수준에 맞는 거."

"설사요?"

재은은 괜찮다고 생각했다. 항문과 설사, 어울리는 것도 같고.

"응."

"설사 말고 딴 건 없어요?"

한참을 쓰던 재은은 지루해졌다. 그거 두 개만 쓰기엔 벽이 너무 광활했다.

"그러니까 내가 쓴 그 똥……."

"됐어요."

재은은 머리를 흔들며 설사와 항문을 열심히 써 내려갔다. 그리고 빨간 매직으로 밑줄까지 그었다. 승현도 한쪽 벽에 외로운 이들을 위해서, 연락 바란다는 간절한 메시지를 여러 차례 남겼다.

"자, 이쯤에서 철수하자."

승현은 화장실 벽을 만족스럽게 바라본 다음, 화장실 문을 열다가 바로 닫았다.

"왜요?"

"쉿! 밖에 사람 있어."

"기다려야죠, 뭐."

재은은 한숨을 내쉬고 한쪽으로 비켜섰다.

"하필 청소 아줌마야."

"걸림 죽는 거 아니에요?"

"죽기뿐이겠어? 벌금 내고 경찰에 끌려갈지도 모르지."

"으악, 어떡해요?"

경찰이란 어두운 과거에서 벗어난 지가 얼마 안 됐는데 또 위험에 처하다니, 재은은 생각만 해도 아찔했다. 그런 과거는 한 번으로 충분하다.

"어떡하긴, 버텨야지. 그리고 안에 사람 있는데 대충 하고 가겠지."

하지만 승현의 예상은 빗나갔다. 좌식 라인에 올라가 밖을 훔쳐보던 승현은 '아놔.'를 작게 외치며 바닥에 내려섰다.

"여기 완전히 처리하고 갈 모양이야. 대청소 중이야."

"그래도 가시겠죠?"

재은은 불안감에 사로잡혔다. 아니야, 사람이 안에서 볼일을 보고 있는데 나오라고 재촉은 안 하겠지. 하지만 재은의 예상도 빗나갔다.

"내래 청소하는 사람인데요. 저기, 운제까지 그렇게 있을 거래요?"

강원도 억양의 청소 아줌마는 씩씩하게 물었다. 문을 똑똑 두드리면서. 재은은 승현의 옷자락을 잡아당겼다. 그리고 벽에 자신이 쓴 단어를 가리켰다. 승현은 인상을 쓰며 재은의 팔을 뿌리쳤다.

"항문……."

재은은 그 단어가 아니라고 고개를 흔들었다. 그리고 옆에 쓰여 있는 설사를 가리켰다.

"제가 뱃속이 좋지 못해서 오래 있어야 할 것 같습니다. 죄송합니다."

승현은 조심스럽게 답했다.

"뱃속이 아푸구만요. 그래서 질래 앉아 있었구만. 그럼 시나미 일 보소."

재은이 이해 못 할 단어가 몇 개 있었지만, 편히 일을 보란 뜻인 것 같았다.

"네. 오래 걸릴 것 같은데 그냥 가셔도……."

"안 그래도 빡실 텐데, 말은 말기래요. 내 일은 알아서 하고 가니."

아주머니는 무척이나 친절한 말투다.

"정말 빡신 상황이다."

승현은 미치겠단 표정으로 머리를 흔들었다.

"기다린다는 말은 아니겠죠?"

"왠지 그런 뜻인 것 같다."

"여기가 나름대로 괜찮긴 하지만 장시간 있기엔 괴로운 곳인데요."

재은은 두 손을 주머니에 집어넣고, 위를 올려다보며 한숨을 내쉬었다.

"아줌마 잠깐 나간 사이에 재빨리 튀는 거야."

"화장실 안의 남자들은 어쩌고요?"

스탠딩 라인에 서 있는 남자들이 모두 그녀를 쳐다보는 상상을 하자, 재은은 신음 소리가 절로 나왔다.

"아줌마한테 걸려서 경찰에 끌려갈래, 아니면 평생 마주치지 않을 남자들과 안면 트고 빠져나갈래?"

재은은 숨을 크게 들이미셨다. 오랜 시간 있으니, 공기도 그다지 좋지 못한 것 같다.

"안면 틀래요."

"그래, 그게 낫다니까."

승현이 다시 올라가 밖을 쳐다봤다.

"저 남자들이랑 평생 안 만날 수 있을까요?"

"만나면 또 어쩔 거야? 기억이나 하겠어?"

"만약 기억하면요?"

"야!"

승현이 기가 차다는 표정으로 다시 바닥으로 내려왔다.

"걱정돼서 그렇죠."

"별걸 다 걱정이네. 끝까지 잡아떼면 되잖아. 모른 척하라고."

"그러죠, 뭐."

"증거를 대라고 해."

"네."

재은은 상황이 상황인지라 마지못해 동의했다. 승현은 다시 위로 올라갔다.

"어쨌든 넌 문고리 잡고 대기하고 있어. 내가 신호하면 잽싸게 튀어나가는 거야."

"알았어요. 이거 별거 아니라고 생각했는데, 정말 위험한 것 같아요."

재은은 진저리를 치며 문고리를 잡았다.

"완벽한 복수란 늘 위험이 뒤따르는 거야. 어려운 복수일수록 효과가 확실한 거 몰라?"

"서 팀장님도 그렇게 말했어요."

"거봐, 복수 퀸도 그렇게 말했잖아."

"아직도예요?"

재은은 승현을 올려다보며 물었다.

"오늘 대청소의 날인가 봐. 거울을 박박 닦는 중이야."

"으……, 이제 위생적으로 제 몸이 좋지 않은 것 같아요."

재은은 온몸이 화장실 균에 오염된 것 같은 착각마저 들었다.

"나도. 잠깐, 아줌마가 입구로 가는 것 같은데?"

"밖에 남자들은요?"

"없어! 자, 얼른 튀자."

재은은 승현의 신호에 문고리를 열고 뛰어나갔다. 하지만 스탠딩 라인에 서 있는 남자와 눈이 마주치고는 주춤주춤 뒤로 물러섰다. 무시하기가 힘든, 꿈에서도 잊을 수 없는 시선이다.

"뭐 해? 뛰어!"

재은의 뒤를 따르던 승현이 재촉했지만, 재은은 문을 닫고 다시 들어가고 싶었다. 하지만 여기서 다시 들어가는 건 있을 수 없는 일이다. 저 남자가 소리를 지를지도 모르는 일이고. 그 짧은 순간, 재은은 바닥의 수챗구멍으로 사라지는 하숫물이 되고 싶었다. 하지만 구멍으로 들어가기엔…….

"너 때문에 미친다."

재은이 고민에 빠진 사이, 승현은 재은을 질질 끌고 화장실을 달려 나갔다. 무사히 탈출했나 싶었는데, 청소 용역으로 보이는 중년의 여인이 그들을 지나쳐 화장실로 들어갔다가 다시 나와 소리를 질렀다.

"그짓만 치고 어델 도망가는 기래! 거기 서래요!"

재은과 승현은 목숨을 걸고 뛰고, 또 뛰었다. 재은은 아무리 최고의 효과가 있다 하더라도, 목숨이 경각에 달한 복수는 하지 않겠다고 결심했다. 절대로!

　재은과 승현은 위험에서 어느 정도 벗어난 것 같다고 판단하고 아이스크림을 사서 마트 앞 휴게 테이블에 앉았다.
　"생각했던 거랑 많이 다른 것 같아요."
　재은은 아이스크림을 한입 베어 물었다.
　"뭐가?"
　두 개째 아이스크림을 먹고 있는 승현이 다른 의자에 발을 올리고 편한 자세를 잡았다.
　"결과에 상관없이 복수를 하게 되면 뭔가 멋있을 줄 알았거든요."
　재은도 승현과 같은 자세를 하기 위해 발을 올려 봤지만, 다리가 짧아 지금 앉아 있는 자리에선 다른 의자에 발이 닿질 않았다.
　"복수를 폼으로 했구먼."
　몸을 일으킨 승현은 재은의 짧은 다리를 위해 의자를 가까이 끌어당겨 줬다.
　"어떤 환상이 있었나 봐요. 복수를 하면 뭔가 진지하고, 비장하고, 이럴 줄 알았거든요. 복수의 과정이 처음부터 끝까지 하나의 예술처럼요. 지금처럼 이렇게 경찰이나 다른 사람들한테 걸려서 도망가고, 창피하고, 이런 건 생각도 못 해 봤어요."
　재은은 긴 한숨을 내쉬며 의자에 몸을 파묻었다.
　"네 말은 결국 후지다 이거지?"
　"네, 진짜 후져요."
　맞다, 정말 후지다. 이렇게 후진데, 결과가 좋다면 그건 행운인 거다.

"절벽 위에 혼자 서서 검은색 옷 입고, 긴 머리 휘날리며 모든 게 완벽한 복수의 끝을 구경하는, 그런 복수 여인을 꿈꾸기라도 했어?"

"네."

듣기만 해도 멋지다. 옛 연인의 불행을 보며 마음은 아프지만, 슬픈 눈물을 가득 담은 눈으로 뒤를 돌아 자기 갈 길을 가는 그런…….

"영화 찍냐?"

"그건 아니지만 화나잖아요. 지금 우릴 보라고요. 화장실에서 도망쳐서 이렇게 아이스크림이나 먹고 있고."

승현 때문에 멋진 상상에서 깬 재은은 올렸던 다리를 내려놓고 아이스크림을 콱 베어 물었다.

"그래도 할 건 다 하고 왔어. 우리가 끝이 후져서 그렇지, 분명 이번에도 성공할 거야."

"그렇겠죠."

아마 영준의 새로운 번호도 결국 바뀌게 되긴 하겠지. 하지만 후진 끝은 더 이상 싫다.

"그런데 다른 명당에 가서도 이런 복수를 해야 하는 건 아니죠? 화장실에서 하는 건 이제 그만 할래요."

"매뉴얼이 있는 건 아니니까, 뭐. 딴 걸로 하면 되지."

승현이 세 개째 아이스크림을 들었다.

"배탈 나겠어요."

재은은 아직도 다 먹지 못한 자신의 아이스크림과 승현을 번갈아 봤다.

"열심히 뛰었더니 허기가 지네."

"닭갈비랑 막국수 먹은 지 얼마 안 되는데. 그런데 여긴 어디예요?"

재은은 주위를 둘러보며 승현에게 물었다.

"모텔이 많은 것 보니까, 역 주변쯤 되겠지?"

아이스크림을 먹으며 승현은 주위를 둘러보았다.

"그렇게 열심히 달렸는데 아직도 그 주위라고요? 더 멀리 도망가야 하는 거 아니에요?"

재은은 아이스크림 봉지를 집어 들고 자리에서 일어났다.

"앉아, 앉아. 잡으려면 벌써 잡혔지. 걱정 말고 그거나 마저 먹어."

"그런데 우리 집엔 언제 가요?"

재은은 다시 자리에 앉아 아이스크림의 막대를 빨았다.

"온 지 얼마나 됐다고 벌써 가? 아직 말로 하는 복수는 하지도 않았는데. 이왕 온 김에 춘천 구경도 하고, 더 놀고 가야지."

"너무 피곤해서 쉬고 싶어요."

재은은 의자에 머리를 기댔다. 비위생적인 곳에서 힘든 복수를 한 데다, 낯선 남자들과 특이한 장소에서 만난 충격, 그리고 체육대회 수준의 운동량. 정말 피곤하다.

"이런 곳에서 그런 말을. 에잇, 난 몰라."

뭐라고 중얼거리던 승현이 아이스크림으로 얼굴을 가리며 피식피식 웃었다.

"당연히 피곤하니까……. 어, 저기 저 사람들 봐요."

재은이 마트 맞은편에 있는 모텔 앞에 서 있는 커플을 가리켰다.

"너처럼 피곤한가 보다."

"나처럼 열심히 달렸나?"

"야!"

재은은 농담을 했지만, 진담으로 이해한 승현이 아이스크림 막대를 테이블 위에 거칠게 던졌다.

"알아요, 안다고요. 나이가 몇인데 그런 것도 모르겠어요? 둘이 쉬러 가는 거, 저도 다 알아요. 농담도 못 하나?"

"쟤들 보니까 '오빠 믿어, 못 믿어?' 이러나 보다. 촌스럽게 아직도 저런 애들이 있네."

"아직도 촌스러운 애들 많아요."

모텔 앞 연인들 말고도, 첫날 승현이 재은을 보고도 한 말이다.

"그렇지. 너도 있고."

승현이 재은을 보며 웃자, 재은은 운동화로 바닥을 밀었다.

"관순이 너는 나랑 이렇게 단둘이 왔는데 안 무서워?"

"복수하러 왔는데요, 뭐. 전 아저씨를 믿어요."

승현의 말에 재은은 살짝 가슴이 떨렸지만 농담이라고 생각했다. 사랑의 무좀 환자와 낭만 환자는 갈 길이 다르니까.

"그래, 많이 믿어라."

승현이 기운 빠지는 한숨을 쉬며 의자에 머리를 기댔다가 다시 몸을 일으켰다.

"넌 안 믿을 거 같아? 날씨가 안 좋아서 배가 못 뜬다든지, 아니면 버스가 끊긴다든지, 아니면 편도 티켓만 사서……."

"모두 따져 보고 갈 거니까 안 속아요."

어딘가를 놀러 가자고 하면, 둘만의 여행을 가자고 하면, 재은은 처음부터 끝까지 다 물어볼 것이다. 그러니 그럴 일이 없겠지. 하지만 승현을 흘끗 쳐다본 재은은 또 몸이 가려운 것 같아서 두 팔을 문질렀다.

"참 잘났다."

승현은 아직도 모텔 앞 연인들을 주시하며, 재은의 말에 코웃음을 쳤다.

"요새 심야 버스도 있고요, 24시간 렌터카도 있어요. 구조 본부도 있고……."

"그래, 알려 줘서 고맙다!"

승현이 재은을 어이없다는 듯이 쳐다보고는 비닐봉지를 뒤적였다.

"하나 더 드시게요?"

"됐어!"

승현은 테이블 위에서 나뒹구는 아이스크림 껍질과 막대를 비닐봉지에 넣었다.

"하지만 어쩔 수 없는 거죠."

"뭐가?"

"좋으니까, 믿는 거죠."

재은은 비닐봉지 안으로 사라지는 아이스크림의 잔해를 바라봤다. 저렇게 뒹굴어 다니는 마음을 봉투 안으로 꼭꼭 숨길 수 없으니까, 누군가가 숨겨 줄 수도 없고, 자신은 애초에 숨길 수도 없는 마음이니까, 그래서 수많은 언니들은 '오빠'를 믿는 게 아닐까.

"좋으니까 함께하고 싶은 거죠. 그래서 배도 안 뜨고, 버스도 없고 그런 거죠. 이해가 안 가는 건 아니에요."

그랬는데 배신을 하고, 그 마음을 못 알아주면 가슴이 아파서 죽을 수밖에 없는 거다. 재은은 혼란스러웠다. 떠난 영준이 미워 복수를 하는 재은이 복수를 도와주는 승현을 좋아하게 된 거다.

"후후후……."

혼란스런 재은과는 달리, 승현은 또 이상한 웃음을 흘렸다.

"또 왜요? 설마, 아저씨도 모텔이……. 저들이 부러운 건 아니죠?"

"난 부러우면 안 되냐? 좋을 때잖아."

승현은 정말 부러운 눈초리로 모텔의 간판을 보고 있었다.

"으악! 아저씨, 너무 야해요."

재은은 가방에 얼굴을 묻었다. 사랑의 무좀은 이제 온몸의 피부병으로 확산된 게 틀림없다.

"왜 오해하고 그래?"

"뭐가요?"

가방에서 얼굴을 드니 승현이 재은을 이상하게 쳐다보고 있었다.

"연인의 다정한 모습이 좋다고 했지, 저 안에서 커플들이 함께 쉬는 게 부럽다고는 안 했어."

"그런가? 아, 알겠어요. 그런데 음……, 아저씨 연세엔 모텔보다는 이제 호텔로 가 주셔야 하는 거 아닌가요?"

혼자서 멀리 달린 자신이 부끄러워진 재은은 다른 얘기를 힘들게 꺼냈다.

"나이 때문이 아니라 럭셔리 원단이라 호텔을 가는 거라고. 그러는 넌?"

연세란 단어에 화가 난 승현이 재은의 머리띠를 잡아당겨 테이블 위에 올려놓았다.

"저요? 제가 왜요?"

"음, 그게 너도 언젠간 믿고 싶을 때가 올 수 있잖아."

승현이 테이블 위의 머리띠를 자신의 재킷에 문질러 닦았다.

"과연 그럴 때가 올까 싶지만, 저도 호텔이 좀……. 으악, 아저씨!"

승현의 손에 있던 재은의 머리띠가 툭 부러졌다.

"어라, 미안. 잘 닦아 주려고 했는데, 네가 호텔 얘기를 하는 바람에 너무 좋……."

승현이 두 쪽으로 갈라진 머리띠를 양손에 잡고 미안한 표정으로 웃었다.

"뭐예요? 이거 정말 아끼는 머리띤데."

재은은 승현의 손에서 머리띠를 가져갔다.

"플라스틱이 약하네, 이거. 하나 사 줄게."

"똑같은 게 어디 있다고요. 아놔, 정말 힘만 세요."

재은은 머리띠를 가방 안에 밀어 넣었다.

"말 한번 잘했다. 남자는 무조건 힘이야."

머리띠를 부러뜨려 놓고서도 뭐가 좋다고 승현은 방글방글 웃기만 한다.

"우리 온 김에 춘천 마스터하고 가자. 이곳저곳 다 놀러 갔다 오자고. 피곤하면 우리도 하룻밤 쉬고 올라가고."

"쉬, 쉬자고요?"

재은은 승현의 쉬자는 말에 얼굴이 화끈거렸다.

"얘 좀 봐라? 아까 그 커플 생각했지?"

승현이 씩 웃으며 모텔을 가리켰다.

"아니에요!"

재은은 격렬한 부정에 뻘쭘한 나머지, 아이스크림을 한 개 더 꺼내 껍질을 벗겼다.

"내 말은 각자 딴 방에서 자고 가자는 거였는데, 그럼 같이 쉴래?"

실실 웃으며 농담을 하는 승현이 미워, 재은은 지금 당장 머리띠를 물어내라고 항의했다. 배도 타고 조금 더 놀고 가자는 승현을 겨우겨우 말린 재은은 모텔 구경만 실컷 하고 다시 서울로 향했다. 출장 복수치고는 괜찮은 코스였지만, 사랑의 무좀 환자에게는 맨송맨송한 여행이었다.

11. 복수도 식후경

"……싫어하실 줄 알았어요."

"싫긴, 너무 좋아한다."

"그게 아저씨랑 좀……."

재은은 먹고 있던 어묵 꼬치의 남은 조각을 삼키느라 더 이상 말을 잇지 못했다.

"내가 좀 뭐?"

"분식과는 거리가 멀어 보인다구요."

삼거리 분식 포장마차에서 만나자는 전화가 왔을 때부터 정말 깬다고 말하고 싶었지만, 재은은 적당한 말을 고르느라 머리를 굴렸다.

"럭셔리 오리지널 원단인 내가 그렇게 보일 수 있지. 하지만 진짜 럭셔리는 모든 음식을 아우를 줄 알아야 하는 거야, 알겠냐?"

"진짜 좋아하나 봐요."

"응."

승현은 엄청난 속도로 맛있게 먹었다.

"그러면 그 전에 드시지 그랬어요?"

"이 나이에 이런 거 혼자 먹고 그래 봐라. 얼마나 후지냐?"

상상만으로도 싫다는 듯이 승현은 몸을 떨었다. 재은이 생각하기에도 승현과는 동떨어진 그림이다.

"그 어묵이 잘 넘어가?"

"왜요?"

재은이 다른 어묵 꼬치 하나를 집어 든 참이다.

"일하지 않은 자 먹지도 말랬는데, 요새 복수 쉬고 있잖아."

"저, 했어요! 회사에서도 하고, 금방 오는 길에 복수 좀 해 줬어요."

춘천 화장실 사건 이후로 재은은 자잘한 복수만 하는 중이다. 복수의 후계자로서 부끄러운 얘기지만 복수가 조금 시들해진 게 사실이다.

"또 바늘 꽂았어?"

"그거야 만날 하는 거고요. 앞으로 큰 거 하나 하고 마무리 지을 거긴 한데, 그 전에 자잘한 것 몇 개 해 주려고요."

"그래서 뭐 했는데?"

"장 씨네 집 우편함이랑 현관문 손잡이에 껌도 붙였어요. 그냥 껌도 아니고, 씹다가 뱉어서……."

"차암, 자잘하다. 꼭 제 수준이구만."

승현이 딱하다는 듯이 재은을 내려다봤다.

"복수도 자신의 수준에 맞게 해야 돼요. 괜히 멋져 보이는 거 하려고 욕심내고 그러면 복수의 진짜 의미를 잃어버리는 거랬어요."

은형이 말한 얘기를 곱씹다 보면 정말 멋진 말이 참 많다. 재은은 말하면서도 자신의 복수가 고품격화된 것 같아서 기분이 좋아졌다.

"누가 그래?"

"있어요, 누구."

재은은 어묵을 한입 물고 우물우물 씹었다.

"뭐야, 나 말고 딴 놈한테 복수 지도받는다, 이거야? 이 배신자. 유관순 후손이 그래도 돼?"

"놈 아닌데요."

"그럼, 녀어어언?"

승현이 말을 늘이며 물었다.

"그런 심한 말을."

"나, 욕 안 했다. 그런 발음 안 했다고."

"그게 그거죠."

재은은 인상을 찌푸렸다.

"그래, 그러니까 녀에 'ㄴ받침'이라 이거지?"

승현이 재은의 이마를 톡 치고는 천천히 말했다.

"네. 레이디요."

재은은 승현의 기습 공격에 이마를 두 손으로 가리며 펄쩍 뛰었다.

"아, 그 서 팀장?"

"네. 그분은 인생 전체가 복수래요."

"무섭다."

"아니에요. 귀엽게 생겼어요."

재은은 은형의 커다란 안경과 휘날리는 가운을 떠올렸다.

"귀여운 얼굴에 하는 짓은 호러라고? 진짜 안 어울리네. 그래, 요즘엔 그 복수 퀸에게서 레슨 받으니 좋디?"

"설마 아저씨 삐친 건 아니죠?"

"내가 넌 줄 알아?"

승현은 다 먹은 나무 꼬치를 통에 거칠게 꽂았다.

"당연히 복수 지존은 아저씨죠."

"그건 또 그렇지."

승현은 떨떠름한 표정으로 동의했다.

"그래서 말인데요, 그런 노하우를 살려서 복수에 관한 추리소설을 시도해 보는 건 어때요?"

그렇지 않아도 재은은 승현에게 그 점을 얘기해 주고 싶었다. 복수에 관해 모르는 게 없는 지존인데, 그런 사람이 복수에 관한 글을 쓴다면 그 소설은 세계 최고가 될 것이다.

"아직 농……, 아니, 어부도 못 끝냈는데?"

"그거 끝내고요."

"뭐, 생각해 볼게."

승현은 시큰둥하게 말하고는 새빨간 떡꼬치에 손을 댔다.

"제 경험담도 넣어서……."

"절대 안 돼!"

승현은 단박에 거절했다.

"왜요? 리얼리티 무지 살 텐데."

재은은 작가가 경험한 사실을 쓰는 게 진정한 리얼리티를 살리는 길이라고 생각했다.

"리얼리티가 웃겠다. 그런 거 리얼이라고 하면 다 비웃거든? 절대 안 팔려. 내가 딴 건 몰라도 그건 안다."

"괜찮을 거 같은데."

재은은 무척 아쉬웠지만, 작가인 승현에게 강요할 수는 없는 거니까.

"외국인이다!"

"어, 어디요?"

포장마차 안으로 금발의 두 남녀가 들어왔다. 재은은 그들을 보고는 승현과 자리를 바꿔 섰다.

"한국의 맛을 아는 애들이네. 왜 나랑 자리를 바꿔?"

"외국인이 무서워요."

이상하게 외국인만 보면 재은은 주눅이 들고 식은땀이 났다. 길을 가다가 외국인이 길이라도 물을라치면 '아이 엠 차이니즈.'라며 도망치기에 바빴다. 영어도 싫었다. 성적도 영어가 제일 나빠서, 학교 다닐 때 고생깨나 했고.

"뭐가? 쟤들도 우리랑 똑같은 사람이야."

"그렇긴 하죠. 하지만 쓰는 말도 다르고, 생긴 것도 다르잖아요."

"의외다. 학교 다닐 때 공부 잘했다며?"

"잘했죠. 그렇지만 영어는 못했어요. 중국어랑 일본어는 잘해요. 근데 이상하게 영어만 보면 속이 울렁거려요."

"큰일인데, 이거."

승현이 심각한 표정으로 떡꼬치를 한입 베어 물었다.

"뭐가요?"

"영어 안 되는 거. 이번 기회에 영어 회화 배우는 건 어때?"

"에이, 됐어요. 외국 갈 일도 없는데요. 전 한국을 사랑하고 여기서 살다 죽을 거예요."

누가 뭐라고 해도, 재은은 대한민국 국민인 걸 자랑스럽게, 그리고 천만다행으로 생각한다.

"그럼 안 되는데."

승현은 고개를 갸우뚱거리며 중얼거렸다.

"뭐가 안 돼요? 괜찮아요."

"내가 안 괜찮아!"

승현은 가슴을 치며 말했다.

"왜요? 여기서 살면 언어는 문제없어요."

"그, 그렇긴 한데. 나 만나러 온다며?"

"아, 그렇지. 그래도 아저씨가 마중 나오실 건데요, 뭐. 국내 비행기 타면 되고, 외국인이 뭐 물어보면 영어 할 줄 모른다고 하면 돼요."

"네 말도 맞긴 한데, 그래도……. 그건 뭐, 내가 알아서 하고. 이 떡꼬치 짱 맛있다. 하나 더 먹어야겠어. 너도 먹을래?"

뭔가 할 말이 있는 것 같던 승현은 화제를 돌렸다.

"배불러요."

"어묵만 먹고? 딴 것도 먹어 봐. 맛있는 게 이렇게 많은데, 그것만 먹어? 하긴 배불러서도 못 먹겠네. 저 나무 꼬치 좀 봐라."

승현은 재은 앞에 수북이 쌓인 빈 꼬치를 보며 고개를 저었다.

"우선 어묵부터 먹고 딴 것도 먹으려고 했는데, 먹다 보니까……."

재은은 종이컵에 담긴 어묵 국물을 홀짝거리며 중얼거렸다.

승현에 대한 마음을 깨달은 뒤로, 재은은 승현의 전화가 오거나 문자만 오면 가슴이 덜컥거렸다. 앞으로 어떡해야 할지 고민도 되었다. 하지만 중요한 건 재은의 마음을 승현은 모른다는 것. 그 생각을 하자, 혼란스러운 맘을 조금은 모른 척할 수 있었다. 사실을 아는 이는 재은 자신뿐이니 철저하게 숨기면 될 것이다.

"넌 온니원 스타일이냐? 시키면 옷만 입고, 어묵만 먹고, 설마 속옷도……."

"헉, 아저씨! 누가 들어요. 어떻게 그런 말을 해요?"

재은은 누가 들었을까 봐 주위를 살폈다. 포장마차 안에는 서로 먹여주느라 정신없는 커플과 선생님 욕에 열 올리는 교복 청년 둘뿐이다.

"그럴 수 있잖아. 만날 깜장색만 입는 주제에."

"에? 그래도 속옷만큼은 흰색이라구요. 바짝 삶아야 하니까……."

재은은 승현의 놀림에 발끈해서 속옷 색을 말해 버리고 말았다.

"아, 촌스러워. 널 보면 감각이 다 죽는다니까."

"그래도 무지개색 빤스보단 훨 나아요."

재은은 승현이야말로 촌스럽다고 생각했다. 속옷은 뭐니 뭐니 해도 단색이 최고다. 세탁하면 물 빠지고, 다른 옷까지 죄다 물드는데.

"관순이, 너!"

승현은 입에 묻은 고추장을 닦았다.

"뭘요?"

"너야말로 어떻게 그런 말을 할 수 있어?"

이제는 승현이 주위를 살폈다.

"아저씨가 항상 말씀하셨잖아요."

"그건 우리끼리만 있을 때 얘기지."

재은에게 무서운 눈짓을 하던 승현이 작게 말했다.

"우리끼리라뇨? 아저씨 빤스 색깔 남들도 다 알걸요? 말끝마다 빤스 얘기잖아요. 처음 만났을 때도 저 같은 애 많다면서 빤스 얘기했고."

"그래도 빤스 색깔 아는 건 너뿐이야."

그 말에 재은은 또 발가락이 가렵기 시작했다. 가까스로 가라앉힌, 숨겨 놓은 마음이 슬그머니 보이려고 했다. 재은은 그런 생각을 단호하게 밀어내고, 스니커즈를 신은 발로 바닥을 쿵쿵 굴렀다.

"그러고 보니, 내 빤스도 여러 개 봤잖아. 빤스 보려고 내 이불도 가져가고."

"알았어요, 알았어. 목소리 좀 낮추세요."

재은은 승현에게 조용히 하라며, 입에 손을 가져갔다.

"남자의 속옷을 공개 석상에서 함부로 말하다니, 그래도 되는 거야? 내가 활동했을 때면 바로 기자회견 했어야 한다고."

"말도 안 돼. 여기가 공개 석상은 아니잖아요."

승현과 재은은 포장마차의 주황색 천막과 백열등을 바라봤다.

"여긴 비공개스럽네. 어쨌든 조심해라. 예전 같았으면 나한테 시집왔어야 돼."

"싫어요!"

재은은 자신도 모르게 소리를 빽 질렀다. 그 때문에, 포장마차 안의 모든 사람들의 시선이 그들에게로 쏠렸다.

"싫으면 싫은 거지, 소리는 왜 질러?"

승현이 재은을 노려봤다.

"어, 그러니까……."

난감한 재은은 할 말을 찾아봤지만 생각이 나질 않았다.

"이러다 진짜 기자회견 해야 하나 몰라. 나, 맘 상했다."

"아저씨가 싫다는 게 아니라요. 그러니까 그 결혼이······."

"결혼할 남자로서 부적당해서 싫다고?"

승현이 이쑤시개로 순대 조각을 무자비하게 찔렀다.

"아뇨! 아저씬 정말 대단하고 굉장히 훌륭해서 저한테 과분하죠. 그러니까 저보다 더 훌륭한 여자랑······."

재은은 나은 말을 찾고자 했지만 수습만 더 힘이 들었다. 그리고 왜 승현이 저렇게 기분 나빠하는지 이해가 가지 않았다.

"됐어, 뭐. 오늘 너 정말 아웃이다."

실망스러운 표정이 역력한 승현이 머리를 흔들었다.

"왜, 왜요?"

"아, 몰라. 기분 상해서 술 마시러 가야겠어."

승현은 툴툴거리며 계산을 하고 포장마차를 나갔다. 재은은 승현을 따라나섰다.

"아저씨."

"왜?"

기분 상해서 술 마시러 가야겠다던 승현이 다시 재은을 웃으며 쳐다봤다.

"저도 따라가고 싶지만, 오늘은 안 되겠어요."

"튕기기도 하고."

승현은 우는 시늉을 했다.

"튕기는 거 아니에요. 저도 가고 싶은데, 오늘 가족 모임이 있어요."

"아직까진 그 모임에 가긴 이르다고 생각해."

"네?"

무슨 모임? 재은은 언제나 알아듣지 못하는 말을 흘려 하는 승현이니, 더 캐묻지도 않았다.

"아니, 신경 쓰지 마. 지용이랑 카드나 하고 놀 테니까 잘 다녀오라고."

"네."

승현은 손을 흔들며 길을 따라 걸어갔다. 재은은 찜찜한 기분에 승현의 뒤를 따라갔다.

"왜?"

"그냥요."

"얼른 가야지."

"그럴 거예요."

말은 그렇게 하면서도 재은은 몇 걸음 더 승현을 따라갔다. 뒤돌아 가기가 왠지 싫었다.

"안 가고 나랑 놀려고?"

승현이 히죽 웃으며 물었다.

"아니, 가야죠."

"빨리 가."

"빨리 가는 중이에요."

그렇게 말한 재은은 아직도 승현을 따라가고 있는 중이다.

"이쪽 방향이냐?"

"어, 그게 길 건너서 가야 돼요."

"그럼 건너."

승현은 길 건너편을 가리켰다.

"무단 횡단 안 해요, 저는. 횡단보도로 건너야죠."

"가기 싫지?"

승현이 걸음을 멈췄다.

"아니에요. 저……, 아저씨."

가기 싫다. 계속 승현과 있고 싶다. 아, 미치겠다, 유재은. 그런 맘 꼭꼭 숨기고 싶은데, 헤벌레 풀어져서 다 보인다.

"응?"

"잘 가시라고요."

재은은 고개를 숙였다.

"그래."

승현은 씩 웃으며 손을 흔들었다. 재은은 파란불이 켜진 횡단보도를 반쯤 건너다가 다시 돌아왔다.

"또 왜 왔어?"

승현이 좀 전보다 더 크게 웃고 있었다.

"끝나고 전화할게요."

"자식, 문자로 찍으면 되지."

그렇게 말하고는 재은은 파란불이 바뀔세라 빨리 뛰었다. 모른 척하기로 한 마음이, 알아봐 달라고 재은을 다그치는 것 같았다.

가족 모임은 재은의 조부 유 사장과 외조모인 송 여사를 위한 것이다. 재은을 사이에 둔 유 사장과 송 여사가 서로를 감시하기 위한 전략적인 모임이랄까. 한집에 사는 유 사장, 적어도 이틀에 한 번은 얼굴을 보는 송 여사, 그리고 재은. 이렇게 세 사람이 함께하는 이 모임은 원래는 유명하다는 식당에서 저녁 한 끼 먹던 것이었다. 그러다가 유 사장이 음식 맛을 들며 까탈을 부리자 송 여사가 자기 집에서 하겠다고 고집을 부려, 이제는 송 여사의 집에서 저녁을 먹는 것으로 합의가 됐다. 송 여사의 비공식적인 직업은 사채업이지만, 공식적인 직업은 전통 요리 연구가다.

"왜, 찬이 입에 맞지 않으신가요?"

송 여사는 젓가락을 들고 머뭇거리고 있는 유 사장을 보며 은근히 물었다. '음식 맛에 조금이라도 딴죽 걸 테면 걸어 봐라.' 하는 뜻이 담겨 있다.

"아닙니다. 찬이 많아서, 선택하기가 어려워 그랬어요."

일전에, 자신이 먹던 맛과 약간 다르다고 했다가 장황한 설명을 들어야 했던 유 사장은 단호하게 고개를 저으며 의사 표시를 했다.

"맞아요, 할머니. 저희 집에선 이렇게 안 먹거든요. 호화찬란해요. 수라상 같아요. 그죠, 할아버지? 이것부터 먼저 드세요."

재은은 유 사장의 답에 안심을 하며 조기구이를 유 사장 앞에 가져다 놓았다.

"재은이 너는 왜 깨작거려?"

송 여사는 살펴보며 재은에게 물었다.

"오기 전에 친구랑 뭘 먹어서 그래요. 그래도 제 배는 밥배 따로 있으니까 걱정 마세요. 이거 다 먹을 수 있어요."

재은은 어묵 때문에 배가 꽉 찼지만, 두부조림 하나를 입에 넣고 숟가락 넘치게 밥을 펐다.

"지용이?"

"아뇨."

재은은 밥을 꿀꺽 삼키고 국그릇 안에 떠 있는 북어 조각을 잡기 위해 숟가락을 이리저리 움직였다.

"그럼 누구?"

무지개 타고 오신 귀인 꿈 이후, 송 여사는 재은의 교우 관계를 시간만 나면 조사했다.

"수지는 해외에 있고, 지용이는 아니라……. 그럼 누구인 게냐?"

이젠 유 사장까지 합세다.

"제가 친구가 둘뿐인 줄 아세요? 저, 친구 많아요."

재은은 더 이상 캐묻지 않기를 바라며 애꿎은 열무김치와 씨름했다.

"그렇게 많다면서 만날 걔들만 만나?"

생각해 보니 그랬다. 이제부턴 딴 이름도 대면서 만나야겠다. 재은은 힘들게 자른 열무 조각을 입에 넣었다.

"요새 재은이 바빠 보이던데 누굴 만나는 게야?"

유 사장이 젓가락을 내려놓고 재은을 쳐다봤다. 아무래도 쉽게 빠져나갈 순 없을 것 같았다. 대답을 꼭 듣고 싶다는 분위기다.

"어, 오랫동안 연락 안 되던 친구예요."

오랫동안 한 번도 연락한 적은 없었지만, 연락이 안 되긴 했으니까.

"여기 없었어?"

송 여사는 재은 앞에 놓인 개인 접시에 조각 난 열무를 담아 줬다.

"미국에 있어서요."

적어도 이것만큼은 사실인지라, 재은은 두 사람의 얼굴을 똑바로 보고 답했다.

"멀리도 있었네. 다음에 밥 먹으러 올 때 데리고 와. 미국에서 느끼한 것만 먹어서 얼마나 한국 음식이 먹고 싶었을 게야? 내가 아주 맛난 거 해 준다고 해라."

새빨간 고추장을 입가에 묻힌 채 '분식을 사랑한다.'고 당당하게 말하던 승현을 떠올리며 재은은 어설프게 웃었다.

"회사에 한번 데리고 오지그래? 나한테 인사도 시키고, 읽고 싶다면 책도 골라서 가져가라고 해."

"네."

책과는 참 거리가 멀어 보이는 승현에게 학술 서적을 권하기는 좀 그랬지만, 재은은 공손히 대답했다.

"그런데 여자냐?"

대충 넘겼다고 안심했던 재은은 유 사장의 갑작스런 질문에 무 조각이 목에 턱 걸려 캑캑거렸다.

"거참, 애 밥 먹는데 조금 후에 물으시지."

송 여사는 유 사장을 슬쩍 나무라며 재은의 등을 두드렸다.

"할머니, 괜찮아요. 그냥 안 씹고 삼켜서 그런 건데요, 뭐."

재은의 말에, 유 사장은 괜히 자신 탓을 한다는 의미로 헛기침을 했다.

"그래, 그래서 여자야?"

물컵을 쥐어 주며 송 여사가 재차 물었다.

"나, 남자요."

정말 난감하기 이를 데 없었지만, 재은은 거짓말을 할 순 없었다.

"그래? 뭐 하는 앤데?"

송 여사가 반색을 하며 물었다. 아마도 무지개 그분과 연관짓는 것임에 틀림없다. 유 사장은 식사에 열중하는 것처럼 보였지만, 재은의 말에 은근히 신경 쓰고 있는 눈치다.

"그게……, 예전엔 운동을 했어요."

차마 춤이라고 말할 순 없었다. 음악에 맞춰서 움직이는 거니까 운동 맞긴 하고.

"지금은 뭐 해?"

"쉬는 중이에요."

쉰 지는 오래된 것 같지만, 이것만큼은 또 사실이니까.

"운동선수들은 부상도 많이 당한다던데. 그래, 무슨 운동 했대?"

그냥 여자라고 할걸 그랬나? 재은은 한숨이 터져 나오려고 했지만 꾹 참고 머리를 굴리기 시작했다. 그나마 생각난, 가장 가까운 건 에어로빅. 하지만 에어로빅을 하는 승현을 떠올려 보니 상당히 경망스러워 보였다.

"들었는데 까먹었어요. 여러 명이서 하는 건데, 한 일곱 명쯤?"

무지개 소년들은 일곱 명으로 구성된 댄스 그룹이니까 이것도 확실하다.

"에유, 난 스포츠는 모르니까 말이다. 하여간 한번 데리고 와. 운동하는 애들은 잘 먹더라. 근데 책은 보나 몰라."

송 여사의 마지막 말을 들은 유 사장의 표정이 심상치 않다.

"요새 머리 나쁜 애들은 운동 못 하지. 시대가 어느 시댄데."

유 사장이 나지막하게 중얼거렸다.

"그럼요. 작가 지망생인걸요."

재은의 말에 유 사장의 얼굴엔 화색이 돌았다. 하지만 한마디 하려고 입을 연 유 사장은 자신의 핸드폰 벨소리가 울리자 양해를 구하고 식당을 나갔다.

"왜 여태 말 안 했어?"

유 사장이 나가자마자 송 여사가 재은에게 물었다.

"별일 아니라서요."

재은은 밥그릇에 코를 박고 열심히 먹는 척을 했다.

"별일 아니긴. 그래도 남잔데."

"그런 사이 아니에요."

그런 사이. 아무렇지도 않아야 하는데, 또 재은의 발가락이 간질거리기 시작했다. 재은은 슬리퍼 안의 발가락을 꼼지락거렸다.

"사람 일은 아무도 모르는 거야."

정말 아무도 모르는 일이지. 이렇게 될 줄 누가 알았나. 재은은 그 말은 맞는 말이라고 생각했다.

"요새 만난 애라 더 신경이 쓰이네."

재은은 '요새 만난'이란 말이 귀에 들어왔다. 그 꿈 이후에 만난 사람이라곤 승현뿐이다. 더구나 그 무지개. 무지개 빤스, 무지개 스웨터, 무지개 소년들. 그리고 이젠 자신의 마음까지 기우뚱거리고 있다. 아무래도 찬찬히 해몽을 다시 해 봐야 할지도 모른다.

"요새 만난 애들 많아요."

"그래? 그럼 다 데리고 와."

"네?"

"이 할미가 밥해 먹이고 찬찬히 보려고."

"안 그러셔도 돼요. 힘드신데."

미치겠다. 재은은 어색하게 웃으며 사양했다.

"아니야. 보명대사님 하신 말씀도 있고, 이 꿈도 심상치 않고. 올해 네가 연을 만난다잖아."

보명대사님은 송 여사가 자주 찾아가는 스님의 이름이다.

"저, 괜찮다니까요."

"이 할미가 네가 좋은 남자 만나서 행복하게 사는 거 보고 싶어서 그래. 어두침침한 네 할애비랑 사는 거, 보기 안 좋아. 젊은 애가 애늙은이같이 이런 옷만 입고. 진즉에 내가 데려왔어야 하는데."

송 여사는 안타까운 눈빛으로 재은의 머리를 쓰다듬었다. 재은은 그런 외조모 때문에, 말리지도 못하고 상 위의 반찬에 시선만 줬다.

12. 복수, 길을 잃다

　며칠 전, 승현은 재은과 지용에게 자신의 집들이에 오라고 했다. 재은과 지용이 돕겠다고 했지만 먹으러 오는 녀석들이 일을 해서야 되겠냐며 멀찍이 앉아서 놀기만 하라고 했다. 집들이 손님은 가정식에 사무친 그리움이 있는 은준과 진드기 왕재수인 순영이란다. 말간 얼굴에 고운 피부, 거기에 안경까지 쓴 친절한 은준은 맘에 들었지만, 순영은 불편했다. 이미 순영은 재은에게 소화불량을 안겨 준 존재이기도 하다. 재은은 지용과 함께 무거운 마음으로 승현의 집에 일찍 도착해 승현을 도왔다.
　"우와, 우와!"
　지용은 감탄사를 연방 외치며, 주방에서 냉장고 정리를 하고 있던 재은에게 다가왔다. 주방에서 과일을 씻던 지용은 벨소리 때문에 현관에 나갔다 온 참이다.
　"뭐가 우와야?"

"완전 우와야. 너도 한번 보고 와."

재은은 당근을 싱크대 위에 내려놓고 승현과 인사를 나누고 있는 손님을 힐끔거렸다. 병원에서 봤던 은준이 보였고, 마트에서 본 진드기 왕 재수 순영이 서 있었다.

"그래, 우와긴 하지."

재은은 늘씬한 다리와 물결치는 머리를 보며 다시 감탄했다.

"사촌 형수님이 진짜 미인이다. 저렇게 긴 여자도 있는데, 너는……."

"고지용, 나도 나름대로 길어."

재은은 슬리퍼를 신은 발을 깡충거리며 몸을 길게 늘여 봤다.

"허리?"

"으악! 고지용, 정말 그러기야?"

순영의 미모 때문에 기가 죽는데, 지용까지 놀리다니. 재은은 씻고 있던 과일을 손에 들고 던지는 시늉을 했다.

"얘들아, 이리 나와 봐라. 손님 오셨다."

승현이 지용과 재은을 부르자, 지용은 잘됐다는 듯이 쏜살같이 거실로 내달렸다. 재은은 앞치마를 탈탈 털고 거실로 향했다. 자꾸만 슬리퍼가 바닥에 질질 끌린다.

"이쪽은 병원에서도 봤지? 내 동창이자 의사인 닥터 조은준. 그리고 여긴 동창이자 사촌 형수인 박……"

"안녕하세요, 제니퍼 박이에요."

승현의 표정을 보니, 순영의 진짜 이름을 밝힐 것 같았다. 하지만 순영이 더 빨랐다. 순영이 가늘고 긴 손을 내밀자, 지용은 쑥스러운 표정으로 순영의 손을 잡았다 놓았다.

"고지용입니다."

순영이 지용에게 고개를 끄덕이더니, 이번엔 재은에게 아는 체를 했다.

"안녕하세요?"

재은은 지용 곁에서 고개를 숙였다.

"잘 있었어요? 지용 씨는 재은 씨 친구군요."

소화불량에 걸려 손을 딴 일이 생각났지만, 재은은 길게 말하고 싶지 않아 그냥 그렇다고 답했다.

"내 친구기도 해."

승현이 지용의 어깨에 팔을 올렸다. 순영을 대하는 승현의 태도가 냉랭하기는 해도 마트에서보다는 나았다.

"친구? 이렇게 어린애들이랑?"

순영이 의외라는 듯이 어깨를 으쓱거렸다.

"이거 왜 이래? 나이 차이가 무슨 별거라고."

승현이 순영의 말에 코웃음을 치자, 재은은 승현의 말에 동의한다는 뜻으로 또다시 고개를 끄덕였다. 승현의 부실한 허리, 그리고 메칸더브이와 추리닝 세트가 걸리긴 했지만.

"몇 살 차인데?"

"열 살이요."

재은은 머뭇거리고 있는 승현을 대신해 말했다.

"어머, 열 살!"

깜짝 놀란 순영이 재은을 보더니, 다시 승현을 향해 가늘게 눈을 떴다. 열 살 차이가 뭐 어때서? 그리고 우리 두 사람 문젠데 왜 저런대? 재은은 속으로 흥흥거렸다. 승현의 말대로 순영은 조금 재수가 없는 것 같기도 하다. 재은도 승현과 뜻을 같이하기로 했다.
"열 살이 뭐 별거라고. 띠 동갑 아닌 게 어디……."
승현을 도와주려던 은준은 승현에게 한 대 맞고는 배고프다며 어서 먹자고 사람들을 주방으로 이끌었다. 승현은 괜한 헛기침을 하고는 음식이 식는다며 어서 앉으라고 했다.

대충 떨떠름한 소개가 끝나고 그들은 거실에 큰 상을 내와 둘러앉았다. 승현이 준비한 갖가지 음식들이 상에 채워지자, 은준은 어제부터 굶었다며 젓가락을 들고 행복한 표정으로 음식을 먹어 치웠다. 순영은 승현의 음식 솜씨가 여전하다며 칭찬을 하고는, 틈나는 대로 승현과 재은을 번갈아 봤다. 승현이 그러지 말라며 여러 차례 눈짓을 했지만, 순영은 순영대로 고집을 부리며 재은을 관찰했다.
재은은 순영의 과도한 관심 때문에 맛있는 음식을 젓가락으로 깨작거렸다. 정말 입맛 달아난다. 그래도 오늘은 체해서 순영 앞에서 창피를 당하고 싶지는 않았다. 그래서 재은은 육류는 피하고 나물류에만 손을 댔다. 오직 은준과 지용만이 신나게 음식을 즐겼다.
"형 학교 다닐 때 어땠어요?"
"착하고 소심하고 조용한 애였지."
지용의 물음에 은준이 답을 하자, 지용은 들고 있던 상추를 떨어뜨렸다. 착하고 소심하고 조용한 모습은 지금의 승현에게선 찾을 수 없다. 재은도 지용처럼 승현을 뚫어지게 쳐다봤다.
"너희들 내 얼굴 그만 봐라. 얼굴 닳겠네. 그리고 쪼, 내가 언제 소심했어? 착하고 조용하긴 했어도 그건 아니다."

승현은 은준 앞에 놓인 갈비 접시를 재은 앞에 놓았다. 재은은 다시 은준의 앞에 접시를 가져다 놓았다.

"그런데 어느 날 춤을 추더니만 저렇게 됐어."

은준은 재은에게 고맙단 미소를 짓고는 안됐다는 눈빛으로 승현을 바라봤다.

"왜 춤을 추기 시작했는데요?"

지용이 닭다리를 집어 들며 물었다.

"누구 때문에 그랬지, 아마?"

은준이 씩 웃자, 승현이 그만 하라는 눈짓을 했다. 그리고 순영은 입을 가리고 웃었다. 재은이 모르는 승현의 어릴 적 비밀. 당연한 거긴 한데, 소외된 느낌이 들자 재은은 괜히 우울했다.

"다 어렸을 때, 뭐 모를 때 그랬던 거야. 두고두고 후회하는 일이지."

승현이 그 얘기를 그만 접기 위해 미리 나섰다.

"믿어지지 않는다. 형이 그랬다는 게."

지용은 승현을 바라보며 눈을 깜빡였다.

"설마 공부도 잘했어요?"

"응."

재은의 질문에 순영이 고개를 끄덕였다.

"설마라니!"

승현이 옆에서 투덜거리지, 재은은 미안하다고 중얼거리며 바뀌 물었다.

"그럼 혹시 공부도 잘했어요?"

"그게 그거지. 그냥 질문을 하지 마."

승현이 끙 소리를 내자, 지웅이 깻잎으로 재은의 입을 막았다.

"공부 잘했지. 그래도 나보단 못했어."

은준이 웃으며 말했다. 역시 재은의 눈은 틀리지 않았다. 말간 얼굴에 고운 피부, 부드러운 미소, 그리고 빛나는 두뇌. 게다가 결정적으로 안경을 썼다.

"우와! 아저씨가 전교 1등이었구나. 어쩐지, 막……."

"얜 안경만 쓰면 다 공부 잘하는 줄 알아. 재은이 너, 그만 입 벌리고 이거나 먹어."

재은이 은준을 보며 입을 벌리자 승현이 삐쭉거렸다. 그러면서 과일 바구니를 재은의 앞에 놓아 주었다.

"우와! 이건 한라봉, 이건 자몽, 이건 오렌지……."

재은이 은준에게서 바로 눈을 떼고 바구니를 들여다보자, 승현은 그것 보라는 듯이 은준에게 눈짓을 했다.

"이게 또 그냥 과일이 아니야. 친환경, 농약 하나도 안 친 내추럴인 거지."

"한승현, 내 건?"

은준이 포크를 흔들며 물었다.

"네 건 없어. 뭐, 얘가 한 조각 주면 그거나 먹어."

"너무해! 우린 손님이라고."

은준이 우는 시늉을 하며 일어나서 가겠다고 항의를 했고, 승현은 잘됐다며 빨리 가라고 했다. 재은은 아무래도 안 되겠다 싶어 그들을 말렸다.

"걱정 마세요, 조 선생님. 제가 깎아서 드릴게요."

재은은 접시랑 과도를 들고 와 은준 곁에 앉았다.

"친환경이라며. 난 친환경 잘 못 먹어 봐서 많이 줘야 해요."

은준이 재은에게 말하자, 재은은 고개를 끄덕이며 껍질을 벗기기 시작했다.

"저도 친환경은 못 먹어 봤어요. 다 같이 먹어요."

재은은 과일을 가지런히 접시에 담았다.

"요샌 뭐든 친환경이 대세지. 남자도 친환경……."

"어, 친환경 남잔 뭔데요?"

승현이 재은에게 친환경을 강조하다가 아직까지 숨기고 있던 자신의 직업을 말할 뻔하고는 입을 다물었다.

"그러니까 나처럼……."

지용과 재은은 진지한 표정으로 승현의 말을 기다렸고, 은준과 순영은 그런 승현을 재밌다는 듯이 쳐다봤다. 승현은 말을 지어내느라 애를 썼지만 그다지 좋은 생각이 떠오르지 않았다.

"유재은, 바보. 형처럼 맑고 시푸르딩한 맘을 가진 남자들을 친환경 남자라고 하는 거야."

지용이 이제 알았다는 듯이 무릎을 쳤다.

"아……, 아!"

재은은 순순히 고개를 끄덕였다.

"어느 세월에 친환경 넉셌어? 이리 줘 봐, 내기 할게. 친환경 남자가 깎아야 친환경 기가 날아가지 않는 거야."

승현은 재은의 손에서 과도를 빼앗아 능숙한 솜씨로 껍질을 벗기고 과육을 잘라 냈다. 재은은 승현의 얼굴과 과일을 번갈아 봤다. 재은이 승현의 칼질을 부러운 눈으로 바라보자, 승현은 만족스러운 표정으로 재은의 입에 과육을 쏙 넣어 주었다. 지용과 은준은 그 모습을 보며 고개를 절레절레 흔들었지만, 순영만은 입가에 묘한 미소를 띤 채 흥미로운 표정으로 그 둘을 지켜보고 있었다.

그렇게 거한 식사를 끝내고는 승현이 가장 아끼는 술을 걸고 카드 게임을 하기로 했다. 승현은 설거지를 하랴, 음식을 치우랴, 바쁘게 움직였던 재은에게 힘들 테니 모양 맞추기나 하라며 카드 한 벌과 남아 있던 친환경 과일 바구니를 방에 넣어 주고는 나오지 못하게 했다.

"아저씨, 저도 좀 볼게요."
"이해도 못 하는데 뭘 봐? 힘드니까 푹 쉬어."
"왜 절 못 나가게 하는 건데요?"

재은은 자신만 사람들과 어울리지 못하게 하는 게 아닌가 싶어 목소리가 살짝 퉁명스러워졌다.

"음식 만들고 설거지 하느라 다리랑 허리 아플 거 아니야. 오늘 아침 일찍 마트에도 갔다 왔고. 애들 보내고 또 우리끼리 놀려면 지금 많이 쉬어야 해."

'우리끼리 놀려면'이란 말에 재은은 알겠다는 표정으로 문 안으로 움직였다.

"그런데요……."
"왜?"
"……아저씨도 힘들잖아요. 같이 쉬면 안 돼요? 혼자만 쉬면 재미없는데."

혼자서 멍하니 방에서 뭐 하고 놀라는 건지.

"얘가 또 이상한 말 하네. 방에서 둘이 어떻게 쉬냐? 쉬는 건 아주 위험한 발상이란 말이야."

재은은 같이 카드 게임을 하거나, 아니면 얘기나 하면서 쉬자고 말하려고 했는데, 승현은 혼자서 히죽 웃으며 재은의 어깨를 툭 쳤다. 재은은 그 힘에 밀려 문과 함께 방 안으로 들어갔다.

"저, 모양 맞추기 이제 잘해서 재미없는데."

"그럼 색깔 맞추기 해. 금방 끝내고 올게."

재은은 승현의 말에 수긍하고는 방 안으로 들어갔다. 먼지 하나 없이 깨끗한 침대와 서랍장과 거울, 그리고 작은 욕실과 드레스 룸이 딸려 있었다.

재은은 카드와 과일 바구니를 침대 옆 협탁에 놓고 침대에 걸터앉았다. 그것도 잠시, 발딱 일어나 바닥으로 내려갔다.

'나랑 결혼할 거야? 그럴 거면 침대에서 자든지.'

횡단보도에서 얘기하던 승현의 말이 떠올랐다. 그때는 침실 문을 열고 잘도 들어왔는데, 요새는 모든 게 부끄럽기만 해서 잘 들어오지도 못했다.

재은은 슬그머니 일어나 침대 가장자리에 살짝 앉았다. 숨을 깊게 들이마시고 조금 더 안쪽에 걸터앉았다. 여기서 승현이 매일 밤 누워 잔다는 생각을 하자, 재은은 기분이 이상야릇해졌다.

"으, 으, 으……."

괜히 혼자 부끄러워진 재은은 이상한 소리를 내며 얼굴을 가렸다. 한

동안 아무도 들어오지 않을 것 같다는 생각이 들자, 무릎걸음으로 침대 가운데까지 기어갔다. 승현의 침대에 양반 다리를 하고 앉았다가, 뒤로 벌러덩 드러누웠다. 그러고는 몸을 뒤집고 침대에 얼굴을 묻었다. 코를 킁킁거리자 승현이 항상 쓰는 섬유 유연제 냄새가 콧속을 차지했다. 침대 위에서 수영하는 것처럼 몸을 몇 번 움직인 후, 재은은 기분 좋은 한숨을 내쉬었다.

그때였다. 갑자기 똑똑 문을 두드리는 소리가 들렸다. 깜짝 놀란 재은은 마음이 급한 나머지 어찌할 바를 몰랐다. 몸이 말을 듣지 않았다. 다리가 움직여 주지 않아, 몸을 굴려 침대 위에서 낙하하는 방법을 택했다. 바닥으로 굴러 떨어진 재은은 부리나케 협탁에 올려놓은 카드와 과일 바구니를 잡았다. 복수 때문에 도망치느라 몇 번 달렸더니, 몸이 민첩해졌나 보다. 그러자 문이 열렸다. 승현의 사촌 형수인 순영이 안으로 들어왔다.

"쉬고 있었어요?"

"아……, 네."

사방팔방으로 뻗어 있을 머리를 정리하며 재은은 고개를 끄덕였다.

"과일 드실래요?"

재은이 과일 바구니를 내밀었다.

"아뇨, 됐어요. 많이 먹은걸요."

조금만 먹어서 늘씬하단 생각을 하며 재은은 오렌지 껍질을 까기 시작했다. 어색한 상황이라 말을 건네기도 뭐했다. 밥을 먹을 때도, 그리고 정리를 할 때도 재은을 좇던 시선을 느낀 후라 더욱 그랬다.

"잘해 줘요? 그냥 편하게 승현이라고 할게요."

"네."

재은은 고개를 살짝 숙이고 다시 눈을 내리깔았다.

"승현이 많이 좋아해요?"

순영이 재은을 가만히 바라보고 있었다. 대답을 기다리는 눈친데, 재은은 굳어서 입을 열 수 없었다. 감추려고 했는데, 그렇게 보이나 보네. 승현도 모르는 건데.

"어, 그게……."

재은은 쭈뼛거리며 답했다.

"승현이가 내 얘기 별로 안 했죠?"

"네."

"우리가 많이 친했거든요."

"네."

재은은 들킨 마음도 수습하지 못한 채 '네.'란 대답만 계속했다. 사실 길게 답할 것도 없었다. 그런데 많이 친했다고 하니 괜히 기분이 더 나빴다. 온통 뒤죽박죽이다.

순영이 침대에 아무렇지 않게 다리를 꼬고 앉자, 재은은 편히 있을 수가 없었다. 그 자리는 아닌데……. 사촌 형수면서 고교 동창이니, 굉장히 친한 사이라고 생각되니 어쩔 수 없긴 했지만 그래도 그 자리는 아닌데……. 재은의 생각에 그 자리는 승현의 미래 배우자나 앉을 수 있는 자린데, 진드기 왕재수 순영이 앉아 있다. 분명 승현이 알면 불같이 화를 낼 일이다. 재은은 불변한 느낌을 지우지 못하고 머리를 긁적이고만 있었다.

"승현이에 대해 궁금한 거 없어요?"

"아……."

너무나 많다. 순영에 대한 반감이 크긴 했지만 그래도 승현의 과거는 궁금했다.

"아저씨 학교 다닐 때요, 정말 조용하고 소심했어요?"

"그건 좀 지나친 거고……, 아주 반듯한 소년이었다고 해야 하나?"

"반듯이요?"

재은은 삐져나온 옷자락에, 단추가 잘 잠기지 않는 바지를 입는 승현을 떠올리며 눈을 감았다가 떴다.

"정말 반듯하고 바른 애였어요. 보이스카우트에, 반장에, 믿음직한 학생 이미지 그대로였으니까. 누구에게나 다정다감하고 그랬어요. 가끔은 장난도 잘 치고 짓궂기도 했지만요."

재은은 뭔가 아쉬웠다. 자신이 잘 알지 못하는 승현의 젊은 시절을 아는 순영이 너무 부러웠다.

"막내였는데, 미국으로 이민을 가야 하는데 가기 싫었던 거예요. 안 가고 친척 집에 남겠다고 우겼는데 소용이 없었죠. 그래서 부모님한테 반항할 거리를 찾는 와중에 춤을 추게 된 거죠."

"아까 아저씨가 누구 때문에 춤을 춘 거라고 그랬는데요."

"아, 그거."

순영이 살짝 웃었다. 작은 웃음은 더욱 커졌다. 활짝 웃는 함박웃음에 재은의 기분은 묘하게 나빴다.

"네. 누구한테 잘 보이려고 춤춘 거예요?"

"정말 알고 싶어요?"

앉아 있던 순영의 눈이 이상하게 반짝였다. 재은은 뭔가 불길한 예감이 들면서도 그 궁금증을 참을 수 없었다. 알지 않는 게 좋을 것 같은 막연한 느낌. 하지만 그래도 알아야 할 것만 같은 참을 수 없는 호기심. 모든 게 복합적으로 발동했다.

"네."

"알려 주고 큰일 나는 거 아닌가 싶네."

"아저씨한테 말 안 할게요."

재은은 침대로 가까이 다가가 부탁했다.

"왜 이렇게 알려 주고 싶을까. 나도 궁금해지네, 그 다음이."

순영이 재은을 내려다보며 눈썹 한쪽을 들어 올렸다.

"네?"

재은은 알 수 없는 말을 하는 순영을 향해 인상을 찌푸렸다. 얘기는 해 주지 않고 수수께끼 같은 말만 하고.

"승현이가 반항을 하려던 참에 학교에 댄스 동아리가 생겼고, 그리고 첫사랑이 생겼어요."

"첫사랑이요?"

과거 시절을 헤매던 승현의 멍한 눈이 이제 재은을 향했다. 첫사랑. 호기심이 맹렬하게 치솟았다. 적절한 선에서 그만 해야지 싶은 것도 없어졌고, 그냥 몰라도 되는 것이 예의라는 생각도 잊혀졌.

"그랬죠. 그땐 참 좋았는데. 그런데 너무 어려서 몰랐지. 지나고 나면 아무것도 아닌데, 그땐 그게 중요했으니까……. 잘못했는데, 그래서 사람이 변해 버렸는데 그게 이떤 건지도 모르고. 참 미안했는데, 미안하다고 말하려니까 늦어서……."

재은의 치맛자락에 올려놓았던 카드 묶음이 차르르 바닥에 떨어졌다. 카드들이 팔랑거리며 이리저리 춤을 추듯 바닥에 내려앉았다.

"무슨 말을 하고 있는 거야, 나?"

부자연스러운 승현과 재은을 유심히 지켜보던 순영. 그리고 몇 년 전에 죽었다던, 그래서 여기에 없는 승현의 사촌 형. 재은은 그제야 모든 걸 알았다. 승현을 배신한 사람이 순영이란 것을. 그래서 그렇게 미워하고 말하기도 싫어하는 것을. 조금만 더 생각해도 알 수 있는 건데, 왜 몰랐을까? 혹시 아직도 좋아해서, 아직도 맘이 아파서 승현은 그녀에게 말을 하지 않은 걸까? 재은은 마음이 아프고 쓰렸다.

"정말 춤을 잘 췄어요. 모두들 깜짝 놀랄 만큼."

재은의 고개가 푹 숙여졌다. 눈치 없다고 그렇게 구박을 받던 재은도 재주가 용할 때가 있었다. 돌아가신 부모님 소식을 전하지 않으려고 애써 딴 얘기만 하던 할머니. 결코 돌아오지 못할 부모님을 위해 그림을 그리자던 할아버지. 그리고 투정 한 번 부려 봤는데 이상하게 잘 받아 주던 영준.

"전 실제로는 못 봤어요."

"한번 보여 달라고 해요."

웃음기 묻은 목소리에 재은의 가슴은 누가 때리기라도 한 것처럼 아팠다. 보여 달라고 졸라도 보여 주지 않았는데.

"재은아, 지용이 간다는데."

승현과 지용, 은준이 방문 앞에 서 있었다.

"저도 일찍 가야겠어요."

재은은 눈에 힘을 잔뜩 주고 과일 바구니를 들고 일어섰다.

"왜? 더 놀다 가야지. 형이 너한테만 더 맛있는 거 해 준다고 자랑했는데."

"아니, 피곤한 거 같아."

지용의 말에 재은은 피곤한 것처럼 눈을 감고는 승현을 지나 지용의 곁에 섰다.

"우리가 피곤하게 한 거 아니야?"

"아니에요. 오랜만에 오셨는데, 더 놀다 가세요. 저희는 이만 갈게요."

은준의 말에 재은은 아니라고 크게 부정했다. 그리고 지용의 옷자락을 꽉 쥐고는 지용의 뒤에 붙어 섰다.

"재은아."

"이거 잘 먹을게요. 안에서 쉬다 보니까 피곤해서요. 내일, 내일 놀러 올게요."

승현은 재은을 불렀지만 재은은 희미하게 웃었다.

"형, 또 봐요."

지용은 재은이 옷자락을 당기는 걸 느끼고 서둘러 인사를 했다. 재밌게 놀다 가시라고, 다음에 또 뵙겠다고. 둘은 서둘러 그곳을 빠져나갔다.

"유재은, 왜 그래?"

"뭐가?"

재은은 말없이 길을 따라 걷고 있었다.

"눈에 힘 풀어. 그런다고 눈물 안 나올 줄 알아?"

"누군 안 풀고 싶은가. 안 풀리니까 그렇지."

갑자기 멈춰 선 지용이 재은의 두 눈에 손바닥을 대고 문질렀다.

"으악, 아프잖아!"

재은이 지용의 손을 뿌리쳤다.

"봐, 이제 눈물 나오네."

"휴지 줘 봐."

지용은 주머니를 뒤져서 손수건을 건넸다.

"유재은, 오늘은 얼마 안 운다?"

"눈물만 좀 그렁그렁했을 뿐이야. 내가 만날 우는 줄 알아?"

재은이 빨개진 눈으로 지용을 째려봤다.

"야, 그런 눈으로 보지 마. 눈에서 광선 나올 것 같아."

"눈에 힘줬더니 더 아프네."

재은은 눈에 손수건을 대고 살살 문질렀다.

"넌 만날 바보같이 그냥 도망만 가냐? 그러니까 뺏기지."

지용이 길을 따라 놓인 긴 화분 자락 옆에 주저앉았다.

"내가 언제 도망갔다고? 또 뺏기긴 뭘 뺏겨?"

재은도 지용 옆에 무릎을 껴안고 앉았다.

"장영준이 그놈도 네가 놔준 거나 다름없어. 울며불며 매달려서 다시 뺏어 오면 되는 건데."

"그땐 그런 말 안 했잖아."

"그놈이 맘에 안 들어서 잘됐다 싶었지."

재은이 따지자, 재용은 길에 굴러다니는 휴지조각을 발로 툭 찼다.

"우와, 너 진짜 나쁘다. 친구면 가서 뺏어 주고 그래야지."

재은은 지용을 옆으로 밀었다.

"형한테 고백하고 뺏어 와."

"그게 말이 돼? 아저씨가 내 거야? 뺏어 오게? 그리고 아저씬 내 맘 몰라. 내 맘 몰라야 돼."

기가 막힌 재은은 꼬깃꼬깃해진 손수건을 지용에게 돌려줬다. 그러니까 더 억울한 거다. 승현과 그녀는 아무 사이가 아니니까. 그리고 또 아직도 순영에 대한 미련이 남았는지도 모른다. 그래서 순영만 보면 화를 내는 거고.

"유재은, 바보. 내가 말할 수도 없고, 참!"

지용은 머리를 여러 번 헤집고 흔들었다.

"그냥 나 혼자 슬픈 거고 우울하고 그랬어. 이런 거 말할 수도 없는 거잖아. 나 혼자 좋아해서 문제지."

그렇게 무서워하고 울고불고 했으면서 또 한사람을 가슴에 담다니.

집에 도착하자 승현에게서 전화가 왔다. 일찍 간 이유를 물었지만 재은은 피곤해서 그렇다고 둘러댔다. 사실을 말할 수 없으니까.

13. 복수 no.4 입맞춤, 복수는 이제 그만

"진짜?"

"네."

"정말?"

"네."

"진짜, 정말?"

"그렇다니까요!"

참다못한 재은이 소리를 지르자, 어깨에 멘 가방이 툭 떨어졌다.

"그렇다고 소리는 지르고 그래?"

계면쩍게 웃던 승현은 가방을 주워 자신의 어깨에 멨다.

"아저씨가 여러 번 물으니까 그렇죠."

재은은 승현이 멘 자신의 가방을 가져오려고 가방 끈을 잡아당기며 짜증스런 목소리로 말했고, 그러자 승현이 저만치 달아났다.

"안 믿겨져서 그렇지."

"믿으세요, 진짜니까."

재은이 승현을 따라잡기 위해 조금 빠른 걸음으로 다가갔다. 하지만 승현은 또다시 달아났다.

"올 라이프 이즈 복수라면서. 그런데 그만 한다니 믿겨져?"

재은이 오늘이 마지막 복수라고 한 그 순간부터 승현은 아이처럼 뛰면서 걷고 있다. 승현에 대한 마음과 마지막 복수 때문에 재은은 마음이 무겁기만 한데, 승현은 이상하게 기분이 좋은 것 같다.

"아뇨. 계속하는데, 이런 건 그만 할 거라고요."

"뭐, 계속한다고? 왜?"

달아나던 승현이 멈춰 섰다.

"남들 다 자는 새벽, 이렇게 추운 날씨엔 너무 힘들잖아요. 건강도 해치고. 복수하기도 전에 복수를 당하는 거라고요. 그래서 날씨와 시간에 구애받지 않는 전천후 복수나 하려고요."

승현에 대한 마음을 가지고 복수를 한다는 게 우스웠다. 복수를 하다 보면 자꾸 만나게 되고, 그러면 더 마음이 아플 것이다. 처음에는 몰랐지만 승현을 끌고 이런 일을 한다는 게 못할 짓이라고 생각됐다. 이젠 복수도 하지 않을 거다. 시들시들하다, 모든 게.

"그 자잘한 구린 복수나 계속하겠다고?"

"자잘한 구린 복수요? 아니에요. 지금 장 씨는 감기 기운으로 몸져누워 있다고요."

복수의 효과가 이제야 오는 건지, 감기라면서 며칠째 출근도 못 한다고 했다.

"그게 무슨 복수 때문이야? 그냥 감기 걸린 거지. 네가 바늘 무지 꽂아 댔지만, 무좀이나 치질, 비듬 같은 건 걸리지도 않았잖아."

승현은 재은의 손이 닿지 못하게 가방을 머리 위에 올려놨다.

"이미 걸렸는데 말 못 하는 거예요. 장 씨가 남을 얼마나 의식하는 성격인데. 아마 혼자서 끙끙대고 있을걸요."

"아니야, 넌 복수에 질린 거야. 그래서 그만두려는 거야."

승현은 자신이 재은이라도 된다는 듯이 자신 있게 말했다. 맞긴 했지만 인정은 할 수 없으니 버틸 수밖에.

"아니에요. 근데 왜 제 가방 안 주시는 거예요?"

재은이 가방 끈이라도 잡기 위해 높이 뛰어올랐지만 소용이 없다.

"네가 아까부터 소중한 보물단지처럼 들고 다니니까 뭐가 들었는지 궁금해서 그렇지."

"거기에 마지막 복수를 위한 모든 게 들어 있단 말이에요."

"알았어, 알았다고. 아주 치명적인 무기라니 무서워서 나도 싫다. 자, 여기."

승현이 웃으며 가방을 돌려주자 재은은 인상을 쓰며 가방을 어깨에 둘렀다. 그리고 두 손으로 가방을 꼭 감싸 안았다.

"얼마나 무시무시한데?"

"뭐가요?"

승현이 재은의 가방을 턱짓으로 가리켰다.

"그 안에 든 거."

"전략상 밝힐 순 없지만, 타이어에 구멍을 내는 뾰족한 물건이에요."

"아, 뭔지 알겠다. 확실히 오늘 그놈을 처리하려는 것 같은데 말이야.

그런데 가방은 그만 좀 껴안지그래?"

승현은 재은을 내려다보며 기분 나쁜 표정으로 덧붙였다.

"음, 그러고 싶지만 아저씨가……."

"내가 치사하게 또 할 거 같아?"

"네."

재은은 당연하다는 듯이 답을 하고 가방을 가슴에 끌어안았다. 그런 재은을 보고 승현이 고개를 저었다.

"근데 꼭 이렇게 차를 멀리 두고 와야겠어?"

"그럼요. 차량 번호 조회해서 금방 잡히면 어떡해요? 그 뭐냐, 아저씨가 즐겨 보시는 그 드라마에선 그러잖아요."

"그건 드라마잖아."

"참 좋은 드라마예요. 우리 같은 사람들을 위해서 정보도 주고."

재은은 승현이 즐겨 보는 범죄 수사 드라마를 열심히 함께 봤다. 재미도 있고, 복수에 도움도 되고.

"말이 돼? 하여튼 꼭 이상한 것만 보고 따라 한다니까."

"보여 주셔서 정말 감사해요."

재은은 투덜거리는 승현에게 고개를 꾸벅 숙였다.

"네, 알겠습니다. 근데 오늘은 제대로 할 수 있겠어?"

승현은 영준의 빌라 앞에 멈춰 서서 물었다.

"그럼요."

"안 도와줘도 되겠어?"

승현은 못 미더운 표정으로 재은을 내려다봤다.

"네. 마지막으로 세게, 한 방에 끝내는 건데 당연히 제가 해야죠."

마지막 복수. 정말 정리하고 끝내는 거다. 재은의 머리와 가슴은 온통 다른 사람이 차지했으니까.

"좋아, 한 방에 끝내라."

"네."

재은과 승현은 빌라 뒤쪽에 있는 분리수거함 뒤로 갔다. 재은은 가방에서 라텍스 장갑을 꺼내 끼고, 타이어에 구멍을 내기 위한 도구가 들어 있는 검정 비닐을 코트 주머니에 쑤셔 넣었다. 그리고 얼굴을 가리기 위해 자체 제작한 스타킹을 쓰려는 순간, 승현이 재은의 팔을 잡았다.

"왜요?"

"자, 여기."

승현은 재킷 안주머니에서 짙은 회색 털모자를 꺼냈다.

"아무도 안 본다지만 스타킹은 너무 심하잖아. 얼굴도 보이고. 그래서 하나 만들었다."

재은은 고마움을 담아 고개를 끄덕이고는 그 모자를 머리부터 끼워 넣었다.

"어, 이거……."

"눈이랑 코, 입도 있지. 나름대로 맞춰서 뚫은 거라고."

"근데 구멍이 안 맞는 거 같아요."

이리저리 움직여 가며 눈과 코, 그리고 입을 뚫린 부분에 맞춰 보려던 재은이 고심하며 덧붙였다.

"안 맞아? 그럴 리가 없을 텐데. 거울 보면서 열심히 한 건데. 가만있어 봐. 내가 잘해 볼 테니까."

승현은 모자를 이리저리 움직이며 맞춰 보려고 했지만 잘 되지 않았다. 입의 위치에 코를 위해 만들어 놓은 구멍이 왔다.

"이거 아저씨 얼굴에 맞춘 거 아니에요?"

"대략적인 위치를 찾으려고 그러긴 했는데……. 너, 애가 얼굴이 왜 이래?"

"왜 제 얼굴 탓이에요? 아저씨가 못 만들어서 그런 거잖아요."

승현이 모자를 계속 움직이는 탓에 재은은 숨쉬기가 힘들었다.

"그냥 이렇게 가라. 다음번에 다시 잘 만들어 줄게."

결국 포기한 승현은 눈이 있는 구멍을 재은의 눈과 코 중간에 위치시켰다.

"지금도 괜찮아요. 숨쉬는 데 지장도 없고, 잘 보여요."

"알았다. 힘 줘서, 제대로 뚫어."

"네!"

재은은 주위를 살피며 영준의 차가 있는 곳으로 달려갔다. 이른 시각이라 그런지 다행히 아무도 없다. 차 옆까지 다가간 재은은 앞바퀴 앞에 앉아 주머니에 있는 검정 비닐을 풀어, 그 안의 도구 열세 개를 꺼내 타이어 표면에 꾹 눌러 찔렀다. 복수, 안녕. 그리고 옛사랑도 안녕. 작업을 마친 재은은 잠시 차 앞에 서 있었다. 그러다가 누군가 볼세라, 승현이 있는 곳으로 재빨리 되돌아왔다.

"다 했어요."

"벌써?"

승현이 의외라는 듯이 물었다.

"네. 집에서 무지 연습했거든요."

"은근히 치밀하다?"

"원래 치밀해요. 이제 지켜보는 것만 남았네요."

"추운데 차 가져올까?"

승현이 나직하게 물었다.

"안 돼요! 조금만 기다리면 돼요. 추우면 이거 덮어요."

재은은 가방에서 담요를 꺼냈다.

"네가 추울까 봐 그런 거지, 난 괜찮아. 너 덮어."

"전 내복까지 입었어요. 허리도 안 좋으신데, 감기까지 걸리면 안 되잖아요."

재은이 승현의 무릎에 담요를 올려놨다.

"허리 안 좋은 거랑 감기랑 무슨 상관? 그리고 나 안 춥거든."

"알았어요. 그럼 뭐……."

재은은 담요를 다시 가방에 넣었다.

"생각해 보니까, 지금은 괜찮은데 시간이 지나면 추울 거 같다. 이리 줘 봐."

재은은 다시 담요를 꺼내 승현에게 건넸다. 승현은 담요를 펼치더니 재은을 향해 팔을 벌렸다.

"왜요?"

"담요 크잖아. 너도 덮어."

"전 괜찮아요."

재은은 고개를 흔들며 옆으로 비켜 앉았다. 펼쳐 든 담요가 유혹적이었지만, 돌이킬 수 없는 구렁텅이처럼 보이기도 했다.

"내복은 사람 체온만 못해."

"전 젊어서 괜찮아요. 아저씨 덮으세요."

"애가 정말! 뻑하면 나이 가지고 그래! 이리 오라니까."

"싫어요."

재은은 또다시 발가락이 가려웠다. 이건 그분이 오셔서, 아니, 날씨가 추우니까 동상에 걸려서인지도 모른다.

"너, 감기 걸리면 나도 걸리잖아."

승현은 재은을 휙 끌어당겨 담요 안으로 밀어 넣었다. 갑작스레 승현의 품 안에 들어간 재은은 온몸이 굳어 가만히 있을 수밖에 없었다. 온몸이 다 근질거려서 재은은 두 눈을 꼭 감았다.

"안 춥지?"

"……네."

확실히 춥진 않았다. 얼굴이 화끈거리고 열이 다 났다.

"따뜻하고 좋다! 둘이 합쳐 73도가 넘으니 이건 초저온 살균 온도라니까."

그런 재은과는 달리, 승현은 히죽 웃으며 썰렁한 농담을 했다.

"타이어에 구멍이 확실히 나야 하는데."

재은은 승현과 사이를 슬쩍 벌리며 영준의 차만 바라봤다. 하지만 승현이 담요 끝자락을 더 가까이 잡아당겨, 그 벌어진 틈도 사라졌다. 재은은 담요를 괜히 가져왔다고 속으로 생각했다. 그래도 따뜻하고 너무 좋다. 아프고 쓰린 마음도 조금은 괜찮아진다.

"그래, 몇 개나 꽂았어?"

"열세 개요. 네 개만 하려다가, 적은 거 같아서 열세 개 다 했어요. 아저씨가 해 준 얘기도 있고."

"대단하다, 대단해. 그런 건 잊지도 않아요."

"기억력이 좋아요."

재은은 어깨를 으쓱거렸다.

"어, 나왔다."

"어디요?"

재은이 몸을 벌떡 일으키자, 승현은 재은을 눌러 앉혔다.

"들키면 어쩌려고? 고개 숙여."

승현과 재은은 영준이 차 문을 열고 올라타 차를 출발시키는 것을 지켜봤다. 시동이 걸린 차는 유유히 주차장을 빠져나갔다.

"어, 어……."

"뭐야!"

재은과 승현은 영준의 차를 따라 수십 미터를 쫓아갔다. 숨이 차서 더 이상 뛰지 못할 때까지 달렸다.

"헉! 아니, 왜 저렇게 잘 달려?"

"그, 그러게요. 열세 개나 꽂았는데."

승현과 재은은 헐떡거리며 그 자리에 주저앉았다.

"타이어에 꽂은 거 맞아?"

"그럼요. 달리 꽂을 데가 없잖아요."

딱딱한 차체에 꽂을 순 없으니 타이어가 맞긴 맞을 터.

"그렇긴 하지. 이상하네. 저놈 타이어는 얼마나 특별한 거야?"

"압정을 열세 개나 꽂았는데도 멀쩡하다니!"

"뭐? 압정?"

주저앉아 있던 승현이 벌떡 일어나 물었다.

"네. 아주 드~으러운 압정이요."

재은은 '드~으러운'을 강조했다.

"관순이, 너!"

승현은 어이없다는 표정으로 재은을 쳐다봤다.

"왜요?"

"압정으로 구멍이 나겠어? 못으로 해야지. 대못, 콘크리트못, 이런 거!"

승현이 소리를 질렀다.

"그럼 큰일 나잖아요."

재은은 걱정스러운 표정으로 말했다.

"큰일 나라고 이러는 거야. 복수한다며?"

얼굴이 벌게진 승현이 소리를 질렀다.

"이것도 복수 맞아요. 압정으로 해서 복수가 아닌 건 아니잖아요."

"제대로 된 거, 큰 거 한다며! 그런 건 큰일을 의미하는 거야."

"그래도……, 사람이 다치면 안 되잖아요."

재은의 말을 들던 승현은 코웃음을 치며 뒤로 돌아섰다가 다시 재은 쪽으로 몸을 돌렸다.

"네가 원하는 게 복수야?"

"맞아요."

"아니, 아니야! 넌 진짜로 복수를 원한 게 아니야. 네가 정말 복수를 원했다면 압정이 아니라 못으로 했을 거야."

"생명을 위협하는 복수는 안 돼요. 사람이 죽으면 안 되잖아요."

재은은 승현도 같은 생각일 거라고 생각했다.

"그거 보라고. 넌 그놈이 다치는 게 싫은 거야."

"그건……."

재은은 멈칫했다. 자신이 아픈 만큼 영준도 아프길 바랐지만 결과에 대해선 생각해 보지 않았다. 아니, 생각하지 못했다. 과연 어떤 복수를 원한 걸까? 어쩌면 승현의 말이 맞는지도 모른다. 영준이 다치지 않기를 바란다는 것. 복수의 목적은 영준을 아프게 해 주겠다는 것보다는 다른 데 있었다. 그게 복수가 아닌지도 모른다. 재은 자신의 문제. 복수는 재은 스스로 실연을 잊고자 하는 놀이고 치료인 것이다. 언제나 그렇듯 소심한 재은은 말로만 복수를 한다고 했을 뿐, 그저 자신을 시험하고 있었는지 모른다. 남아 있는 미련을 숨기기 위해서. 하지만 시간이 지나면서 그 미련은 사라졌다. 발가락이 가렵기 시작한 그 무렵부터, 아니, 어쩌면 그 이전일 수도 있다.

"복수하겠다면서 손톱만큼도 해가 가지 않는 복수만 하는 널 보고 내가 무슨 생각이 들겠어?"

"이것도 저한테는 복수예요. 왜 아저씨 기준으로만 보는 건데요? 아저씨 말대로 자잘하고 구린, 치질이나 무좀만 걸리면 돼요. 누가 다치거나 죽는 건 싫다고요. 만약 아저씨가 저라면, 사람이 죽고 다치면 좋겠어요?"

재은은 다시 현실로 돌아왔다. 재은은 왜 승현이 저렇게 다그치는지 모른다. 승현의 말이 사실이어서 듣기 싫었는지 모른다. 그 말이 이제껏 비겁한 자신을 얘기하는 것 같아서 숨고만 싶다. 그래서 말도 안 되는 얘길 하고 있다.

"그렇게 울고불고 죽을 정도였다면, 난 다치는 것쯤은 아무렇지 않았을 거야. 하지만 넌……. 아닌 거지, 아니니까 이런 거겠지."

승현은 자신에게 말하는 것처럼 중얼거렸다. 재은은 승현이 그녀의 복수에 도움을 주는 사람치고는 너무 깊게 빠져 있다고 생각했다.

"아니에요, 저도……."

"아니야, 넌 아직도 그놈한테 감정이 있는 거라고. 24시간 하는 복수도 결국은 그놈 생각하는 거잖아. 안 그래? 복수라면서 언제나 그놈 생각에 빠져 있는 거라고. 이건 복수가 아니라 집착인 거야. 어쩌면, 어쩌면 넌 그놈이 돌아오길 바라고 있을지도 몰라. 아니야?"

재은을 바라보는 승현의 눈동자가 흔들렸다.

"그건 아니에요! 아저씨가 몰라서……."

승현은 잘못 알고 있다. 복수하면서 언제나 생각하는 건 영준이 아니라 승현이다.

"내가 뭔 상관이냐고?"

승현은 손을 주머니에 넣고 한 바퀴 빙 돌았다.

"그런 말이 아니라……."

"그놈이 어디가 그렇게 좋아? 절대 못 잊겠어?"

"아저씨!"

그런 얘기가 아닌데 승현은 계속 엇나가기만 한다. 답답했지만 사실을 밝히지 못한 재은은 흥분하는 승현을 말리기만 했다.

"네가 이렇게 복수에 집착하는 이유가 있을 거 아니야."

"당연하죠."

"왜?"

"그건……, 사랑했으니까요."

누구든 그렇지 않나. 사랑에 빠지면 그렇지. 사랑했으니까. 그런데 지금은 멀어졌다. 이제는 그 거리를 어쩔 수 없다는 걸 안다. 가깝게 할 수도 없고, 가깝게 하고 싶지도 않다.

"사랑하다가 떠나면 다 복수하나?"

"저한텐 특별했어요. 너무 특별했다고요. 처음으로 같이 있고 싶단 생각이 든 사람이었어요. 아주 깊은 사이였다고요."

"사랑하면 다 깊은 사이야. 대체 깊은 사이의 정의가 뭐야? 겨우 키스한 것 가지고?"

"아저씨!"

재은은 화가 났다. 저런 말을 들어야 할 이유가 있던가. 사랑한 것도, 차인 것도 그녀였다.

"네 말대로 깊은 사이라서 그런다며. 키스 상대여서 못 잊는다면 방법이 있지. 이러면 되겠네."

갑자기 다가온 승현은 재은의 어깨를 잡고 입을 맞췄다. 차가운 승현의 입술이 닿은 순간, 재은은 얼음처럼 굳었다. 추운 바람도, 복수도, 열세 개의 압정이 박힌 타이어도 생각이 나지 않았다. 재은은 자신의 입술을 빼곤 이 세상에 아무것도 존재하지 않는 것 같았다.

"유재은, 정신 차려!"

깜깜한 세상이 사라지고, 승현의 얼굴이 재은의 시야를 차지했다.

"야, 숨쉬어!"

재은은 자신이 숨을 참고 있다는 것도 몰랐다. 그제야 숨을 들이마신 재은은 캑캑거렸다.

"숨 안 쉬고 사람을 놀라게 해?"

승현이 그녀의 어깨를 흔들며 말을 걸었지만 한마디도 할 수 없었다.

이 상황에서 승현의 얼굴을 어떻게 본단 말인가. 재은의 머릿속엔 하트와 그분과 키스뿐이다.

"날 봐! 똑바로 보라니까."

승현의 두 손이 얼굴을 감싸자, 재은은 가슴속의 심장에 폭발이 일어날지 모른다고 생각했다. 그렇게 가둬 두려고 한 마음이 요동을 친다.

"내 얼굴 보여? 나 보이냐고!"

승현의 재킷만 주시하던 재은은 어렵사리 침을 삼키고 겨우 고개를 끄덕였다. 재킷에 달린 단추의 구멍이 세 개라는 사실만이 지금 알고 있는 전부였으면 좋겠다는 생각이 들었다.

"애 좀 봐, 또 숨을 안 쉬네. 입 벌리고 크게 들이마셔."

또다시 승현의 얼굴이 가까이 다가오자, 재은은 몇 발짝 뒤로 물러섰다. 승현은 지금 당장 숨이라도 쉬게 하려고 입을 벌릴 태세였다. 재은은 갑작스레 차오른 숨을 내뱉고 겨우 입을 열었다.

"어, 어떻게 숨을 쉬어요? 아저씨가, 아저씨가……."

"내가 뭘?"

재은이 더듬거리자 머쓱해진 승현이 되물었다.

"그, 그……."

"키스한 거?"

"그래요."

"코로 숨 쉬는 것도 몰라, 넌?"

"그런 게 아니라, 놀라서 그런 거에요. 대체 왜 그런 거예요? 내가 뭘 잘못했는데……."

재은은 키스가 끝난 뒤라 더 떨려 죽을 지경이다. 어서 빨리 이 자리를 피하고 싶다. 하지만 키스를 하고도 태연한 승현이 이상했다.

"잘못했지. 나한테 얼마나 잘못했는지 알아?"

"몰라요! 뭘 잘못했는데요?"

재은의 잘못은 복수하다가 다른 사람을 사랑한 잘못밖에는 없다. 승현은 잘못이 많다. 그녀의 마음을 가져갔고, 순영에 대한 배신도 잊지 못하면서 그녀에게 키스를 했다. 순영에 대한 얘기는 해 주지도 않고 몰라도 된다고만 했다.

"잘 생각해 봐. 그럼 알 테지. 하지만 지금 당장은 네가 이 지겨운, 말도 안 되는 복수를 끝냈으면 좋겠어. 그리고 새로 시작했으면 좋겠어. 지금이라도 당장 끝내고 원래의 너로 돌아갔으면 좋겠어. 그래서 그랬어."

승현은 한 손으로 머리를 헤집으며 숨을 골랐다.

"말로 하면 되잖아요."

말로 해도 소용없다. 이미 빠졌는데 마음을 무슨 수로 돌릴 수 있단 말인가. 원래의 자신으론 돌아갈 수 없다고 재은은 생각했다. 너무 멀리, 돌아갈 수 있는 곳도 보이지 않는 곳으로 왔으니까.

"네가 못 알아들으니까 그렇지. 절대 못 알아들었을 거야, 너는."

재은은 잠시 고개를 숙이고 땅만 내려다봤다. 재은은 원래의 자신으로 돌아갈 순 없다고 생각했다. 영준을 사랑했던 때, 실연을 당했던 그때로 돌아갈 순 없었다. 승현을 만났으니까. 그리고 승현이 입 맞춘 그 순간, 예전과 같을 순 없을 거라는 걸 깨달았다. 이제 숨고 싶어도 숨을 수 없었다. 꼭꼭 숨겨야만 될 것 같은 그 마음이 풀어져 나풀거리고 있으니까.

"내가 너한테 키스를 한 이유는……."

"아직도 딴사람한테 미련이 있으면서 왜 그랬어요?"

재은은 승현의 말을 잘랐다. 분하고 억울했기 때문이다. 영준에게 해가 가지 않을 복수만 해서 못 잊는 게 재은의 잘못이라면, 승현도 잘못이 있다. 그녀의 마음이 어떤지도 모르면서, 원래의 자신으로 돌아가라며 그녀에게 키스를 한 잘못.

"무슨 말이야? 내가 누구를……."

"미워요."

미워요. 가두고 숨기려 했던 그녀의 맘을 끄집어냈으니까. 끝까지 참고 들어 줄 수 없을 것 같다. 재은은 승현의 대답이 두려웠다.

"뭐?"

"아저씨가 밉다고요!"

재은은 붙잡는 승현을 뿌리치고, 스니커즈가 내딛는 길만 보며 미친 듯이 달렸다. 할 수만 있다면, 이렇게 빨리 달려서 숨을 수 있고 감출 수만 있다면 죽도록 달릴 수 있을 것 같았다.

"지용이?"

"네."

승현은 하품을 하며 현관문을 열었다.

"들어와라."

승현은 현관으로 들어선 지용이 지나가길 기다리며 서 있었다. 하지만 지용은 그대로 서서 카드라도 되는 것처럼 승현을 쳐다봤다.

"그 시선은 잘 알겠다만, 부담스럽군."

승현은 픽 웃으며 멋쩍게 말했지만, 여전히 지용은 승현을 바라보기만 했다.

"뭐냐, 인마."

한숨을 내쉰 지용은 신발을 벗고 거실로 들어갔다.

"웬일로 찾아와서는 노려보는 건데?"

승현이 지용을 따라 거실로 가자, 지용이 테이블 위에 놓아 둔 카드를 만지작거렸다.

"형."

지용이 진지한 눈빛으로 쳐다보자, 부담스러워진 승현은 카드를 섞기 시작했다.

"생각보다 괜찮아 보이네요."

"금방 낫는 거야, 허리는."

엉뚱한 답을 한 승현은 뜨끔했지만, 테이블 위에 늘어놓은 카드를 계속 정리했다.

"딴 건요?"

"딴 거, 뭐?"

승현은 카드를 한 장 한 장 꼼꼼하게 훑어보며 하고 싶은 말, 묻고 싶은 말을 꾹 참았다.

"형."

지용은 또 한숨을 쉬었다.

"인마, 나도 요새 힘들어."

"알아요."

지용의 측은한 눈빛이 마뜩찮은 승현이다.

"네가 뭘 알아?"

"사랑은 원래 그렇잖아요. 요새 저도 힘들어요."

이게 무슨 말이래. 승현은 지용이 잔소리하러 온 줄 알았다. 시푸르딩 딩한 맘은 어쩔 거냐고, 책임지라고. 그럼 다시 못 이기는 척하며 지용을 쫓아내고, 재은을 만나러 가면 될 거라고 생각했다.

"그럼 너도……."

"뭐, 그렇죠."

지용이 눈을 감고 고개를 끄덕였다. 더 이상 길게 말하지 않아도 승현과 같은 문제라는 뜻인 것 같다.

"아."

승현은 얼굴을 찡그리며 테이블 위의 담뱃갑을 지용에게 밀었다.

"저, 담배 안 해요."

"알아."

지용과 승현은 둘 다 긴 한숨을 내쉬고 한동안 그렇게 앉아 있었다.

"그 여자는 뭐가 문제야?"

"다 문제예요. 그 여자 인생 자체가."

지용이 또다시 한숨을 내쉬었다.

"힘든 길 가는구나. 문제가 있는지 알아보지 그랬어?"

"그러게요. 하지만 그게 맘대로 되나요? 알아도, 눈으로 뻔히 보여도 끌려 들어가는데."

지용은 거실 바닥에 구멍이라도 있는 것처럼 머리를 들이미는 시늉을 했다.

"맞아, 맘대로 안 되지. 그래서 문제지."

둘은 자세한 얘기는 피하고, 하나 마나인 대화, 물으나 마나인 대화를 계속했다.

"나, 진짜 슬픈 말 들었다."

더 이상 빙빙 도는 대화를 할 수 없어 승현이 먼저 묻기로 했다.

"슬픈 말이요?"

"응. 세상에서 제일 슬픈 말이 '공산당이 싫어요!' 인 줄 알았는데, 그거보다 더 슬픈 말이 있더라."

다시 생각해도 무서운 얘기다. 갑자기 다른 사람이 어디서 튀어나온 건지 모르겠다. 그리고 그 사람한테 미련이 있는지, 지가 어떻게 안다고. 재은에게 맘이 있는 승현이 어떻게 딴사람을 생각하며 키스를 할 수 있겠는가. 재은은 승현을 그런 막돼먹은 인간으로 보고 있다는 얘기다. 승현의 마음을 몰라주는 것도 답답한데, 천하의 몹쓸 놈으로 여기고 있다니. 승현은 담뱃갑에서 담배를 꺼내 사납게 씹었다.

"왜 슬픈 말이에요?"

"승복이가 그 말을 하고 죽었잖아. 벽에 황금 벽화 그릴 때까지 살고 싶은 나한테는 슬픈 거지. 우린 어릴 적 반공 교육을 철저히 받았거든."

승현은 아직도 반공과 통일을 외치며 운동장을 돌던 기억이 있다.

"그렇구나. 그보다 더 슬픈 말이 뭔데요?"

"아저씨가 미워요."

승현은 그 말을 하고 눈을 질끈 감았다. 차가운 공기 속에 남겨진 그 말이 승현의 귓가에 계속해서 울렸다.

"그러게 왜 그러셨어요?"

지용이 나직하게 말했다. 그다지 탓하지 않는 눈치다.

"난 잘못한 거 없어. 잘못한 거라면 물어보지 않고, 좀……."

승현이 말꼬리를 슬쩍 빼먹자, 지용이 고개를 길게 빼고 승현을 빤히 바라봤다.

"좀?"

"어쨌든 잘하려고 그런 거지."

승현은 물끄러미 쳐다보는 지용의 시선을 느끼며 담배를 하나 다시 꺼내 새로 입에 물었다.

"너무 잘한 건 아니고요?"

"그런 거지, 뭐."

승현은 힘없이 웃었다. 맞다, 너무 잘하려고 해서 마음이 한 박자 먼저 나간 거다.

아직도 잊지 못하고 집착하는 건 재은의 잘못이 아니다. 자신도 그런 때가 잊지 않았던가. 그래서 처음부터 도와주려고 했던 거고. 경험자로서 충분히 이해하면서도, 정작 그러질 못했다. 변했으니까. 너무 멀리 왔으니까. 같은 라인에 선 게 아니라, 이젠 반대 라인에 섰다. 재은을 바라보는 쪽에서, 그쪽에 서면 남을 배려한다면서 자신만 배려하게 된다. 그래서 그랬다. 재은이 어서 빨리 거기서 벗어나서 승현이 잘 보이는 곳에 왔으면 싶었다. 간절한 나머지 잊었다. 재은의 경우라면 시간이 좀 필요하다는 걸 알면서도, 아니, 잘 알아서 그랬는지도 모른다. 기다리다가 늙어 죽을지도 몰라. 그래서, 그래서 그랬다.

"솔직히 말하면 화가 나서 그랬다."

한 번에 완전히 끝내겠다는 재은의 말에 승현의 가슴은 심하게 떨렸었다. 이제 끝이구나. 정말 도와주기 싫은 복수, 이제 안녕이구나. 치명적인 거라기에 생명의 위협까지 가는 게 아닌가 걱정했다. 그랬더니 압정이란다. 압정, 그거 아무것도 아니다. 압정에 찔려 본 사람으로서 하는 말인데, 그거 피만 약간 나고 별로 아프지도 않다. 그런데 피부보다 더 두꺼운 타이어에 압정을 박았단다. 대못을 박아도 시원찮은데, 박아야 할 대못은 승현의 가슴에 박혔다. 끝낸다면서, 그 미운 놈, 이만큼도 아프게 하기 싫어서 압정으로 박고. 무좀, 비듬, 치질도 다 그런 거다. 소심한 거라는데, 그건 소심한 게 아니라 아직도 그놈을 잊지 못해서 그런 거지. 아프게 하기 싫어서. 그놈 아픈 꼴은 못 보겠다는 거다. 딴 놈 마음은 모르고. 억장이 무너진다.

"왜 그랬냐는데, 할 말이 없더라."

네가 좋아서 그랬다고, 잘 지내고 싶고 잘하고 싶어서 그랬다고 승현은 말하지 못했다.

"재은이는 아무 말도 안 해요."

"그래?"

"이제 전혀 파랗지 않은 거죠, 형?"

지용이 입 꼬리를 슬쩍 올렸다.

"내가 정말 무진장 무지개를 좋아하지만, 파란색은 싫더라."

승현이 불퉁거리며 말하자 지용은 이를 드러내며 웃었다.

"어쩌면 처음부터 파랗지도 않았던 것 같고."

"거봐요, 첫눈에 반한 거 맞잖아요."

지용은 자신의 짐작이 맞았다며 뿌듯한 표정이다.

"첫눈에 확 갈 수밖에 없지. 그 복장으로 남의 집에 뛰어들었는데."

승현은 재은과의 첫 만남을 떠올리며 웃었다. 황량한 집에 들어온 것처럼, 재은은 승현의 휑한 인생으로 갑작스레 들어온 것이다.

"건방진 질문인 건 아는데요. 물론 형이 그럴 거라곤 생각지 않지만요……."

"무슨 질문인데 그렇게 뜸을 들여?"

테이블 위에 카드를 넓게 펼치며 지용이 어렵게 말을 잇자, 승현이 대뜸 물었다.

"그 사촌 형수님 때문에 재은이가 혼자서 삽질을 하고 있어요."

"왜?"

"전 형을 믿는데 재은이는 의심을 해서요. 아직도 형이 사촌 형수님에 대해 생각하는 줄 알아요. 지난번 집들이 때요, 둘이 잠깐 방 안에 있었는데……."

"그랬지. 혹시 또 걔한테 뭐라고 하기라도 했대?"

지용이 머리를 긁적이며 머뭇거리는 걸 보니, 분명 무슨 일이 있는 게 틀림없다. 그날 조금 꺼림칙하긴 했지만 순영이나 재은 둘 다 별일 아니라기에 그런 줄 알았는데, 그게 아닌 모양이다. 박순영, 가만 안 두겠어. 유재은, 똑똑한 척 다 하면서 박순영한테 과거 얘기나 듣고 혼자 울고불고 한 거란 말이지. 당사자인 나에게 물었으면 확실하게 말해 줄 수 있는 건데. 그러니 혼자 착각해서 미련 따위 어쩌고 하면서 내 마음을 의심한 거다.

"정확한 건 모르지만 여자들의 상상력이란 우리 남자들이 짐작하기엔 위대한 거니까요."

"아놔, 정말! 이 두 여자들을 당장 가서……."

"그래서 어쩔 거예요?"

"순영이는 만나서 혼내 줘야지. 잘해 보자고 해 놓고선 일을 망쳐?"

승현은 핸드폰과 지갑을 찾고는 나갈 준비를 했다.

"그럼 재은이는요?"

현관으로 나서는 승현에게 지용이 물었다. 할 말이 없어진 승현은 다시 뒤를 돌아 거실로 돌아왔다.

"밉다는데 뭘 어떻게 해?"

열 살이나 많은 사람이 그 말에 눈 주위가 뜨거워져 어찌할 바를 몰랐다. 승현은 새까맣게 타들어 간다는 말을 그제야 이해했다.

"파랗지도 않은데, 뭘 망설이는 거예요?"

"너무 앞서 나가서 그런 거니, 기다릴까 싶어."

승현이 있는 곳에 올 때까지. 아니면 승현이 재은이 있는 곳까지 가야 할지도 모른다.

"언제까지요?"

"몰라. 조금 더."

울리지도 않는 핸드폰을 본 게 며칠짼지 모른다. 핸드폰 액정에 재은의 번호를 찍고는 폴더를 수없이 닫기도 했다.

"조금 더요?"

"아마도."

승현에겐 '더', 재은에겐 '조금' 걸렸으면 싶다.

"재은이를 봐선 어려울 것 같은데요."

"그래서 말인데, 내가……"

모양새가 우스웠지만, 승현은 지용에게 도움을 청하기로 했다.

승현은 은준의 병원에 있다는 순영을 만나러 갔다.

"뭐라고 한 거야, 대체!"

"뭘?"

은준의 진료실에 앉아 있던 순영은 승현이 들어오자 활짝 웃었다. 하지만 다짜고짜 묻는 승현 때문에 순영의 밝은 얼굴이 어두워졌다.

"몰라서 물어? 재은이한테 무슨 말을 한 거야?"

"날 만나러 온대서 들떴는데 '다시 잘 지내보자.' 그런 건 아니구나."

소파에서 일어선 순영은 진료실 책상 쪽으로 다가갔다.

"잘해 보잔 말이 나와? 이래서 너랑 잘해 볼 수가 없는 거야. 널 잡고 이렇게 묻는 내가 바보지. 넌 아무 말이나 막 하잖아. 예전에도 그랬고 지금도 그렇고."

승현은 거칠게 머리카락을 쓸어 올렸다.

"한승현, 무슨 일인데 그래?"

진료실 안으로 들어오던 은준이 둘 사이의 싸늘한 분위기를 느끼고는 승현에게 물었다.

"이게 좋은 거야? 관계 개선을 하자면서 관계만 더 악화시키고. 넌 언제나 좋은 일을 한다는데, 다 너만 좋은 일이거든. 이제 철 좀 들어."

승현의 얘기에도 순영은 반응 없이 서 있기만 했다.

"네가 '아무것도 몰라요.' 하는 그런 표정으로 서 있는 거 보니, 내가 얘기해서 알려 줘야 하는 거겠지? 집들이 때 네가 내 방에 들어갔을 때, 그때 불안하긴 했어. 하지만 재은이나 너나 둘 다 아무 일 없다길래 그런 줄 알았거든. 어떻게 그럴 수 있어?"

"네가 날 탓하는 이유가 될 만한 그런 거 말한 적 없어."

등을 돌리고 서 있던 순영은 승현을 보며 또박또박 말했다.

"그럼 재은이가 혼자 상상이라도 했다는 거야?"

"그건 네가 가서 물어야지. 난 그저 네 어릴 적 얘기만 했었어. 좋은 애였다고. 모두한테 사랑받을 정도로."

"네 말대로라면 나에 대해 더 좋은 감정을 가져야 하는 거 아니야? 그런데 그게 아니잖아."

승현은 책상을 돌아 순영 앞에 섰다.

"진심이고 아끼는 애라면서? 근데 너에 대해선 아무것도 모르더라."

"모르면 어때? 알려 주면 되지."

아직 모를 수밖에. 만날 복수만 했는데, 알려 줄 시간이나 있었나.

"그래서 언제 알려 줄 건데?"

"네가 무슨 상관인데?"

빈정대는 순영의 말에 승현은 기가 찼다.

"넌 항상 그래. 좋아한다면서 어느새 저만치 혼자 가고, 혼자 있고, 그리고 혼자 놔둬. 그게 위해 주는 거래. 이젠 알 때가 되지 않았어? 내가 널 버린 게 아니라, 네가 날 떠난 거야. 그리고 그때 그 사람이 나타난 거야. 난 어렸고, 외로웠고, 도움이 필요했어. 나, 잘했다는 거 아냐. 잘못한 거 알아. 그래서 미안하다고 하려는데, 넌 들어 주질 않았잖아. 언제나 됐다고, 알아서 하겠다고 그래. 그게 어떻게 알아서 하는 거야? 이렇게 냉랭하게 모른 척 굴고 나한테 기회도 안 주는데."

흥분한 순영이 격하게 몸을 움직이자, 탐스러운 머리채가 커다랗게 휘어졌다.

"그냥 귀찮을 뿐이야. 지나간 일 다시 되짚고 싶지도 않고. 일어났던 일은 변하지 않잖아. 형이 다 얘기해 줬어. 나도 알아. 형한테 간 거, 이미 다 정리된 후인데도 네가 이상하게 구는 거야. 우리 셋 이상한 모양새 만들면서.”

"미안해서 그런 걸 어떡해. 난 미안해서, 어쩔 줄 몰라서 그런 거라고.”

순영의 눈빛과 목소리가 흔들렸다.

"그럼 그냥 미안한 맘만 가져. 왜 내 일까지 상관해서 이러는 거야?”

"나 때문에 네가 이렇게 된 것 같아서, 미안하니까 더 잘해 보려고……."

"하하하! 박순영, 언제까지 잘난 척할 거야? 나, 이제 괜찮다니까. 내 관심의 전부가 될 수 없어서, 돈이 좋아서 떠난 거, 그때는 힘들었지만, 난 이제 잊었고 괜찮아. 재은이 만나고부터는 눈곱만큼도 신경 쓰이지도 않고. 오히려 그런 일이 너무 소소해서, 생각 많은 재은이 알게 하고 싶지 않단 말이야. 그래서 그냥 조용히 지나가려고 했던 거고. 그런데 이제 와서 긁어 부스럼을 만들어!”

어울리지 않는 착한 행동을 하려는 순영 때문에 승현은 웃음이 터졌다.

"재은 씨한테는 그때 미안한 마음만 떠오른다고 했을 뿐이야.”

"평소엔 엄청나게 둔한 애가 하필 이런 건 빨리 알아 가지고…….”

순영을 외면한 승현은 화가 치밀어 올라 진료실 문을 열고 나와 버렸다. 은준도 승현을 따라 진료실 밖으로 나와, 승현을 데리고 비상구 계단 쪽으로 갔다.

"대체 순영이는 언제까지 잘난 척할 거래? 도와주긴 개뿔을 도와줘. 일만 망치고.”

"그러게 미리미리 순영이랑 화해하랬잖아."

은준이 계단에 앉아 구시렁댔다.

"난 화해했는데, 지는 아니라면서 들들 볶더니 이렇게 됐잖아."

"넌 네 얘기만 하고, 순영인 자기 얘기만 하고. 하여간 둘 다 고집들은. 그런데 뭐 하고 있는 거야, 너?"

은준이 승현을 계단에 앉히고 물었다.

"뭘?"

"한승현, 넌 바보야."

"뭐가?"

승현은 은준을 노려봤다. 안 그래도 답답해 죽겠는데.

"당장 달려가서 얘기해야지. 너, 이래서 문제야. 말 안 하고 혼자 다 알아서 하는 게 잘하는 거라고 생각하지? 개폼 잡지 말고 어서 가서 말해. 그런데 네 분홍색 맘은 얘기했어?"

"알겠지! 안 그럼 기습했겠어?"

알긴 개뿔. 그런 눈치는 없고, 쓸데없는 눈치만 있는 유재은. 알아 달라고 손짓하는 승현의 마음은 모르고, 공주병 순영이 얘기만 듣고.

"아는 거랑 듣는 거랑 같아?"

"아직은 걔가 화가 많이 나 있어서, 그냥 갔다가는 내 얼굴 보지도 않을……"

"시끄러워, 한승현. 말하지 않으면 다 소용 없어. '내 마음은 이러니까 네가 알아줘.' 이러는 거 잘난 척이야. '말하지 않아도 알아요.' 이런 노래 다 뻥이야. 말해 줘도 의심되는 게 사랑이야. 위대한 사랑 하나도 없어. 초보자를 위한 레슨처럼 하나하나, 일일이 다 설명해 줘야 해."

"논문 하나 써야겠다!"

승현은 계단에 앉아서 일장 연설을 하는 은준을 보고 픽 웃었다.

"비꼬지 말고 잘 들어. 뭐든 혼자서 잘하는 놈들은 지가 뭐든 다 잘할 수 있을 거라 착각한다니까. 넌 순영이한테 깨지고도 아직도 그 모양이야? 그러니 혼자지."

"쯧! 아주 막 나간다."

승현은 은준을 밀었지만, 왕년 야구부 주장 은준은 재빨리 계단 아래로 몸을 피했다.

"너 같은 바보한테는 막 나가도 된다니까. 넌 나보다 한 수 아래야."

재은은 책상 위에 놓인 핸드폰을 보고 있었다. 승현의 번호를 액정에 찍어 놓고 한숨만 연거푸 쉬었다. 그리고 급기야 책상에 머리를 둥둥 부딪쳐 가며 중얼거리기 시작했다. 이러는 것도 벌써 며칠째인지 모른다.

"아놔!"

"깜짝이야. 뭘 보는 거야, 고지용!"

재은은 재빨리 몸을 일으키고는 핸드폰 폴더를 닫았다.

"그거 형 번호 아니야?"

"아, 아니야."

지용은 흙밭에서 뒹구는 온갖 벌레들을 한 번에 알아보는 육백만 불의 사나이니, 이미 보고도 남았을 것이다.

"아니라고 한다면."

분명 봤을 텐데도 지용은 더 이상 캐묻지 않고 옆자리에 앉았다.

"유재은."

"응?"

재은은 눈을 크게 떴다 감으며 손에 쥔 핸드폰을 서랍에 넣어 버렸다.

"거짓부렁 일삼고 맘 편히 살 수 있을까?"

"어……. 내 맘이 편해."

승현이 키스를 한 이야기는 하지 못했다. 아무리 친한 사이라도 그 얘기를 하기엔 부끄러웠기 때문이다.

"뭐, 그렇다면."

사실을 알려 달라고 물을 것처럼 굴던 지용은 그저 의자에 기대어 고개를 뒤로 젖혔다.

"그런데 왜 왔어?"

"여기 내 자리야."

거꾸로 보이는 얼굴로 눈을 번쩍 뜬 지용이 무서워 재은은 고개를 돌렸다.

"유재은, 너 며칠째 이러는 거 알지?"

"나야 항상 이러는데, 뭐."

재은은 서랍에서 색연필 케이스를 꺼내, 그 안에 꼽혀져 있는 모든 색연필들을 책상 위에 주르르 쏟아 놓았다. 그러고는 길이순으로 정리하기 시작했다.

"그래, 항상 삽질이지."

"야!"

재은은 길이가 긴 색연필들을 오른손에 움켜쥐고, 기분 나쁘다는 투로 지용을 불렀다.

"지금 네 손엔 살인 무기가 쥐어져 있는 거 알아? 내려놓고 얘기해."

재은은 자신의 손에 쥐어진 대여섯 자루의 색연필을 내려다봤다. 가늘고 뾰족한 심이 눈에 들어왔다. 재은은 항상 색연필을 뾰족하게 깎아 놨다. 자신처럼 무기력해 보이는 뭉툭한 색연필이 싫어서.

"자꾸 그럼 황금 바늘로 찔러 준다. 아니야, 너한텐 황금 바늘이 아깝지."

재은은 자신의 서랍, 분홍 비단에 싸여 있는 바늘 뭉치를 떠올렸다.

"참 착한 애였는데, 복수 때문에 애 다 버렸어. 그러니까 형이 책임져야……."

"고지용, 너……."

재은은 내려놓았던 연필을 다시 집어 들었다.

"그러게 누가 그렇게 삽질하래? 땅 파라면 못 하면서, 그런 삽질은 잘도 해요."

지용은 의자를 좌우로 흔들며 재은의 약을 올렸다.

"정신적인 삽질이 얼마나 힘들고 고달픈 일인데. 이런 삽질을 잘해서, 진짜 삽질은 못 하는 거야."

재은은 생각나는 대로 대충 붙여 말했지만, 말하고 보니 참 우울했다. 어릴 적부터 지금까지 계속, 재은은 삽질 지존이다. 주야장천 삽질 지존. 지금은 호주에 있는 친한 친구인 수지가 붙여 준 별명이다.

"그래서? 삽질했더니 뭐가 나왔어? 나올 거 없을 텐데."

"유재은 바보."

재은은 코끝에 주름을 잡았다.

"그거야 만날 나오던 거고. 새로운 건 없어?"

"글쎄……."

언제부터인지 의미가 달라진 복수. 목적을 잃어버린 복수. 그건 재은의 마음이 변했기 때문이다. 아프고 화났던 맘이 어느새 아물었다. 평생 갈 것 같았는데, 죽을 때까지 슬퍼서 아무것도 못 할 줄 알았는데, 이렇게 잊어도 되는가 싶을 정도로 변했다. 그래서 겁이 났다. 누군가를 마음에 담아서 만신창이가 됐는데, 또 누군가를 담는다는 건 '또 아파도 돼.'라고 말하는 것과 같다.

"그렇게 밉냐?"

"누구?"

"누구긴! 넌 공산당보다 더 나쁜 애야."

"공산당? 나쁜 애?"

재은은 지용의 말을 이해할 수 없어 되물었다.

"형이 그렇게 미워?"

"그래, 미워."

내가 더 미워.

재은은 책상에 엎드렸다.

"계속 미울 거냐?"

아니. 그래서 문제야.

"그래도 좋지?"

재은은 책상에 머리를 꾸욱 눌렀다.

처음엔 미웠다. '미워요.'라고 말하게 했으니까. 영준이 다치지 않았으면 하는 솔직한 맘을 들켜 버렸으니까. 그리고 승현을 좋아하는 더 솔직한 맘을 깨닫게 해 줬으니까. 그 입맞춤으로 재은의 맘은 멈출 수 없었다. 온통 승현에 대한 것뿐이니까. 그런데 승현은……. 승현에게는 순영이 있다. 재은과는 비교가 안 되는 순영이.

"그러니까 다시 화해해. 형, 이제 안 볼 거야? 안 볼 수 있어?"

'미워요.'라고 한 뒤 숨이 턱까지 차오를 때까지 뛰었다. '절대 안 봐야지.' 하면서. 그럴 수 있을 것 같았는데, 이제 불가능한 일이다. 죽을 때까지 봐야 할 것 같다.

"유재은, 좋은 거 하나 알려 줄까?"

지용이 재은의 의자를 끌어 자신 앞에 세웠다.

"뭔데?"

재은이 고개를 들자 지용이 웃었다.

"너, 비웃어?"

"아니."

지용은 금방 답해 놓고 다시 히죽 웃었다.

"그럼 왜 웃어?"

"좋은 거라 웃는다. 들을 거야, 말 거야?"

"안 좋으면 죽는다."

"아저씨 맘은 시푸르딩딩하지 않아."

지용은 대단한 것이라도 되는 양 뻐기며 말했다.

"그래?"

그건 재은도 안다. 그런 마음으론 키스하지 않으니까. 그렇다고 승현의 마음이 재은과 같은 것도 아닌 듯했다.

"안 파랗다니까!"

재은의 시큰둥한 반응에 지용이 목소리를 높였다.

"그래서 어쩌라고! 난 이만큼 벌써 좋아져 버렸는데, 그래서 또 퐁 빠질 것 같은데 어쩌라고!"

재은은 책상을 두드리며 목소리를 높였다.

"이제 둘이 잘해 보면 되잖아."

"아저씨한테는 그……, 그 순영이가 있다고."

모든 게 완벽한 승현의 첫사랑 순영이. 순영만 생각해도 재은은 자신이 없어진다.

"그냥 사촌 형수일 뿐이야. 왜 신경 쓰는데? 형이 그 여자를 좋아하는 것 같아? 오히려 싫어하는 기색이 역력하던데."

"아니야. 싫은 건 그만큼 감정이 남아 있어서 그런 거야. 옛날에 서로 좋아하는 사이였다잖아."

"그게 무슨 상관이야? 네가 형 마음을 어떻게 알아? 오히려 이럴까 봐, 그런 얘길 해 주지 않은 걸 수도 있잖아. 형이 아무리 물렁해 보여도 딴 여자 가슴에 품고 너랑 놀 사람은 아니야. 그렇게 같이 있어 놓고도 몰라?"

"그래, 몰라!"

머리와 가슴은 따로 논다. 재은은 두 손에 얼굴을 묻었다.

"둘 다 안 파란색이니 잘해 보면 되잖아."

"아저씬 파랗진 않지만 다시 파래질 수도 있어."

그게 제일 두려웠다. 영준도 그랬다.

"그건 너도 마찬가지야. 네가 먼저 다시 파래질 수 있어. 그렇게 되면 이번엔 형 마음이 아프겠지만, 형은 받아들일 거야. 형이 또 그럼 어때? 그러다가 또 형 같은 사람 나타날 거야. 인생은 언제나 그래. 나무도 그렇고, 꽃도 그래. 푸른 잎, 예쁜 꽃 이번뿐일 것 같지만 다음에 또 만날 수 있어. 네 부모님 돌아가셨지만, 네 곁엔 여전히 가족이 있고 나도 있잖아. 그리고 가장 중요한 건, 형이 나타났잖아."

정말 나타났다. 누군가가 번쩍하고.

"유재은, 무서워하지 마. 아프고 죽겠다고 난리쳤어도 넌 살아남았고, 형도 만났잖아."

재은은 지용의 말을 듣고 있자니, 조금은 마음이 가벼워졌다.

"참 다행이지? 그러니까 얼른 화해해."

"부끄럽고, 그리고 아저씨 얼굴 보기가 민망해서 시간이 필요할 것 같아."

"너무 질질 끌지 말고."

재은은 어떻게 화해해야 할지 난감했다. '아저씨가 좋아요.' 이렇게? 아니면 '아저씨가 밉지 않아요.' 이렇게? 정말 모르겠다.

"그래도 그렇지, 어떻게 '미워요.'란 심한 말을 하고 그래?"

재은은 그때 일을 떠올리자 얼굴이 달아올랐다. 승현의 입술이 닿았던 그때. 생각만으로도 온몸 여기저기가 또 가려웠다.

"얼굴이 왜 이래? 화해할 생각만으로도 그렇게 좋아?"

"뭐……."

재은은 대충 얼버무리고 책상 위에 또다시 엎드렸다. 재은의 머릿속엔 부끄러운 영상이 펼쳐졌다.

"아저씨가 나 좋아할까?"

재은이 모기 소리만큼 자게 물었다.

"그럼. 남자들은 아무 여자한테나 뽀뽀……."

"고지용!"

재은이 벌떡 일어나 지용을 노려봤다. 대체 이 녀석이 어떻게 안 거야! 승현과 지용이 이미 그 사건에 대해 얘길 했나 보다.

"네가 그렇게 풀죽어 있는데 가만히 있을 수 없잖아. 너도 말 안 하지, 형도 말 없지. 형한테 알려 달라고 난리쳤다."

지용은 오히려 큰소리였다.

"아저씬 어떻게 그런 말을 할 수 있어?"

재은은 부끄럽고 당황스러웠다.

"형 잘못 없다. 내가 잘 얘기해 준다고 꼬드겨서 그래. 친구의 우정과 형의 핑크색 마음을 생각해서……."

"아, 창피해 죽겠네. 얼굴 어떻게 봐?"

재은은 두 남자에게 화가 났다.

"내가 안 게 뭐 나쁜가? 오히려 잘됐지. 그리고 말이 나와서 얘긴데, 남자는 절대 맘에도 없는 여자한테 키스 안 해. 널 진짜 좋아해서……."

재은은 의자에 놓여 있던 등받이 쿠션을 지용을 향해 던졌다. 지용의 얼굴에 쿠션이 정확히 맞았다.

"시끄러워! 어휴, 내가 미쳐!"

재은이 씩씩거리고 있는데, 지용은 쿠션에 얼굴을 박고 키득거렸다. 자신이 사랑의 큐피드라고 중얼거리면서.

14. 안녕, 복수

　은은한 조명이 드리워져 있는 실내엔 대여섯 명으로 이루어진 팀이 연주하는 부드러운 재즈가 흐르고 있었다. 마주 앉은 은준과 순영은 음악에 취해 승현이 노려보고 있는지도 몰랐다. 연주가 끝나자 은준과 순영은 열렬하게 박수를 보냈다.

　"쪼, 넌 이게 동창회로 보여?"

　승현은 동창회가 있으니 꼭 나오라는 은준의 전화를 받고 마지못해 나온 참이다. 안 나오면 집에 찾아가 한동안 괴롭혀 주겠다나 뭐라나.

　"동창회 맞지. 우리 셋 모두 동창 맞잖아."

　은준은 순영과 눈을 마주치며 웃었다.

　"그리고 쟨 또 왜 불렀어?"

　승현은 순영을 턱짓으로 가리켰다.

　"셋이 만나는 것도 오랜만은 아니지만 자주 만나는 게 좋잖아. 그리고 내가 아는 팀이 연주한다길래, 특별히 오라고 하고 싶었고. 승현이 너, 재즈 좋아하잖아."

순영은 순진한 표정으로 말하며 은준을 향해 눈을 찡긋했다.

"음악 감상은 집에서 하지, 왜 나오란 거야?"

승현은 불쾌한 표정으로 한숨을 쉬었다. 순영이 은준을 구워삶아, 이 만남을 주선한 게 틀림없다. 순영의 '다시 잘 지내보자.'란 뜻은 잘 알겠는데, 승현은 귀찮고 불편하기만 했다. 더구나 승현에게 한소리 들은 주제에 잘도 또 얼굴을 마주하다니, 박순영은 대체 어떤 인간인지 모르겠다. 오히려 병원에서의 일로 승현과의 관계가 잘 해결된 줄로 알고 있다. 아냐, 박순영. 게다가 재은을 만나 오해를 풀어 주겠다는데, 당장 말렸다. 오해 풀려다, 잘못하면 오히려 배로 쌓이지.

"이렇게 모이기도 힘든데, 얼굴 펴고 즐겨라."

은준은 승현의 어깨를 툭 쳤다.

"쪼, 솔직히 말해라. 미세스 조, 집에 없지?"

"이 자식이 별걸 다 알아요."

은준은 승현의 머리카락을 마구 헤집었다. 승현은 은준을 피해 의자를 옮겨 앉았다. 순영은 그런 그들을 재밌게 구경하고 있다.

"그리고 말이지. 대체 집 번호는 또 어떻게 안 거야, 쪼?"

'쪼'는 은준의 어린 시절 별명인데, 승현은 은준을 매번 그렇게 불렀다.

"쪼라니! 닥터 조라고 불러."

"자꾸 그러면 옛날처럼 뒤에 '다'까지 붙여 준다."

은준은 '쪼다'란 말을 중얼거리며 인상을 찌푸렸다.

"재은 씨가 적어 갔지. 핸드폰 번호도 적고, 주소도 적고. 글씨도 아주 잘 쓰더라."

"예쁜 아가씨? 재은 씨?"

의자에 편히 앉아 있던 순영이 발딱 몸을 일으켰다.

"몰라도 돼."

승현은 눈을 반짝이는 순영에게 눈을 부릅떴다.

"누가 너한테 물었냐? 은준이한테 물은 건데. 그리고 나도 재은 씨 알잖아."

순영은 모르겠단 표정으로 어깨를 으쓱거리고는 은준을 쳐다봤다.

"다시 허리 아파서 며칠 치료받으라고 했더니, 왜 안 나왔어?"

은준은 둘의 사이를 중재하며, 승현의 허리 안부를 물었다. 며칠 전 침대에 누워 있던 승현은 바닥에 있던 핸드폰을 집으려다 또다시 허리를 다쳤다. 재은의 전화인 줄 알고 무리하게 발딱 몸을 뒤집다가 벌어진 일이다. 전화를 건 사람은 재은이 아닌 은준이었다.

"별거 아닌데. 그리고 귀찮아."

승현은 심드렁하게 대꾸했다.

"이젠 몸 사려야지. 이럴 때 바짝 받아 줘야 앞으로도 좋을걸."

싱글거리는 은준이 미워, 승현은 바나나 껍질을 은준에게 던졌다. 은준은 바나나 껍질을 바로 받아 내고는, 승현을 향해 씩 웃었다. 아, 저 영원한 야구부.

"재미없는 치료를 자꾸 받으란 거야? 그리고 이제 아주 말짱하니까 안 받아도 돼."

"치료를 재미로 받냐? 심심하면 같이 오지 그래?"

"바쁜 애한테 오라 마라야!"

승현은 재은 생각에 가슴이 답답해졌다. 그래서인지 예전에 끊은 담뱃갑을 찾아 주머니를 뒤적거렸다.

"담배 찾아?"

"아니, 끊었어."

승현은 대신 와인을 한 모금 마셨다. 들쩍지근한 보랏빛 액체가 코를 마비시키고 목을 타고 넘어갔다.

"진짜?"

"진짜, 정말!"

와인잔을 쾅 내려놓은 승현은 버럭 소리를 질렀지만 깜짝 놀란 은준과 순영의 모습에 금세 무안해졌다.

"왜 화는 내고 그래?"

"화낸 거 아니야. 강조한 거지."

"강조 두 번만 하면 살인나겠다."

"잠시만."

순영은 저쪽에서 자신을 부르고 있는 재즈 팀의 일원을 보고 일어섰다. 승현에게서 무슨 얘기가 나올 참이라 자리를 뜨고 싶지 않았다. 자리에서 일어난 순영은 승현의 어깨를 한 번 두드리고는 기다리고 있는 재즈 팀 사람들에게로 갔다.

"허리가 아니라 머리가 아픈 모양이네."

"머리?"

멍하니 생각에 잠겨 있던 승현은 이해가 가지 않는다는 표정으로 자신의 머리를 가리켰다.

"아니면 가슴인가?"

천장에 달린 조명을 바라보던 은준이 중얼거렸다.

"뭐 하잔 거야?"

"말하고 싶은 거 있지?"

은준이 승현의 어깨에 머리를 기댔다.

"……없어, 인마."

승현은 은준의 머리를 밀었다.

"한승현."

"왜?"

대체 그 누구는 언제 연락을 해 올 것인가. 지용이 잘 말해 준다고 했는데, 재은에게선 전화 한 통 없다.

"뭐 해?"

"자아 발견과 자아 반성."

한승현은 멋진 척하지만 결국 인내심 없는 속 좁은 녀석이다. 아니라면 한승현이 왜 솔직히 고백을 하지 못하고 행동으로 옮겼겠는가. 기분 나쁘게도 사실이다.

"싸웠지?"

"싸우긴 뭘 싸워? 우린 안 싸워. 싸울 것도 없어."

승현은 먹음직스럽게 잘린 멜론을 입에 넣고 천천히 씹었다.

"그럼 차였구나."

"쪼다, 너……."

발끈한 승현은 은준을 째려봤지만 금방 수그러들었다. 어쩌면 은준의 말이 맞았기 때문이다. 재은은 밉다고 외치고 도망갔으니까. 그 뒤로 연락도 없으니까.

"그래서 차였다고?"

"아니."

"그럼 너 싫대?"

"아니!"

'아저씨가 미워요.'와 다를 바 없었지만 그래도 승현은 부인했다. '싫다.'와 '밉다.'는 엄연히 다른 단어니까. 뜻이 비슷한 건 무시하자.

"그럼?

"뭘 그렇게 알려고 해?"

승현은 은준을 노려봤지만 은준은 승현의 눈빛을 무시했다. 좀더 승현의 얘기를 들려 줬으면 하는 것 같았다.

"너무 좋대?"

"미워 죽겠대. 됐어?"

말하고 나니 속은 시원했다. 승현은 반쯤 남아 찰랑거리는 와인을 끝까지 다 마셨다.

"네가 충격이 커서 그런 거구나."

승현은 딱한 표정으로 바라보는 은준을 향해 코웃음을 쳤다.

"그런데 네가 왜 밉대?"

"몰라."

"때렸냐?"

은준의 물음에 승현은 얼굴을 일그러뜨리는 걸로 답을 대신했다.

"사귀자고 했는데 싫다고 한 거지?"

"그럼 다행이게?"

그런 비슷한 말은 해 보지도 못했다. 하지만 그래도 그런 맘을 담아서 키스는 했지. 키스, 서른다섯 나이에 설레기도 하다니. 승현의 표정이 물렁해졌다.

"아, 알겠다! 한승현, 너 왜 기습했어?"

은준이 뭔가 생각났다는 듯이 무릎을 탁 쳤다.

"넌 참 잘도 안다."

병 진단이나 할 것이지, 남의 마음 진단은 왜 저렇게 잘하는지. 승현이 빈정거리는데도, 은준은 자신의 추측이 맞았다며 기뻐했다.

"그러게 봐 가면서 기습해야지."

그 상황에선 '봐 가면서'란 말이 통하지 않았다. 화가 나서 앞뒤 생각할 겨를이 없었으니까.

"다시 얘기해 봤어?"

"못 하겠더라."

"왜?"

승현은 테이블 위의 대리석 무늬를 한참 쳐다봤다.

"우선 연락이 없고, 그렇다고 내가 먼저 보자고 하기엔 거절당할까 무섭고. 힘들어. 진짜 어렵다고. 내 맘 모른 척하고 있어야 하는 건데, 나도 모르게……."

"숨길 수 있다고 되는 게 아니잖아."

은준은 승현의 잔에 와인을 따라 주었다.

"말하다가 더 멀리 도망가면 그땐 잡을 수도 없을 것 같고. 이래저래 생각이 많다. 내가 그렇게 밉냐?"

"응."

은준의 대답에 승현은 기가 막혔다. 위로를 해 주겠다는 건지, 약을 올리겠다는 건지 알 수가 없다.

"한승현, 그래도 넌 다행인 거야."

"뭐가?"

"싫다고는 안 했잖아."

"그게 그거지."

미운 거나 싫은 거나. 그래도 싫다고 하면 공산당과 동급이니, 차라리 미운 게 낫다.

"아니, 조금 달라. 어디까지나 내 생각인데, 밉다는 건 좋아했던 적이 있었는데 지금은 아니란 거잖아. 과거의 감정이 어느 정도 있었단 의미일 거야. 내가 국어 학자는 아니지만 그런 것 같은데."

승현의 기분을 풀어 주려는 은준의 억지였지만, 듣고 있으니 그런 것도 같았다. '좋아했던 적이 있으니까'란 말이 더 크게 들린 것도 같고.

"무슨 얘기 하고 있었어?"

순영이 자리에 앉으며 물었지만 승현은 별것 아니란 듯이 눈썹을 들어 올렸다.

"이것저것 사는 얘기."

승현을 대신해 은준이 대답했다.

"승현아, 전화 온다."

테이블 위에 올려 둔 승현의 핸드폰이 부르르 떨고 있었다. 승현은 핸드폰 액정에 떠 있는 지용의 번호를 확인하고 폴더를 열었다.

— 형, 저 지용인데요. 장영준이 교통사고가 났대요.

"……그래?"

승현은 그 소식에 떨떠름했다. 재은이 밤마다 하던 그 복수 놀이가 소용이 있나 싶었다.

— 그게 중요한 게 아니고요.

승현은 기어들어 가는 지용의 목소리에 좋지 않은 예감이 들었다.

— 재은이가 거기 갔어요.

"뭐! 언제?"

와인으로 데워진 열이 갑작스레 식었다.

— 지금요.

"어느 병원?"

— 제일병원이요.

"알았어, 끊는다."

승현은 핸드폰을 재킷 주머니에 쑤셔 넣었다. 온몸은 한기가 들 정도로 차가워졌지만 머리와 가슴은 뜨거워 폭발할 지경이다.

"거길 왜 가! 대체 왜 가냐고!"

발딱 일어난 승현이 소리를 지르자, 은준과 순영은 승현을 끌어 앉혔다. 하지만 승현은 그들을 뿌리치고 다시 일어났다

"인마, 무슨 일인데 그래?"

"이만 간다."

어리둥절한 표정으로 무슨 일인지를 묻는 그들을 무시하고 승현은 재즈바를 부리나케 빠져나갔다.

재은은 홀의 한쪽 구석에서 영준이 입원한 병실 문을 훔쳐봤다. 하지만 문은 좀처럼 열리지 않았다.

"슬쩍 보고만 가려고 했는데."

재은은 한숨을 내쉬며 낮게 중얼거렸다.

"어떻게 자전거 피하려다 가로수를 들이받냐! 만날 똑똑한 척하더니, 이게 뭐야?"

재은은 영준의 병실 문을 향해 '바보 아니냐!'고 말해 봤지만 실은 불안하고 무서웠다.

"너무 보람찼나."

지용과 승현은 비웃었지만, 재은이 매일 하던 의식들은 남을 해칠 수 있는 위험한 방법이었던 것이다. 그런데 왜 비듬이나 변비, 치질 따윈 걸리지도 않고 전혀 상관없는 감기나 교통사고가 난 것일까? 압정을 꽂았던 타이어는 이미 카센터에서 새 타이어로 바꿨다는데 말이다. 그 때문에 영준은 누군지 발견하면 가만 안 둘 거라며, 괜한 돈 낭비에 속을 끓였다는 것이다.

"알 수 없네."

재은은 그래도 양심의 가책을 느낄 수밖에 없는 입장이다. 어쨌거나 남을 어렵게 하는 사술을 기원했으니까. 크게 다쳤나 걱정돼 병원으로 달려왔지만, 지용의 전화에 따르면 별거 아니란다. 그래도 확인은 하고 가야겠다 싶어서 문이 열리기만을 기다리는 중이다.

"열려라, 열려."

바지 주머니에서 두우웅 진동이 느껴졌다. 재은은 일어서서 핸드폰을 꺼냈다.

—야, 유재은.

"고지용, 왜?"

'여보세요.'란 말을 하기도 전에 지용은 재은의 이름을 불렀다.

─큰일 났다.

"뭐가?"

─형, 거기 떴다.

"아니, 왜?"

재은이 빽 소리를 지르자, 맞은편 데스크에 앉아 있던 간호사가 째려보는 것 같았다. 재은은 자리에서 일어나 반대쪽 복도로 걸어갔다.

─형이랑 통화하다가, 너 어디 있냐고 해서 병원이라고 했지.

"그런 건 왜 말해?"

─형이 너 아프냐고 심각하게 묻길래, 아니라고 그냥 갔다고 하는데 안 믿잖아.

"정말 미치겠다. 언제 말했는데?"

─벌써 도착했을지도 몰라. 얼른 전화해 봐.

"고지용, 너……."

띠릭 전화가 끊어졌다. 지용이 재은의 다그침 때문에 재빨리 통화를 끝낸 것 같았다.

"으악, 어떻게 하나."

난감해진 재은은 영준의 상태는 보지도 못하고 병원에서 나가야 할 것 같았다. 재은은 간호사들과 의사가 얘길 하고 있는 데스크를 지나 엘리베이터로 다가갔다. 그러면서 마지막으로 영준의 병실 쪽으로 시선을 주는데, 낯익은 뒷모습의 남자가 영준의 병실 쪽으로 빠르게 걷고 있었다. 그러더니 그 남자가 문을 열고 안으로 들어갔다. 승현과 비슷하단 생각도 들었지만, 설마 승현이 들어가…….

"어, 아저씨잖아."

재은은 기가 막혔다. 이를 어쩌나? 대체 승현은 병실을 왜 들어간 걸까? 재은은 갈피를 못 잡고 당황하다가 승현을 나오게 해야겠단 생각이 들었다. 그래서 그녀는 일부러 영준의 병실을 지나쳐 복도 끝까지 뛰어갔다. 문이 열렸으면 승현에게 손짓해 나오라고 해야지 생각했는데, 문이 거의 닫혀 안이 보이질 않았다.

"맞다, 핸드폰."

재은은 복도 끝에서 핸드폰을 꺼내 승현에게 전화를 했다. 영어로 뭐라고 소리를 지르는 여자의 목소리가 한참이나 들렸다. 음악이 길어지면 조만간 '고객님과 통화를 할 수 없어……' 하는 단호한 언니의 목소리가 나올 판인데, 왜 전화를 받질 않는 걸까?

— 여보세요!

"아, 아저씨."

다행이다. 귀가 떨어질 정도로 목소리가 큰, 화가 난 듯한 승현의 목소리였지만, 재은은 너무나 안심이 되었다.

— 어디서 뭐 하는 거야?

"아저씨야말로 거기서 뭐 하시는 거예요?"

승현은 재은이 병실에 있다고 생각한 걸까?

— 네가 병원 왔다고 해서…….

"알았으니까, 그냥, 당장, 빨리 나오세요!"

그렇게 말하고는 재은도 지용처럼 서둘러 통화를 끝냈다. 재은은 코너 구석에 숨어서 승현이 나오길 숨죽이며 기다렸다. 아주 잠시였건만, 재은의 이마엔 땀방울이 솟았다. 만약 영준과 마주치기라도 한다면, 더구나 승현까지 보게 된다면 이건……. 생각만 해도 '아놔.'였다.

드디어 승현의 모습이 보였다. 재은은 힘껏 달려 승현의 옷자락을 잡아끌었다.

"아저씨, 빨리빨리! 엘리베이터로요."

재은은 승현의 말을 막고 엘리베이터 쪽으로 가자고 했다. 그들이 엘리베이터의 내려감 버튼을 누르기도 전에 엘리베이터 문이 열렸고, 승현과 재은은 엘리베이터 안으로 들어갔다. 1층 버튼을 누른 재은은 안도의 한숨을 내쉬고 숨을 골랐다.

"저……."

"너……."

그리고 한마디 하려고 운을 떼자, 재은은 승현과 동시에 입을 열었다.

"먼저 말해."

승현과 눈이 마주친 순간, 재은은 입을 열 수가 없었다. 여긴 왜 온 거냐고 따져 물어야 하는데, 그 말은 입 안에서 맴돌고만 있었다.

"너, 말해야지."

어색한 목소리의 승현은 별 특징 없는 엘리베이터 벽에 볼거리라도 있는 것처럼 둘러보고 있었다.

"그러니까……."

재은은 어렵게 입을 열었지만 선뜻 말이 나와 주질 않았다. 사실, 그 이후로 처음이다. 그 키스 이후로는. 사방이 막힌 회색빛 엘리베이터 안이지만, 재은은 그때 그 장소에 있는 것처럼 느껴졌다. 차가운 바람도 느껴지지 않는, 오직 승현의 입술만 느껴지던 그때로…….

"재은아."

승현이 재은의 팔을 살짝 흔들자 재은은 펄쩍 뛰며 구석으로 움직였다. 숨을 쉬라며 그녀의 어깨를 흔들던 승현이 생각났기 때문이다. 그렇게 놀랄 필요 없었는데 무의식적으로 움직인 모양이다.

"내가 널 어떻게 하려고 하는 게……."

'띵!' 하며 엘리베이터가 1층에 도착했다. 문이 열리자 사람들이 보였다. 승현은 머리를 거칠게 쓸어 올리며 재은에게 내리라는 눈짓을 보냈다. 재은은 엘리베이터에서 내려 로비를 가로질러 병원 문을 열고 나갔다. 뒤에서 승현이 따라오는 기척이 느껴졌다.

"유재은, 어디까지 가려고?"

"다 왔어요."

병원 문을 나서고 계단을 내려가자, 재은의 어깨 뒤로 승현의 목소리가 들려왔다. 한참 동안 말없이 걷다 보니, 이젠 말을 할 수 있을 것 같았다.

재은과 승현은 향나무 근처의 벤치에 앉았다. 하지만 재은은 다시 일어서서 벤치 주위를 오가기 시작했다. 승현의 곁에 앉아서 얘기하는 게 쑥스러웠다.

"관순아."

"네?"

"말해야지?"

"네, 말해야죠."

재은은 벤치의 양쪽 끝을 다시 오갔다.

"안 되겠다. 아주 밤새겠어. 내가 먼저 말할게."

"네."

재은은 다행이라는 듯이 고개를 끄덕였다.

"좋아, 그래서 말인데."

"네."

승현은 멀리 시선을 준 후에 숨을 골랐다.

"그러니까 나 싫어?"

벤치 근처를 분주히 오가던 재은의 발이 도중에 멈춰졌다. 이렇게 빨리, 그것도 여기서? 재은은 크게 숨을 들이켜고는 다시 발을 움직였다. 하지만 재은은 두 발짝도 못 가고 승현에게 잡혔다.

"엄마나!"

"계속 눈 피할 거야?"

재은은 두 손목을 승현에게 붙잡힌 채 땅바닥만 내려다봤다. 고개를 들어 승현의 얼굴을 볼 엄두가 나지 않았다. 열이 오른 얼굴로 부들부들 떨고 있는 재은을 보던 승현은 한숨을 내쉬고 손목을 풀어 줬다. 그리고 자신의 옆자리를 가리켰다. 재은은 약간의 거리를 둔 다음, 쭈뼛거리며 앉았다. 마음은 그렇지 않은데 자꾸만 맘과는 다른 행동을 하고 있었다.

"안 싫어요."

재은은 차가운 바람에 볼이 식고, 심장 박동이 느슨해질 무렵 아주 조그맣게 말했다.

"뭐?"

재은은 힘이 쏙 빠졌다. 힘들게 말했는데, 승현이 딴생각 중이었나 보다.

"으, 으, 으……."

재은은 머리카락을 잡아당겼다. 다시 말하려니, 발가락이 심하게 간지러워 당장이라도 운동화를 벗어던지고 싶었다.

"바람결에 실려 갔나……."

"네?"

"바람이 이렇게 휙휙 부는데 그렇게 작게 말해서 들리겠어?"

승현은 손짓으로 바람 흉내를 냈다.

"그런 게 어디 있어요? 들렸던 거죠?"

"안 들렸어, 하나도. 뭐라고 하기는 한 거 같은데."

재은은 승현이 거짓말하는 것 같아, 그의 얼굴을 꼼꼼히 쳐다봤다.

"아, 이제야 쳐다보네."

그 말에 재은은 다시 고개를 푹 숙였다.

"그러니까 누가 바람 부는 이런 데서 얘기하라 그랬나? 그냥 바람 안 부는 엘리베이터에서 말하지."

"그럼 다시 가면 되잖아요."

"굳이 그럴 필요 뭐 있다고. 나만 잘 들리면 되는 거지. 내 귀에 대고 말하면 되잖아."

"아."

재은은 좋은 방법이라며 승현 곁으로 다가가다 말고 흠칫 놀라며 다시 자리에 앉았다. 가까이 다가간다는 건, 또 키스를 생각나게 하니까 힘든 거다.

"왜 오다 말아?"

"그냥 여기서 이렇게 말할래요."

"바람도 바람이지만, 내가 가는귀먹었잖아."

승현은 자신의 귀를 가리켰다.

"안 싫어요!"

재은은 짐짓 큰 목소리로 외쳤다.

"음……. 뭐, 들었다고 치자."

"안 싫다니까요!"

승현의 못 미더운 반응 때문에, 재은은 속이 상해서 한 번 더 말했다.

"밉지 않은 거지?"

"계속 그러면 미울지도 몰라요."

"알았어, 알았다고. 그러게 누가 밉다고 동네방네 외치고 도망가래?"

"도망 안 갔어요."

재은은 그때 일이 떠올라 목소리에 힘을 실었다.

"그거 도망간 거야."

"저야말로 할 말 많아요."

"그래, 해 봐."

승현은 다리를 올려 양반 다리를 하고 앉았다. 재은은 숨을 들이켜고 입을 열었다.

"전요, 아저씨가 좋아요."

"나도."

아직 할 말이 더 남았는데 승현이 재은의 말에 대뜸 답을 했다.

"아직 제 말 안 끝났어요. 복수를 하다가 이렇게 될 줄은 몰랐어요. 사실은 끝까지 숨기려고 했거든요. 이미 죽도록 아팠는데 또 아프고 싶지도 않고, 아저씨가 절 좋아하는지도 모르겠고. 그런데 맘처럼 안 되고, 계속, 자꾸……. 그리고 형수님에 대해선 이만큼도 얘기 안 해 주고. 직접 묻는 건 좀 아닌 것 같아서 그냥 참았는데, 아저씨가 더 비밀스럽게

구니까 답답하고. 또 아저씨 첫사랑이라잖아요! 저는 못 본 춤도 보고. 당연히 저는 아저씨가 형수님을 아직도 맘에 두고 있다고 생각했어요. 미인에, 저랑 다 비교되고. 아저씨는 그런 형수님이랑 과거 풀 스토리가 있고. 그러면서 저한테 키, 키……."

"키스. 그 말 꺼내기가 그렇게 어렵나?"

심각하고 진지한 재은과는 달리 승현은 계속 벙실벙실 웃고만 있다.

"아저씨, 저 지금 심각해요."

"나도 심각한데. 네가 내 맘이랑 다른 얘기 요만큼이라도 하면 울고 도망갈지 몰라서 웃고 있는 거야."

"윽."

재은이 점점 더 이상해지는 표정의 승현을 보며 신음 소리를 냈다.

"풀 스토리야. 실은 예전에 내가 형수님을 보고 반해서, 얼굴이 예쁘잖아. 젊을 땐 그런 거에 혹하고 그래. 네가 이해해 주라. 그래서 형수님이랑 잘 지내고 있는데, 내가 가수 그만 한다니까 나 싫다면서 떠났어. 그리고 내 사촌 형이랑 결혼하더라. 돈 없는 나보다 돈 잘 버는 그분이 좋대. 나는 그게 배신이라고 생각하면서 미워했거든. 그런데 지금 생각해 보면 나도 잘못이 있는데, 그땐 누군가를 원망하는 게 더 편해서 그랬던 것 같아. 우리 사촌 형이 제일 불쌍했지. 다 알면서도 그 여자가 좋다나 뭐라나. 다시 한 번 강조하지만, 나 형수님 절대 안 좋아한다. 그리고 더 싫어졌어. 네 맘 아프게 해서."

재은은 승현의 얘기에 뭉쳤던 가슴이 조금은 풀어졌다. 바보 같아서 창피하기도 하고.

"그런데 너야말로 풀 스토리가 있잖아. 장 씨 그놈이랑."

"그럼 비긴 걸로 해요, 뭐."

같은 풀 스토리여도 많이 다르긴 했지만, 재은은 마지못해 동의했다.

"찜찜하긴 하지만 그러지, 뭐. 하지만 난 처음부터 네가 좋았어. 펑펑 우는 게 귀엽고 예뻐서. 그래서 도와주겠다고 한 거고. 이왕이면 그놈 빨리 잊게 하려고. 그런데 복수하면서 생각만 계속하니까 안 되겠더라고. 실은 글도 다 핑계였어. 너랑 놀려고 글도 다 날림으로 썼어. 그리도 제일 중요한 내 빤스. 누구한테 빤스 보여 준다고 한 적 절대 없다. 오직 너한테만 그랬어. 이제 내 마음 알겠어?"

처음이란 말에 재은은 고개를 숙이고 헤벌쭉 웃었다. 하지만 첫날 승현의 옷차림을 떠올려 보니 그 빤스가 맘에 걸렸다.

"만약 딴사람이 아저씨 집에 들어갔어도 보였을 거예요. 아저씨 바지 단추가 풀려서 검정 빤스가 보였다고요."

"어라, 이제 보니 네가 나한테 반했구나? 내 빤스까지 훔쳐보고."

"아니에요! 아저씨 바지가 흘러내리기 직전이었다고요."

자기 식대로 해석하는 승현 때문에 재은은 기가 막혔다.

"빤스 얘긴 그만 하고. 나, 계속 미워할 거야? 내 얼굴도 똑바로 안 보고. 너 때문에 입맛도 없고 사는 게 우울해. 나이 든 아저씨 병나는 꼴 볼래? 이러다 화병으로 암 생길지도 몰라."

"밉지 않아요. 그런데 부끄러워서 얼굴을 마주 보기가……."

재은은 손가락을 만지작거리면서 중얼거렸다.

"키스를 했지."

승현은 방실방실 웃으며 고개를 끄덕였다. 재은은 승현에게 놀림당한 것 같아 화가 나려고 했다.

"그래서 그런 거라구요."

"키스하면 그 다음 날 서로 눈도 못 마주친다고? 왜 이렇게 촌스러워?"

"그럼 눈 부릅뜨고 얼굴 뚫어지게 보면서 좋았다고 얘기해요?"

"응. 해 줘."

승현은 재은에게 몸을 숙이고 재은의 얼굴 쪽으로 자신의 귀를 가져갔다. 재은은 소름이 돋아서 벤치 끝으로 옮겨 앉았다.

"다음엔 더 잘할게. 그러면 눈 부릅뜨고 얼굴 뚫어지게 보면서 좋았다고 얘기해. 언제든 대환영이야."

"또 하시게요?"

"그럼 안 되나?"

재은은 기가 막혀 입이 다물어지지 않았다.

"한 번 했는데 또 안 하는 것도 이상하잖아. 사람이 진득한 맛이 있어야지, 한번 민 건 쭉 가는 거야."

"윽, 지금 농담이 나와요? 아……, 몰라."

"아저씨가 미운가 보네? 이런 말로 무드 다 깨니까."

승현이 그때를 회상하는 말투로 투덜거렸다. 재은은 승현의 머릿속으로 들어가, 그 기억만 살짝 지우고 싶었다.

"그 전에 무드가 어디 있었다고요. 우린 복수를 하던 참이었어요."

"그래서 밉다고 한 거구나? 알았어, 다음번엔 꼭 주위 분위기 생각하면서 할게."

재은은 눈을 굴리고는 두 손으로 얼굴을 박박 문질렀다.

"정말 겁나더라. 밉다고 해서. 그러니까 다신 그러지 마."

재은은 두 손을 얼굴에서 떼지 않았다.

"네가 준비될 때까지, 부끄럽지 않을 때까지 기다릴게. 난 미쳐서 죽겠지만."

재은은 승현이 덧붙인 말 때문에 생겨난, 그 따뜻한 기운이 빠져나가지 않게 볼을 꼭 감쌌다.

"그 대신 그놈하고는 절대 화해할 생각일랑 마. 알았어?"

"에? 뭐라고요?"

"장영준이 그놈."

좀 전의 부드러운 목소리와는 전혀 다르게, 승현이 굳은 목소리로 말했다.

"그 나쁜 장 씨랑 화해는 왜 해요?"

"잘 생각했어. 용서는 해도, 화해는 절대 하지 마."

"화해도 안 할 건데, 용서는 왜 해요?"

"용서는 해야 돼."

승현은 생각에 잠긴 채 답했다.

"안 할래요."

"꼭 해. 그래야 네가 나랑……. 아니다. 하여튼 내 말대로 하는 거야, 알았어?"

승현은 재은에게 다짐이라도 받듯이 재촉했다.

"용서 안 하고 화해하면 안 돼요?"

"그건 더, 더, 더 안 돼. 그럼 큰일 나."

"어떤 큰일이요?"

재은은 궁금한 표정으로 승현을 쳐다봤지만 승현은 입에 손가락을 대고 고개를 저었다.

"심하게 큰일이라 입에 담기도 어려운 일이니까, 그만 물어."

"그런 게 또 어디 있어. 아저씬 만날 말도 안 되……."

"계속 쫑알대면 키스한다."

재은은 두 손으로 자신의 입을 재빨리 막았다.

"아니, 계속 쫑알대도 좋은데……."

재은은 분해서, 말은 못 하고 숨만 몰아쉬었다.

"그런 숨은 안 돼. 그런 거친 숨은 키스를 불러일으켜."

승현은 고개를 흔들면서 안타깝다는 표정을 지어 보였다.

"아, 진짜!"

일단 입을 연 재은은 승현과 멀찍이 떨어져 섰다. 여차하면 도망갈 자세도 취하고.

"그런데 병원은 왜 왔어?"

"장 씨, 어떻게 됐나 보려구요."

"대체 그놈을 왜 봐?"

승현이 따져 물었다.

"제 복수 때문에 그렇게 된 건지도 모르잖아요. 엄청 찔려서 가만히 있을 수가 있어야죠."

"복수가 제대로 됐다면 나한테 연락하고 둘이 파티를 해야지 가긴 어딜 가!"

"그래도 그건……. 사람이 다쳤는데 어떻게 그래요?"

"그놈은 널 차 버린 놈이야. 그래서 네가 엉엉 울고 그랬잖아."

승현이 신경질을 냈다.

"그랬죠. 그런데 또 생각하니까 안됐고……."

"이젠 그놈 입장도 생각해 줄 수 있는 여유 만만이란 거냐?"

"헤헤, 그런가 봐요. 참 이상하죠?"

재은은 승현의 집에 처음 들어간 날을 떠올렸다.

"다 나 때문이야."

"네, 아저씨 덕분이에요."

재은이 동의하자, 승현이 재은의 머리를 쓰다듬었다.

"근데 아저씬 왜 그 병실에 간 거예요? 저한테 전화하지 않고요."

"그 상황에서 전화가 생각나겠어?"

"전화했으면 이런 일도 안 생기고."

"전화해서 뭐라고 해? 같이 문병 가자고? 넌 주스 사고, 난 꽃 사서 말이지."

승현은 코웃음을 치며 옷자락을 여몄다.

"그런 얘기가 아니잖아요. 아저씨가 그 병실로 들어가는 거 보고, 저 심장마비 걸리는 줄 알았어요. 장 씨가 알면 '아놔.' 되는 거잖아요."

"네가 그놈 병원 찾아간 게 '아놔.' 인 거야. 하여튼 그놈이랑은 다신 상종 마. 넌 맘 약해서 그놈이 잘해 보자고 하면 돌아설 거야."

"저, 안 그래요."

"아냐, 맘 약한 애들이 꼭 그래."

승현이 재은을 원망스런 표정으로 쳐다봤다.

"아니에요, 저 이제 안 그래요."

"그래야지. 내가 있는데."

재은은 '내가 있는데.' 란 말에 더 이상 참을 수 없었다. 신발을 벗고 벤치로 올라섰다. 승현처럼 양반 다리를 하고 두 손으로 발을 꼭 잡았다.

"왜 그래?"

"아니, 오래 서 있으니까 다리가 저려서요."

"어디가 저려?"

"이제 괜찮아요."

승현이 재은의 곁으로 다가오자 재은은 손사래를 치며 말렸다. 그 모습을 본 승현이 알 만하다는 듯이 코웃음을 쳤다.

"그런데 괜찮아요?"

"누구?"

"장 씨요."

"몰라."

승현은 고개를 쓱 돌렸다.

"에? 봤잖아요."

"봤지. 정말 당황되더라. 침대에 누운 남자랑 곁에 있는 아줌마가 날 쳐다보는데……. 나 참, 그렇게 민망한 건 또 처음이네."

"아줌마요?"

영준은 새로운 여자가 아니라, 어머니와 함께 있나 보다.

"그래. 엄마 같던데? 그리고 무슨 환자가 그렇게 건강해? 한눈에 척 봐도, 나이롱환자더라."

"나이롱이요?"

"나일론의 부드러운 표현. 가짜, 그런 거 있잖아."

"아."

재은의 할머니도 가끔 쓰시는 단어다.

"어쨌든 그놈은 이제 끝인 거야. 내가 대신 봐준 거나 마찬가지니까, 걱정 끊고 이젠 새 삶을 시작해라."

"네, 그런데 병실에서는 뭐라고 하고 나왔어요?"

"아, 그거? 일단 들어가긴 했는데 그냥 나오려니 너무 후지잖아. 그래서 한마디 하고 나왔어."

"뭐라고요?"

재은은 무릎걸음으로 승현의 곁으로 기어왔다.

"내 빤스 훔쳐 간 애 찾으러 왔다고 했지."

"거짓말이죠?"

"아니야. 다시는 볼 사람도 아닌데, 뭐. 추워 죽겠다. 그만 가자."

승현은 자리에서 일어나 옷을 탈탈 털었다.

"사실대로 얘기해 주세요."

재은도 서둘러 일어나 따라나섰다.

"진짜 알고 싶어?"

"네."

"집 나간 마누라 잡으러 왔다고 했지."

그리고 승현은 쏜살같이 내달렸다.

15. 당신의 빤스는 영원히 나의 것

재은은 승현의 집 현관문 앞에서 잠시 멈칫거렸다. 승현에게 줄 책을 다른 손으로 바꿔 들었다. 입고 온 꽃무늬 원피스 자락을 움켜쥐었다 펴고 치맛자락을 내려다봤다. 지용의 의견을 적극 수용해 입었긴 했는데, 어색해 죽을 지경이다.

'유재은, 남자 화장실 가는 모든 사람은 다 남자야. 형도 남자거든. 예쁜 옷도 입고, 머리에 꽃도 꽂고 좀 그래.'

차마 머리에 꽃은 못 꽂았다. 이상한 애들이나 하는 것 같아서. 대신 리본 머리띠는 해 주기로 했다.

"아, 괜히 했어."

반질반질한 현관문 앞에 선 재은은 얼핏 비치는 자신의 모습에 연거푸 한숨을 내쉬었다. 그러고는 현관문에 머리를 기댔다.

"이게 다 아저씨 때문이야."

요새 어딘가 이상해진 승현 때문에 재은은 뭘 어떻게 해야 할지 몰랐다. 예전에 비해 말수도 줄고, 뻔질나게 하던 전화도 덜하고, 만나면 괜히 어쩔 줄 몰라 하다가 하늘 보고 한숨쉬고. 그리고 그렇게 하겠다던 키스도 안 하고. 뭐, 바란 건 아니지만 그래도…….

"으……, 몰라."

재은은 능숙하게 비밀 번호를 눌러 현관문을 열고 거실로 들어섰다. 승현은 노트북을 들여다보며 심각한 표정으로 앉아 있었다.

"아저씨."

재은이 승현을 불렀지만, 그는 고개를 저으며 자판을 두드렸다.

"아저씨."

"아이쿠, 깜짝이야."

재은이 승현의 곁에 앉자, 그제야 알아차린 승현은 재빨리 노트북을 닫아 버렸다.

"왜 그냥 닫아요?"

"어, 깜짝 놀라서 그렇지."

"파일 날아가면 어쩌려고요?"

"자동 저장되는데, 뭘."

재은은 아무렇지 않은 척하는 승현을 보며 찜찜한 느낌이 들었다.

"어차피 제가 볼 건데, 왜 감추고 그러세요?"

"음, 이건 나 혼자 써 보려고. 그런데 말이지, 아무래도 난 추리소설과 안 맞는 것 같기도 해."

승현은 노트북을 열어 제대로 종료시키고 파우치 안에 집어넣었다.

"아저씨 글은 착해서 그럴지도 몰라요."

"착해?"

"착하게 범인을 다 알려 준다는 말이죠. 추리소설은 착하면 안 돼요."

"착한 글은 안 되나? 그럼 착해도 되는 거 쓰면 되지."

승현은 뭔가 알겠다는 듯이 고개를 끄덕였다.

"착해도 되는 게 뭐가 있는데요?"

"응, 그런 게 있어. 헉! 그런데 옷이 왜 이래? 아니, 누가 얘한테 이런 걸 입혀 놓은 거야?"

승현이 충격 받은 표정으로 재은을 바라보자 기분이 상했다. 저런 반응을 원한 건 아닌데.

"그리고 이 리본은 또 뭐야? 꽃무늬 강렬해 주시는데, 생뚱맞은 리본은 저 멀리 머리 위에서 빛나고."

"이게 어때서요?"

재은은 두 손으로 머리띠의 리본을 가렸다.

"솔직히 말해. 누가 이런 거 입으랬어?"

"제가 입은 거예요."

승현의 부정적인 반응 때문에, 재은은 뭔가 울컥 치밀어 올랐다.

"아니야, 그 새까만 색 외길 인생으로는 이런 다채로운 색을 고를 순 없어. 누가 골라 줬어?"

"고른 건……, 할머니가 사 주신 거예요. 이거 엄청 비싼 건데, 샤랄라스럽고 그래서 제가 좋아하는 거란 말이에요."

송 여사는 제일 비싼 거 아니면 안 된다며 이 옷을 적극 추천했다. 매장 안의 직원들도 옷이 사랑스럽다고, 분명 입으면 꽃처럼 해사해 보일 거라고 해서 기대하고 왔건만 승현의 반응이 좋지 않았다.

"그럼 그렇지. 노인들이 좋아하는 꽃무늬구만. 넌 샤랄라를 모르는 것 같다. 이건 샤랄라가 아니라 우중충이야."

"지용이도 예쁘다고 했는데."

재은은 이마와 코에 주름이 생길 정도로 얼굴을 찡그렸다.

"고지용 그놈은 식물은 모두 좋아하는 놈이니 그렇지. 말라비틀어진 소나무가 그려져 있어도 예쁘다고 할 거다."

"이거 진짜 진짜 안 예뻐요?"

재은이 승현에게 치맛자락을 펼쳐 보이며 재촉했다.

"너한텐 안 어울려."

승현은 엄숙하게 선언했다.

"저, 집에 갈래요."

창피하게도 재은은 그런 말이 불쑥 튀어나왔다.

"관순아!"

그제야 승현이 분위기를 눈치 챘는지 재은의 팔을 붙들었다.

"지금 간다는 게 아니라요, 조금만 놀다 간다고요."

재은은 토라진 걸 들키지 않으려고 서둘러 변명을 했다.

"그래, 금방 갈 거 뭐 있냐. 그리고 내 말은……."

"리본 머리띠 다신 안 할래요."

재은은 머리띠를 빼서 가방 안에 쑤셔 넣었다.

"넌 어울리는 게 따로 있어. 할머님들이 원츄하시는 건 입지 마. 왜 애미무를 죽이는 옷을 입히시고 그런대?"

승현은 재은의 원피스 자락을 주섬주섬 펴 주며 변명을 늘어놓았다.

"리본 머리띠에, 리본 구두에, 꽃무늬 원피스까지 입고 집에서 여기까지 걸어왔어요."

재은은 될 대로 되라는 식으로 오늘 패션을 고백했다. 말하고 보니, 정말 너저분한 패션이다. 이걸 입고 팔랑팔랑 걸어왔으니, 지나가는 사람들이 보면서 이른 봄날 살짝 머리가 이상한 애가 나들이 가는 줄 알았을 것이다. 방에서 거울로 볼 땐 괜찮았는데, 지금 보니 영 아니다.

"리본 구두? 괜찮아. 리본으로 일관된 패션을 보여 줬잖아? 리본 가방보단 리본 구두가 낫지."

"이 꽃무늬 가방은 어쩔 건데요?"

재은이 뒤에 놓아둔 이름 모를 꽃잎들이 어지럽게 그려진 가방을 집어 들었다. 말을 고르는 승현의 표정이 뒤얽힌 꽃잎들처럼 심란했다.

"그러고 보니, 저 오늘 패션 '아냐.'예요. 집에는 택시 타고 갈래요."

"아니야. 여성스럽고 좋네. 걱정 마. 내가 태워다 줄게."

태워다 준단다. 역시 승현도 이 패션이 맘에 들지 않는 거다. 재은은 가방을 획 던져 놓고 두 다리를 쭉 뻗었다.

"관순아."

"네?"

승현이 소파에 얼굴을 묻고 오늘의 패션을 반성하고 있는 재은을 불렀다.

"꽃밭에 꽃이 많으면 어떤 꽃이 예쁜 줄 알겠어?"

"모르겠죠."

"맞아. 꽃이 많아서 예쁜 유재은 꽃이 가려서 보이질 않는다고."

"아……"

유재은 꽃. 머쓱해진 재은은 가방에서 머리띠를 꺼내 괜히 여러 번 머리에 꽂았다 뺐다를 반복했다.

"그러니까 입고 싶은 대로 입어. 물론 또 이렇게 입고 와도 돼."

"안 돼요, 그건! 절대 이렇게 안 입을 거예요."

아무리 꽃이라고 말해 줘도 다신 이렇겐 안 입으리라 재은은 결심했다.

"왜? 입어도 된다니까."

"꽃인데 필요 없잖아요. 그냥 리본 머리띠나 할게요."

"네 맘대로 해도 돼. 하고 싶은 대로."

재은은 붉어진 얼굴을 들킬세라 고개를 숙이고 한동안 중얼거리다가 영준에게서 온 전화 얘길 하기로 했다.

"그런데요, 묘한 일이 있었어요."

"무슨 일?"

"장 씨가 전활 했지 뭐예요?"

"그래? 아니, 왜 했대?"

영준 얘기만 나오면 핏대를 세우던 승현치고는 뜨뜻미지근한 반응이었지만, 재은은 그게 오히려 다행이라고 생각했다. 더 이상 영준의 얘기가 나와도 흥분하지 않고 화를 내지 않으니까.

"미안하다고요. 정말 미안하다고 무릎 꿇고 사죄하는 마음이래요."

"거참, 그놈 철들었나 보다."

"그러게요. 죽을 뻔한 경험을 해서 그런가 봐요. 그런데 이상한 건요, 절대 제 책임이 아니래요. 다 자기가 잘못해서 그런 거라네요. 지구 온난화도 자신의 책임이래요."

지구 온난화도 우리의 책임이라고 재은이 종종 얘기하던 거긴 하지만 그래도 이상했다. 갑자기 왜 그런 얘기까지 한 걸까?

"그놈 참 실없네."

"그래서요 용서할 테니까 그렇게 미안하면 한 번 만나자고……."

"이 자식, 시키는 대로 안……."

무표정하던 승현이 알아듣지 못할 말을 중얼거리며 화를 냈다.

"네? 뭘 시켜요?"

"아니, 아니. 그런데 내가 만나지 말라고 했을 텐데. 용서는 하고 화해는 말랬지?"

"아, 알아요. 그래도 마지막인데 깨끗하게 용서해 주려고 그랬죠."

승현이 목소리를 높이자, 재은이 두 손을 흔들어 말렸다.

"괜찮아, 깨끗하게는 무슨. 그냥 더럽게 용서해. 그놈이 너한테 한 짓을 생각하면 아주 더럽게 용서해도 괜찮아."

"그렇지 않아도 더럽게 용서해야 할 것 같아요. 절대 만날 순 없대요. 그래도 미안하다고 하다니, 기분이 이상했어요."

"뭐가 또 이상해? 설마 그놈이랑 다시……."

"그게 아니고요. 뭔가 안심이 되더란 뜻이에요. 뭐랄까, 안을 들여다본 후에 뚜껑을 잘 닫은 느낌이라고 해야 되나? 어쨌든 맘이 푸근해졌어요."

승현이 험악한 인상을 하며 재은을 바라보자, 재은은 서둘러 자신의 생각을 덧붙였다.

"그놈한테서 푸근한 느낌이라. 그거 별로 좋지 않다."

승현이 팔짱을 끼고 불편한 표정을 지었다.

"장 씨 때문이 아니라요. 그냥 편안해졌다는 거라고요."

"그럼 다행이고. 노파심에서 하는 말인데, 그런 놈이 되돌아와도 넌 절대 받아 주면 안 돼! 알았지?"

"그럼요."

재은은 잘 알겠다는 뜻으로 고개를 끄덕였다.

"아, 그리고 아저씨에게 드릴 책이에요."

재은은 꽃무늬 가방을 한 번 째려보고는, 안에서 두꺼운 책을 하나 꺼냈다.

"난 글자 크고 그림 많은 걸 좋아하는데. 특히 사람 그림 나오는 거."

"사람이요?"

"응, 젊은 언니들이면 더 좋고."

승현이 씨익 웃자 재은은 알 만하다는 표정을 지었다.

"플레이걸이나 먼데이서울 아니에요, 이건. 엘리스 피터스를 추모하는 단편 모음집인데, 정말 재밌어요. 한번 읽어 보시라고요."

"캐드펠 시리즈 좋아하는 건 어떻게 알고? 그 할머니 참 멋진 얘기 많이 쓰셨지. 관순이 너, 참 훌륭하다."

승현은 재은의 머리를 쓰다듬어 주려다, 리본 머리띠를 보고는 흠칫거렸다. 재은은 머리띠를 집어던진 뒤 승현 앞에 책을 밀어 놓았다.

"제목이 좀……."

"제목이 좀 그렇죠?"

독살에의 초대. 제목 글자 자체도 음침하게 붓으로 뭉텅뭉텅 끊듯이 쓰여 있었다.

"나 죽일 일 있냐고 물었을지 모르겠다."

"설마요."

재은은 그런 생각 따윈 해 보지 않았다.

"죽이는 게 꼭 그런 죽음만 있는 게 아니지만 말이야."

"제가 아저씰 왜 죽여요?"

승현이 히죽 웃자 재은은 자신도 모르게 목소리가 높아졌다.

"아유, 말을 말자. 농담도 못 해요."

"농담으로도 그런 말은 하면 안 돼요."

상상만 해도 그건 안 될 일이다. 승현이 죽는 꼴을 보라니, 그것도 재은이 죽인다는 건 있을 수 없는 일이다.

"갈 길 정말 멀다. 정말 멀어. 한승현이, 이제 어쩔 거냐고!"

승현이 두 눈을 감고 고개를 흔들었다.

"아저씨, 할 말 있어요."

재은은 지용의 코치대로, 아니, 은형의 코치대로 하기로 했다. 만날 마음속에만 품고 이럴까 저럴까 망설이다간 이러지도 못하고 저러지도 못한단다. 시간은 매우 짧고, 언제 죽을지도 모르니 할 말은 하고 살아야 한단다. 더구나 사랑하는 사이라면 당연히. 그렇지 않으면 또 복수를 해야 한단다. 은형이 그랬다. 복수는 열외지만.

"어, 그래."

승현은 재은의 기세에 뭔가를 느꼈는지 양반 다리로 곧게 앉았다.

"요새 아저씨 이상해요. 좋아한다면서 키스해 놓고, 지금은 정말 모르겠어요. 이제 뭔가를 해야, 그러니까 우리는 사귀는 거잖아요. 저는 만날 아저씨가 보고 싶고, 자꾸 같이 있고 싶고, 심심한데. 아저씨는 놀러 오란 말도 잘 안 하고, 예전만큼 전화도 안 하고, 문자도 내가 보내야 오고. 나만 볼 수 있는 추리소설도 안 쓰고, 쓰는 건 다 숨기고……."

재은도 놀랐다. 이렇게 길게 말할 작정은 아니었는데, 그냥 요새 왜 그러냐고 짧게 물어보려고 했는데, 생각보다 그만큼 더 속에 품고 있는 게 많았나 보다.

"내 사랑을 의심했던 거야?"

"그럴 만하잖아요."

"사내의 빤스를 가져간 여인이 그리 쉽게 맘이 변하다니."

승현이 눈을 가늘게 뜨며 재은을 탓했다.

"빤스, 안 줬잖아요. 준다고 해 놓고선."

"가져가려고 했던 거야? 싫다며?"

"주지도 않았잖아요."

재은의 답을 듣지도 않은 채, 승현은 안방으로 사라졌다가 무지개색 빤스를 들고 나왔다.

"자, 여기. 내 마음의 정표야."

재은은 테이블 위에 올려놓은 승현의 속옷을 보고 고개를 돌렸다. 원하는 답은 해 주지 않고 또 빤스 타령이다. 울컥해진 재은은 자신도 모르게 목소리가 떨렸다.

"됐어요, 제 말은 이게 아닌데……."

"또 밉다고 하려고?"

승현은 거실을 벗어나려던 재은을 붙잡아 가슴에 안았다.

"놔요."

"못 놔."

재은은 놓으라는 말 대신 승현의 가슴에 얼굴을 묻었다.

"너랑 잘해 보려고 요새 고민이 많아. 너한텐 아직 시간이 필요한 것 같아서 기다려야 하는 게 아닐까 하고. 내가 가까이만 가도 어쩔 줄 모르잖아. 게다가 난 미국에서 살고, 넌 한국에서 살고. 그리고 넌 미국을 싫어하고. 이것저것 생각할 게 많잖아. 내 마음이 변해서 그런 게 아니야. 의심 따위는 하지 마."

"저, 이제 시간 안 필요해요. 아저씨가 다가오는 게 싫어서 그런 게 아니라요, 좋아서 어쩔 줄 모른 거니까……."

"그래그래."

승현은 아주 흐뭇한 표정으로 재은을 바라봤다. 기분이 좋아서 웃는 건 맞는데, 오싹한 기분이 드는 웃음이다.

"아저씨, 왜 그렇게 쳐다봐요?"

"내가 뭘?"

승현이 눈을 크게 떴다.

"굉장히 찜찜한 눈빛이었어요."

"이게 찜찜한 거냐? 널 향한 뜨거운 눈빛인데."

승현이 좀 전의 표정을 지어 보려고 했지만, 눈에 힘만 잔뜩 들어갈 뿐이다.

"뭐랄까, 굉장히 부담스러운 눈빛이었어요."

상당히 느끼한 표정이라고도 할 수 있는. 재은은 헛기침을 했다.

"이건 키스를 부르는 눈빛인데. 요즘 많이 참았는데, 이제 해도 될까?"

승현이 은근한 목소리로 묻자, 재은이 펄쩍 뛰며 승현의 품에서 떨어져 나왔다.

"지금요?"

"묻기 전에 해 주면 더 좋고."

승현이 재은에게 가까이 다가가자 재은이 소파 위로 올라갔다.

"유재은, 촌스럽게 자꾸 그럴래? 나랑 잠까지 같이 잔 사이잖아."

도망가는 재은을 보며 혀를 찼다.

"맑고 시푸르딩한 맘으로 지켜 줬다면서요?"

"썩어서 변질된 푸른색이었어. 네가 속은 거지."

승현도 재은을 따라 소파 위로 올라갔다.

"시간이 지나면 제가 먼저 아저씨한테 다가갈지도 몰라요. 그러니까 촌스럽고 후져도 기다려 주세요. 너무 좋아서 그런 거니까."

재은이 승현의 손을 슬쩍 잡았다가 떼려고 했지만 승현이 재은의 손을 꼭 쥐었다.

"이러다 나, 성자 되는 거 아니야?"

승현이 위를 올려다보며 한숨을 내쉬었다.

"미국에 빨리 가야 하는 거예요?"

재은이 걱정스럽게 물었다.

"아니. 너 여기 있는데 내가 미국엔 왜 가? 하지만 농장이 신경이 쓰이긴 하지. 그런데 내 직업에 대해서 별로 반응이 없다?"

"뭐가요?"

"멋지다든가, 아님 놀랐다든가 뭐 이런 거."

재은은 앞으로도 분명 놀랄 게 많겠지만, 그럴 만하다고 생각하면서 그다지 놀랄 것 같지 않았다. 벌써 승현에게 적응한 건가.

"엄청나게 넓은 오렌지 농장이 널 기다리고 있어. 맘에 드는 거 휙휙 따 먹으면 돼."

"여기서도 사 먹을 수 있는데, 뭐 하러 거기 가서 힘들게 따 먹어요?"

상상만 해도 멋진 그림이지만, 그 농장은 저 멀리 미국에 있다. 그래서 문제다.

"내가 따 줄게. 그리고 그건 그냥 오렌지가 아니야. 친환경 오렌지지. 진짜 미국 싫어?"

"영어 울렁증이 있어요. 하지만……."

재은은 고심하는 표정으로 말을 골랐다.

"변호사보단 농부가 훨 낫다. 요샌 친환경이 대세라, 남편도 친환경 직업 가진 남잘 골라야 하는 거야."

승현은 영어에 대한 두려움보다는 승현의 직업 때문에 재은이 망설이는 줄 아나 보다.

"거기서 남편이 왜 나와요?"

'남편' 이란 말에 승현은 배시시 웃으며 멋쩍어 했다.

"이런 말하니까 간지럽긴 한데, 미리 청혼한 게 되어 버렸네."

"에? 청혼이요?"

재은은 눈을 동그랗게 뜨고 승현을 뜨악한 표정으로 바라봤다.

"반응이 왜 그래? 나, 완전 좋아한다면서 결혼은 싫어? 저번에도 그러더니."

"저번이라뇨?"

"포장마차에서 그랬잖아. 결혼할 남자로는 부적당하다면서?"

승현의 목소리가 짐짓 높아졌다.

"아니, 그때는……."

"내 빤스는 네 거라며?"

승현이 테이블 위에 있는 속옷을 집어 재은에게 줬다. 재은은 움찔하며 피했다. 하지만 승현의 서운한 표정을 보고 조금은 꺼림칙했지만 속옷을 주머니에 집어넣었다. 그러자 승현의 표정이 환해졌다.

"아직 결혼 얘기가 나오기는 이르지 않나 싶어서요. 사귄 지도 얼마 안 됐는데, 갑자기 결혼이라니까 당황스러워서."

"내가 벌써 서른다섯이야. 내 나이면 그럴 만하지."

승현은 재은의 반응이 맘에 들지 않아 서운하다는 듯이 덧붙였다.

"미국 지사 차려 줄게."

"네?"

"캘리포니아 오렌지 아가씨도 시켜 줄게."

"그건 또 뭔데요?"

재은은 점점 더 거리가 멀어지는 얘기에 정신이 없다.

"여기로 치면 '고추 아가씨' 같은 거. 아직 그쪽엔 없지만 내가 하나 만들지, 뭐."

"아저씨, 우린 아직 서로를 잘 모르는데다 또 이제야 맘을 확인해서……."

"걱정 마. 우리 부모님은 대환영하시면서 좋아하시더라고."

"절 아세요?"

해병대를 사랑하신다는 승현의 아버지 얘기만 잠깐 들었을 뿐인데, 승현은 이미 재은에 대한 얘기를 부모님께 한 듯했다.

"그럼, 벌써 다 말했지. 독립투사 후손이랑 사귄다고 했더니, 아주 좋아하시더라고."

"으, 으……."

재은은 머리를 붙잡고 신음을 흘렸다.

"어, 왜 그래? 머리 아파?"

"아저씨 때문에요."

"그래, 이 모든 게 너한텐 벅찬 일일 거야. 하지만 걱정 마. 내가 있잖아."

승현이 활짝 웃으며 재은의 어깨를 끌어안았다.

"이 세상엔 너 혼자가 아니라 나도 있다고."

'으흐흐흐……' 하며 징그럽게 웃는 승현에게서 벗어나려고 바둥거리던 재은은 힘에 부쳐 가만히 안겨 있었다.

"재은아, 난 네가 내 사람이 되라고 욕심내진 않을 거야. 욕심내고 싶어도 맘대로 되는 게 아니거든."

"그럼요?"

"세상엔 좋은 사람이 참 많잖아. 널 밀치고 지나간 사람도 있지만, 어떤 사람은 널 일으켜 세워 주는 사람이 있듯이 말이야. 난 그런 사람 되고 싶다. 네가 넘어지면 옷도 털어 주고, 무릎이 까졌는지도 봐 주는 사람이. 그리고 다쳤으면 업어 주는……."

재은은 승현의 가슴에 더 깊이 파고들었다.

그렇게 한 사람을 열렬하게 사랑했다던 그들은 서로 새로운 사랑을 하게 됐다. 옛사랑을 처리, 혹은 치료하다가. 그들이 가지고 있는 옛사랑은 과거의 그늘이 아니라, 그들의 시작으로 기억될 것이다.

16. 그래도 영원한 복수, 세상의 모든 적과 싸우며

 승현은 두런두런 들리는 말소리에 애가 탔다. 무슨 말인지 들을 수 없으니 소파에 앉아서 식은 찻잔이나 들여다보고 있어야 했다. 다시 귀를 쫑긋 세우고 방문에 시선을 줘 봤지만, 두 사람의 대화는 전혀 들리지 않았다.

 "백년손님인데, 이렇게 박대를 하시다니."

 어젠 송 여사에게 '무지개 신랑' 왔다며 대환영을 받았건만 유 사장 댁에서는 찬밥 신세인 모양이다. 테이블 꽉 차게 차려진 음식과 송 여사의 환대를 생각하니 더욱 신세가 처량했다. 꿈이 점지해 준 인물이니 재은과는 천생연분이라 했다. 승현의 생년월일까지 이미 알아낸 송 여사는 궁합도 좋다며 더 볼 것도 없다고 유 사장에게 전하두 했었다. 하지만 별 소용이 없는 것 같다.

 며칠 전 재은을 데리러 갔다가 출판사 앞에서 마주쳐 인사는 했지만,

승현은 유 사장의 서늘한 눈빛에 주눅이 들었다. 마치 조선시대의 꼿꼿한 선비를 보는 것 같았다. 재은의 생활이 대략 짐작이 가는 바였다. 더구나 연예인이라면 눈을 감는다지만, 승현은 이제 자신은 연예인이 아니라며 안심하기로 했다. 어엿한 직업이 있지 않은가. 친구들이 놀리는 농부. 재은은 농부인 거 티 날까 봐 '어부의 춤'인 거냐고 놀리기까지 했다.

유 사장은 승현의 '농부'라는 직업보다는 글을 쓴다는 얘기에 조금은 후한 점수를 준 것 같았다. 제목과 줄거리, 장르를 물어보더니 완성되면 읽어 보자는 말도 했다. 완성된 지는 한참 됐지만, 추리에서 로맨스로 장르를 전환한지라 선을 뵈기가 쉽지 않았다. 그것도 재은과 승현의 얘기가 바탕이 된 거라 더 어려웠다. 연예인 시절에 알았던 친한 기자 형이 차린 출판사에서 연락도 왔지만, 재은에게만 살짝 말했을 뿐 유 사장에게는 그저 웃기만 했다. 그냥 우겨서 로맨틱 스릴러라고 해 볼까?

승현이 딴생각 중인데, 방 안에서 유 사장이 버럭 소리를 질렀다. 참고 기다려 보려 했던 승현은 한숨을 쉬며 일어났다. 아무래도 자신이 나서야 할 것 같았다.

승현은 문을 두드리고 방 안으로 들어갔다. 무릎을 꿇고 앉아 최대한 점잖은 목소리로 입을 열었다.

"말씀 중에 죄송합니다만……."

잠시 옆을 힐끗거리는데, 재은이 방바닥을 내려다보며 훌쩍거리고 있다. 예의 바른 청년 한승현으로 변신하려고 했는데 어쩔 수가 없다.

"아니, 그렇다고 애를 울리시고 그러세요?"

승현은 재은의 손목을 끌어당겨 자신의 옆에 앉혔다.

"내가 언제 울렸다고?"

유 사장은 코웃음을 치며 고개를 돌렸다.

"그만 울어. 그러게 같이 들어가자고 했잖아."

승현은 재은의 어깨를 두드렸다. 재은이 길게 숨을 들이마시더니, 다시 훌쩍거렸다. 승현은 한동안 유 사장을 바라보다 입을 열었다.

"아무리 말씀하셔도 저희는 어쩔 수 없어요. 그냥 다음번엔 저 같은 남자 만나지 말라고 한 말씀만 해 주세요."

"이미 만났잖아!"

"그러게요. 그럼 저를 나무라셔야지, 왜 재은이한테 그러세요?"

승현은 발끈하는 유 사장에게 고개를 숙였다.

"네 녀석은 말하나 마나야."

"그래서 드리는 말씀인데, 재은이가 미국 여행 좀 가야 될 것 같습니다."

승현은 최대한 공손하게 머리를 조아렸다.

"누구랑?"

"당연히 저죠."

승현은 누가 가겠냐는 듯이 대답했다.

"과연 그렇게 될까?"

유 사장이 승현을 향해 고개를 흔들었다.

"재은이 저랑 미국 갑니다. 제 농장도 보여 주고, 저희 부모님께 인사도 드리고……."

승현은 재은의 어깨를 툭 치며 반응을 요구했지만, 재은은 멍하니 벽에 걸린 그림만 쳐다보고 있었다.

"안 갈 거야? 얼른 말씀 드려."

승현이 작은 목소리로 말을 걸었다.

"저요……."

울음 때문에 약간 까칠한 목소리로 재은이 입을 열었다.

"……할아버지가 절대 안 된다고 반대하시면……."

"반대하시면?"

"……헤어지려고……."

"무슨 얘길 하는 거야? 너, 이러기야?"

심장이 쿵하고 멈췄다가 다시 뛰었다. 승현은 재은의 말을 믿을 수가 없었다. 아니, 재은이라면 그러고도 남을 것이다. 이 시대의 효녀 심청이라며 '유청'이란 별명이 있다고 지용이 말해 줬다. 그러면서 확실히 해야 한다고 당부까지 하지 않았던가. 그래도 이럴 수는 없는 거다. 승현이 아끼는 빤스까지 가져갔으면서.

"부모 반대 무릅쓰고 결합한 커플은 불행하대요. 그리고 아저씨가 마음 고생할 거고. 그렇게 되면, 제 마음은 더 아플 거고……."

"됐어! 나 안 아파. 절대 안 아프니까……. 헤어지긴 왜 헤어져! 절대 못 헤어져."

승현은 유 사장 앞이라는 것도 잊고 재은을 다그쳤다.

"잘들 한다. 허락받으러 온 녀석들이 의견 하나 조율 못 해서 분분해? 그러고 평생 어떻게 살 거야?"

승현과 재은이 토닥거리는 사이에 유 사장이 입을 열었다. 그 말을 들은 승현의 입 꼬리가 슬쩍 올라갔다.

"주눅 들게 뭐라고 하시니까 이러죠. 어쨌든 미국 가서 인사 잘 드리고 오겠습니다."

승현이 꾸벅 절을 하자, 재은은 어리둥절하게 유 사장과 승현을 번갈아 쳐다봤다.

"재은아, 뭐 해? 얼른 인사 드려."

승현의 재촉에 재은도 엉겁결에 고개를 숙였다.

"그럼 저희는 의견 조율에 힘 쏟기 위해 이만 물러가겠습니다."

승현은 헤벌쭉 웃으며 재은의 손을 잡았다.

"흥!"

재은의 집을 나선 승현은 재은을 흘낏 쳐다보고는 계속 흥흥거렸다.

"왜 그래요?"

"흥!"

재은은 어이없다는 듯이 승현을 바라봤지만, 승현은 계속 흥흥거렸다.

"말로 해요!"

재은이 승현에게 잡힌 손을 빼며 물었다.

"어떻게 그럴 수 있어?"

"뭐가요?"

"나랑 헤어진다고 했잖아!"

승현이 버럭 소리를 질렀다. 지나가던 몇몇 사람들이 그들을 돌아봤다.

"목소리 좀 낮춰요. 쳐다보잖아요."

"솔직히 말해 봐. 나야, 할아버지야?"

배신이라고, 가슴이 아파서 죽을지 모른다고 외치던 승현이 고개를 절레절레 흔들며 눈을 굴렸다.

"으악! 그런 유치한 질문이 어디 있어요?"

"어디 있긴, 여기 있지."

승현이 별일 아니라는 듯이 자신을 가리켰다.

"그럼 저도 할 말 있어요."

"그래, 해 봐."

"사랑하는 여자한테 잘 보이려고 춤췄다면서요!"

재은은 엊그제 지용이 찾아다 준 10년도 더 된 잡지를 읽어 본 참이다. 그건 분명 제니퍼, 박순영 씨 얘기이리라.

"그걸 어디서 들었어? 선사시대 적 얘긴데, 잊어. 다 어릴 때……."

"절대 못 잊어요. 나, 평생 기억할 거예요."

재은이 승현을 뒤로하고 걷기 시작했다.

"관순아."

재은은 빠른 속도로 걸었다.

"유재은!"

재은의 팔을 승현이 잡았다.

"왜요?"

이미 순영의 사과도 들었고 승현의 얘기도 다 들었지만, 이상하게 신경이 쓰였다. 질투는 길구나. 우습기도 했지만 그래도 승현을 놀리는 재미도 조금은 있었다. 두고두고 기억했다가 계속 써먹어야지.

"그 얘긴 이미 끝났잖아."

"난 하나도 안 끝났어요."

"너무한다."

"흥!"

재은은 승현이 했던 대로 흥흥거리며 다시 걸었다.

"나, 충격 먹었어. 네가 할아버지 앞에서 나랑 헤어진다고 해서 상처 받았어. 사람이 그럴 수 있어?"

재은은 승현 곁으로 다가갔다.

"우리 할아버지 엄청 외로운 사람이에요."

"흥! 나도 외로워."

"아저씬 이제 내가 있지만, 우리 할아버지한텐 아무도 없잖아요."

재은은 승현의 손가락을 만지작거렸다. 그런 재은의 손을 승현이 말없이 쥐고 있었다.

"아무래도 미국 지사를 내야 할 모양이야."

"왜요?"

"할아버지도 같이 가시지, 뭐."

승현은 결의에 찬 표정으로 주먹을 쥐었다. 미국 지사를 만들어야 한다며 재은이 일하는 출판사에 가 보겠다고 난리다.

"저, 미국 가서 산다는 말 아직 안 했는데요?"

"또 왜?"

승현이 머리를 사납게 흔들며 소리를 질렀다.

"미국말 싫어요. 너무 못해요."

재은은 생각만 해도 속이 메슥거렸다. 미국에 가면 항상 멀미하는 기분으로 살아야 할지도 모른다.

"걱정 마. 내가 있잖아."

아무 걱정 없는 표정의 승현이 활짝 웃었다.

"아저씨가 항상 있을 순 없잖아요."

"항상 있으면 되지. 아니면 농장 안에만 있어. 거긴 내 친구들이 있잖아."

"으, 으, 으……. 어쨌든 여행은 갈 수 있어도 평생은……."

재은이 토할 것 같은 표정으로 말하자, 승현의 얼굴이 험악해졌다.

"특별히 너에게만 내 빤스를 빨 권한을 줬는데도 차겠다는 거야?"

"아, 됐어요. 그 빤스, 왜 빨아?"

재은은 세탁기에 한 번에 돌리겠다고 다짐했다.

"정말 그러기야? 네 것도 빨아 준다니까."

"제 빤……, 아니, 제 건 또 왜요?"

"부부는 일심동체야. 네 빤스가 내 거지."

승현은 재은의 옷자락을 잡고 징그럽게 웃었다. 재은은 고개를 흔들며 옷자락을 빼내기 위해 안간힘을 썼다.

"제 건 제가 빨게요."

재은은 더 이상 속옷 얘기는 하고 싶지 않아 뜀박질을 하기 시작했다. 그러던 중 재은의 주머니에서 뭔가 떨어졌다. 재은이 재빨리 주우려고 했지만 승현이 더 빨랐다.

"내가 사 준 복수 인형이잖아. 아직도 갖고 다녀?"

"마스코트 같은 거라서……."

재은이 어색한 웃음을 지으며 중얼거렸다.

"아직도 그놈 못 잊었어?"

"아뇨! 절대 아니에요."

재은은 승현의 눈빛에 눌려 두 손을 저었다.

"그럼 어떤 놈이야!"

"놈 아니에요."

재은은 코에 주름을 잡고 승현의 시선을 피했다.

"설마……."

승현의 입이 벌어지는가 싶더니, 땅바닥만 내려다보는 재은을 보고 웃기 시작했다.

"아, 몰라요. 세상의 모든 여자들이 다 적이에요. 아직도 아저씨 팬클럽이 있고, 지나가는 여자들도 아저씰 본다고요. 그 여자들한테서 지켜야 하니까, 이건……. 하여튼 이제 더 바빠졌다고요."

재은은 자신이 말하고도 창피해서 인형을 손에 쥐고는 달리기 시작했다.

"관순아, 같이 가! 난 너뿐이라니까! 힘들면 같이해 줄게. 기다리라니까!"

에 필 로 그

"이게 무슨 미국 지사예요?"

재은은 농장 한가운데 서서 소리를 질렀다. 친환경 사무실을 만들어 주겠다더니, 농장 가운데에 책상과 의자만 덜렁 가져다 놓고는 사무실이란다.

"왜? 대자연에 둘러싸인 사무실이잖아. 공기 좋고, 배고프면 오렌지 하나 따서 먹어도 되고."

승현은 재은을 의자에 앉게 하고, 책상 위에 오렌지를 올려놨다.

"화장실은 어떻게 하고, 식당은 어디 있어요?"

"걱정 마. 밥은 내가 배달해 주면 되고, 화장실은 음……, 거름 되게 여기서 그냥 봐도 되고. 아니면 요강…….

"아저씨!"

재은은 아무렇지 않게 화장실 얘기를 하는 승현을 어이없다는 듯이 바라봤다.

"이 책상이 얼마나 멋진 건 줄 알아? 장인 정신이 돋보이는 가구야. 장미나무로……."

"네, 잘 알겠습니다. 그런데 미국 지사라면서 혼자만 근무해요? 책상이 왜 한 개만 있어요? 지용이랑 서 팀장님도 같이 왔잖아요."

재은은 장인 정신의 산물인 장미나무 책상을 툭툭 두드리며 물었다.

"그 둘은 놀러 왔잖아. 너만 있을 건데, 뭐. 요샌 1인 기업 시대야, 몰라?"

승현은 카트에서 노트북과 필기도구를 꺼냈다.

"너무해요."

의자에서 일어난 재은은 책상을 빙빙 돌았다.

"너야말로 너무한다. 이런 사무실 찾아보려고 해도 없다? 나니까 이런 거 만들어 주는 거야."

승현의 뻐기는 태도에 재은은 얼굴을 찡그렸다.

"완전 속았어요!"

재은은 참고 참았던 말을 해 버렸다. 영어 울렁증 환자가 사랑만 믿고 바다 건너로 시집왔건만, 승현이 한국에서 했었던 약속은 제대로 지켜지지 않았다. 미국에 오자마자 재은은 승현이 등록해 놓은 어학원에 다녀야만 했다. 온종일 멀미 나는 영어와 싸우고 돌아오면 오렌지 수업이 재은을 기다리고 있다. 농부의 아내도 오렌지에 대해 알아야 한다며.

"그게 무슨 말이야?"

양팔을 허리에 올린 승현이 재은을 노려봤다.

"뭐, 그러니까……."

승현의 무서운 눈초리를 느낀 재은은 운도 떼지 못하고 운동화로 바닥을 문질렀다.

"후회한다, 속았다, 무른다. 이런 얘기 또 하면 알아서 해! 그러면 나……."

약간 화가 난 투로 말하던 승현이 잠시 머뭇거렸다.

"나, 뭐요?"

"……네 빤스로 오렌지나무에 목 맬 거다."

승현이 재은을 내려다보며 겁을 줬다.

"헉! 그런 무서운 얘기를 하고 그래요? 알았어요, 알았어."

재은은 투덜거리며 의자에 앉았다. 재은이 한국이 그립다는 둥, 영어 때문에 미치겠다는 둥의 싫은 소리라도 할라치면 곧바로 무서운 협박을 한다. 콱 죽겠다, 다시 춤을 춰서 허리병이 나겠다, 무단 횡단을 하겠다, 암으로 죽겠다 등등. 장난인가 싶어 승현의 얼굴을 보면 진지하기 그지없다. 더구나 승현의 친구인 지훈과 주은도 승현이 원래 잔인한 면이 있는 사람이라며 조심하라고 했다. 또, 재은 아니면 승현은 아무도 구제해 줄 여자가 없다고도.

"오렌지 좀 까 줄까?"

재은의 대답에 기분이 좋아진 승현이 과도를 꺼내 오렌지를 잘랐다. 갑자기 재은은 승현의 말에 궁금증이 들었다.

"빤, 아니, 속옷으로 목을 맬 수 있을까요? 길이가 짧잖아요."

"한번 매 볼까?"

재은의 물음에 과도를 움켜쥔 승현이 인상을 썼다.

"아, 아니요."

재은은 어설프게 웃으며 두 손을 흔들었다. 궁금해도 참아야 하나 보다. 아무리 생각해도 목을 맬 길이가 나오지 않을 것 같은데.

"너 말이야, 이 아저씨 맘 아프게 그런 말 또 하면 안 돼. 그런데도 네가 학원 안 다니고 친환경 사무실 싫어하면, 나도 최후의 방법을 쓸 수밖에 없어."

승현은 자른 오렌지 조각 하나를 재은에게 건네줬다.

"그게 뭔데요?"

오렌지를 삼키며 재은이 물었다.

"최후의 방법은 최후에만 쓰는 거야."

"그럴 린 없을 테지만 궁금하니까 알려 주세요."

"정말 알고 싶어?"

승현이 머리를 한쪽으로 기울인 채 물었다. 표정도 심상치가 않다. 재은은 열렬히 고개를 끄덕였다.

"네 빤스 몽땅 매달아서 너 찾으러 전국을 누빌 거야."

"헉!"

재은은 먹던 오렌지가 목에 걸렸다.

"내가 네 빤스 몇 개 가져간 거 알지?"

승현이 히죽 웃었다. 그러면서 재은이 가지고 있는 속옷 중 아이스크림 무늬와 잠자리 무늬, 보라색 땡땡이 무늬를 언급했다. 가방까지 뒤졌나 보다. 정말 미치겠다.

"그런 걸 왜 가져가요? 변태처럼!"

"변태는 무슨! 나는 선녀의 날개옷을 훔친 나무꾼의 마음을 이해한다니까. 너 도망 못 가게 나는 빤스로……."

"빤스, 지겨워요. 툭하면 빤스예요?"

재은은 승현의 빤스에 대한 집착을 이해할 수가 없었다. 속옷 때문에 곤란한 적도 없었다는데 말이다.

"몰라, 나도 왜 빤스만 찾는지. 너만 보면 빤스 생각이 난단 말이야."

승현이 재은의 어깨를 툭 건드리며 웃었다. 기운이 빠진 재은도 승현을 보며 마주 웃었다. 이제 재은도 조금은 알 것 같다. 집착은 몰라도, 빤스는 사랑의 매개체니까. 승현이 이 세상 어느 누구에게도 주지 않았다는 빤스를 오직 재은에게 준다고 하니까. 그래도 재은은 서운한 맘이 약간 든다. 빤스보다는 반지가 낫지 않나.

"저도 반지 주세요."

재은이 샐쭉하게 말했다.

"뭐?"

"빤스 말고 반지 주세요. 지훈 오빠가 주은 언니한테 줬다는 그런 반지요. 반지가 아니라면 팔찌도 좋고, 목걸이도 좋아요."

액세서리에 별 관심이 없는 재은이지만, 반지를 들여다보며 웃는 주은이 부러웠다.

"내 무지개 빤스가 그 반지보다 못하다는 거야?"

기분 나쁘다는 듯이 승현이 따졌다.

"그런 말이 아니라요, 몸에 지녀서 보고 싶어요."

"내가 준 빤스 입고 거울 봐."

"아, 정말! 그건 몰래 입고 봐야 하잖아요."

재은이 주먹으로 책상을 쳤다. 승현의 제안은 들어 줄 수가 없다. 재은의 마음을 왜 이렇게 몰라주나. 그저 마음의 표시, 사랑의 증표 같은 작은 걸 원하는 건데.

"몰래 보지 마, 그럼. 내가 같이 봐 줄게."

승현은 당장이라도 거울 앞에서 봐 줄 것처럼 진지하게 말했다.

"환한 대낮에 남들이 봐도 아무렇지 않은, 그런 거요."

재은도 오기가 생겼다. 무지개 빤스가 더 중요한 건 알지만 그래도, 그래도……. 괜히 속이 상해서 눈물이 찔끔 나려고 한다. 재은은 의자를 책상 앞으로 바짝 잡아당겨 앉았다.

"유재은, 화났어?"

승현이 재은 앞으로 몸을 숙였다.

"아니요."

재은은 눈에 힘을 잔뜩 준 채, 최대한 자연스럽게 대답했다.

"울려고?"

"안 울어요. 그런 거 가지고."

그럼, 안 운다. 집에 가서 몰래 울지도 모르지만.

"으음……, 그래? 책상 서랍 열어 봐."

승현이 믿지 못하겠다는 표정으로 잠시 재은을 보더니 서랍을 가리켰다. 재은은 서랍을 열고 길쭉한 상자를 꺼냈다. 상자를 여니 일곱 개의 작은 상자들이 한 줄로 들어 있고, 그 안에는…….

"엇, 이게 뭐예요?"

재은은 상자 안에 들어 있는 반지들을 보며 실실 웃어 버렸다.

"무지개 반지."

"아놔! 진짜 일곱 가지 색이에요."

승현은 진짜 무지개 마니아다. 딱 한 개만 있어도 되는데, 일곱 개나

주다니. 그것도 진짜 무지개 색깔이다.

"요일 반지야."

"요일 팬티는 들어 봤어도 요일 반지는 첨 들어 봐요. 야, 무지 예쁘다."

"너만큼은 아니지."

승현이 천연덕스럽게 덧붙였다. 재은은 고개를 흔들며 부정했다.

"꽃무늬 원피스에, 꽃무늬 가방 들고, 리본 머리띠랑 리본 구두 신어도요?"

"하지 마. 그냥 요일 반지만 해라."

승현의 표정이 험악해졌다. '뭘 해도 예쁘다.'는 그런 말을 듣기는 어렵나 보다. 갑자기 주은이 한 말이 생각나 재은은 반지를 이로 깨물어 보았다.

"뭐 하는 거야? 왜 깨물어?"

"주은 언니가 그러는데 이런 거 진짠지 다 깨물어 보랬어요. 하지만 상관없어요. 가짜라도 좋아요. 무지 예쁘고, 또 미안해요. 괜히 짜증 부려서 죄송해요."

재은은 상자 안의 반지를 보며 울먹였다. 괜히 투정 부린 것 같아, 승현의 얼굴도 제대로 보지 못했다.

"아니야. 실은 나도 일찍 주고 싶었는데, 일곱 가지 색을 맞추려다 보니까 힘들더라고. 그리고 꼭 친환경 사무실에서 주고 싶어서."

승현은 책상과 의자를 흐뭇하게 바라봤다.

"친환경 사무실 완전 좋아요. 지용이한테 가서 자랑할래요."

"가지 마, 지용이 지금 힘든 작업 중이야."

재은이 일어서자 승현이 재은을 말렸다.

"또 땅 파요?"

"아니. 하지만 거의 땅 파는 수준일 거야. 혼자 해야 하는 작업이니까, 가지 말고 그 반지 다 손가락에 끼고 손 활짝 벌려 봐. 기념사진 한 장 박자."

승현은 카트에서 디카를 꺼내 들었다.

"이리와 봐."

"왜요? 아저씨가 찍어 주는 거 아니에요?"

"유재은이 완전 내 거라는 증거 사진 박는데 내가 빠질 수 있나."

승현은 한 손엔 디카를 들고, 한 손으론 재은의 어깨를 잡아당겨 입을 맞췄다.

*

"공기가 참 맑죠?"

"그렇군요."

이게 아닌데. 맑은 공기 따위는 관심도 없는데. 오렌지나무 사이로 이렇게 낭만적인 산책 코스를 걷고 있는데, 겨우 공기가 맑다는 따위 얘기나 하다니. 지용은 재은을 만나려 은형과 함께 미국에 왔는데도 좋은 기회를 찾지 못했다. 조만간 있을 재은과 승현의 결혼 얘기나 회사의 복수 미션, 오렌지 농상 애기만 죽 하고 있었다. 오늘이야말로 한마디라도 해 봐야지 싶었다. 혹시 은형도 재은처럼 복수하다가 지용에게 마음이 생길지도 모르는 일이다. 은형 자신도 모르게 지용을 의지하고 있는 것만 봐도 그렇고, 미국에 함께 온 것도 그렇고. 지용은 자신이 내린 결론에 만족해하며 고개를 끄덕였다. 그래서 은형에게 물었다.

"서 팀장님, 혹시 저랑 있을 때요……."

지용이 잠시 머뭇거리자, 은형이 가던 길을 멈추고 지용을 돌아봤다.

"……혹시 발가락이나 발바닥이 가렵지 않으세요?"

사랑의 무좀. 재은이 그랬다. 좋아하는 사람 앞에선 괜히 온몸이 가렵다고. 발부터 서서히 올라가서 머리까지 가렵다고.

"지금 무좀이 있냐고 물어보는 건가요?"

은형의 안경이 번쩍하고 빛났다. 지용은 은형의 따지는 듯한 물음에 주춤할 수밖에 없었다.

"아니요. 무좀이 아니라, 그냥 가려운 거요."

설명하기 참 곤란한 가려움이라, 지용은 답답했다.

"지용 씨랑 같이 있을 때, 제가 발을 긁기라도 했던가요?"

"아, 아뇨."

은형의 눈이 가늘어지자 지용은 강하게 부정했다.

"무좀 따윈 없어요, 저는."

대체 왜 그런 질문을 하는지 모르겠다는 표정 뒤로 그를 한심하게 여기는 느낌도 들어, 지용은 그런 질문을 한 자신을 몇 대 치고 싶었다.

"무좀이라고 한 게 아니라, 그냥 궁금해서……. 그런데 농장이 참 좋죠?"

결국 은형의 마음을 알아보겠다는 시도가 실패하고 할 말이 없자, 지용은 농장을 들먹이며 화제를 돌렸다.

"지용 씨도 이런 농장을 경영하고 싶죠?"

"아니요. 저는 작은 온실이나 정원만 있으면 돼요."

자신만의 정원에서 사랑하는 사람과 함께 꽃나무를 기르는 게 지용의 꿈이다. 눈앞에 서 있는 그 누군가와 함께라면 더 바랄 게 없겠지만. 복수 파트너를 뛰어넘어 인생 파트너가 된다면 얼마나 좋을까? 승현과 재은이 더 이상 부럽지만은 않을 텐데.

"지용 씨는 참 소박하고 진솔한 사람이에요."

은형이 저 멀리 토닥거리고 있는 승현과 재은을 바라보며 말했다.

"그거 칭찬이죠?"

우쭐해진 지용은 은형을 쳐다봤지만 은형은 무표정으로 지용을 쳐다봤다. 무안해진 지용은 얼굴을 찡그리며 오렌지나무의 푸르른 나뭇잎을 만지작거렸다.

"칭찬이에요."

은형의 늦은 대답에 기분이 좋아진 지용은 만지작거리던 나뭇잎을 한 움큼 뜯고 말았다. 그런 지용을 보며 은형이 인상을 찌푸렸다. 지용은 은형의 표정에 주눅이 들어, 뜯은 나뭇잎을 다시 나뭇가지에 붙이고 싶을 정도였다. 그래서 괜히 붙여지지도 않는 나뭇잎을 가지 위에 붙여 보려고 안간힘을 썼다. 그런 지용을 계속 지켜보던 은형은 휙 돌아서서 나무 사이로 걸어 들어갔다. 나뭇잎을 땅에 던져 버린 지용은 헤벌쭉 웃으며 은형의 뒤를 쫓아 들어갔다.

보람찬 복수 / Fin

작가 후기

 떠나다, 헤어지다, 이별하다, 그만 하다. 그리고 그만두다.

 헤어진 이들에 대한, 남겨진 이들에 대한, 그들이 다시 시작하는 이야기를 생각했습니다. 찬 시리즈라고 이름 붙인 이야기 – 첫 번째는 보람찬 복수, 두 번째는 희망찬 노래 교실, 그리고 세 번째는 물 찬 제비 댄스 학원 – 중 이제 첫 글을 끝냈습니다. 끝냈는데도 떨치지 못한 것들이 많아 시작해야 할 이야기들이 버겁게 느껴집니다. 하지만 습관처럼, 혹은 언제 시작했는지 모를 여행을 계속하기 위해서라도 다시 빈 칸을 채우게 될 테지요.

 덜컥 시작해 버린 이야기를 마치기 위해 괴롭히게 된, 전화통을 붙들어 준 지인들과 출판사 관계자 분들께 감사의 인사를 전합니다.

2007년 8월 고은상 올림